BESTSELLER

Biblioteca

GLENN COOPER

Los hijos de Dios

Traducción de
Isabel Murillo

DEBOLS!LLO

Papel certificado por el Forest Stewardship Council®

Título original: *Three Marys*

Primera edición en Debolsillo: septiembre de 2024

© 2018, Glenn Cooper. Primera edición publicada por Severn House Publishers
Derechos de traducción a cargo de Sandra Dijkstra Literary Agency
y Sandra Bruna Agencia Literaria, S. L.
© 2023, 2024, Penguin Random House Grupo Editorial, S. A. U.
Travessera de Gràcia, 47-49. 08021 Barcelona
© 2023, Isabel Murillo, por la traducción
Diseño de la cubierta: Penguin Random House Grupo Editorial / Opalworks BCN
Imagen de la cubierta: Composición fotográfica a partir de las imágenes
de © ShutterStock y © Arcangel

Printed in Spain – Impreso en España

ISBN: 978-84-663-7522-1
Depósito legal: B-11.269-2024

Compuesto en La Nueva Edimac, S. L.
Impreso en Black Print CPI Ibérica
Sant Andreu de la Barca (Barcelona)

P 3 7 5 2 2 1

Prólogo

Para el papa Celestino IV, las audiencias generales que celebraba los miércoles por la mañana en el Vaticano eran normalmente una actividad de la que disfrutaba, una ocasión para conectar con su extenso rebaño en un ambiente relajado e incluso festivo. Ese día se levantó temprano, rezó en la capilla de la Domus Sanctae Marthae y compartió un apetitoso desayuno con el personal en el comedor. Cuando se acercaba la hora de concentrarse en los últimos preparativos para el acto, su secretaria personal y el cardenal secretario de Estado irrumpieron en la sala, ambos con semblante serio.

Celestino se excusó y fue a hablar con ellos en una mesa vacía que había en un rincón.

—¿Qué sucede? —preguntó—. Parece que traéis malas noticias.

La hermana Elisabetta, su secretaria personal, depositó una carpeta delante de él.

—Santo padre, creemos que esta mañana tal vez desearía ofrecer una homilía alternativa.

—¿Por qué lo decís?

—Por la asistencia a la audiencia —respondió el cardenal Da Silva—. Es más bien anémica.

—¿Cómo que «anémica»?

La hermana Elisabetta se había acercado antes a una de las

ventanas del Palacio Apostólico, que dominaba la plaza de San Pedro, para hacer unas fotos con el móvil, y se las mostró al pontífice.

El papa se puso las gafas de leer.

—Madre mía —exclamó—. ¿De cuándo son?

—De hace tan solo un cuarto de hora.

—Hace sol, santo padre —dijo Da Silva—, el cielo está azul, la temperatura es agradable. Y, sin embargo, no hay gente.

El papa miró de nuevo las fotos. En una jornada así, la plaza debería ser un hervidero: turistas procedentes de decenas de países, peregrinos romanos, clero de toda Italia y Europa. Pero ese día los terrenos del Vaticano estaban medio vacíos, en el mejor de los casos, con amplios sectores de adoquinado perfectamente visibles.

Solo un mes atrás, la plaza estaba abarrotada con motivo de la audiencia papal, pero la asistencia había disminuido con el paso de las semanas. Y ahora, esto.

Celestino leyó por encima el texto de la homilía.

—Sé que no habéis escrito esto hoy —dijo.

—Lo escribimos con antelación por si era necesario —respondió Elisabetta.

—Es bastante duro, ¿no os parece? ¿Excomuniones?

Da Silva, muy serio, hizo un gesto de asentimiento.

—La curia, santo padre, ha llegado al consenso de que es el momento de ponerse más severos, de combatir con las mismas armas antes de que perdamos por completo el control de la situación. Hoy es un buen día para empezar a contraatacar con más vigor.

Celestino cerró la carpeta y dejó la mirada perdida en la distancia. Era un hombre fornido y su ancho pecho ascendió y descendió, poniendo su cruz de plata en movimiento.

—¿Es obra mía? —preguntó—. ¿He presionado para realizar el cambio demasiado deprisa? ¿He malinterpretado el esta-

8

do de ánimo de los fieles? ¿No he reconocido los milagros que se producen delante de mí?

—Santo padre... —dijo con delicadeza Elisabetta.

El papa tenía los ojos llorosos cuando prosiguió.

—¿Soy el responsable del mayor cisma de la historia de la Iglesia católica?

1

Cementerio público de Tugatog, Manila, Filipinas

Los martes eran los días de visita médica en el cementerio. Para un foráneo, podría resultar extraño que una consulta médica móvil eligiera un cementerio municipal como base de operaciones, pero para los residentes de las chabolas de Malabon City, en el área metropolitana de Manila, Tugatog era el equivalente a una zona segura. Al menos durante el día. Por la noche, los drogadictos escalaban los muros y pasaban el rato entre las tumbas de hormigón que se elevaban como bloques de pisos pinchándose, fumando, roncando, trapicheando. Pero la luz del día daba paso a la tranquilidad, y los pobres y los enfermos se sentían protegidos y aislados del mundo exterior entre los muertos y aquellos que lloraban su ausencia.

La furgoneta de Salud en Acción se hallaba estacionada en su lugar habitual en la calle del Doctor Lascano, cerca de la entrada principal. El reducido grupo de voluntarios —médicos y enfermeras ataviados con el polo azul celeste de la organización— iba ya por la mitad de una jornada de seis horas cuando, en una de las colas, le llegó el turno a una adolescente con gafas de cristales gruesos. La acompañaba su madre, que parecía tan joven que podría haber pasado por otra adolescente. Ofrecieron a la chica una silla de plástico bajo el toldo de la furgoneta, donde, con apatía, casi flácida, tomó asiento, fundida por el calor.

La enfermera, una tsino, una filipina de origen chino, miró de reojo la larga cola de pacientes apoyados en las tumbas o agachados entre ellas. No tenía tiempo para formalidades.

—¿Cómo te llamas?

La chica tardaba en responder.

—Vamos, niña, ¿acaso no ves la cola que hay?

—María Aquino.

—¿Cuántos años tienes?

—Dieciséis.

—¿Y qué te pasa?

Al ver que María tardaba de nuevo en reaccionar, su madre habló por ella.

—Está mal del estómago.

—¿Cuánto lleva así? —preguntó la enfermera.

—Dos semanas —respondió la madre—. No para de vomitar.

—¿Fiebre? ¿Diarrea?

María negó con la cabeza. Daba la impresión de que hacía tiempo que no se lavaba la cabeza. Llevaba la camiseta sucia.

—¿A qué hora del día vomita?

—Casi siempre por la mañana —contestó de nuevo la madre—, pero a veces también más tarde.

—¿Estás embarazada? —La enfermera miró a la chica a los ojos.

—¡No está embarazada! —exclamó la madre, ofendida.

—Se lo he preguntado a ella —dijo la enfermera.

La respuesta de la chica fue rara.

—No lo sé.

La enfermera empezó a irritarse.

—Dime, ¿has mantenido relaciones sexuales con algún chico?

La madre saltó.

—¡Solo tiene dieciséis años! Es buena chica. Va a un colegio religioso. ¿Qué tipo de pregunta es esta?

—El tipo de pregunta que una enfermera formula a una chica que vomita por las mañanas. ¿Cuándo tuviste la última regla?

La chica se encogió de hombros.

—¿Cuándo? —le preguntó la madre.

—No presto atención.

La enfermera fue directa a una estantería y cogió un vaso de plástico.

—María, entra en la furgoneta y haz pipí en el vaso. Luego me lo traes y esperas aquí. ¡Siguiente!

La enfermera visitó a toda velocidad a tres pacientes más antes de acordarse del vaso de orina. Cogió entonces una tira reactiva como las que venden en las farmacias a la gente que puede permitírselo y la sumergió en la orina. Al cabo de unos segundos, llamó a María y a su madre.

—Vale, estás embarazada.

—¡No puede ser! —gritó enojada la madre.

—Usted misma puede ver la marca azul. Embarazada. ¿Recuerdas ahora cuándo mantuviste relaciones sexuales, cariño? —No pronunció la palabra «cariño» con dulzura.

La chica negó con la cabeza, lo que llevó a la enfermera a imitarla.

—Pediremos que te vea uno de los médicos. Por Dios bendito, no voy a acabar de atender a toda esta cola en la vida.

En el interior de la furgoneta, tras una cortina para tener algo de intimidad, el médico, otro tsino, leyó la nota de la enfermera y pidió a María que subiera a la pequeña camilla. Después de un par de minutos intentando averiguar si la chica comprendía cómo se producía un embarazo, se dio por vencido y levantó los estribos.

—¿Para qué es eso? —preguntó María.

—Ponte esta bata y quítate las bragas. Coloca los pies aquí y abre las piernas. Así podré examinarte los órganos reproductivos.

—No quiero.

13

Su madre le dijo que no pasaba nada, que todas las mujeres lo hacían.

El médico se puso unos guantes y una lámpara frontal. Y casi se vio obligado a abrirle las piernas por la fuerza.

La examinó por debajo de la bata, refunfuñó un par de veces y luego levantó la cabeza.

—Vale, ya puedes vestirte.

—¿Qué? ¿Y ya está? —preguntó la madre—. Eso no es un examen como es debido.

—Hacer un examen manual o utilizar un espéculo no tiene sentido —replicó el médico—. Es virgen. Tiene el himen intacto. La abertura es lo bastante grande como para que pase el flujo menstrual, pero esto es un himen virginal.

—Entonces ¿no está embarazada?

—No es posible. Debe de ser un falso positivo. Puedo hacerle un test rápido de sangre.

—No me gustan las agujas —gimoteó la chica.

—No es más que un pinchazo. No te preocupes.

Cinco minutos más tarde, el médico retiró la cortina y reapareció con la enfermera. La expresión de ambos era de perplejidad.

—El test ha dado positivo —dijo el médico—. Estás embarazada de entre seis y siete semanas.

La madre prácticamente saltó de la silla.

—Pero si ha dicho que...

—Sé lo que he dicho. Me temo que esto queda fuera de mi alcance. Voy a enviarla al Centro Médico José Reyes para que la vea un especialista. Tiene que haber una explicación.

Cuando madre e hija salieron de la furgoneta con el papel que debían presentar en el hospital, la enfermera preguntó al médico qué creía que estaba pasando.

El médico le confesó que estaba totalmente confuso y rio con nerviosismo.

—Han pasado dos mil años desde la última Virgen María. Quizá lo que tú y yo acabamos de ver sea un puñetero milagro.

2

Demre, Turquía

En pleno verano, las temperaturas diurnas de la costa sur de Turquía se elevaban hasta resultar opresivas, pero las noches auguraban brisa fresca del Egeo y un sueño plácido. Cal Donovan disfrutó de las ráfagas de aire fresco que entraban por las ventanas abiertas mientras se duchaba y se ponía su pantalón de algodón claro más limpio y la última camisa planchada que le quedaba.

Salió a la sala de estar de la pequeña casa que compartía con su compañero, el arqueólogo turco Zemzem Bastuhan. Zemzem levantó un momento la vista de su portátil para preguntarle:

—¿Sales?

—Me apetece tomar una copa, Zem. ¿Quieres venir?

—No puedo. Tengo que acabar esto. Diviértete.

El aire nocturno transportaba un olorcillo a carne asada y especias aromáticas. Pero Cal no echó a andar colina abajo, en dirección al centro de la ciudad y sus bares a reventar de turistas, sino hacia arriba, hacia la excavación. Si Zem lo hubiera sorprendido apuntándose, le habría desbaratado los planes, pero sabía que había muchas probabilidades de que declinara la invitación, pues era del tipo estudioso y poco dado a beber.

Un detalle, este último, que no podía aplicarse a Cal. Desde su llegada a la excavación, hacía ya un mes, se había aficionado al licor local, el raki, y abandonado casi por completo su hábito de beber vodka. Por supuesto, la meta al final del camino de ambas bebidas era la misma: algo de felicidad, algo de olvido y una cabeza algo embotada a la mañana siguiente.

En esas tierras, Cal era tratado como un miembro de la realeza. Como codirector de las excavaciones turco-norteamericanas de Mira, su presencia había aportado la financiación vital de la Universidad de Harvard y de la Fundación Nacional de Ciencias para un proyecto que era el orgullo nacional. Mira, una ciudad de Licia, región de la antigua Grecia, había sido lugar de peregrinaje para los cristianos bizantinos. Emplazamiento famoso por albergar la iglesia del siglo IV del obispo de Mira, san Nicolás —que se haría famoso como Santa Claus—, trabajos arqueológicos recientes habían revelado la existencia de una gran ciudad cristiana excelentemente conservada, debajo de la moderna Demre. El profesor Bastuhan, de la Universidad de Estambul, había dirigido los primeros trabajos en Mira y, cuando la iniciativa se había quedado sin fondos, había llamado a Cal para que se sumase a las excavaciones en calidad de codirector.

Cal había aprovechado la oportunidad. Trabajaba como profesor de Historia de las religiones en la facultad de Teología de Harvard y de Arqueología Bíblica en el Departamento de Antropología de Harvard, y hacía tiempo que no desarrollaba trabajo de campo. Mira le daba la oportunidad de volver a engrasar la pala y ofrecer a sus alumnos de Harvard la posibilidad de pasar los veranos trabajando en Turquía. El único aspecto negativo había sido la reducción del habitual periodo de verano que pasaba en el Vaticano.

Incluso en plena oscuridad, varios habitantes de Demre, que habían salido para dar un paseo nocturno, lo saludaron levantando el sombrero y murmurando *Profesör* al pasar por su lado.

Y cuando llegó a los alrededores de las excavaciones, dos estudiantes de Harvard cruzaron la calle para saludarlo.

—¿Trabajando hasta tarde? —les preguntó Cal.

—Hemos estado acabando una catalogación —respondió uno de ellos.

Y el otro añadió:

—Vamos a Mavi's a tomar unas copas. ¿Le apetece acompañarnos?

—Tal vez más tarde. Tengo algunas cosas que hacer.

—Geraldine sigue allá arriba.

—Ah, ¿sí?

Cal sabía que estaba allí.

Era francesa, y habían bromeado con que todas las palabras que mejor describían lo que estaban haciendo —*affair, rendezvous*— eran de origen francés. Geraldine Tison era una joven profesora de Arqueología de la Sorbona y aquel era su primer año en Mira. Durante su primera semana en las excavaciones, estaba trabajando un día en tareas administrativas, cuando miró por la ventana de uno de los barracones metálicos Quonset donde estaban instaladas las oficinas y vio a Cal encaramado a una escalera en un corte cercano, inspeccionando los restos de una capilla del siglo XI descubierta recientemente. En la pared del barracón había unos prismáticos colgados, y había sentido la tentación de cogerlos para observar mejor a aquel tipo alto, de brazos musculosos y pelo negro alborotado. Pero habría sido caricaturescamente obvio.

—¿Quién es? —le había preguntado a una compañera turca.

—El codirector norteamericano. El profesor Donovan —le había respondido.

—Me lo imaginaba mucho mayor —había dicho Geraldine.

—¿Te interesa?

—Tal vez. O tal vez no.

Había sido una mentira a medias.

La siguiente vez que lo había visto por las excavaciones,

Geraldine había salido del barracón en dirección a los baños de mujeres y le había regalado una sonrisa tímida al pasar por su lado, el equivalente a lanzar un anzuelo en un estanque. El pez había picado con fuerza.

—Hola, soy Cal Donovan —había dicho él, deteniéndola.

—Geraldine Tison.

—De la Sorbona —había añadido Cal—. Bienvenida a Mira. Tenía intención de ponerme en contacto contigo. Me gusta conocer a los nuevos miembros de la excavación.

—Pues aquí estoy, ya ves —había contestado ella con voz melodiosa.

—A lo mejor podríamos tomar una copa esta noche para ponerte al día de los avances que hemos hecho esta temporada —había propuesto Cal—. Varios de por aquí tenemos por costumbre ir a tomar una copa a Mavi's, abajo, en la ciudad.

—Me encantaría.

Las excavaciones estaban situadas en las afueras de la ciudad, en lo que fuera un antiguo olivar. El radar de subsuelo había revelado que la antigua ciudad de Mira era inmensa y se extendía por debajo de la moderna Demre, pero, por cuestiones logísticas, los arqueólogos solo podían excavar en aquellos terrenos no urbanizados de la periferia que pudieran adquirir a los campesinos locales. El barracón Quonset se hallaba instalado a unos pocos cientos de metros del grupo de casas más próximo y, en una noche sin luna como aquella, la luz de las ventanas del barracón era la única iluminación de la zona. La puerta del barracón estaba abierta.

Geraldine alzó la vista de la montaña de fragmentos de loza que se acumulaban sobre su mesa. Era especialista en cerámica bizantina y experta en resolver rompecabezas tridimensionales. Un bote de cola y una cantimplora de peregrino a medio recomponer daban buena fe de ello.

—Deberías cerrar la puerta con llave si te quedas sola aquí arriba —la regañó Cal.

—Acaban de marcharse Gareth y Anil.

—Sí, me los he cruzado. —Cerró la puerta.

Fue la señal para que Geraldine se levantara, apagase la lámpara de su mesa y caminara con aire seductor hacia él con una botella de raki en la mano. Fue acercándose lentamente hasta quedar entre sus brazos.

Después del prolongado primer beso de la noche, Geraldine se separó para coger aire.

—Lo necesitaba.

—Pues esto no es más que el principio —respondió él.

En el fondo del barracón había un camastro de lona, una reliquia de los primeros años de la excavación, donde descansaba el vigilante que montaba guardia por las noches para proteger de un potencial robo los artefactos que se iban extrayendo. Ahora, las piezas decorativas de bronce, plata y oro que se desenterraban durante la temporada se almacenaban en una caja fuerte, pero los objetos más ordinarios, como la cerámica de Geraldine, se guardaban en cajones sin cerradura. Con la llegada de la financiación adicional, se había instalado un sistema de seguridad que estaba conectado con la comisaría, pero el camastro seguía ahí. De vez en cuando lo utilizaban los estudiantes para echar la siesta, y Cal y Geraldine le habían encontrado una utilidad distinta. Aunque ambos estaban solteros, bajo el punto de vista de Cal, habría sido poco profesional alardear de su relación. Demre era una ciudad alocada en verano, pero Turquía era un país conservador y, como codirector, toda cautela era poca para evitar ponerse a malas con el gobierno. No podía llevar a Geraldine a su casa —Zemzem siempre estaba allí— y ella también compartía piso, de modo que ese había sido su *modus operandi* desde hacía unas semanas.

El sexo fue apremiante y ferozmente apasionado, como siempre, y después, a oscuras, Geraldine se trasladó a un lugar en el que hasta el momento no se había aventurado. El futuro.

—Te marchas la semana que viene —dijo.

La cama era demasiado estrecha como para poder mantener una conversación tumbados el uno al lado del otro. Cal se levantó y empezó a vestirse con el cuerpo sudado.

—El viernes que viene. Ha pasado rápido, ¿verdad?

—He intentado ralentizarlo.

—¿En serio? Pues es un truco que me gustaría aprender.

—Se trata de vivir el momento todo lo posible. Requiere práctica y una buena dosis de concentración mental.

—¿Y funciona?

—Ya veremos. —Rio—. Tenemos una semana más. En Cambridge, imagino. No he estado nunca en Harvard. A lo mejor podría ir a visitarte algún día.

Cal se abotonó la camisa y contempló su esbelto cuerpo desnudo. Si fuera sincero, le diría que esos días en Demre serían los últimos que pasarían juntos. Y no era que durante las últimas semanas le hubiera mentido. Simplemente, no habían entrado nunca en eso, había supuesto con toda la intención.

—En realidad, antes de volver a casa voy a viajar a Islandia.

—¿Por qué Islandia?

—A decir verdad, voy a ver a una amiga.

Geraldine se sentó y cruzó los brazos sobre el pecho.

—Ya. ¿Es una amistad seria?

—Es difícil de decir. Creo que la idea es averiguarlo.

Cogió el sujetador justo en el momento en que el pomo de la puerta giró y el pestillo traqueteó. En el exterior, un hombre dijo algo en turco.

—Vístete —pidió Cal en voz baja.

Al otro lado de una ventana oscura se vislumbró brevemente un rostro espectral. A continuación se oyó un estallido de cristales rotos por una pedrada. Apareció una mano, que corrió el pestillo y abrió la ventana por dentro.

El hombre se dirigió a su acompañante en turco.

—Todo bien. No hay alarma.

Cal susurró a Geraldine que corriera a esconderse debajo de una mesa.

—¿Qué piensas hacer? —musitó ella, pero Cal ya estaba avanzando con sigilo en la oscuridad.

Su plan consistía en llegar hasta la pared e inmovilizar con una llave al ladrón antes de que saltara al suelo, pero aquel tipo era veloz como un gato y estuvo dentro en un abrir y cerrar de ojos.

La mejor manera de enfrentarse a una cucaracha era con luz. De modo que Cal dio al interruptor principal y el barracón quedó iluminado con la fría luz de los fluorescentes.

El intruso, un tipo enjuto y musculoso con las mejillas hundidas, se quedó helado cuando vio a Cal.

—¿Hablas inglés? —preguntó Cal, inclinándose hacia delante.

El hombre clavó la vista en los puños cerrados de Cal.

—Un poco.

—Estupendo. Porque mi turco no es muy bueno. Tienes que irte.

En la ventana apareció un segundo hombre que dijo algo en turco.

El hombre que estaba dentro replicó. Cal confiaba en que acordaran largarse, pero daba la impresión de que no iba a ser así.

Dio un nuevo paso al frente con la intención de mantener al ladrón a la defensiva.

—Abre la caja fuerte. —El hombre señaló con un dedo fino y firme.

—No tengo la combinación. O sales por esa ventana ahora mismo o te tiro yo por ella.

Con un movimiento ensayado, en la mano del hombre apareció una navaja al tiempo que el segundo caco empezaba a colarse por la ventana, no sin dificultad. Seguramente había confiado en que su colega le abriera la puerta para entrar.

El delgado sonrió cuando vio que Cal retrocedía, pero la sonrisa se esfumó en el momento en que Cal agarró una escoba que había apoyada contra la pared.

Cal corrió hacia él amenazándolo con las cerdas de la escoba y el ladrón reculó en dirección a la ventana abierta.

Cal era uno de los docentes que hacía labores de asesoramiento en el club de boxeo de Harvard y enseñaba a los neófitos a buscar la ventaja cuando las fuerzas eran dispares. Siempre era mejor enfrentarse a una navaja con un arma de fuego, pero, en ese momento, tendría que apañárselas con una escoba.

Se lanzó contra el tipo como un soldado armado con una bayoneta y le golpeó la nuez con el cepillo. Gruñendo de dolor, el hombre intentó apartar la escoba con la mano que tenía libre mientras acercaba la navaja todo lo posible al cuerpo de Cal. Este retrocedió para volver a la carga, aplastar las cerdas contra la cara del ladrón y empujarlo contra la pared. Cuando el hombre perdió el equilibrio, Cal hizo girar por completo la escoba y el palo de madera impactó con fuerza contra el cráneo de su oponente. El crujido de la madera contra el hueso ocultó el sonido del palo de la escoba al astillarse.

Sorprendido por el golpe, el hombre abrió la mano. La navaja cayó al suelo y Cal la apartó rápidamente de un puntapié que la envió debajo de una estantería.

El más robusto ya había logrado pasar los hombros por la ventana. Estaba a punto de dejar que la gravedad hiciera el resto. Pero, antes de que lo consiguiera, Cal volcó su atención en él y giró de nuevo la escoba. Por desgracia para el tipo, el cepillo se había desprendido y había dejado en su lugar una punta afilada que Cal utilizó para clavársela en un hombro carnoso. Con un grito, el hombre se impulsó hacia atrás para saltar de la ventana hacia el exterior y echó a correr hasta perderse en la oscuridad.

Ahora que Cal se había quedado a solas contra el tipo delgado, intercambió una ventaja injusta —la punta afilada del mango de la escoba— por otra, sus puños, y dejó caer la lanza al suelo. Se volvió hacia el hombre y se abalanzó sobre él adoptando una postura agresiva.

No necesitó nada más.

El ladrón empezó a gimotear diciendo «Ya me voy, ya me voy», se desplazó con sigilo hacia la puerta y manipuló con torpeza el pestillo hasta que cedió.

Fuera de peligro, Cal se acuclilló sudoroso en el suelo. Había logrado mantenerse firme como una roca durante el incidente, pero estaba temblando.

Geraldine salió de su escondite.

—Dios mío, ¿estás bien? —preguntó.

—Sí, estoy bien.

—No podía creer lo que estaba viendo —dijo ella, jadeante—. ¿Cómo puedes luchar como lo has hecho, Cal? ¡Eres profesor!

—A veces me enfado —replicó él, con la respiración entrecortada—. Es algo que tengo que trabajar.

3

Al día siguiente citaron a Cal en la comisaría de policía de Demre para que identificara a un sospechoso al que habían detenido. Cal estaba completamente seguro de que el hombre no era ninguno de los ladrones, por mucho que los detectives intentaran convencerlo de lo contrario para «zanjar el asunto». En el camino de regreso a la excavación, mientras atravesaba una ciudad sumida a esas horas en el silencio, le sonó el teléfono. Era un número de Ciudad del Vaticano. Le llamaba un monseñor que le preguntaba si le iba bien hablar en ese momento con el cardenal secretario.

El siempre entusiasta cardenal Rodrigo da Silva le pidió disculpas de antemano por si su llamada interrumpía alguna cuestión importante.

—Siempre tengo tiempo para usted, eminencia.

Los dos hombres eran grandes amigos. Da Silva, portugués-norteamericano, había conocido a Cal años atrás, cuando ambos formaban parte de un panel académico con el objeto de debatir sobre la historia de la Iglesia católica en Portugal. Da Silva era por aquel entonces obispo de Providence, Rhode Island. Después permanecieron en contacto y su amistad se desarrolló sobre la base de la buena comida y la buena conversación. Cuando ascendieron a Da Silva a cardenal de Boston, Cal lo acompañó a Roma como amigo personal y asistió a su investidura.

—¿Qué tal va todo por Boston? Debo decir que echo mucho de menos la ciudad.

—También yo. Llevo todo el mes en Turquía, en una excavación.

—Me resulta imposible seguirte el ritmo, Cal. Eres un trotamundos. Mientras que yo, pobre de mí, parece que viva pegado al sillón de mi despacho.

—Pero su voz suena tan animada como siempre.

—Será porque me gusta mi jefe. Ya sabes que eso es muy importante.

—¿Y qué tal está él?

—Bien. Y te manda un abrazo.

Da Silva era quien había presentado a Celestino y a Cal. El papa necesitaba una persona de fuera del Vaticano para investigar a un joven sacerdote que había desarrollado los estigmas de Cristo, y Cal había escrito un libro sobre la historia de los estigmáticos. Posteriormente, Celestino había recurrido a Cal de vez en cuando para que lo ayudase en otros asuntos delicados más apropiados para alguien que trabajase al margen de la burocracia vaticana.

—Dígale que me encantaría verlo de nuevo pronto. Pero por desgracia este año he tenido que saltarme mi habitual mes de verano en Roma. Espero poder viajar allí por Navidad.

—Ah, entiendo. ¿Y tus planes de viaje tienen alguna flexibilidad? Porque Turquía no es que quede muy lejos de Italia.

—En nada pongo rumbo a Islandia.

—¡Islandia! Si se me permite la pregunta, ¿puedes contarme qué hay allí?

—Tundra, géiseres y una mujer. Y vodka, claro. Tienen algo parecido al vodka llamado Black Death que me apetece mucho investigar. He quedado allí con una amiga de Boston para disfrutar de una pequeña escapada.

Antes de que Da Silva volviese a hablar, se produjo una pausa cargada de suspense.

—No es ni mucho menos mi intención interferir en tu vida amorosa o en tu relación con el alcohol, pero ha surgido algo lo bastante urgente para que el papa convoque una reunión de urgencia del C8. Confiaba en que pudieras asistir.

El C8 era el gabinete personal de Celestino, integrado por ocho de sus asesores cardenalicios de mayor confianza.

—¿Qué ocurre? —preguntó Cal. Tuvo que pasar corriendo por delante de una tienda que tenía la música ambiental a un volumen tan alto que se oía incluso desde la calle—. ¿Es algo que se pueda comentar por teléfono?

—Digamos que tenemos un problema relacionado con cuatro personas. Una de ellas se llama George, y las otras tres, María.

Cal supo al instante a quién se refería Da Silva. George Pole era el cardenal norteamericano de Houston. ¿Y las Marías?

—¿Se refiere a las Vírgenes Marías?

—Sí.

—Tenía entendido que eran dos. Una en Filipinas y otra en Irlanda.

—Pues hay una tercera chica a la que, al parecer, la prensa no conoce todavía. Es de Perú. Pole amenaza con hacer algún tipo de manifestación clara de oposición si la Iglesia no declara que son un milagro. El santo padre no desea un enfrentamiento público con el buen cardenal, pero tampoco quiere que se nos vea cediendo bajo su presión. Aun en el caso de que tuviéramos bases canónicas para embarcarnos en una investigación formal para averiguar si realmente se trata de un milagro, ya sabes cuánto tiempo lleva eso.

—Pole también lo sabe.

—Sí, y todos sabemos cómo puede ser George cuando vislumbra un asunto político del que sacar partido. Confiábamos en que pudieras evaluar de forma discreta el tema y asesorarnos objetivamente sobre los hechos.

—¿Les ha dado Pole alguna fecha límite?

—Dos semanas.

—Eso es ridículo.

—¿Verdad?

Cal suspiró.

—Supongo que debería ir llamando a mi futura exnovia.

—Santo cielo, Cal, realmente sabes cómo hacer que un viejo amigo se sienta culpable.

—Eminencia, soy medio judío, medio católico. Esto de la culpa es toda una ciencia para mí.

Cal visualizó la dilatación de las aletas de la nariz de Jessica. Una nariz de cirujano plástico, ligeramente respingona, esculpida con pericia por uno de los mejores.

—Debería habérmelo imaginado —dijo furiosa por teléfono.

—No estaba planeado —repuso Cal—. Ha surgido así y ya está.

—Si supieras la cantidad de amigos que me alertaron sobre salir contigo.

Era una frase que solía decirle en broma, pero que en ese momento pronunció completamente en serio.

—Decirle que no al papa es complicado.

—¿Y se supone que debe impresionarme que el papa sea tu mejor amigo?

—No lo es, aunque sí que es verdad que tenemos una historia en común.

Cal sabía que iba a ser una conversación complicada, pero no porque su aventura con Geraldine estuviera influyendo. Porque no era así. El sexo estando de excavaciones no era infidelidad. Era algo totalmente distinto. Cualquiera que estuviera metido en este negocio afirmaría que las excavaciones eran como una zona militar sin restricciones para armas de ningún tipo. Había imaginado que la llamada sería difícil, porque sabía lo mucho que a ella le cabrearía el cambio de planes. Quizá había sido demasiado optimista al confiar en que el hecho de que fuera católica serviría de algo. Pero no. Se alejó unos centímetros el teléfono de la oreja para protegerse el tímpano.

—Hace meses que planificamos este viaje. Lo tengo grabado en piedra en la agenda. Se suponía que serían nuestras primeras vacaciones de verdad juntos, y ahora me vienes fastidiándolo todo y jugando la carta del papa. Tú tal vez puedas permitirte el lujo de tener todo el verano libre como los niños, pero yo no. Yo tengo un trabajo exigente, con una agenda programada al milímetro.

No estaba presumiendo. Tenía un trabajo importante.

Se habían conocido hacía un año a través de una de esas citas a ciegas acordadas entre amigos mutuos. El lugar de encuentro había sido un restaurante estratégicamente situado en la Central Square de Cambridge, a medio camino entre Harvard Square, donde trabajaba él, e Inman Square, donde vivía ella. Territorio neutral. El primer día no saltó la chispa. Para que la llama prendiera fue necesario un tiempo, como cuando enciendes una hoguera con madera húmeda. Pero, para Cal, arder a fuego lento no era mala cosa. Las relaciones que había mantenido y que habían empezado con pasión —muchas, a decir verdad— solían extinguirse con rapidez. Prueba documental número uno: Geraldine. Lo que tenía con Jessica parecía más duradero. Tal vez fuera por las simetrías que existían entre ellos. Ambos habían superado los cuarenta y no se habían casado nunca. Ambos tenían trabajos potentes. Ella tenía un doctorado en ciencias, era consejera delegada de una importante compañía del sector biotecnológico y en su momento había sido la consejera delegada más joven de una compañía del sector sanitario que cotizaba en bolsa. En los anales de la Universidad de Harvard, Cal constaba como uno de los docentes más jóvenes en obtener una cátedra. Ambos eran llamativamente atléticos y sumamente fotogénicos. Y ambos aguantaban bien el alcohol;

en el caso de ella, el vino. El ático que Jessica tenía en Boston disponía de una bodega de vinos legendaria a la que había ido incorporando una selección de vodkas refinados para tenerlo a él contento. O tal fuera porque los dos viajaban mucho y no se veían constantemente. Fuera cual fuese el motivo de su éxito romántico, y con la fecha de su primer aniversario muy cerca, Cal ya no estaba tan seguro de poder llegar a celebrarlo.

—¿Por qué no te vienes a Roma? Lo organizaré todo para que tengas un encuentro con Celestino y te conseguiré un tour VIP por el Vaticano.

La línea se quedó en silencio. ¿Cuánto tiempo tardaba la sangre en romper a hervir?

—Estuve en Italia hace tan solo dos años —respondió ella, enojada—. Y ya he visitado el Vaticano, muchas gracias. Hace veinte años que no voy a misa y vestirme recatadamente y hacerle una reverencia al papa no ocupa un lugar muy alto en mi lista de prioridades. Quiero ir a Islandia y pienso ir, contigo o sin ti.

4

Manila, Filipinas

En el rótulo del taxi se leía «Golden Boy». Cal no sabía muy bien si el nombre hacía referencia a la compañía de taxis o al taxista. Ninguna de las dos alternativas parecía especialmente acertada. El coche era un Toyota viejo con una abolladura en un lateral posterior y el taxista se veía necesitado tanto de un buen afeitado como de un cigarrillo.

El portero del Peninsula Hotel, en el elegante barrio de Makati, le había sugerido que esperase un taxi mejor, pero Cal había pensado que Golden Boy era el nombre ideal para un vehículo que debía llevarlo hasta un lugar llamado Paradise Village.

—¿Está seguro de que quiere ir allí, jefe? —dijo el taxista, abriéndose camino entre el tráfico.

—Seguro. ¿Por qué?

—Porque es un lugar un poco peligroso. Incluso a estas horas de la mañana.

No era ninguna revelación. El mensaje de correo electrónico que le había enviado el padre Santos ya le había alertado al respecto.

Pero el taxista aún no había acabado.

—Por allí hay muchos matones a sueldo. ¿Está buscando un matón?

—No creo. Oiga, ¿podría subir un poco el aire acondicionado?

En el interior hacía solo un poco más de fresco que fuera, donde el calor era abrasador.

—Está al máximo, jefe. Tengo que conseguir más Freon. Me parece que hay una fuga. ¿Quiere que lo arregle ahora?

Cal bajó la ventanilla.

—Mejor que lo haga cuando me haya dejado.

El nombre de Paradise Village era aún más irónico que el de Golden Boy. Se trataba de una extensa barriada de chabolas situada en un distrito de Malabon City conocido como Barangay Tonsuya, un lugar repleto de conexiones de luz y de agua ilegales. Según un artículo que había leído, y que el taxista acababa de confirmar, aquel barrio pobre era algo así como la guarida de los asesinos a sueldo de Manila.

Después de un recorrido lento por calles congestionadas, el taxi se detuvo delante de una verja de hierro, un pedazo de filigrana oxidada que colgaba de dos postes con un cartel que anunciaba la entrada a Paradise Village.

—Muy bien, jefe, ya hemos llegado.

—¿No piensa entrar?

—Me ha dicho que quería venir aquí. Y aquí estamos.

Santos le había dicho a Cal que en la barriada no había ni nombres de calle ni números. Le había enviado un plano dibujado a mano que Cal había mostrado al taxista.

—No queda muy lejos. Puede ir andando, creo. Además, entrar ahí no es seguro y hay sitios tan estrechos por los que no pasan ni los coches.

Cal le dio unos billetes y se mostró moderado con la propina.

Cal atrajo la atención en cuanto cruzó el umbral de la barriada de chabolas. Guiándose con el plano del padre Santos, empezó a recorrer las callejuelas sin asfaltar seguido por un séquito creciente de niños y adolescentes que no hacían más que señalar al alto extranjero y hablar entre ellos en tagalo. Cal sonrió, les dijo adiós con la mano e intentó ignorar a los adolescentes, que no paraban de llamarle «señor» y pedirle dinero de forma cada vez más agresiva.

Las calles estaban flanqueadas por viviendas construidas de forma improvisada con todo tipo de materiales baratos: bloques de hormigón, chapa de hierro corrugado, madera contrachapada. Olía a guisos y a letrinas. Cuando llegó a su destino, Cal se sentía como una especie de Flautista de Hamelin, escoltado por una panda de golfillos acechantes.

El callejón era estrecho; el taxi no podría haber pasado. Hacia la mitad del pasaje, vio a una manada de hombres que montaban guardia delante de una verja de hierro que hacía las veces de puerta de acceso a una casa construida con bloques de hormigón sin pintar y con manchas irregulares de lechada. Cal se estaba aproximando a la «X» marcada en el plano cuando los centinelas le señalaron y avanzaron para cortarle el paso. Uno de ellos, todo nervio y músculos, le gritó, furioso.

Cal no hablaba ni una sola palabra de filipino. Se detuvo a poco más de un metro del hombre y le ofreció la sonrisa más benévola que fue capaz de esbozar dadas las circunstancias. La multitud de pilluelos que lo seguía llenó la anchura del callejón y lo empujó hasta dejarlo incómodamente cerca del jefe vociferante. Por detrás de los fuertes hombros del tipo, Cal vislumbró un derroche de color a ambos lados de la verja: flores, velas en vasitos pintados, fotos de una chica pegadas con celo a la pared.

—¿Hay alguien que hable inglés? —Cal levantó la voz para repetir la pregunta y añadió—: Vengo a ver al padre Santos. ¿Está por aquí?

Uno de los centinelas respondió en inglés.

—¡Prohibido periodistas! Deja en paz a nuestra pequeña Virgen. ¡Largo de aquí!

—No soy...

La multitud a su espalda siguió empujándolo hasta el pecho del hombretón furioso.

El hombre lo empujó a su vez con unas manos que parecían arietes, pero Cal no podía moverse.

El tipo que hablaba inglés empuñaba una llave de ruedas. Se adelantó hasta situarse al frente y levantó el arma por encima de la cabeza.

Cal vociferó entonces:

—¿Padre Santos? ¡Necesito su ayuda! Soy Cal Donovan. Del Vaticano.

Tres días antes

Desde el primer día de su pontificado, el papa Celestino IV había vivido y trabajado en una de las viviendas más modestas del Vaticano. Cuando anunció que se privaría de utilizar los tradicionales apartamentos papales del Palacio Apostólico, desde los que se dominaba la plaza de San Pedro, y que se instalaría, en cambio, en dos habitaciones de la Domus Sanctae Marthae, los bromistas pensaron que aquello era un truco publicitario efímero. Pero no lo era. El robusto y afable pontífice vivía feliz en un dormitorio amueblado con austeridad, trabajaba en un despacho adjunto, comía en el comedor comunitario, donde charlaba con el personal del Vaticano y los obispos que estaban de visita, y rezaba y decía misa en la pequeña capilla de la casa. Su secretario de Estado, el cardenal Da Silva, uno de los aliados y confidentes más íntimos de Celestino, optó por la solidaridad: después de su nombramiento, se abstuvo de usar el lujoso apartamento que proporcionaban a los secretarios cardenalicios y optó por una habitación en la Domus, muy próxima a la del papa.

Cal llegó al Vaticano a pie desde su hotel, situado cerca del Panteón. Era una mañana romana cálida y soleada, y la ciudad palpitaba con la gente enfrascada en sus quehaceres y yendo al trabajo en medio de un universo alternativo habitado por los turistas. En el vestíbulo, varias personas lo reconocieron y unos pocos se pararon un momento para saludarlo. Los años anteriores, Cal había visitado con regularidad el Vaticano, pero la enseñanza y otros compromisos le habían impedido ir durante los últimos seis meses. Ambos hombres —el papa y el profesor— habían acabado siendo algo más que meros conocidos.

Se cruzó con una pareja de cardenales que conversaban. Cal los conocía, un nigeriano y un español. Ambos eran miembros del C8. Le saludaron con una sonrisa, y Vargas, arzobispo de Toledo, se detuvo para susurrarle que se alegraba de verlo.

—¿Qué tal está el santo padre? —preguntó Cal.

—Enfrentándose a otro desafío. No tiene un trabajo fácil, profesor, pero eso ya lo sabe usted.

La hermana Elisabetta salió a recibir a Cal y se disculpó por haberlo hecho esperar. Elisabetta Celestino, la joven arqueóloga que se había hecho monja; la monja que había resultado fundamental para apaciguar la crisis que había rodeado el cónclave electoral del papa y en cuyo honor el cardenal Aspromonte había elegido el nombre papal de Celestino; la mujer a quien el pontífice había ascendido desde su puesto en la Comisión Pontificia de Arqueología Sacra para convertirla en su secretaria privada principal.

—He llegado pronto —respondió Cal.

El rostro perfecto de la monja estaba enmarcado por el velo de su orden, las Hermanas Agustinas Siervas de Jesús y María, una congregación dedicada a la enseñanza. Cal siempre se quedaba atónito ante una belleza tan impactante que costaba conciliarla con la vida que había elegido. No obstante, se había comportado de forma impecable en su presencia en todo momento y siempre había reprimido su instinto natural de coquetear con ella.

—Sí, pero vamos tarde. Intento imponer puntualidad —añadió, con una leve sonrisa—. Lo cual no es tarea fácil con el santo padre.

—Sí que le gusta hablar —dijo Cal.

Mientras avanzaban por el pasillo en dirección al despacho de Celestino, la hermana le comentó que tenía entendido que se había visto obligado a alterar sus planes de viaje para asistir a la reunión.

—¿Ha estado alguna vez en Islandia? —le preguntó Cal.

—No, nunca.

—Yo tampoco.

El papa le estaba esperando con Da Silva, y cuando Cal entró en el pequeño despacho, el cardenal secretario se hizo a un lado para permitir que Cal concediera al pontífice toda su atención.

—Es un placer volver a verlo, santo padre.

Celestino hizo lo que siempre hacía cuando veía a Cal: extendió la mano para sujetarlo por los hombros y mantuvo la presión, esbozando una sonrisa radiante y ladeando la cabeza para mirarlo a los ojos.

—Lo mismo digo, profesor. Un placer volver a verlo, aunque me atormenta el sentimiento de culpa. Rodrigo me ha dicho que he interrumpido sus planes de vacaciones. No sabe cuánto lo siento.

Da Silva intervino entonces:

—¿Qué tal se lo ha tomado su amiga?

—Tan bien como me esperaba.

—Eso son buenas noticias, ¿no? —dijo el papa, liberando a Cal de la presión de su mano.

—Es que en realidad esperaba que no se lo tomara muy bien. —Cal remató la frase con una breve carcajada. Sorprendió a la hermana Elisabetta conteniendo una sonrisa.

Celestino esbozó una mueca y dejó que el asunto se diluyera. Elisabetta extrajo un cuaderno de algún escondite del hábito y tomó asiento en el rincón, su forma de asegurarse de que la reunión empezara enseguida.

—Pues bien, profesor —empezó el papa—, por lo visto tenemos un problema con nuestro querido amigo George Pole.

Pole, como Cal sabía a ciencia cierta, no era muy amigo de ese papado, pero por el modo en que acababa de expresarlo Celestino, sin rastro de sarcasmo, bien podía estar hablando de un verdadero colega.

—Estoy seguro de que Pole no espera la declaración de un milagro, ni tan siquiera el anuncio de la investigación de un posible milagro —dijo Cal—. Son cosas que solo se producen en el transcurso de un proceso de beatificación y canonización, que a su vez solo se produce después de la muerte de una persona. Y esas chicas están muy vivas, a menos que esté mal informado.

—Sí, las tres chicas están vivas —confirmó el papa—. Rodrigo preguntó directamente a George qué quería. Cuéntale al profesor lo que te dijo.

—Me dijo que el Vaticano debe hacer algo extraordinario en este caso, aunque no existan precedentes. Me dijo: «Por el amor de Dios, Rodrigo, ¿tres vírgenes llamadas María están embarazadas y la Iglesia guarda silencio? Exijo que este papa haga una declaración espiritual». Y entonces le pregunté a George qué tipo de declaración tenía en mente.

—¿Qué respondió? —dijo Cal.

—Dijo que quería que el proceso de beatificación empezase de inmediato. Que le daba igual que las chicas estuvieran vivas. Dijo que si alguna vez iba a haber un caso de declaración de santos con vida, estábamos ante él. Al final deja en manos del Vaticano decidir el formato de esa declaración espiritual, pero tengo la firme impresión de que quiere que abramos formalmente una Causa de Beatificación y Canonización.

—¿Y si no se abre? —preguntó Cal—. ¿Qué piensa hacer?

—No llegó a eso —respondió Da Silva—. Aunque, conociendo a George, será algo ruidoso.

Celestino rio entre dientes.

—¿Cuál es esa expresión que se utiliza tanto ahora? Sí, podría decirse que George es un experto en medios de comunicación.

—Pero ¿qué espera sacar de todo esto? —inquirió Cal.

Da Silva miró al papa a la espera de que diera una respuesta, pero, al ver que se mantenía callado, el cardenal decidió contestar.

—Por encima de todo, George está interesado en causar problemas a este pontificado. Si hacemos algo extraordinario, dirá que fue él quien nos empujó a entrar en acción. Si no hacemos nada, o menos de lo que él pretende, intentará ponernos en la picota.

—¿Qué puedo hacer yo para ayudar? —preguntó Cal—. Y, más concretamente, ¿qué puedo hacer en dos semanas?

Celestino extendió los brazos por encima de su protuberante barriga y unió las manos.

—Profesor, es usted una persona razonable, analítica, conocedora de la perspectiva histórica en cuestiones de milagros y santidad y, sobre todo, alguien en quien confiamos. Ayuda también que no forme usted parte de la maquinaria del Vaticano. Si tuviéramos que encomendar esta tarea a un obispo o a un monseñor, su forma de abordarla consistiría, con toda probabilidad, en buscar la respuesta que creyera que más pudiera agradarme. Usted solo buscará la verdad.

—¿Qué es lo que quiere saber? —preguntó Cal.

Celestino alzó la vista hacia el techo en busca de inspiración.

—Tenemos a tres chicas católicas llamadas María, con edades comprendidas entre los quince y los diecisiete años, que viven en distintos puntos del globo, todas ellas presuntamente vírgenes, que se han quedado embarazadas más o menos al mismo tiempo. En cada caso, hemos recabado información básica gracias a las parroquias locales, pero los sacerdotes más cercanos a estas chicas no están capacitados para llevar a cabo una investigación fiable. Necesitamos que visite a las tres chicas y a sus familias, y realice una evaluación de los casos.

—No soy médico —repuso Cal.

—Tenemos entendido que los sacerdotes de los respectivos lugares ya han conseguido la documentación médica pertinente —dijo Da Silva—. Recupera esos informes, si es posible, y haremos que los analicen en Roma.

El papa asintió.

—Lo que es aún más importante para mí es su opinión sobre las circunstancias en las que se produjeron los embarazos y qué piensa sobre la credibilidad de estas chicas y sus familias. No puedo reaccionar correctamente a una situación tan increíble como esta sin disponer de más información. ¿Estamos ante un improbable engaño, con o sin algún objetivo perverso, o ante una gran constelación de milagros? Esta es la pregunta fundamental.

—Por supuesto que es un engaño —intervino Da Silva—. Si quieren saber mi opinión, detrás de todo esto se esconde alguien.

La boca del papa esbozó una sonrisa.

—Rodrigo, me alegro de que no estuvieras en Belén a cargo de los establos hace dos milenios. Porque tal vez habrías expulsado por la fuerza a la Virgen María.

Da Silva se mantuvo impasible.

—El nacimiento de una Virgen se produjo una vez en la historia. La Biblia nos habla del segundo advenimiento de Cristo, pero no del segundo advenimiento de nacimientos de vírgenes. ¿Qué opinas, Cal, por lo que has leído de las dos chicas sobre las que ha informado la prensa?

—Opino que no tengo ni idea, lo cual probablemente sea una buena posición de partida para este tipo de encargo. Por cierto, ¿está George Pole al corriente de la existencia de una tercera chica en Perú? —preguntó Cal.

—Sí —respondió Da Silva—, aunque no ha habido publicidad sobre ella. Cuando le pregunté cómo se había enterado, me dijo que la noticia le había llegado a partir de un prelado sudamericano cuyo nombre no quiso darme.

—Solo para tenerlo claro —dijo Cal—, ¿me están pidiendo que entreviste e investigue a chicas que están en Filipinas, Irlanda y Perú en el plazo de solo dos semanas?

El papa se mostró pesaroso.

—Ya sé que será un poco complicado, pero la hermana Elisabetta hablará con la agencia de viajes para que haga todos los preparativos necesarios con el fin de que el viaje sea lo más cómodo y eficiente posible.

—¿Se me permite hacer una sugerencia o, mejor dicho, una petición? —añadió Cal—. ¿Podría reclutar a un compañero de confianza para que me ayudara? Se trata de un antiguo alumno de la facultad de Teología, un sacerdote irlandés llamado Joseph Murphy, que en la actualidad trabaja como docente en Harvard. Es un tipo estupendo, un erudito excelente y de total confianza. He pensado en él porque sé que ha estado siguiendo muy de cerca todas las noticias relativas a la María irlandesa. La chica es de Gort, un lugar cercano a su antigua parroquia. Me ha contado que conoce a los párrocos de la zona. Si estuviera disponible, sería perfecto. Y me daría más tiempo con las otras dos chicas.

—Muy bien, póngase en contacto con su sacerdote —dijo el papa.

Elisabetta dejó de tomar notas.

—¿Adónde le gustaría ir primero, profesor? —preguntó—. ¿A Lima o a Manila?

Cal se encogió de hombros.

—Lo dejo en sus manos.

—Intentaré reservarle un vuelo a Filipinas para mañana mismo —dijo Elisabetta—, y me pondré en contacto con el párroco de la chica, el padre Santos, para comunicárselo.

—En business —aclaró Da Silva.

—En primera clase —corrigió el papa—. Es un viaje muy largo y quiero que mi amigo esté bien descansado por lo que pueda encontrarse al llegar.

Cal estaba tan acorralado por la masa de cuerpos que lo atrapaban por delante y por detrás que ni siquiera era capaz de levantar los brazos para eludir el golpe de llave inglesa que estaba a punto de caerle encima. Lo único que podía hacer era mover la cabeza para intentar que le diera solo de refilón. Se obligó a mantener la mirada fija en el arma, un reflejo negro sobre un cielo azul.

—*Itigil! Itigil! Sa pangalan ng Diyos, itigil!*

Cal no se enteró hasta más tarde de lo que gritaba el padre Santos: «¡En el nombre de Dios, parad!».

Un hombre grande no habría sido capaz de abrirse paso entre aquella muchedumbre, pero Santos era lo bastante menudo para deslizarse por los huecos y llegar hasta el hombre armado con la llave. El sacerdote le dijo algo y la llave fue descendiendo lentamente.

—Profesor Donovan —el sacerdote le tendió la mano—, lo siento muchísimo. No habrá resultado herido, ¿verdad?

—Estoy bien, gracias, aunque la cosa se ha puesto fea a toda velocidad.

—Protegen mucho a nuestra María. Pero entre, pase, pase, por favor.

La falange de hombres se separó obedientemente y Cal siguió a Santos hacia el interior de la casa. Accedieron a una estancia de tamaño reducido, cocina y sala de estar, con una alfombra deshilachada sobre el suelo de hormigón, unas cuantas piezas de mobiliario desvencijado, una cocina antigua de gas propano y un fregadero con las cañerías al descubierto. El exterior estaba repleto de hombres; dentro, las guardianas eran mujeres.

—Permítame que le presente a la madre —indicó Santos.

La joven madre de María tenía el color tostado de una avellana. Su piel bronceada parecía dura como la cáscara de una nuez. Miró con recelo al alto norteamericano, cuya cabeza se acercaba de manera peligrosa al techo, pero sonrió mostrando todos los dientes en cuanto el sacerdote le explicó que era el hombre del Vaticano al que estaban esperando.

—El santo padre les envía sus bendiciones —dijo Cal, y era cierto. Después de que Santos lo tradujera y la mujer se santiguara, añadió—: ¿Podría formular unas preguntas a la señora Aquino y a su hija?

La mujer asintió, pero insistió en que Cal se tomara un refresco de naranja, que aceptó agradecido. Mientras bebía aquella pócima empalagosa, no pudo evitar pensar que le habría apetecido mucho más un trago de vodka. Cuando devolvió el vaso vacío a la mujer, se fijó en un abultado saco de arpillera que había al lado del maltrecho sofá.

—Cartas —aclaró el sacerdote—, de todo el mundo. —Junto al saco dormitaba una mujer fornida—. Esta señora se encarga de abrir las cartas y sacar el dinero. No tengo ni idea de cuánto han recibido hasta el momento, pero estoy seguro de que para esta familia es una auténtica fortuna.

María se encontraba en la parte posterior de la vivienda, en una habitación no más grande que un armario, sentada con las piernas cruzadas en un colchón colocado en el suelo de hormigón, con un libro para colorear en el regazo y una flamante caja de lápices de colores. Levantó brevemente la vista, lo evaluó, y al instante perdió el interés y cogió un lápiz de un tono de verde distinto. Cal sabía que estaba embarazada de siete meses, aunque costaba percibirlo. La blusa de encaje que llevaba —un regalo recibido por correo de alguien que lo había enviado simplemente a la «Virgen María, Manila, Filipinas»— era holgada y escondía su figura. Cal sabía también que tenía dieciséis años pero, de haber tenido que adivinarlo, habría dicho que aquella chica menuda tenía trece años, catorce como mucho.

Cal se acuclilló y sonrió.

—Hola, María, me llamo Cal. ¿Puedo ver lo que dibujas?

El sacerdote tradujo y la chica ladeó el libro para que Cal pudiera verlo. Era una escena del Antiguo Testamento: Jonás en el interior de la ballena.

—Jonás parece bastante a gusto ahí dentro —dijo Cal—. ¿Sabes lo que le pasó?

La chica negó con la cabeza.

—Rezó a Dios y Dios hizo que la ballena lo escupiera.

La explicación hizo reír a la chica.

La madre de María se sentó a su lado y Cal puso en marcha la grabadora del teléfono. Santos decidió agacharse también y todos quedaron al mismo nivel.

—Pregúntele si le parece bien que grabe. Dígales que al papa le gustaría oír su voz.

La señora Aquino accedió con gusto y le dijo a su hija que debía responder a las preguntas con sinceridad, puesto que si mentía el santo padre se daría cuenta. Palpó entonces el cuello de la chica y tiró de un pequeño crucifijo de madera que llevaba debajo de la blusa para que quedara visible para sus inquisidores. Los hermanos y las hermanas de María, todos menores que ella, fueron llegando desde el dormitorio que compartían y obedecieron la señal de silencio que les hizo su madre llevándose un dedo a los labios.

Cal carraspeó un poco antes de tomar la palabra y, considerando que la chica tendría la mente más fresca al principio, decidió empezar por la que quizá fuera la pregunta más difícil.

—María, ¿sabes cómo se hacen los niños?

La chica miró a su madre antes de responder.

—Sí.

—¿Cómo se hacen?

—El chico deposita su semilla en la chica.

—¿Y sabes cómo hace eso el chico?

Hubo otra mirada dirigida a la madre, que con un gesto de asentimiento le dio permiso para responder.

María demoró la respuesta, y se tomó su tiempo para elegir el lápiz siguiente. Lo probó un poco y dijo:

—Poniendo su pene aquí —respondió, señalando sus partes íntimas.

—¿Y te lo ha hecho a ti algún chico?

—No.

—¿Estás segura?

La señora Aquino intervino entonces.

—¿No le ha contado nadie al santo padre que mi hija es virgen? Lo vieron tanto en la consulta de la clínica como en el hospital. María es una buena chica.

Pero, antes de que Cal pudiera explicarle que eran preguntas rutinarias, la chica ofreció su respuesta: estaba segura.

—Muy bien, María, te creo. Ahora me gustaría que pensases en lo ocurrido hace siete meses. ¿Te sucedió algo fuera de lo normal? ¿Algo que se te haya quedado grabado en la cabeza?

—¿Como qué?

—Como cualquier cosa que no fuera habitual. Cualquier cosa que recuerdes. Dime simplemente lo que se te pase por la cabeza. Las respuestas tontas no existen.

La chica cerró los ojos e hizo rodar la cabeza en un gesto un poco teatral hasta que su madre le dijo que parara y respondiera a lo que le preguntaban.

De pronto abrió los ojos.

—Había una luz muy intensa. Eso lo recuerdo. ¿Es algo fuera de lo normal?

Cal acababa de levantarse para aliviar una rampa en la pierna, pero volvió a acuclillarse de inmediato para mirar a la chica a los ojos.

—Eso tendrías que decirlo tú, María. ¿Crees que esa luz era fuera de lo normal?

—Supongo.

—Cuéntame más cosas sobre esa luz. ¿Qué estabas haciendo cuando la viste?

—Iba andando.

—¿Por dónde?

—Por aquí, por Paradise Village.

—¿En qué parte de Paradise Village? ¿En tu casa?

—No, cerca de casa de Lulu.

—¿Y eso dónde es?

La chica señaló en una dirección vaga. Santos preguntó al respecto a la madre de María y luego explicó a Cal que era justo en el otro extremo de la barriada, a un cuarto de hora a pie de allí.

—¿Estabas con tu amiga Lulu cuando viste la luz? —preguntó Cal.

—No, estaba sola.

—¿Fue durante el día? ¿Por la noche?

—Estaba oscuro.

—¿Qué estabas haciendo cuando la viste?

—Iba a casa de Lulu.

—¿Viste a alguien en la calle?

—No, solo la luz. Me dolieron los ojos de lo potente que era.

—¿Y oíste algo? ¿Algún sonido? ¿Una voz?

—No. Entonces no.

—¿Cuándo?

—No lo sé. Más tarde, supongo.

—¿Un sonido?

—Una voz.

Cal tragó saliva y miró al padre Santos, que enseguida aclaró:

—Eso no nos lo había dicho nunca.

—¿Era una voz de hombre o de mujer? —preguntó Cal.

—De hombre.

—¿Qué dijo?

44

La chica respondió alguna cosa, pero Santos no tradujo de inmediato.

—¿Qué ha dicho? —le preguntó Cal.

—Ha dicho: «Has sido elegida».

Cal le pidió que lo repitiese, y la chica lo repitió.

—¿Y estabas en la calle cuando la voz te dijo eso?

—No lo sé.

—¿Dónde pudo ser, si no?

—No lo sé. No lo recuerdo.

—¿Y tenías aún aquella luz en la cara cuando oíste la voz?

—No.

—Muy bien, volvamos al momento en que viste la luz. ¿Qué hiciste?

—¿Hacer? No hice nada.

—Me refiero a qué pasó a continuación.

—No me acuerdo.

—¿Desapareció esa luz?

—No me acuerdo.

—¿Y seguiste tu camino hacia casa de Lulu?

El nerviosismo se transformó en enojo y la chica respondió a gritos.

—¡He dicho que no me acuerdo!

Cal volvió a incorporarse e hizo una pausa calculada para dejar que se calmase. Intuyó que el padre Santos se disponía a reprenderla y le dijo al sacerdote que no era necesario que hiciese nada.

Cal sonrió entonces a María.

—Siento mucho tener que formularte tantas preguntas. He venido desde muy lejos para verte. Tengo algunas más, y cuando termine te daré un regalo de parte del papa Celestino.

—¿Qué es? —dijo la chica con impaciencia.

—Enseguida te lo enseño. ¿Puedo hacerte más preguntas?

La chica asintió.

—Muy bien. ¿Vas a menudo hasta casa de Lulu, de noche?

—Antes sí, pero ya no. Mamá no me deja salir.

—Hay demasiada gente —intervino la madre—. Todo el mundo quiere tocarla. Las multitudes son peligrosas.

—Aquella noche ¿dónde dormiste, María?

Se quedó pensando un momento.

—En casa de Lulu.

—¿Recuerdas haber llegado hasta allí?

Asintió.

—¿Recuerdas lo que hiciste cuando llegaste a casa de tu amiga?

—Vimos una revista y luego nos fuimos a dormir.

—¿Le contaste a Lulu lo de la luz?

—No.

—¿Y lo de la voz?

—No.

—¿Te asustó aquella experiencia?

—Sí.

—¿Sentiste algún dolor?

—No creo.

—¿Algún dolor ahí abajo, por debajo de la cintura?

—No.

—¿Recuerdas lo que hiciste cuando te despertaste la mañana siguiente?

—Jugamos. No había clase.

—¿Y le contaste a tu madre lo de la luz o lo de la voz?

—No me contó nada —respondió la madre.

—María, desde aquella noche, ¿has vuelto a ver la luz?

—No, nunca.

—¿Y has vuelto a oír la voz?

—No.

—¿Y has vuelto a ver algo extraño o que te dé miedo?

—No.

—Gracias, María. Señora Aquino, ¿recuerda la noche de la que está hablando María?

—La verdad es que no. María iba con mucha frecuencia a casa de Lulu. Es más grande que la nuestra y tiene muchos juguetes. El padre de Lulu tiene un buen trabajo. A mi marido, que en paz descanse, lo asesinaron.

—Lo siento.

—¿Cree que la Iglesia nos permitirá utilizar el dinero que nos envía la gente para mudarnos a una casa más grande?

—Supongo que eso depende de usted, no de la Iglesia —respondió Cal.

El padre Santos se mostró de acuerdo.

—¿Podríamos volver a esa noche? —pidió Cal.

La madre se quedó pensando.

—Debió de ser un viernes, porque ha dicho que al día siguiente no había clase.

—¿Siempre la deja ir sola hasta allí?

—Sí, por aquí no hay problemas. Normalmente no se meten con los niños.

—¿Quién?

—Los gánsteres.

—Cuando María va a casa de su amiga, ¿a qué hora suele salir de aquí?

—Después de cenar, hacia las siete.

Santos respondió a la siguiente pregunta de Cal antes de que este la formulara.

—Siete meses atrás, debía de ser de noche a esas horas —dijo el sacerdote.

—María, ¿hay algo más que recuerdes o que quisieras decir sobre aquella noche?

—No, ¿puedo ver ya mi regalo?

Era un pequeño joyero de cuero rojo con el sello papal repujado en blanco. María lo abrió rápidamente, extrajo de su interior la cruz con la cadena de oro y se lo mostró a su madre.

—Lo ha bendecido el papa personalmente —dijo Cal.

—¡Que Dios le bendiga! —exclamó la madre—. María, no debes quitártelo nunca.

Cuando hubieron acabado en casa de María, el padre Santos guio a Cal por las estrechas calles de Paradise Village hasta la casa de la amiga, Lulu Ruiz. Las chicas eran compañeras de estudios. Y mientras que a María le resultaba poco práctico continuar asistiendo a clase, Lulu seguía yendo al colegio y tuvieron que esperar a que llegara a casa. Cal aprovechó el tiempo para interrogar a la madre y a la tía de la chica sobre la noche en cuestión. De hecho, la recordaban bastante bien, puesto que María había llegado más tarde de lo habitual y parecía un poco aturdida.

—Tenía una mirada un poco rara —dijo la tía.

—¿Contó algo sobre lo que le había pasado? —preguntó Cal.

—No dijo nada.

—¿No mencionó una luz muy intensa?

Por lo visto no lo había hecho. Al ser tan tarde, las niñas habían jugado un rato y luego se habían ido a la cama. Las mujeres no sabían nada más. Cuando Lulu llegó a casa, vestida con el uniforme de la escuela católica, falda plisada, camisa blanca y zapatos negros, tampoco aportó nada. No recordaba absolutamente ni un solo detalle de aquella noche y María y ella no habían vuelto a hablar del tema desde entonces.

—María venía mucho por casa —dijo Lulu con tristeza—. Y ahora ya no. La echo de menos.

Posteriormente, mientras esperaba un taxi en la entrada de Paradise Village, el padre Santos pasó a Cal los informes médicos de María que había conseguido. Encendió un cigarrillo y le preguntó a Cal si había obtenido algo de utilidad en la visita.

—Es evidente que no mucho —replicó.

—¿Qué le dirá al Vaticano?

—Supongo que les diré que no tengo ni idea de qué está pasando.

—¿Y hacia dónde se dirige ahora?

—Voy al otro lado del mundo, a ver a otra chica llamada María.

5

Cal se despertó sumido en la oscuridad y por un momento no supo dónde estaba. Los cambios de huso horario de los últimos días hacían que la cabeza le diera vueltas como una ruleta. Fue el sonido de un trío de músicos callejeros que tocaba en la plaza para los turistas noctámbulos —una ocarina muy aguda, un charango y un cajón golpeado con fuerza— lo que lo ayudó a ubicarse. Estaba en Lima.

Maldijo los dígitos iluminados del reloj de la mesita de noche; era demasiado pronto para levantarse, demasiado tarde para beber más vodka. No podía hacer ni una cosa ni la otra. Aborrecía caer tan bajo, pero se llevó a la boca un somnífero y aguardó al coma químico.

Como era de esperar, no oyó la alarma del iPhone, un tono mal elegido, los relajantes compases de Brahms. Necesitó el estallido del teléfono de la habitación para despertar.

—Señor Donovan, su visita le espera en el vestíbulo.

Entrecerró los ojos para protegerse de la luz que inundaba la habitación y respondió aturdido.

—¿Qué visita?

La recepcionista susurró:

—El arzobispo, señor.

—Mierda. ¿Puede decirle que se tome un café? Estaré abajo en diez minutos.

Cal se aseó volando y bajó a toda velocidad al restaurante del vestíbulo, donde encontró al cardenal saboreando un café mientras leía el periódico.

—Lo siento mucho —dijo Cal al acercarse—. Anoche estaba destrozado y me tomé una pastilla para dormir.

El cardenal Jaime Miranda se levantó para estrecharle la mano con firmeza. Había sido todo un atleta de joven y, de no haberse fracturado una rodilla, podría haberse convertido en futbolista profesional. «Dios tenía otros planes para mí», le gustaba decir. Era joven para ser cardenal, solo sesenta y dos años, y seguía estando flaco y musculoso. Lo había ascendido el anterior papa, al que en realidad no le quedó más opción que conceder el capelo cardenalicio al popular obispo de Lima tras el fallecimiento del arzobispo Aguirre. No obstante, Miranda tenía escasa afinidad política con el papa conservador y había pasado en Roma el tiempo mínimo indispensable. Con el nuevo pontificado, sin embargo, la situación había cambiado. El papa Celestino, león progresista y reformador persistente, deseaba rodearse de un consejo de asesores de mentalidad afín, y Miranda recibió la petición de sumarse al Consejo de los Ocho, el gabinete personal del papa injertado en la jerarquía vaticana que acabaría convirtiéndose en la proa de la nave de Estado de Celestino.

—Disponer de unos minutos libres para leer el periódico ha sido un regalo, profesor. No se disculpe.

Habían coincidido varias veces en el Vaticano y mantenían una cierta amistad. Miranda conocía con detalle los servicios que Cal había prestado al Vaticano a lo largo de los años y la admiración que Celestino sentía por él.

Cal pidió un café y Miranda repitió también.

—Ha elegido un buen hotel en una buena zona —dijo Miranda—. Miraflores es de lo más deseable.

—La hermana Elisabetta lo eligió por mí. Aún estoy un poco desorientado. Es la primera vez que viajo a Perú.

—¿De verdad? Pues cuando acabe con lo que tiene que hacer, pediré a uno de los monseñores que lo acompañe en una visita turística. La catedral de Lima es impresionante (no queda muy lejos de aquí) y la ciudad alberga muchas maravillas. Si dispone de varios días, debe ir a Machu Picchu, por supuesto, aunque hay muchos otros lugares famosos.

—Me temo que tengo que volver a Cambridge, pero no tardaré en planear una visita como es debido.

—Por lo que tengo entendido, acaba de llegar de Filipinas. Un viaje largo.

—Muy largo.

—Y nuestra María Mollo, ¿es su segunda o su tercera María?

—La segunda. Un colega mío se encarga de investigar a la tercera chica en Irlanda. Ya debería estar allí.

—La verdad es que es un fenómeno muy extraño —dijo el cardenal—. Cuesta saber qué pensar. Por un lado, resulta tentador no analizarlo en exceso y limitarse a aceptar el milagro de corazón, pero antes debemos realizar todas las investigaciones pertinentes y excluir cualquier explicación lógica. Por eso me alegro de que el santo padre lo haya elegido a usted para la tarea. Es usted un gran amigo y de total confianza.

—Estoy encantado de poder ayudar.

—¿Qué impresión le dio María Aquino?

—Es una chica muy dulce que parecía menor de lo que en realidad es. No soy ningún experto en adolescentes, pero, en Estados Unidos al menos, las chicas de dieciséis años aparentan veinte. María tiene dieciséis y aparenta doce.

—¿Es de una familia pobre?

—Muy pobre. Vive en una barriada de chabolas superpoblada y bastante atrasada llamada, por incongruente que resulte, Paradise Village.

Miranda se recostó en el asiento y sonrió.

—El paraíso puede ser también un estado mental. ¿Y cuál es su historia?

Cal se la relató y el clérigo fue asintiendo de vez en cuando.

—Las similitudes con nuestra María son remarcables, ¿verdad? Incluso oyeron la misma voz que les decía «Has sido elegida».

Cal espabiló de golpe.

—¿A qué nos enfrentamos, profesor?

—Todavía no tengo respuestas.

—La diócesis lo ayudará en todo lo que nos sea posible. Está empezando a formarse un culto alrededor de nuestra virgen María. Yo lo considero nocivo y perturbador. En estos momentos, María no es más que una chica con una curiosa afección médica. Está muy lejos de la santidad. La Iglesia tiene una única Virgen María y cualquier afirmación de lo contrario es una blasfemia. Dígame qué necesita.

—Alguien que me lleve hasta ella. Alguien que me traduzca.

—Mi secretario personal, monseñor Valdez, se encargará de ambas cosas. ¿Puede estar preparado dentro de quince minutos?

—Por supuesto. Solo tengo que subir a coger mis cosas.

—No corra. Deme tiempo a terminar el café y el periódico.

Cuando Cal regresó, encontró a Miranda enfrascado en una discusión con un sacerdote que imaginó que sería Valdez. El semblante del cardenal había cambiado. Tenía el ceño fruncido y gesticulaba airado con las manos.

Cal se acercó a los hombres.

—¿Ocurre algo?

—Le presento a monseñor Valdez —respondió el cardenal—. Dígale, por favor, al profesor Donovan lo que acaba de contarme.

Valdez tenía la frente perlada de sudor. Respiraba con dificultad, como si hubiera estado corriendo.

—Hace menos de cinco minutos he recibido una llamada del párroco de la familia de María Mollo. La chica ha desaparecido.

Cuando se levantó la niebla, la montaña apareció de repente. Desde lejos se veía hermosa o, como mínimo, alegre. Cientos o quizá miles de casitas diminutas salpicaban la ladera; sus colores pastel se mezclaban y creaban un lienzo impresionista. En el pico, una cruz de madera de gran tamaño apuntaba hacia el cielo encapotado. Debajo, una enorme bandera peruana, blanca y roja, aparecía tatuada en la tierra.

—Allí vamos —indicó Valdez a Cal—. Al poblado de chabolas de San Cristóbal. ¿Lo ve? Dios y patria.

El coche siguió ascendiendo hasta que a Cal se le taparon los oídos y el asfalto dio paso a una estrecha pista de tierra que subía con mucha pendiente al principio y luego, con las curvas en horquilla, se suavizó un poco. Las coloridas casas encastradas en la montaña no resultaban tan alegres vistas de cerca. Las paredes eran de láminas de madera contrachapada claveteada y los tejados eran piezas de metal ondulado oxidado. Los tonos pastel, tan atractivos desde el valle, se desconchaban bajo el sol abrasador. Las ventanas eran simples agujeros cubiertos con cortinas o persianas desvencijadas. No había ni una puerta que encajara.

Niños descalzos de aspecto desaliñado jugaban en medio de la pista de tierra. Cuando el camino quedó bloqueado, Valdez tocó el claxon, sacudió la mano para ahuyentar a los niños y aceleró hasta que acabaron dispersándose. Lo hizo de un modo excesivamente agresivo y peligroso para el gusto de Cal, pero el profesor se mordió la lengua; al fin y al cabo, era el hombre del cardenal.

—Estos campesinos tienen demasiados hijos —se quejó Valdez—. No pueden mantenerlos. Perpetúa la pobreza. ¿Sabe la noche que María Mollo vio la luz? Su madre tiene tantos pequeños que ni siquiera se dio cuenta de que su hija no estaba en casa.

«Tal vez la Iglesia debería replantearse su postura con respecto al control de natalidad», pensó Cal, pero no dijo nada.

Las curvas en horquilla acabaron cuando llevaban un tercio de la ladera ascendida. Valdez detuvo el coche y apagó el motor.

—Ahora a caminar. No deje nada de valor en el coche. Esta gente es muy pobre.

Ante ellos se alzaba una empinada escalera de tierra cortada en la misma montaña. La niebla había bajado de nuevo, engullendo los peldaños.

—¿Está muy lejos? —preguntó Cal, cuando esquivaban unos cerdos.

—Por desgracia está casi arriba del todo. Lo cual no ha impedido que lleguen las multitudes. Por la mañana hay un reguero constante de gente que intenta ver a María. Por la noche vuelven a bajar. Hoy, con lo que ha pasado, no sé qué nos encontraremos.

Cal arrugó la nariz al aspirar los fétidos olores. El monseñor se percató del gesto y le explicó que los inodoros eran meros agujeros excavados en el suelo. Allí no había alcantarillado ni agua corriente ni electricidad. La gente tenía que cargar con tinas de agua hasta lo alto de la montaña o pagar el doble de lo habitual por agua embotellada en alguna de las pequeñas tiendas repartidas por el barrio de chabolas. María Mollo se dirigía a una de esas tiendas la noche que se vio sorprendida por la misteriosa luz.

Siguieron subiendo y las multitudes que el monseñor había mencionado se materializaron entre la niebla y les bloquearon el paso.

—Apártense, apártense —riñó Valdez—. Somos los representantes del cardenal Miranda.

Los campesinos intentaron obedecer, moviéndose unos pocos centímetros a la derecha en la estrecha escalera, con lo que dejaron el espacio justo para que Cal y el monseñor pudieran avanzar. Al llegar a un llano, la muchedumbre se amontonaba ante el siguiente tramo de escaleras y se vieron obligados a abrirse paso a codazos.

Cuando se aproximaban al final del siguiente tramo, Valdez aseguró a Cal que ya estaban cerca. En la zona llana, la multitud estaba incluso más apiñada que abajo y tardaron varios minutos en avanzar entre las oleadas de hombres, mujeres y niños, muchos de los cuales aferraban un rosario. Para cuando alcanzaron la entrada de la chabola pintada de azul celeste de la familia Mollo, la cara del monseñor estaba roja como un tomate de tanto gritar. Valdez llamó con los nudillos a la endeble puerta y anunció su presencia.

En español, una anciana le dijo que la virgen no estaba en la casa.

—Ya lo sé —le espetó Valdez, y empezó a llamar con más fuerza—. Soy el padre Valdez, el representante del cardenal Miranda.

—¿Sabe adónde ha ido, padre?

—No tengo ni idea. Tal vez sea por eso que estoy aquí.

La puerta se abrió mínimamente y asomó la cabeza una mujer de cara redonda y cabello negro y desgreñado. Acunaba a un bebé.

—¿Está aquí el padre Díaz? —preguntó Valdez.

—Se ha ido a la iglesia.

—Tenemos que hablar con la madre y el padre de María.

—Están durmiendo. Han pasado toda la noche en vela.

—¿Y usted quién es?

—Soy la tía de María.

—Pues bien, señora, despiértelos y dígales que los hombres del cardenal quieren hablar con ellos sobre la desaparición de María.

La mujer cerró la puerta en las narices al sacerdote, que se enfureció y soltó un torrente de murmuraciones. El español de Cal no era ninguna maravilla, pero sí lo bastante bueno para no tener que pedir a Valdez que le aclarara la situación. Decidió esperar pacientemente bajo el calor abrasador y la humedad sofocante, con una fuerte sensación de claustrofobia por la gran masa de humanidad que tenía a la espalda.

La puerta volvió a abrirse por fin y la tía, aún con el bebé en brazos, los invitó a pasar. Las ventanas se hallaban cubiertas por dentro con toallas clavadas con chinchetas y la estancia estaba oscura como una cueva. Cuando los ojos de Cal se adaptaron a la penumbra, le sorprendió la pobreza reinante. El fregadero era un barreño de plástico. La cocina, un hornillo conectado a una bombona de gas. El mobiliario se reducía a varias piezas rescatadas de algún contenedor. Había dos niñas y tres niños nerviosos y más pequeños sentados en la alfombra verde que cubría el suelo de tierra. Cal se enteraría después de que los niños y el bebé eran los hermanos pequeños de María. Todos vivían con sus padres en aquella chabola de tres habitaciones que hacía que la casa de María Aquino en Manila pareciese casi una residencia de lujo.

—Mi hermana y su marido no pueden recibirlo ahora, padre —dijo la tía, al tiempo que intentaba acallar el llanto del bebé.

—¿Por qué? —inquirió Valdez.

—Están muy cansados. Tal vez podría volver otro día.

Valdez estalló y su voz retumbó por encima de los lloros del bebé.

—Este hombre es el representante personal del papa. Ha venido desde el Vaticano para investigar el caso de su hija. Y ahora resulta que ha desaparecido, ¿y pretende que volvamos otro día?

La mujer pasó el bebé a la niña mayor.

—Pregúntenme a mí. Yo estaba presente cuando se llevaron a María. Pero no entiendo su enojo, padre. Fue el Vaticano el que se la llevó.

Cal creyó entender lo que la mujer estaba diciendo, aunque no estaba seguro del todo. Un estupefacto Valdez se lo tradujo.

Cal abrió la aplicación del teléfono para grabar.

—¿A qué hora se la llevaron?

Después de que Valdez le repitiera la pregunta en español, la mujer respondió:

—Fue anoche. Hacia las diez. Los peregrinos ya se habían marchado. Y yo estaba preparándome para volver a mi casa. Llamaron a la puerta. Eran un hombre y una mujer.

Cal le lanzó otra pregunta.

—¿Quiénes dijeron que eran?

—No recuerdo cómo se llamaban. Aseguraron que eran del Vaticano.

—¿En qué idioma hablaban?

—En español. Pero no en español de Perú.

—¿De dónde, entonces?

—No sé. Quizá de México.

—¿Les enseñaron alguna identificación?

—No, señor.

—¿Qué querían?

—Querían a nuestra María. Dijeron que los enviaba el papa Celestino para llevarla a un lugar seguro.

—¿A qué lugar?

—No se lo preguntamos, pero su madre quiso saber si podría hablar con ella. Dijeron que por supuesto. Que nos mandarían a un hombre con un teléfono móvil para que pudiéramos hablar con ella. Dijeron que recibiría la mejor atención médica posible porque era importante que el bebé naciera sano. Que nosotros éramos demasiado pobres para proteger a la madre y al bebé.

—¿Cómo iba vestida esa gente? —preguntó Cal.

—Como gente rica normal. Él no era sacerdote y ella no era monja, si es eso lo que quieren saber.

—Y después de que les dijeran todo eso, ¿qué pasó?

—Quisieron ver a María, claro. La mujer le regaló una muñeca muy bonita para jugar.

—Muy bien, ¿y qué pasó luego?

—El padre de María dijo que no quería que su hija se fuese. Dijo: «Al diablo con el Vaticano». No es tan religioso como mi hermana, la verdad sea dicha. Y María es la mayor y la quiere mucho. Mi hermana y él empezaron a discutir.

—Y después ¿qué pasó?

—El hombre entregó un sobre a mi cuñado.

—¿Qué había dentro?

—Dinero. Mucho dinero.

—¿Cuánto?

La mujer bajó la voz.

—Veinte mil soles.

Como Cal había cambiado moneda en el aeropuerto. Hizo el cálculo mentalmente: seis mil dólares.

Valdez soltó un silbido.

—Es un año de salario para una persona normal en Perú —le dijo a Cal en inglés—. Para esta gente es más dinero del que podrían imaginarse en toda la vida.

—Y luego ¿su hermana y su marido les permitieron llevarse a la chica?

—Primero les hicieron firmar un papel.

—¿Y qué ponía en ese papel?

—Lo siento, señor. No lo sé.

—¿Y después qué?

—Todos la abrazamos y se la llevaron. Se han pasado toda la noche llorando. Y ahora, por fin, están durmiendo un poco.

—¿Y María? ¿Cómo estaba cuando se fue?

—También lloraba. Lloraba mucho. No quería irse, pero la mujer la cogió de la mano y la arrastró montaña abajo. Señores, ustedes son del Vaticano. ¿Cómo es que no saben que el papa se ha llevado a María?

Cal miró a Valdez, que seguía paralizado. Entendió que dependía de él decidir qué responderle.

—El Vaticano es un lugar muy grande —dijo Cal—. Supongo que simplemente no nos informaron. Haré algunas llamadas a Roma para aclarar la situación.

—Dígales, por favor, que den muchos besos y abrazos a María de parte de su familia. Que rezamos por ella —pidió la tía.

Valdez habló por fin, muy nervioso.

—Sí, por supuesto, no dejen de rezar por ella.

6

Era un sábado por la mañana en Gort y, como tenía un poco de tiempo libre, Joe Murphy decidió entrar en la iglesia de Saint Colman para oír misa. Conocía bastante bien el templo, puesto que se había criado en la zona y había ejercido como sacristán en la cercana Galway. No había estado tanto tiempo en el cargo como sus superiores tenían pensado, aunque tampoco había sido una gran sorpresa para ninguno de sus mentores. Todos sospechaban que el intelectual graduado del Trinity College, en Dublín, no estaba destinado a servir durante mucho tiempo como párroco. En el fondo, Murphy también lo sabía, aunque estaba decidido a desafiar su carácter empollón e introvertido alejándose de la universidad y trabajando con gente normal con necesidades reales. Y lo había intentado, la verdad. Durante la temporada que había pasado en Galway, su superior le había cargado hasta los topes de trabajo parroquial: asesoramiento a parejas jóvenes antes de contraer matrimonio, celebración de funerales y bautizos, conversaciones con feligreses en momentos de duelo y desesperación. Pero vivir aquella vida había camuflado una mentira. Él no era ese tipo de sacerdote, no era ese tipo de hombre.

Una noche se despertó presa del pánico, desencadenado por un sueño en el que se ahogaba en agua o en arenas movedizas (era incapaz de recordar en qué elemento), y comprendió su simbolismo, ridículamente evidente. En Galway se estaba ahogando. Quería recuperar su vida de libros, bibliotecas y estudio. Investigó posibilidades en las principales instituciones académicas, sin imponer ninguna limitación geográfica, y con la bendición del obispo de su diócesis, se postuló para entrar en la facultad de Teología de Harvard, donde empezó a cursar un doctorado bajo el tutelaje de Calvin Donovan, profesor de religión de fama mundial.

En el transcurso del estudio y el trabajo para la tesis doctoral de Murphy, ambos habían acabado entablando amistad, aun a pesar de ser como la noche y el día. Se reían el uno con el otro. Cal, el bebedor y *bon vivant*, y el sacerdote, abstemio y espartano. Cal, el mujeriego, y el sacerdote, fiel al voto de castidad. Cal, la encarnación de Hemingway, que presionaba al aprensivo Murphy para que fuese su asistente en los combates de boxeo amateur. Si hubiera que trazar diagramas de Venn para representar las pasiones de los dos hombres, la intersección la ocuparía la erudición. La tesis de Murphy sobre san Benedicto había sido tan formidable que Princeton University Press había decidido publicarla y Cal había utilizado su considerable influencia para conseguirle un puesto de profesor junior en Harvard, donde Murphy había empezado a impartir clases de Historia eclesiástica medieval. Murphy nunca se había sentido más feliz. Amaba su trabajo, su música, su pequeño círculo de amigos, su tranquila vida de oración. Regresar al oeste de Irlanda y al condado de Galway para solventar un misterio parroquial no contribuía a esa felicidad. Aun así, cuando Cal le pidió su colaboración, la única respuesta razonable fue: «¿Cuándo empiezo?».

Sentado en el último banco, con la misa ya empezada, lo primero en lo que pensó Murphy fue que en algún momento se había equivocado. El sacerdote no estaba hablando en inglés, tampoco en latín. Era portugués. Murphy miró a su alrededor y vio un mar de caras morenas. Gort había cambiado, se enteraría más tarde. Cerca de un tercio de la población de la pequeña ciudad era no irlandesa, brasileños en su mayoría, que trabajaban en la industria cárnica local. Como resultado, las exigencias culturales a las que se habían visto sometidas las parroquias de Gort y de Beag eran tan grandes que habían tenido que incorporar a un sacerdote brasileño para que celebrara la misa de los sábados.

Murphy comprendió que llamaba la atención, un sacerdote desconocido dirigiéndose al altar para tomar la comunión. Y lo reconoció un hombre, el canónigo reverendo Michael McCarthy, que le sonrió desde su lugar en el presbiterio y se aproximó al joven sacerdote antes de que a este le diera tiempo a confundirse con los feligreses una vez terminada la misa.

—¡Joseph Murphy! Pero ¿qué haces tú por aquí?

McCarthy había impartido algunas clases en el seminario de Murphy, St. Patrick's College, cerca de Dublín, y habían estrechado lazos gracias a los conocidos mutuos que tenían en Galway. McCarthy había ayudado a Murphy a conseguir trabajo en la parroquia de su ciudad natal.

—Padre McCarthy, qué alegría verlo.

El canónigo pellizcó la manga negra de Murphy.

—Veo que sigues en nuestra profesión. ¿Piensas volver con nosotros?

—No, no, estoy solo de visita. He pensado que necesitaba desempolvar un poco mi portugués.

—Asombroso, ¿verdad? —dijo McCarthy—. Qué pequeño es el mundo. Nuestras hermanas y hermanos brasileños son buena gente y buenos católicos. ¿Te apetece tomar algo en la parroquia o, mejor aún, en el pub? ¿Sí? Dame un par de minutos para cambiarme.

Al poco estaban sentados en un reservado oscuro de O'Donnell's, el mayor con una cremosa pinta de Guinness y el más joven con una limonada.

—Hay cosas que no han cambiado. —McCarthy se burlaba de la bebida de Murphy—. Veo que no te has contagiado de ninguna de las malas costumbres de los americanos.

—¿Cuenta Netflix?

—Bueno, supongo que sí. —Brindó con el vaso de Murphy—. *Sláinte*. Y, cuéntame, ¿qué tal tu familia?

—En *statu quo*, creo —dijo Murphy—. Mi madre no para, como siempre. Y a la carga habitual se le ha sumado ahora lo de hacer de abuela. Mis hermanos y mis hermanas siguen en el campo y con las vacas, trabajando como albañiles y yeseros. Y haciendo nuevos feligreses. Lo mismo que todo el mundo en el oeste de Irlanda, supongo.

—Lo cual está bien. Imagino que las heridas siguen aún abiertas. En cuando a lo de tu padre, me refiero.

El hombre se había subido borracho al tractor y había enfilado una cuesta con demasiada pendiente... con el resultado predecible.

Murphy dio un buen trago a la dulce limonada. Nunca había sido muy bebedor, a diferencia de sus hermanos, pero desde el accidente no había probado ni una gota y, durante los últimos tiempos en que decía misa, fingía beber el vino sacramental.

—Sí, siguen ahí. Sobre todo para mi madre —respondió.

—¿La has visto ya? ¿Y al resto de la familia?

Y lo que dijo a continuación dejó sorprendido al canónigo.

—De hecho, no saben que estoy aquí. Seguro que iré a ver a mi madre antes de marcharme. Con mis hermanos y hermanas no tengo muy buena relación. Cuando me fui a Estados Unidos, me acusaron de abandonarla.

—Un hombre busca mejorar y esto es lo que recibe. Pensamiento provinciano, si me está permitido decirlo. Pero, bueno, aún no me has contado qué te trae por Gort.

—Mary Riordan. Ella es la razón.

McCarthy inspiró hondo. Y su actitud cambió.

—¿Qué tienes tú que ver con ella?

—Me envía el profesor Donovan, el tutor de mi tesis doctoral en la universidad. Mantiene una relación muy estrecha con el papa Celestino. El Vaticano le ha pedido que investigue el caso de las Marías y le dé una opinión informada basada en los hechos sobre el terreno. Sabiendo que yo era de aquí y conocía la zona, pensó que podría ayudar a dar algún sentido a lo que sucede en Gort mientras él se encarga de visitar a las otras chicas.

—Acabo de leer que la tercera Mary, la de Perú, ha desaparecido. Un asunto extraño.

—Sí, la verdad es que sí —dijo Murphy.

—¿Conoces a los Riordan? —preguntó McCarthy.

—Creo que no hemos coincidido nunca.

—Pues mira, Joe, no son precisamente la gente más fácil del mundo, tú ya me entiendes. Sobre todo Kenny Riordan. Un hombre duro donde los haya. ¿Qué plan tienes? ¿Presentarte en su casa y pedirles que te dejen pasar?

—Ese era mi plan original, sí. Tenía intención de visitarlos esta tarde.

—Confío en que lleves la cartera llena.

—¿Cobran por acceder?

—Sí. Ese hombre y su esposa están haciendo negocio. Tienen a la familia entera confeccionando reliquias y cosas por el estilo. Por diez euros consigues un tubito de agua supuestamente bendecida por la chica. Por veinte, una foto firmada impresa en fotocopiadora. Por treinta, un selfi con ella. Por un mechón de su pelo, o del pelo de a saber quién (por lo que sé, están comprándole pelo al peluquero), no me preguntes lo que piden, porque no tengo ni idea. Acabas de decir que ese era tu plan original. ¿Cuál es el actual?

Murphy sonrió.

—Confío en que sea usted.

Los Riordan vivían en un bungalow destartalado en las afueras de la ciudad. Kenny Riordan hacía mucho tiempo que no trabajaba. Le habían concedido la invalidez por un problema de espalda. Las autoridades locales, que sospechaban que su espalda estaba en perfecto estado, habían destinado un hombre a seguirlo durante un año con la idea de grabarlo jugando al golf o bailando el tango, pero Kenny era demasiado listo. Siempre pillaba al investigador con las manos en la masa y se apresuraba a esbozar una mueca de dolor o a apoyarse en el bastón cuando el tipo rondaba por allí. Su esposa también era una máquina consiguiendo ayudas estatales, puesto que recibía un subsidio por la diabetes y un montón de subvenciones por maternidad y cuidado de los ocho hijos que había parido. El bungalow, situado en un bonito terreno, a pesar de estar pegado a una carretera con mucho tráfico, era propiedad del ayuntamiento, y los Riordan pagaban un alquiler muy alejado de los precios del mercado, aunque en realidad el dinero del gobierno hacía un viaje de ida y vuelta.

Cuando se acercaban a la casa en el coche de McCarthy, Murphy vio un desfile de gente que caminaba por la hierba del arcén. La policía no dejaba que los coches estacionasen en la carretera y los peregrinos se veían obligados a aparcar en el pueblo y recorrer a pie el trayecto de casi un kilómetro hasta la casa. Para mantener el orden, dos agentes de policía montaban guardia en el exterior del bungalow prácticamente todo el tiempo, razón por la cual los concejales del condado de Galway estaban empezando a quejarse con el argumento de que los Riordan se habían convertido en un gasto fijo en el presupuesto municipal.

—Aquí no se puede aparcar —dijo un policía, llamando con los nudillos a la ventanilla del coche.

El canónigo McCarthy bajó la ventanilla.

—Buenos días, Robert.

—Disculpe, padre. No había reconocido el coche. ¿Es nuevo?

—Así es. El leasing del otro expiró hace poco. ¿Podemos aparcar por algún lado?

—Déjelo en el camino de acceso, detrás del furgón de Kenny.

Algunos de los peregrinos que esperaban delante de la puerta no vieron con muy buenos ojos que aquellos hombres se saltaran la cola, pero como eran sacerdotes no se podía decir nada. Cuando oyó el timbre, Kenny Riordan gritó desde el interior que tenían que esperar a que les tocase el turno, como todo el mundo.

—Kenny, soy el padre McCarthy. Me gustaría hablar un momento contigo.

Se abrió la puerta y apareció un hombre bajito con el pelo rapado al uno y una generosa barriga cervecera que asomaba por debajo de un elegante polo. Su sonrisa infantil desapareció cuando vio a Murphy.

—¿Y este quién es? —preguntó con recelo Riordan.

—Es el padre Murphy. Lo envían del Vaticano.

—¿El Vaticano, dice?

—¿Podemos pasar?

Riordan tenía el aspecto de un hombre al que persiguen inspectores de Hacienda, pero dijo:

—Claro, claro.

La escena del interior lo explicaba todo.

La señora Riordan, una mujer obesa que abultaba el triple que su marido, estaba sentada con los pies levantados en un sillón reclinable, tricotando, con un cigarrillo a medias en un cenicero lleno de colillas. En el rincón, dos niños y dos niñas, de entre cinco y diez años, jugaban con muñequitos de plástico. Mary Riordan, la atracción principal, estaba sentada en el sofá, con una bandeja en la falda y firmando fotografías para dos mujeres que la observaban boquiabiertas. Mary era guapa, llevaba el pelo, negro, con un moderno corte a lo paje y un crucifijo de plata colgado sobre una camisa blanca almidonada; las rodillas huesudas le asomaban por debajo de una falda plisada de cuadros. Murphy supuso que era el uniforme escolar. La expresión de su boca era un mohín permanente de aburrimiento. En un aparador había docenas de tubitos con un líquido transparente, montañas de fotos y una hilera de pequeños estuches que debían de contener mechones de pelo. En la mesita de centro había una caja de zapatos con un billete de diez euros que asomaba por debajo de la tapa. Kenny Riordan la cogió rápidamente y se la llevó a otra habitación.

Las peregrinas recogieron las fotos firmadas y, cuando Riordan reapareció, le preguntaron cuánto le debían.

—Nada, señoras. No cobramos por esto.

—¿Qué? —La señora Riordan levantó la cabeza de su labor, sorprendida.

—Calla —la regañó el marido.

—¿Podemos hacer una foto? —preguntó una de las mujeres.

—Sí, por supuesto, adelante —dijo Riordan, mirando fijamente a Murphy.

Antes de marcharse, las mujeres tocaron la pálida mano de Mary y después se santiguaron. Riordan las acompañó hasta la puerta y comunicó a la gente que hacía cola que habría un poco de retraso antes de que les tocase el turno. Dijo que eran cosas de la iglesia.

—Bueno, ¿qué puedo hacer por ustedes, padres? —preguntó Riordan.

—Se está sacando un buen dinerillo —dijo McCarthy.

El hombre se hizo el ofendido.

—No sé a qué se refiere. La gente quiere ver a nuestra Mary, ¿no? Y por un buen motivo. Si a alguien le apetece hacer una pequeña donación para apoyarles a ella y a su familia, no hace ningún daño, creo yo.

—No estamos aquí para cerrar su negocio, Kenny —respondió el sacerdote—. El padre Murphy ha sido enviado por el santo padre en persona para formular unas preguntas a su hija.

—¿El santo padre, dice? Pues pregunte, padre. Pero no se entretenga mucho, lo digo por toda la gente que está ahí fuera esperando pacientemente bajo el sol.

—Intentaré ir lo más rápido posible —dijo Murphy.

Riordan esbozó una sonrisa al captar el claro acento de Galway de Murphy.

—Es usted de por aquí, ¿no?

—Lo soy. O lo era, al menos. Ahora vivo en Estados Unidos.

—Muy bien. Por el apellido ya imaginaba que no era italiano, pero siempre resulta agradable ver a alguien de aquí con categoría suficiente para tener el visto bueno del Vaticano.

Murphy cogió una silla para instalarse cerca de la chica.

—Hola, Mary, encantado de conocerte.

El mohín siguió ahí, imperturbable. Murphy solo era una cara más. De cerca Mary era aún más guapa y estaba tremendamente desarrollada para tener solo diecisiete años; su físico quedaba resaltado por una blusa ceñida que habría hecho volver la cabeza a chicos mucho mayores que ella.

—Quería preguntarte por el momento en que empezó todo esto —dijo Murphy—. ¿Podrías remontarte a aquella noche?

Fue la madre quien respondió desde el sillón reclinable.

—Aquella noche había salido, al pueblo. Sus amigas y ella habían ido de pubs. Acababa de cumplir los diecisiete, pero hay propietarios que les sirven copas aun siendo menores de edad. Cuando yo era una niña nos servían incluso con trece o catorce años. Recuerdo cuando...

Su esposo la interrumpió.

—Jesús, María y José, Cindy, si no callas, la cola de ahí fuera llegará hasta el pueblo.

—Lo siento —dijo la mujer—. Bueno, el caso es que, después de que cerraran los pubs, Mary y sus compañeras se despidieron (las otras chicas viven en la ciudad) y Mary emprendió camino de vuelta a casa. Habrá un kilómetro y medio, ¿no?

—Me pregunto si podría escuchar todo este relato en boca de Mary —intervino Murphy.

La chica suspiró con fuerza.

—Como ha dicho mi madre, volví a casa sola.

—Te despediste de tus amigas. ¿Todo chicas?

—Sí.

—¿No había chicos aquella noche?

—No conozco a ningún chico —repuso Mary con sarcasmo.

—No seas fresca —le advirtió su padre.

Mary le hizo una mueca y continuó.

—En los pubs, sí, claro, pero no veo a ninguno después.

—Muy bien. ¿Y qué te pasó en el camino de vuelta a casa? —preguntó Murphy.

—¡He contado ya esta historia mil puñeteras veces!

Su padre, al otro lado de la estancia, levantó una mano.

—¿Puedes responder a las preguntas que te hace este señor? Si no, acabaremos teniendo un tumulto ahí fuera.

Mary esbozó un gesto de exasperación.

—Lo único que recuerdo es que acababa de pasar por delante del SuperValu Mart cuando me quedé así como cegada por una luz superintensa.

—¿De qué color era la luz?

—No lo sé. Quizá blanca o amarilla, supongo. Me dolían mucho los ojos.

—¿Viste a alguien por la calle antes de ese momento?

—No. A nadie.

—¿Oíste algo fuera de lo normal?

—¿Qué?

—Sí, cuando te dio la luz.

—No, nada.

—Pero ¿después oíste algo?

—Supongo que fue después, aunque no sabría decir cuándo exactamente. Pero oí con claridad la voz de un tío, una voz grave, de tío mayor, que me dijo «Has sido elegida».

Murphy frunció el ceño.

—Algo sorprendente, ¿no?

La madre respondió por la chica.

—Pues sí. ¿Cree usted que fue la voz del Señor, padre?

—La verdad es que no podría decirlo —contestó Murphy—. Y después de la luz, después de la voz, ¿qué es lo siguiente que recuerdas?

—Eso es lo raro. No recuerdo nada más hasta que me encontré andando por Tubber Road, ya cerca de casa.

—¿Y no había nadie por allí?

—Ni un alma.

—¿Cuánto tiempo había pasado?

—Miré el teléfono cuando llegué a casa. Eran las dos de la mañana más o menos.

—¿Y a qué hora saliste del pub?

La chica no estaba segura, pero su padre dijo que era sábado y que debieron de cerrar sobre las doce y media.

—Por lo tanto, podríamos decir que tenemos una laguna de unos noventa minutos —dijo Murphy—. ¿Te vio alguien cuando llegaste a casa?

—Desperté a mi madre cuando entré.

La madre asintió.

—Me gusta dormir en este sillón, para respirar mejor. Le dije: «¿Dónde andabas, señorita?». Parecía un poco aturdida. No tenía ni idea. La regañé por beber demasiado y salir hasta tan tarde y se fue directa a la cama. No le di mucha importancia, la verdad. Las chicas de esta edad salen hasta las tantas, pero Mary es una buena chica, padre, no sé si me explico. Imagínese mi sorpresa cuando luego su amiga dejó de venir y nos enteramos de que estaba embarazada. Sobre todo porque es virgen.

—¿Y podrías describirme, Mary, cómo te sentiste aquella noche cuando viste que estabas en Tubber Road?

—¿Que cómo me sentí? Confundida, diría.

—¿Algún dolor? ¿Alguna molestia?

—No me acuerdo.

—Y, solo para dejarlo claro, ¿tonteaste con algún muchacho aquella noche?

Por primera vez pareció animarse.

—¡No!

—Nunca ha tenido relaciones, padre —añadió la madre—. Lo han confirmado todos los médicos y enfermeras que la han visto. —Y entonces susurró, como si la chica no pudiese oírla perfectamente—. Estaba intacta ahí abajo, dijeron.

—Lo que voy a preguntarte es muy importante, Mary —dijo Murphy—. ¿Puedes confirmarme que no te has acostado nunca con ningún chico?

—Nunca —respondió Mary en voz baja, evitando mirarlo a los ojos—. Creo que de eso me acordaría, ¿no le parece? De la primera vez uno se acuerda, ¿no, padre?

La madre rio, pero Kenny Riordan le gritó de nuevo que no fuese una fresca.

Murphy puso orden.

—¿Sabes lo que significa la palabra «eyacular»?

La chica sonrió con suficiencia y asintió.

—¿Hubo algún chico que eyaculara sobre ti o sobre tu ropa?

—¡Qué pregunta, padre! —dijo la madre, y se encendió otro cigarrillo.

—No, nunca —respondió Mary.

Murphy se dispuso a tomar nota.

—Muy bien, ¿eres religiosa?

—¿A qué se refiere?

—A si vas a la iglesia, a si rezas.

—La verdad es que no vamos a la iglesia.

—Eso no es cierto —dijo el padre, a la defensiva—. ¿Acaso no fuimos a misa por Navidad o hace tres meses, madre?

El canónigo McCarthy sintió la obligación de intervenir.

—Kenny Riordan, no recuerdo haberle visto en la iglesia ni una sola vez, ni a usted ni a nadie de su familia.

—Por Navidad anda usted muy ocupado, padre, y siempre nos quedamos detrás.

—¿Y lo de la oración? —le preguntó Murphy a la chica.

—A veces rezo, supongo. Últimamente.

—¿Y a quién rezas?

Respondió tan bajito que Murphy apenas lo oyó.

—A la Virgen María.

Kenny Riordan empezó a hacer eses cuando entró en contacto con el aire nocturno, víctima de la fama local; últimamente la gente le invitaba a tomar cervezas sin esperar que luego pagara también él. Pese a que era verano, hacía fresco, y se abotonó la chaqueta de lanilla para cubrirse la barriga.

Habría recorrido apenas media manzana cuando oyó que decían:

—¿Es el señor Kenny Riordan?

Giró sobre sí mismo, no sin cierto desequilibrio, y vio a dos hombres bajo la luz de una farola. Ni jóvenes ni viejos, llevaban cazadora de cuero. Uno lanzó al suelo la colilla de un cigarrillo.

—Lo soy. ¿Los conozco, caballeros?

Era cierto. Aunque no los conocía, los había visto de vez en cuando por bares de mala muerte.

—Sabemos quién eres, Kenny. ¿Qué te parece si te invitamos a una copa?

—Bueno, creo que ya he bebido más que suficiente por esta noche, muchachos, pero agradezco la invitación.

El segundo hombre fue más directo.

—Tengo algo en la chaqueta que me gustaría enseñarte. Ven aquí.

Riordan tragó saliva cuando vio que el hombre abría una cremallera. Casi se esperaba ver una pistola, pero bajo el resplandor de la farola distinguió otra cosa. Un sobre. Con curiosidad, se acercó a ellos.

—Es abultado, ¿verdad? —dijo el hombre—. Adivinas cuánto dinero contiene.

—No tengo ni idea, hijo.

—Billetes de cien euros. Un centenar. ¿Te interesa?

Después de que los sacerdotes se fueran, Riordan había dejado la puerta abierta hasta el anochecer y había sacado trescientos euros a la clientela. Muchos selfis y fotos, pero no había colocado ni un solo mechón de pelo. Cien de los grandes sonaba bien, exageradamente bien.

—¿Cagan los osos en el bosque?

—Vamos a tomarlo como un sí —dijo el primer hombre—. ¿Te apetece esa copa?

—Cuando llamaste anoche no podía ni creérmelo. Podrías haberme dicho que venías a Galway.

La madre de Murphy tenía buen aspecto, pensó. Quizá un poco más canosa, un poco más delgada, pero no tan distinta a como estaba la última vez que la había visto.

—Ha sido una cosa de último minuto. Estoy de viaje de negocios.

—¿Qué tipo de negocios? —preguntó su madre, mientras empezaba a preparar el té.

—Negocios de la Iglesia.

—Suena de lo más enigmático. ¡Negocios de la Iglesia! Pero si ahora eres profesor.

—Mary Riordan, si te empeñas en saberlo.

—¿Y qué tiene que ver un profesor universitario con Mary Riordan?

Explicó a su madre cómo lo habían reclutado para la misión. Su madre era todo oídos, ansiosa por saber cualquier detalle sobre el asunto que él pudiera contarle. Pero se llevó una decepción. Al parecer su hijo no había averiguado mucho más allá de lo que decían los periódicos y los chismorreos del supermercado.

—Espero que al Vaticano no le quede más elección que investigar este asunto, pero te diré lo que pienso —dijo su madre, ofreciéndole unas galletas.

—¿Qué piensas?

—Pienso que la han dejado preñada al estilo tradicional.

—No es lo que dicen los médicos.

—Los médicos de por aquí. Ya ves lo bien que lo hicieron con tu padre.

—Lo arrolló un tractor. ¿Qué podrían haber hecho?

—Cuando llegó al hospital, estaba vivo. Que no se te olvide.

Murphy no quiso discutir con ella.

—Bueno, de todos modos no ha sido solo el médico local, mamá. Trajeron a un ginecólogo de Dublín para estudiar el caso.

Su madre hizo un gesto de desdén.

—No me sorprendería nada que el bebé se pareciera al chico que se sienta a su lado en clase de geografía.

—Eso ya lo veremos dentro de un par de meses.

Hablaron un rato sobre sus hermanos y hermanas, sobrinos y sobrinas, dos de ellos nacidos desde la última vez que había estado en el país.

—¿Por qué no vas a visitarlos?

—Porque tengo que volver a Boston por la mañana.

—Me gustaría que hicieras las paces con ellos. No eres el mayor, pero sí el más sabio. Vivirían mejor de tenerte en su vida.

—La próxima vez, quizá. Cuando me quede más tiempo.

La dejó con un abrazo y un beso, y lágrimas en los ojos de ella. Al fondo de la tranquila calle sin salida había dos motos Honda paradas. Los conductores llevaban el casco puesto y estaban sentados a horcajadas en sus vehículos. Desmontaron y se acercaron a él antes de que le diera tiempo a llegar al coche de alquiler.

—¿Nos concede un minuto, padre? —dijo uno de ellos con voz amable mientras el otro lo miraba con frialdad.

—¿Qué desean?

75

—Ha estado haciendo preguntas sobre Mary Riordan.

Murphy miró hacia la casa para ver si su madre estaba asomada a la ventana. Las cortinas de encaje estaban cerradas.

—¿Y en que les concierne eso a ustedes?

Hicieron caso omiso de la pregunta.

—Puede que haya nacido aquí, pero ya no es uno de los nuestros.

—¿Usted cree? —dijo Murphy.

—Lo creo, y no queremos forasteros entrometidos. ¿Entiende lo que le digo?

Murphy no quitaba ojo al hombre que guardaba silencio y permanecía inmóvil como un perro obediente a la espera de una orden. Nunca había sido víctima de violencia. Cabía imaginar que el alzacuellos funcionaría a modo de escudo, pero ¿y si no era así? De repente deseó haber aceptado la oferta de Cal de enseñarle a boxear.

—¿Y en qué sentido estoy entrometiéndome? En la Iglesia estamos preocupados por la chica y queremos garantizar su bienestar.

—No estamos aquí para discutir con usted, padre. Queremos que los forasteros se mantengan alejados de la chica y de su familia. ¿Puedo preguntarle cuándo piensa marcharse de Galway?

—¿Puedo yo preguntarles quién los envía?

—Voy a ser muy directo, padre Murphy. Manténgase alejado de los Riordan o lo lamentará. Por cierto, su madre tiene una casa preciosa. Hasta hoy mismo no sabíamos que vivía aquí.

7

Pasa, Joe.

Cal estaba en su despacho de la facultad de Teología, poniéndose al día con la montaña de correo, revistas y circulares internas. Cuando Murphy se dejó caer en la silla, Cal lo miró, se levantó y le sirvió un café.

—Te lo agradezco —dijo el sacerdote.

—Tienes una pinta horrible —observó Cal.

—¿Y tú no?

Charlaron sobre los estragos del *jet lag* y luego se pusieron a comparar notas sobre las tres chicas. Al cabo de media hora tendrían una llamada de Skype con el Vaticano, de modo que intentaron ceñirse a lo esencial, aunque Cal no pudo evitar preguntar acerca del incidente en casa de la madre de Murphy.

—¿Qué crees que había detrás de eso?

—No tengo ni idea. Pero me pareció algo más que lugareños cerrando filas para proteger a un miembro del clan. Cuando mencioné el incidente al canónigo McCarthy, también se quedó perplejo.

—¿Quiénes eran? ¿Lo averiguaste?

Murphy negó con la cabeza.

—Pregunté por ahí, pero no tenía nombres, así que no.

—¿Llamaste a la policía?

—No. En realidad no hubo ninguna amenaza concreta,

solo cierta intimidación y un exceso de testosterona. La verdad es que me interesaba más volver a casa que ponerme a investigar a esos tipos.

El ordenador de Cal anunció una llamada entrante por Skype. El cardenal Da Silva y la hermana Elisabetta los saludaron y les sonrieron desde una estancia ornamentada. Da Silva debía de haber tenido antes algún acto formal, puesto que estaban en el despacho del secretario de Estado del Palacio Apostólico y no en su despacho personal.

—No conocen al padre Joseph Murphy —dijo Cal.

Murphy saludó y la hermana Elisabetta enseguida le agradeció su colaboración.

—Bien, Cal —dijo Da Silva—, estamos impacientes por conocer tu opinión sobre las chicas.

—Por supuesto, pero, antes que nada, ¿han tenido noticias sobre María Mollo?

—No sabemos nada, por desgracia —respondió el cardenal—. Nos han dicho que los padres todavía no tienen noticias. Han informado a la policía peruana y creemos que están llevando a cabo una investigación, aunque no tenemos más información. Es una situación tremendamente preocupante.

—¿Y las otras dos? —preguntó Cal—. ¿Están los padres y las autoridades locales al corriente de lo que ha sucedido en Perú?

—En cuanto nos enteramos de lo ocurrido en Lima —respondió Elisabetta—, nos pusimos en contacto con los párrocos de Manila y Gort para informarles sobre la situación.

—¿Qué les dijeron? —preguntó Cal.

—Que estuvieran atentos a cualquiera que les ofreciera dinero u otros incentivos para llevarse a las chicas y que tuvieran presente que el Vaticano no está detrás de este tipo de acciones.

Cal expresó su aprobación y consultó la lista de temas que había anotado a toda prisa durante la reunión previa con Murphy.

—Muy bien. Esto es lo que tenemos. Joe y yo hemos estado comparando notas y las similitudes entre las tres chicas son sorprendentes, cuando menos. La primera y más evidente es el nombre. La segunda, e igualmente evidente, es que las tres son católicas. La tercera, que las chicas rondan la misma edad. Mary Riordan tiene diecisiete años ahora, pero dieciséis cuando se produjo el incidente, como María Aquino. María Mollo tiene quince. La cuarta similitud es que todas provienen de familias pobres y sin educación. La quinta es que todas desaparecieron por la noche, mientras caminaban solas por calles tranquilas. La sexta: todas recuerdan una luz intensa y cegadora la noche de los hechos, y haber oído después una voz masculina e incorpórea que les decía que habían sido elegidas. Y luego, ningún recuerdo más hasta al cabo de aproximadamente una hora, cuando se «despertaron» (eso lo dejo entre comillas) y se encontraron caminando de nuevo, más cerca de su destino. La séptima: cuando se descubrió que estaban embarazadas, se vio también que todas ellas poseían aún el himen virginal. Ese hecho está corroborado mediante pruebas fotográficas. Todas las chicas afirman no haber mantenido nunca relaciones sexuales de ningún tipo. Y quiero subrayar que no estoy en condiciones de poner la mano en el fuego en lo relativo a los aspectos médicos de estos casos.

—Siento interrumpir —dijo Elisabetta—, pero pedimos a una destacada ginecóloga romana que revisara todas las pruebas médicas y en su informe nos dice que, con la salvedad de que ha tenido que confiar en los exámenes médicos realizados por otros, los hímenes de las chicas son absolutamente incompatibles con las relaciones sexuales. Más aun, en referencia a los interrogantes planteados por los medios sobre una posible inseminación artificial, la ginecóloga nos dice que ese procedimiento solo puede llevarse a cabo mediante la inserción de un espéculo, tal y como se haría en el caso de realizar un examen pélvico. Eso rompería el himen igual que lo romperían las relaciones sexuales. Y, por cierto, ha revisado también las ecografías y ha confirmado que los tres bebés son varones. Continúe, por favor.

—Octava coincidencia: cuando, en todos los casos, se ha calculado la fecha estimada de la concepción a partir de la última regla y del tamaño que muestra el feto en la ecografía, se puede afirmar, con un elevado grado de confianza, que la concepción se produjo la noche en que las chicas vieron la luz y experimentaron ese lapso inexplicable de tiempo.

—Nuestra ginecóloga dice lo mismo —añadió Elisabetta.

—Novena: los tres sucesos descritos por las chicas tuvieron lugar en un plazo de dos semanas. Mary Riordan fue la primera, seguida siete días más tarde por María Aquino, y cinco días después por María Mollo. Décima coincidencia: de un modo u otro, los padres de las chicas están obteniendo un beneficio económico del fenómeno. No puedo decir que los culpe por ello. Son oportunidades de salir de la pobreza que surgen una vez en la vida.

El cardenal se inclinó hacia la cámara.

—¿Existe alguna posibilidad de que estas tres familias contactaran antes o después de que se produjeran los embarazos? ¿Podría haber alguna conspiración para generar ruido, como se suele decir?

—Las dos familias a las que visité yo ni siquiera tenían teléfono. Son gente muy pobre y poco sofisticada. Yo creo que la probabilidad es nula. ¿Joe?

—Irlanda no es el Tercer Mundo, claro, pero no creo que los Riordan sean capaces de señalar en un mapa dónde están Perú o Filipinas, y mucho menos de saber cómo ponerse en contacto con alguien que vive en esos lugares. Coincido con Cal.

—Por último —continuó Cal—, con respecto a la veracidad de las declaraciones de las chicas, y aquí tengo que fiarme de los sacerdotes de Lima, ya que no pude ver a María Mollo, creemos que dicen la verdad, tanto sobre lo que les pasó la noche en cuestión como sobre su falta de experiencia sexual. No parecen ser ni mentirosas ni retorcidas.

—¿Y adónde nos lleva todo esto? —preguntó Da Silva—. Dennos su opinión.

Cal dio un golpecito en el hombro a Murphy.

—Creo que la Biblia es un buen punto de partida. Le pedí a Joe que profundizara en el Nuevo Testamento para encontrar paralelismos bíblicos con estas Marías modernas. ¿Joe?

—La mayor parte de la acción se desarrolla en el Evangelio según san Lucas —dijo Murphy—. Es Lucas quien nos cuenta que el ángel Gabriel se presenta ante María para informarla de que es la elegida, y le dice: «Alégrate, llena de gracia, el Señor está contigo». Lucas nos cuenta que María se queda profundamente turbada al oír esas palabras y que se pregunta qué tipo de saludo es ese. Por lo que el ángel dice: «No temas, María, porque has encontrado la gracia ante Dios. Concebirás en tu vientre y darás a luz un hijo, y le pondrás por nombre Jesús. Será grande y será llamado Hijo del Altísimo», etcétera, etcétera. Y luego encontramos este fragmento: «Pero María le dijo al ángel: "¿Cómo será eso, si no conozco varón?". A lo que el ángel le respondió: "El Espíritu Santo vendrá sobre ti, y la fuerza del Altísimo te cubrirá con su sombra. Por eso, el hijo que nacerá será llamado Santo, Hijo de Dios"». Por otro lado, ni en Lucas ni en ningún otro sitio consta cómo se le apareció el ángel Gabriel a María (no hay nada acerca de una luz intensa) y en las escrituras no se describe el momento en que se le aparece el Espíritu Santo. Dicho esto, es posible observar ciertos paralelismos bíblicos en los testimonios de nuestras Marías modernas. Cal me pidió también que investigara las referencias bíblicas a la edad de la Virgen María. Y, para resumir, no hay ninguna. La mayoría de los eruditos de la Biblia apuntan a la edad de esponsales que imponía la ley judía en aquel momento de la historia. Según la costumbre judía, el matrimonio antes de los doce años de edad estaba prohibido y las desposadas no solían tener más de quince años. Por lo tanto, las Marías de nuestra época están cerca de este rango de edad. Y esta es, pues, mi aportación.

Cal sonrió.

—Gracias, Joe. ¿Alguna pregunta?

—Gracias, padre Murphy —añadió Da Silva—. Una buena lección de Biblia siempre es un placer.

—Bueno —dijo Cal—, supongo que la pregunta central es si nos enfrentamos a algo con una explicación racional científica-biológica o a algo con una explicación espiritual-religiosa. Ya sabemos que no se puede acusar ni a las chicas ni a sus familias de perpetrar un engaño. Están embarazadas y son vírgenes.

—Exacto —dijo el cardenal.

—Empecemos por las explicaciones espirituales. Por la misma naturaleza del caso, resulta imposible encontrar evidencias empíricas directas que expliquen un suceso intrínsecamente espiritual. Como bien saben, este es el conflicto fundamental en cualquier investigación de milagros. Las conclusiones sobre la veracidad de un supuesto milagro deben basarse en una explicación alternativa que resulte persuasiva. —Cal se dio cuenta de que estaba hablando como si estuviera impartiendo una clase—. Miren, se trata de un proceso de eliminación. Cuando eres incapaz de entender qué diablos pasa después de haberlo intentado absolutamente todo, podría darse el caso, y subrayo la palabra «podría», de que nos enfrentásemos a un milagro. A lo largo del último siglo, prácticamente todos los milagros para los que el Vaticano ha solicitado una investigación formal estaban relacionados con la cura de enfermedades que se ha producido a partir de la intervención de un presunto santo. Dichas curas suelen darse en casos de enfermedades incurables y tienen que ser espontáneas, y con frecuencia, instantáneas y totales. Médicos fiables deben certificar que no existe explicación natural para lo sucedido. El embarazo, sin embargo, no es una enfermedad (pese a que si le ocurriese a una de mis novias el que caería enfermo sería yo), pero el enfoque tendría que ser el mismo.

Cal hizo una pausa para evaluar qué tal había sentado su desafortunada salida de tono. Elisabetta fruncía el ceño. Y se disponía a pedir disculpas cuando ella tomó la palabra.

—Me parece que hemos descartado los dos métodos racionales y científicos por los que estas chicas podrían haberse quedado embarazadas —dijo—. Es decir, la relación sexual y la inseminación artificial. Su innegable anatomía virginal excluye ambas posibilidades. Eso deja abierta la puerta a un fenómeno sobre el que sé poco más que lo que consta en su página de Wikipedia: la partenogénesis, es decir, un tipo de reproducción asexual en la que el embrión se desarrolla sin fertilización.

—De hecho, es justo lo que iba a comentar. Estoy de acuerdo con usted —dijo Cal—. Consulté la misma página de Wikipedia. Iba a destacarlo como algo sobre lo que necesitaríamos la opinión de un experto.

—Estoy segura de que encontraremos a algún experto en Italia —agregó Elisabetta—. Pero, dado que se trata de un elemento importante que debemos entender y defender con confianza, creo que nos sería muy útil contar con dos opiniones. Me pregunto si podrían encontrar también un experto norteamericano, tal vez de Harvard o de alguna de sus instituciones en Boston.

Cal se quedó pensativo unos instantes. Le vino a la cabeza un nombre al tiempo que experimentaba un espasmo en el estómago.

—Creo que conozco a alguien. —Y añadió—: El otro factor que quería sacar a relucir es el del ADN. Una vez que nazcan los bebés, contaremos con datos interesantes.

—Por supuesto, pero para eso tendremos que esperar dos meses —repuso Elisabetta—. Nuestra curiosidad debería pasar a un segundo plano ante los riesgos pequeños pero reales que comporta una amniocentesis.

—Bien —Cal se recostó en la silla—, supongo que no es del todo prematuro hablar sobre explicaciones espirituales. Aparte de la importancia abrumadora que tiene en el cristianismo el nacimiento de una madre virgen, una de las experiencias comunes que describen todas las chicas es la de ver su recorrido interrumpido por una luz cegadora. La luz es el aspecto universalmente definitorio de la presencia divina. Esto, por supuesto, no se limita al cristianismo, constituye un patrón temático en la mayoría de las religiones. Una imagen bellamente representativa en el cristianismo es la que tenemos en el capítulo nueve de los Hechos de los Apóstoles, cuando Saúl va camino de Damasco. —Cal buscó en sus notas y leyó—: «Y de repente, una luz celestial lo envolvió con su resplandor. Cayó a tierra y oyó una voz que le decía: "Saúl, Saúl, ¿por qué me persigues?". Y dijo él: "¿Quién eres, Señor?". Y el Señor dijo: "Soy Jesús"». Ahora bien, en ningún lado se menciona que la Virgen María experimentara una luz asociada a la aparición de Gabriel, pero la presencia de una luz cegadora en los relatos de nuestras Marías es un elemento que debería incluirse en cualquier análisis. Las chicas oyeron además voces que proclamaban su estatus de elegidas. Diría que eso inclina la balanza hacia el lado espiritual del asunto, pero es solo una opinión personal. Y prefiero dejar en manos del Vaticano las valoraciones espirituales. ¿Me permite preguntarle qué piensa, eminencia?

El suspiro del cardenal llegó alto y claro a través del altavoz.

—¿Que qué pienso? —repitió—. ¿Qué pienso de verdad? Que si esto no es un milagro es un dolor de cabeza descomunal para la Iglesia. Si fuese un milagro, sería el más grande desde que Gabriel comunicó a María lo que iba a pasarle. Por favor, te ruego que hagas lo imposible para arrojar un poco de luz, divina o del tipo que sea, sobre este asunto.

Jessica Nelson seguía enfadada.

Mujer de palabra, había viajado a Islandia sola y, al parecer, no se había divertido. Cal dejó que se desahogara, meneaba la cabeza con turbación de vez en cuando y se rascaba la barbilla compadeciéndola mientras ella le relataba todas y cada una de las situaciones indignas que había tenido que soportar como mujer sola defendiéndose de las insinuaciones de hombres de todas las nacionalidades en los géiseres, en los bares de los hoteles y en otros lugares, aunque Cal sospechaba que había disfrutado tocando las pelotas, tanto a todos esos hombres como a él.

—Y lo que menos me gustó fue la comida —continuó, cambiando de tema—. Alguien me dijo que probara el tiburón fermentado.

—La cena de esta noche no es más que el primer paso de un largo y arduo programa para rehabilitar mi imagen —repuso él.

El menú de degustación del restaurante Melton, en Boston, situado no muy lejos del apartamento de Jessica, costaba casi trescientos dólares por cabeza, incluido el maridaje de vinos. Y esa noche no pensaba acostarse con ella. Había decidido que sería así porque le gustaba más que un poco y se sentía culpable por haber cancelado a última hora el viaje a Islandia. Jessica era alta y exuberante, con una locuacidad de lo más atractiva y una boca que escupía hechos superinteresantes y opiniones sobre casi todo. Cal era un tipo seguro de sí mismo, pero el nivel de confianza que tenía ella eclipsaba incluso el nada despreciable ego de él, y eso también le gustaba. La mayoría de las mujeres con las que había salido estaban impresionadas por sus logros y se había hartado de que lo tuvieran en un pedestal cuando mantenía una relación. En cambio, Jessica era muy similar a él, en cuanto a físico, capacidad económica y logros.

Por supuesto, la otra razón de la cita que tanto le había costado conseguir era que quería tantear su cerebro.

—¿Partenogénesis? —dijo ella, con el plato principal a medias—. ¿Por qué demonios te interesa eso?

Cal le explicó lo que había estado haciendo mientras ella visitaba volcanes. Cuando hubo acabado, ya les estaban retirando los platos para servir el postre.

—Confía en mí —dijo ella por fin—. Esto no es partenogénesis. Soy genetista. ¿Quieres saber qué pienso?

—Por supuesto, Jessica. Por eso te lo pregunto. —Cal apuró lo que le quedaba del tercer vodka con hielo.

—Pues pienso que a estas chicas las embarazaron al estilo tradicional.

—Tienen el himen intacto.

—Ah, ¿eres un experto en hímenes?

—No, aunque tengo cierta experiencia a nivel aficionado en lo que a anatomía femenina se refiere —replicó con una sonrisa—. Pero varios expertos han examinado a las chicas y han estudiado las fotos. Cuéntame por qué descartas la partenogénesis.

—Porque tus Marías no son ni insectos ni reptiles ni peces. Ninguna especie de mamífero es capaz de parir sin un padre de por medio. En primer lugar, los óvulos de un mamífero hembra no se dividen hasta que reciben una señal química por parte del espermatozoide. En segundo lugar, los óvulos de un mamífero hembra solo poseen la mitad de los cromosomas que necesitan para desarrollarse. Sin el espermatozoide, el embrión acabaría con solo la mitad del ADN que necesita para sobrevivir.

—¿Y no hay otra posibilidad?

—Bueno, suponiendo que fueras capaz de descubrir una forma inteligente de superar estas dos barreras en el laboratorio, hay un tercer obstáculo que seguramente es infranqueable. Tiene que ver con algo que se conoce como la impronta genómica y es tan complicado que dudo que te interese, créeme. Está relacionada con el modo en que algunos de los genes de la madre y del padre se eliminan entre ellos. Sin la impronta de la célula espermatozoide, la cría no sobrevive.

—¿Y en los insectos eso no pasa?

—Son genomas mucho más simples. Pero aun en el caso de que algún genetista muchísimo más brillante que yo, si cabe siquiera, lograra superar estos tres obstáculos, impronta incluida, todavía queda el último detalle. Porque has dicho que todos los bebés son varones.

—Eso parece.

—En teoría, si la partenogénesis de un mamífero fuera a producir un embrión viable, tendría que ser hembra. Si no hay espermatozoide, no hay cromosoma Y. Si no hay cromosoma Y, el embrión es XX. Hembra. Y eso es todo.

—Entiendo. —Esperaba ser capaz de recordar todo eso cuando elaborara el informe para el cardenal.

El camarero llegó con la carta de postres.

—Tanto hablar de sexo me ha puesto caliente —le susurró Jessica—. ¿Qué te parece si pedimos la cuenta y nos vamos a mi casa?

8

Paradise Village podía ser un lugar peligroso de noche. Era imposible que un forastero estuviera al tanto de dónde se ubicaban las líneas fronterizas invisibles, pero las bandas rivales sabían exactamente qué manzanas pertenecían a cada banda. Por consiguiente, los teléfonos móviles fueron iluminándose cuando un 4 × 4 empezó a abrirse camino entre las chabolas, saltándose cualquier límite territorial.

—¿De quién es ese Toyota blanco, tío?

—Nuestro no es. Creo que es de los Sputniks.

—Pues más les vale a esos cabrones que no sea suyo, tío. Solo hay una forma de averiguarlo.

Una docena de jóvenes sin camiseta, hasta arriba de alcohol y armados con machetes inundaron las calles y bloquearon una por completo. El Toyota se paró y los enfocó con las luces. Al ver que no se dispersaban, el conductor tocó el claxon. Eso solo sirvió para encender más los ánimos. Los chicos blandieron los machetes por encima de la cabeza y dos de ellos sacaron pequeños revólveres de la cintura.

Se abrieron entonces las puertas del lado del conductor y del acompañante, y salieron del coche dos filipinos. Iban vestidos con pantalón oscuro y camisa blanca holgada. No eran gánsteres callejeros y tampoco policías, pero lo que más llamó la atención a los jóvenes, y provocó un intercambio de palabras por lo bajo entre ellos, fueron las pistolas semiautomáticas que empuñaban al costado.

—Mierda, tío —dijo uno—, llevan 1911.

El conductor habló con voz pausada.

—¿Queréis meteros en un lío, chicos?

Le respondió un tipo flaco, armado con un revólver y vestido con un pantalón corto ancho.

—¿Os trae algún negocio por nuestro barrio, tío?

—Sí, venimos por un negocio, que no es precisamente asunto vuestro. Será mejor que guardes esa pistolita de juguete si no quieres acabar muerto.

El chaval flaco dijo:

—Vosotros solo sois dos, maricones, y esos 45... ¿qué llevan, ocho en el cargador y una en la recámara? Os vamos a despellejar antes de que acabéis con todos nosotros. Largaos de una puta vez de nuestra zona.

Se abrió una de las puertas de atrás del coche y salió otro hombre. Su armamento era más impresionante: un AK-47 con un largo cargador curvo.

—Un fusil de asalto completamente automático —aclaró el conductor—. ¿Qué queréis hacer, chicos?

Dos de los jóvenes intercambiaron susurros y el flaco, que parecía ser el que más autoridad tenía, declaró, con una bravuconería vacilante:

—Vale, podéis pasar, pero sin deteneros. Esta es nuestra casa, ¿entendido?

—Lo que tú digas —replicó el conductor, y entró de nuevo en el coche. Avanzó despacio a medida que la banda le dejaba pasar.

Cuando la calle se estrechó tanto que resultaba imposible seguir circulando, los hombres se apearon. Los acompañaba una mujer, fornida, con el pelo negro brillante y un bolso aferrado al costado. El conductor, con la pistola en la cadera, lideraba la procesión, y el del rifle cerraba el grupo. Las chabolas estaban a oscuras y había pocas farolas, por lo que se vieron obligados a utilizar una linterna. Delante de la casa de María Aquino, sentado en una tumbona, había un hombre mayor que se levantó al ver acercarse al grupo.

—¿Puedo ayudarles? —preguntó el anciano.

Respondió la mujer, hablando en inglés con acento latino. El conductor se encargó de traducir.

—Queremos hablar con la señora Aquino.

—Es medianoche —respondió el anciano—. Está durmiendo.

—Me temo que es importante. Nos envía el Vaticano. Soy la representante del papa y debo hablar con ella.

El hombre parpadeó, nervioso.

—Van armados.

—Lo cual es bueno —dijo la mujer—. Por lo que parece, esto lugar es peligroso por la noche.

—Lo es, lo es —reconoció el anciano—. Esperen aquí, por favor. Iré a despertarla.

La madre de María salió a la puerta, con ojos legañosos y vestida con camiseta y pantalón corto.

—¿Dicen que son del Vaticano?

—Así es —contestó la mujer—. Su párroco, el padre Santos, ha advertido al Vaticano sobre la situación de María. ¿Puedo entrar para hablar con usted?

—Ya vino a vernos un hombre del Vaticano.

La mujer se quedó mirándola, inexpresiva. Dudó solo un instante, antes de replicar:

—Y ahora estoy yo aquí.

La señora Aquino miró a los hombres armados que la acompañaban.

—No se preocupe por ellos —dijo la mujer—. Son mi chófer y mis guardaespaldas. Nos dijeron que esta zona es peligrosa por la noche. Y creo que es verdad.

Fue invitada a pasar a la estancia oscura, donde la señora

Aquino encendió la bombilla que colgaba del techo y le preguntó si quería un té.

—No, gracias, querida.

La mujer llevaba ropa cara e iba muy maquillada y perfumada. Miró de reojo el mugriento sofá y decidió quedarse de pie.

—¿Qué quiere el papa de mi María? —preguntó la señora Aquino. Cruzó los brazos sobre el pecho.

—Sabrá, querida, que María es una chica muy especial. El mundo entero habla de ella. El santo padre está preocupado, preocupadísimo, por su seguridad. Ha preguntado por la situación en su casa y se ha enterado de que durante el día está rodeada de multitudes y de que por las noches rondan por aquí bandas y narcotraficantes.

—Pero todo el mundo, incluso los gánsteres, se muestra respetuoso con María. Todos la quieren. La llaman la Pequeña Virgen de Paradise Village.

La mujer asintió pero continuó:

—Y luego está el tema de la atención sanitaria. Es una madre muy joven. El parto podría presentar complicaciones. El santo padre quiere que tenga la mejor atención sanitaria y los mejores doctores para que la asistan tanto durante el embarazo como en el nacimiento del bebé.

—El hospital local es más que suficiente —dijo la señora Aquino—. Y la visita un doctor muy bueno.

—El santo padre quiere que la controle su propio médico. En Roma tienen los mejores médicos para una madre y los mejores médicos para un bebé.

—¿Qué me está diciendo?

—Quiero que María se venga conmigo ahora. Volaremos hacia el Vaticano esta noche. El santo padre le dará su bendición mañana.

—No puedo moverme de aquí. —La señora Aquino negó con vehemencia con la cabeza—. Tengo más hijos.

—Se quedará con ellos. Yo cuidaré de María. No se preocupe.

—No. María se queda aquí. Y no quiero oír hablar más del tema.

La mujer se descolgó el bolso del hombro y se lo entregó a la señora Aquino.

—¿Qué es esto? —preguntó.

—Mire dentro.

La señora Aquino se acercó a la bombilla que colgaba del techo y abrió el bolso. Contuvo un grito.

—Ahí dentro hay doscientos mil pesos —le explicó la mujer. El equivalente a casi cinco mil dólares.

La señora Aquino intentó depositar de nuevo el bolso en manos de la mujer, que retrocedió y se negó a cogerlo.

—Mi hija no está en venta. Váyase, por favor.

—Me parece que no lo entiende —dijo enseguida la mujer—. Es un regalo para usted y sus pequeños. Tal vez pueda emplearlo para conseguir una casa en un barrio mejor. Una vez que María haya tenido el bebé, volverá con usted. Y entretanto, le proporcionaremos un móvil para que pueda hablar con ella siempre que le apetezca. Tendrá ropa buena y cosas bonitas. Será maravilloso para todos.

—¡No! ¡Márchese!

Gritó tan fuerte que María se despertó y los dos hombres armados que esperaban fuera entraron en la casa.

—¿Qué pasa, mamá? —preguntó María.

—No pasa nada, vuelve a la cama, cariño.

La mujer se arrodilló en la alfombra.

—Hola, María. El papa Celestino me envía para que te lleve a verlo. ¿Te gustaría conocer al santo padre?

—¿Con mamá?

—Solo tú, corazón.

La señora Aquino se interpuso entre ambas.

—Vuelve a tu habitación, María —le ordenó.

La mujer levantó el brazo para que uno de los hombres la ayudara a incorporarse y, cuando estuvo de nuevo en pie, dijo:

—Lo siento, señora Aquino, pero debo insistir. Llévate a la niña al coche —ordenó al chófer.

Uno de los hombres apartó a la madre y el chófer agarró a la chica y la cogió en brazos.

—Sé delicado con ella —dijo la mujer—. Recuerda que está embarazada.

La señora Aquino se puso a gritar y el anciano que había estado montando guardia fuera entró corriendo y preguntó qué pasaba. El segundo hombre lo trató con brusquedad, empujándolo hasta tirarlo al suelo. El anciano chilló, diciendo que le había hecho daño en la cadera.

—¡No se lleven a mi pequeña! —gritó la madre.

Dos niñas asomaron la cabeza por la puerta de la habitación. La mujer les ordenó que se quedaran dentro y no se movieran.

Los hombres estaban preparados para esa posibilidad. El del rifle entró en la casa y dejó el arma apoyada en la pared. Se sacó unas bridas de plástico y una mordaza del bolsillo y, después de un forcejeo breve pero feroz, la señora Aquino quedó atada de pies y manos y silenciada en un rincón.

María lloraba y gritaba, pero la mujer le dijo que se callase si no quería que hiciesen daño a su madre.

—¿Me has entendido, corazón?

La chica asintió.

La mujer tenía en la mano una hoja de papel impreso y un bolígrafo. Se acuclilló al lado de la señora Aquino y le preguntó si sabía escribir. La mujer hizo un único gesto afirmativo.

—Perfecto —dijo.

Puso el bolígrafo en la mano de la señora Aquino y, al ver que intentaba soltarlo, lo presionó y la obligó a escribir una X en la parte inferior de la hoja.

—Vale, vámonos —les dijo a los hombres.

Antes de irse, la mujer depositó el bolso en el regazo de la señora Aquino.

—Puede quedarse el dinero de todos modos.

En Irlanda, en esa época del año no oscurecía por completo hasta mucho después de las diez. Fue entonces cuando las motos estacionaron delante del bungalow de Kenny Riordan. Después de que los hombres desmontaran, un coche apareció por Tubber Road y enfiló el camino de gravilla que daba acceso a la vivienda de los Riordan. El conductor mantuvo el motor en marcha, pero apagó las luces.

Bien fuera porque Riordan los oyera llegar o porque estuviera montando guardia, el caso es que salió de la casa a toda prisa. El motociclista más alto, Doyle, era el que hablaba. El otro, McElroy, que tenía la cara marcada por la viruela, no era muy hablador y tampoco es que tuviese una mente brillante. Dejaba que Doyle se encargase de hablar. Las habilidades de McElroy eran más bien físicas.

—Sois puntuales —dijo Riordan.

—Siempre —replicó Doyle—. Circulamos rápido. —Miró por encima del hombro—. ¿Ha estado por aquí la policía local?

—Se han largado hace unas horas. Normalmente vuelven a pasar hacia medianoche. ¿Ese coche viene con vosotros?

—Sí. La carroza la espera, ya sabes. ¿Todo listo?

—Depende.

—¿De qué?

Riordan sorbió por la nariz.

—No te hagas el tonto, hijo. Depende de la pasta.

Doyle se bajó la cremallera de la cazadora. Llevaba pegado al pecho un sobre amarillo de tamaño A4. Era grueso y pesado.

—¿Te importa si lo cuento dentro? —preguntó Riordan.

—Ningún problema, amigo, pero que no te lleve toda la noche.

Riordan entró en la vivienda. Su mujer estaba tumbada con las piernas desnudas en su sillón reclinable, con una manta de borreguillo por encima del camisón. En la mesita, al alcance de su mano, descansaba una mascarilla para combatir la apnea del sueño, al lado de la cajetilla de tabaco.

—¿Dónde está la niña? —preguntó Riordan.

—En su habitación.

—¿Haciendo qué?

—Está con sus hermanas, haciendo lo que estén haciendo.

Riordan abrió el sobre y dejó caer la montaña de billetes en el sofá. Su mujer intentó emitir un silbido, pero el único sonido que le salió fue un resoplido.

—Regálate los ojos —dijo.

—¿Son de cien?

—Sí.

—Enséñame uno.

—¿Qué, ahora eres una experta en billetes falsos?

—Experta, no, pero distingo si han salido de una fotocopiadora.

Riordan pasó a su mujer un billete de cien euros, que ella examinó con atención. Cuando empezaba a decir algo, la hizo callar para no perder la cuenta. Una vez que hubo acabado, le arrancó el billete de las manos y declaró:

—Está todo.

—¿Cuarenta?

—Sí, cuarenta de los grandes. Eso más los diez que nos dieron a modo de anticipo. Diría que estamos forrados, joder.

Su mujer encendió un cigarrillo, dio una calada y lo sujetó entre dos dedos teñidos de naranja.

—Ya, pero es mi hija.

Riordan guardó los billetes y depositó el sobre debajo del cojín del medio del sofá.

—Hemos hablado largo y tendido del tema. No hay vuelta atrás. Ahí fuera hay un montón de gente esperando.

El enorme pecho de la mujer ascendió y descendió.

—Bueno, tráemela.

Mary iba vestida con la ropa de los domingos y llevaba la maletita que su madre había utilizado en su luna de miel. Estaba llorando.

—Ven aquí, cariño —dijo su madre—. Ven y dame un abrazo fuerte.

La chica obedeció, pero le entró el humo del tabaco en los ojos y se los enrojeció aún más.

—No quiero irme, joder.

—Lo sé, cariño, pero es lo mejor. Para ti y para el bebé. Han dicho que te tratarán como a una princesa, y al bebé, como un principito.

—¿Adónde me llevan?

—Han dicho que nos lo dirán en cuanto estés allí. Por cuestiones de seguridad y esas cosas.

—¿Y esa gente quién es?

El padre se encargó de responder.

—Buena gente. De lo mejor, de hecho.

—¿Vendrás a verme? —preguntó Mary a su madre.

—En mi estado no puedo viajar, cariño, pero quizá vaya tu padre. Ya veremos.

Llamaron a la puerta. Doyle asomó la cabeza.

—¿Todo bien por aquí?

—Danos un minuto más, hijo —dijo Riordan—. Estamos despidiéndonos.

—Que sea rápido. Tictac. Y tienes que firmar el papel.

La madre lloraba y respiraba con dificultad, y todos los niños berreaban en el salón, cuando Mary salió al exterior acompañada por su padre. Una mujer de caderas anchas y vestida elegantemente salió del coche y sus zapatos aplastaron la gravilla de forma ruidosa.

—Tú debes de ser Mary —dijo con acento mexicano y una sonrisa, una sonrisa generosa y de aspecto sincero.

La chica apenas la miró. Estaba mirando hacia su casa, donde varios pares de ojos la observaban desde las ventanas.

—Me llamo Lidia, Mary. Espero que seamos amigas.

—Saluda a la señora —le instó su padre.

—No se preocupe —dijo la mujer—. Sé que es duro para todos. Ven conmigo, Mary. Te lo pasarás muy bien. Será una aventura maravillosa.

—A la mierda su aventura. No quiero ir. —Mary echó a andar hacia la casa.

—¿Quieres saber una cosa? Tu padre nos ha contado un pequeño secreto sobre ti.

—¿Qué secreto?

—Nos ha dicho que siempre has querido tener un cachorro de bulldog francés.

La chica abrió los ojos como platos.

—Deja que te lo enseñe.

La mujer se sacó un teléfono del bolso, abrió una aplicación y le pasó el móvil a Mary. Era un vídeo de un perrito que retozaba en una cama preciosa y llena de cojines.

—Aquí tienes tu cachorro y tu cama.

—¿En serio? —dijo la chica.

—No hablo en broma.

—¿Cómo se llama?

—Se llamará como elijas tú. Es una perrita. ¿Lista para ir a conocerla?

Mary asintió y le dio la mano a la mujer.

Riordan las siguió hasta el coche. La mujer cogió la maleta de Mary y la hizo subir al asiento de atrás. Su padre se inclinó hacia ella y le dijo que se portase bien. La chica asintió de nuevo. Y esa fue su despedida.

—¿De dónde es usted? —le preguntó Riordan a la mujer, después de enderezar la espalda.

—Nací en México.

—¿Y se la lleva allí?

—Ya sabe que no puedo decirle nada. Los términos y condiciones del acuerdo, ¿recuerda?

—Si sale del país, debe saber que no tiene pasaporte.

La mujer metió la mano en el bolso y le mostró a Riordan un flamante pasaporte irlandés.

—Parece que lo tienen ustedes todo cubierto —dijo Riordan—. ¿Cómo sabremos que llega bien allí a donde quiera que la lleven?

—Enviaremos un mensaje al señor Doyle. Él se lo hará saber. Por el momento, será la forma que tendrán de comunicarse con ella.

Riordan infló las mejillas y resopló ruidosamente.

—Me alegra saber que no será la última vez que veamos su encantador careto.

9

El cardenal George Pole era un hombre quisquilloso, lindando lo obsesivo. Sus prendas y vestiduras debían disponerse en el armario de forma impecable. Las estanterías de su cuarto de baño y su botiquín estaban escrupulosamente limpios y ordenados. Había aprendido a hacer una cama perfecta cuando era sacerdote en el cuerpo de Marines y, como cardenal, insistía en encargarse de esa tarea en persona y demostrar a las monjas que una moneda de un cuarto de dólar rebotaba sobre una cama tensa como la piel de un tambor.

Aquella mañana se despertó en su residencia del centro de Houston, rezó unos minutos y realizó rápidamente sus abluciones en la misma secuencia que había seguido siempre desde que era un joven seminarista, terminando con una cantidad generosa de loción para después del afeitado. Una vez vestido con su atuendo de diario, consistente en una sotana negra de lana ribeteada con seda negra, pechera negra de lana, fajín de seda púrpura, una cruz con una cadena gruesa y zapatos negros relucientes, recorrió la sede de la diócesis hasta su despacho. Su espacio de trabajo también estaba organizado de forma meticulosa. Una carpeta con el título «Actos para hoy» ocupaba el centro de la mesa. Cuando se instaló en su silla giratoria y encendió la lámpara de lectura, su secretario personal, un monseñor discreto con las sienes plateadas, apareció como por arte de magia a través de una puerta lateral.

—Buenos días, eminencia —dijo el sacerdote.

—Buenos días, Phillip. ¿Hace calor fuera?

Era pleno verano y, como era habitual, el sacerdote respondió:

—Neblinoso, caluroso y húmedo.

Pole abrió la carpeta y miró su agenda.

—Tenga, cójala.

—Pero si es su copia.

—No la necesito. Cancélelo todo.

—¿No se encuentra bien?

—Nunca me he sentido mejor —respondió el cardenal, de setenta años de edad. Abrió el cajón superior de la mesa y entregó a su asistente una sola hoja de papel—. Hoy vamos a hacer esto —dijo—. Envíe una nota a la prensa sirviéndose de todas las listas que tenga, medios locales, nacionales e internacionales, e invítelos a una conferencia de prensa que se celebrará a las cuatro de la tarde en el Westin Hotel. El salón ya está reservado. Y dentro de dos horas, envíe este texto al papa a través de esa monja que... ¿cómo se llamaba?

El monseñor, que había estado intentando leer el comunicado mientras escuchaba las instrucciones del cardenal, se quedó tan blanco como el papel que sujetaba entre tres dedos.

—Hermana Elisabetta.

El cardenal esbozó una mueca al oír el nombre.

—Sí, esa.

—¿Está seguro de que quiere enviar esto al Vaticano, eminencia? —dijo el monseñor, con la voz quebrada.

—Nunca en la vida he estado más seguro de nada.

El papa Celestino se hallaba enfrascado en su correspondencia cuando entró Elisabetta para darle la noticia. El papa y su séquito acababan de llegar a la residencia de verano de Castel Gandolfo. No le apetecía dejar el Vaticano, pero el calor de agosto resultaba sofocante y Elisabetta había insistido de manera incesante en los beneficios para la salud de las brisas que soplaban desde el lago Albano. Celestino decidió utilizar un despacho modesto en lugar de la estancia cavernosa y formal elegida por sus predecesores. De hecho, era el despacho que normalmente se reservaba para el secretario privado del papa, de modo que Elisabetta quedó instalada en otro, aún más pequeño, al final del pasillo. Cuando la monja se plantó delante de él para darle la noticia, Celestino la miró con angustia evidente y la interrumpió a media frase.

—¿Las dos?

—Sí, santo padre, las dos chicas. María Aquino y Mary Riordan han sido secuestradas en circunstancias similares por unos desconocidos que se presentaron en sus respectivas casas, ofrecieron dinero a sus padres y les garantizaron la seguridad de las chicas y de sus bebés. En el caso de Mary Riordan, el padre McCarthy nos dice que sospecha que los padres consintieron de inmediato. No sabe cuánto dinero han recibido. En el caso de María Aquino, sabemos que dijeron ser representantes personales del papa y que, aun así, la madre siguió negándose. Se llevaron a la chica a la fuerza y dejaron dinero a la madre, el equivalente a unos cinco mil euros, lo que supone una suma enorme para la familia.

—Es similar a lo que sucedió en Perú, ¿no?

—Sí.

Celestino se levantó y se dirigió a la cafetera, pero por el camino debió de decidir que la cafeína no haría un gran bien a su nerviosismo. Regresó a su silla con las manos vacías.

—Pero ¿quién está detrás de esto? ¿Adónde se habrán llevado a las chicas? ¿Por qué se las han llevado? Resulta muy inquietante.

Elisabetta había estado trabajando frenéticamente al teléfono antes de informar al papa de los hechos.

—Por lo que sabemos de Lima, las autoridades no han llevado a cabo ninguna investigación a fondo. El cardenal Miranda no puede demostrarlo, pero cree que han sobornado a agentes de policía de alto rango para obstaculizar la investigación. No sabemos si la chica sigue en Perú o si se la han llevado a otro país. Las investigaciones en Filipinas e Irlanda acaban de comenzar.

—¿Y qué podemos hacer? —preguntó el papa.

—Esperar a recibir más información, santidad. Y rezar. He pensado también que podríamos redactar un tuit y publicarlo en su cuenta, @pontifex.

—Un tuit —repitió el papa, con un tono de voz que acabó en silencio—. Un tuit…

—Me pregunto, santo padre —dijo Elisabetta—, si no le iría bien tomar un poco el aire. Dar un paseo por los jardines, tal vez. Hace un día soleado precioso y sopla una brisa agradable.

—¿Me acompañarías?

El emperador Domiciano había mandado construir el palacio de verano y los jardines en el siglo I. El Vaticano, haciendo gala de su sagacidad habitual, había adquirido una propiedad en estado de bancarrota en 1596 y el papado la había utilizado continuamente desde entonces. Los jardines guardaban una disposición geométrica, con franjas de sombra, gentileza de imponentes cipreses, pinos piñoneros con copas en forma de nube y antiguos cedros de un verde azulado. Tras un breve paseo, Celestino tomó asiento en un banco de piedra y Elisabetta se sentó a su lado. Allí el sol quedaba amortiguado por las copas de los árboles y había una buena vista del resplandeciente lago.

Las chicas seguían ocupando el centro de los pensamientos de Celestino, puesto que lo primero que dijo fue:

—Valoro mucho el trabajo que ha hecho para nosotros el profesor Donovan, pero no estamos más cerca de entender el significado de estas tres Marías. No sé si debería estar dando gracias a Dios por habernos enviado una señal de su dominio sobre nosotros típica del siglo XXI o maldiciendo a los hombres por hacer un uso tan cínico de tres pobres chicas.

—El tiempo lo dirá, santo padre, no le quepa la menor duda —respondió Elisabetta, conteniendo el tejido de su hábito, que el viento había inflado.

—Sea cual sea la verdad detrás de este asunto, temo por esas jóvenes. Por mucho que algunos de sus padres hayan aceptado que se las llevaran, deben de sentirse solas y asustadas. Rezo por que la Virgen María les sonría en estos momentos de necesidad.

Mary Riordan apenas había dormido. A ratos lloraba e hipaba, a ratos se aburría y hacía pucheros. En consecuencia, su acompañante también había pasado la noche en vela. Se comportaba como un bufón que intentara distraer a un rey inquieto: le pasaba revistas de moda, buscaba vídeos y juegos en el sistema de entretenimiento de a bordo, la atiborraba de comida basura. Pero no consiguió que ninguna de las distracciones se prolongara mucho tiempo y el gimoteo continuó durante horas. La mujer estaba sola con ella en la cabina del Dassault Falcon privado y no había nadie más para encajar los golpes.

Se levantó para ir al baño y regalarse un descanso, pero al cabo de nada la chica empezó a gritar:

—¡Echo de menos a mi madre!

La mujer se armó de valor y regresó a la cabina.

—Sé que la echas de menos, querida —dijo—. La llamaremos por teléfono en cuanto lleguemos a nuestro destino. Y a lo mejor incluso podéis hablar por FaceTime.

La chica replicó con un sarcasmo ácido:

—Eso sería estupendo. Pero lo único que me falta es un iPhone de puta madre. Y un pequeño detalle más, imagino que mi madre necesitaría otro.

La mujer aprovechó para sacar la artillería pesada y conseguir tal vez un par de horas de descanso antes de aterrizar para el repostaje. Se levantó y fue a buscar una bolsa en la bodega de popa. Extrajo de su interior una caja blanca sin envoltorio. Volvió con la chica y la depositó en su regazo, encima de la manta que la tapaba.

La mirada de Mary se iluminó.

—¡No me digas! ¡No puede ser!

En cuestión de segundos, el iPhone por estrenar estaba en sus manos y, antes de que a la mujer le diera tiempo a cubrirse sus agotados ojos con una manta, Mary ya había introducido la wifi del avión y había puesto el teléfono en funcionamiento.

Cuando la mujer empezaba a adormilarse, oyó que la chica decía:

—Hay que escoger una zona horaria. ¿Qué zona pongo?

—Central. De Estados Unidos.

El papa había viajado a Castel Gandolfo con una integrante del gabinete de prensa de la Santa Sede, una joven con poca experiencia. Sus tacones de altura media no eran el calzado más adecuado para correr por un jardín, pero hizo lo que pudo. Un paso lento y digno no habría hecho justicia al fax que llevaba en la mano. El pontífice y su secretaria privada oyeron sonido de tacones en el camino de piedra y se volvieron.

—¿Emilia? —dijo Elisabetta—. ¿Qué ocurre?

La joven jadeaba un poco.

—Acaba de llegar esto para usted.

Hizo entrega del fax sin más explicaciones y el papa esperó con paciencia a que Elisabetta digiriera la noticia, fuera la que fuese, y le informase al respecto. Mantuvo entretanto la mirada fija en las aguas tranquilas del lago, intuyendo tal vez que aquel momento de paz estaba a punto de tocar a su fin.

—Es Pole —dijo por fin Elisabetta—. Presenta su dimisión.

George Pole era un orador natural y se sentía de lo más cómodo delante de las cámaras. Descansó las manos sobre la superficie suave del atril y observó a la multitud congregada en el salón principal del hotel. Reconoció a bastante gente entre el público. Había católicos adinerados de la ciudad que habían hecho donaciones generosas en los eventos anuales para recaudar fondos y también feligreses de la concatedral del Sagrado Corazón de Houston y de la basílica de Santa María de Galveston. Había también algún político local con el que había compartido mesas redondas y comisiones de expertos, y muchos miembros de los medios de comunicación del área de Houston-Galveston a los que tan asiduamente había cortejado durante la última década.

La puntualidad era una de las virtudes que más defendía, y a las cuatro en punto exactamente se atusó el pelo, corto y canoso, y levantó las manos para llamar al orden. Empezó a hablar sin necesidad de notas.

—Damas y caballeros, como a buen seguro habrán notado ya, me presento ante ustedes esta tarde como un simple hombre de Dios, vestido no con las galas de un cardenal de la Santa Iglesia Católica Apostólica Romana, sino como un sacerdote ordinario. A modo de nota al margen, les diré que me ha alegrado descubrir que sigo entrando en las prendas de sacerdote de mi juventud. Hoy he presentado mi dimisión como cardenal. Justo antes de salir por última vez como cardenal del despacho de la diócesis de Houston-Galveston, he sabido que el papa Celestino ha aceptado mi dimisión en la que ha sido, sin duda, una de las respuestas pontificias más rápidas que recuerdo. En mi caso, nadie puede acusar al Vaticano de estar atascado en la burocracia.

Hizo una pausa a la espera de carcajadas, pero no hubo ninguna. Con una cara que recordaba un poco a la de un cómico de monólogos ante un público crítico, continuó.

—Mis desacuerdos con el pontificado actual son conocidos por todos. Soy un tradicionalista. Y me siento orgulloso de ello. No creo que el mundo dejara de girar en 1965 después del Concilio Vaticano II, pero sí pienso que marcó el inicio de una espiral de caída hacia un pozo sin fondo para aquellos católicos que creen en los valores fundamentales de la Iglesia. Apoyo la misa en latín tradicional y el catecismo de Baltimore tradicional. Soy un defensor ferviente del movimiento provida. Apoyo el clero totalmente masculino y el celibato. Apoyo las estructuras familiares tradicionales. Aprecio la belleza de la liturgia tradicional y la gloria del arte, la música y la arquitectura cristianas. Las enseñanzas del Vaticano siempre habían estado en línea con mis valores fundamentales, pero han dejado de estarlo.

Dándose tal vez cuenta de que estaba a punto de entrar en la parte más relevante de su discurso, los flashes se intensificaron.

—Siento decir que la erosión de estos valores se ha acelerado a un ritmo alarmante bajo el pontificado actual —dijo Pole— y, por si hubiera alguna duda, atribuyo al hombre que lleva el timón la responsabilidad de todo ello, junto con sus colaboradores y cómplices. El papa Celestino ha puesto en marcha una agenda ultraliberal que alinea el Vaticano con izquierdistas seglares que creen que la misión de la Iglesia, mi Iglesia, no es fomentar y dar a conocer la palabra de Dios y las enseñanzas de los Evangelios, sino trabajar en temas relacionados con las llamadas justicia y paz. Este papa mantiene una postura ambigua con respecto a la homosexualidad y el matrimonio entre personas del mismo sexo, el matrimonio después del divorcio, el matrimonio entre determinados miembros del clero e incluso con respecto a la anticoncepción. En nombre de la justicia social, ha vendido algunos de los grandes tesoros de arte cristiano del Vaticano para subvencionar sus causas favoritas. ¿Y adónde irá a continuación? ¿A ordenar mujeres? ¿A relajar las prohibiciones contra el aborto? Me estremezco solo de pensarlo. Mi Iglesia se está convirtiendo en una Iglesia que ya no reconozco, y es por esta razón por lo que no puedo seguir sirviendo como obispo. En cuanto a mis planes de futuro, informaré más adelante. Por el momento, me retiraré a un lugar aislado para pasar un periodo de oración y reflexión. No responderé a preguntas. Muchas gracias por venir.

10

Cuando el copiloto del Dassault Falcon salió de la cabina, encontró a sus dos pasajeras profundamente dormidas en los asientos reclinables. Se aseguró de que la chica llevara puesto el cinturón antes de acercarse a la mujer y despertarla con cuidado.

—Señora, aterrizaremos dentro de unos veinte minutos. Para que lo sepa.

Mary Riordan no se despertó hasta que el avión tocó suelo con viento lateral. La mujer ya se había peinado y maquillado, y tenía toda la documentación lista cuando la inspectora de aduanas subió a bordo del avión en la terminal de vuelos privados.

Por la puerta abierta entró una oleada de calor.

—Bienvenidas a Estados Unidos —dijo—. Pasaportes, por favor.

La mujer presentó su pasaporte de ciudadana de Estados Unidos. Una vez sellado, presentó el de Mary y la documentación del visado.

El lomo del pasaporte irlandés crujió cuando lo abrió.

—Parece recién estrenado. —Al ver la fecha de emisión, añadió—: Es nuevo.

El nombre debió de sonarle, puesto que a continuación preguntó:

—¿Eres Mary Riordan? ¿La chica embarazada?

La chica la miró con expresión taciturna.

—Sí, lo es —respondió la mujer.

—Tenía entendido que había desaparecido.

—Pues no —replicó la mujer. La habían entrenado para gestionar ese momento y siguió hablando con plena confianza—. Como puede usted ver, está aquí.

La inspectora de aduanas repasó los formularios del visado, el I-131, la solicitud de documentación de viaje y el I-134, la declaración de apoyo financiero.

—Conseguir estos visados humanitarios es difícil —dijo la inspectora, invitando a algún tipo de respuesta.

—Ah, ¿sí? —contestó la mujer—. No he intervenido en el proceso de obtención del visado.

Era mentira. Sabía perfectamente cómo obtener el visado humanitario.

—Mary, soy la inspectora Burke. ¿Es la primera vez que visitas Estados Unidos?

La chica asintió con la cabeza.

—¿Y es Boston tu destino final?

La acompañante proporcionó el itinerario a la inspectora. Burke lo estudió y preguntó:

—¿Está aquí el avión que debe llevarlas?

La puerta de la cabina se hallaba abierta, y el piloto contestó desde el interior.

—Es ese Cessna que está a babor.

—Muy bien, Mary. ¿Cuánto tiempo hace que conoces a esta mujer, la señora Torres?

—Acabamos de conocernos.

—¿Te fuiste con ella por voluntad propia?

—Perdón, ¿qué?

—¿Querías irte con ella?

—Ni de coña. Me obligaron, ¿vale?

—¿Quién te obligó?

—Mis padres.

La mujer guardaba otro documento en la carpeta.

—Inspectora, esto es una declaración de consentimiento firmada ante notario por los padres de Mary, por la que autorizan tanto este viaje como que la chica quede bajo custodia de mi empleador.

La inspectora estudió el documento, juntó toda la documentación y observó por las ventanillas el avión privado de menor tamaño que las estaba esperando.

—Sé que el avión las espera, pero quiero hablar con mi superior antes de dar el visto bueno. Permanezcan a bordo.

La mujer volvió a sentarse y se preguntó si debería hacer una llamada de emergencia. Decidió mantener la calma y descartó la idea. Mary estaba jugando otra vez con su teléfono nuevo. Se había descargado juegos durante el vuelo. Para conservar la temperatura fresca a bordo, los pilotos cerraron la puerta y mantuvieron el aire acondicionado.

Pasaron veinte minutos, luego treinta, hasta que por fin llamaron a la puerta. El copiloto abrió para que la inspectora de aduanas subiera de nuevo a bordo. Parecía perturbada. Burke había defendido una postura contraria a permitirles la entrada —no estaba en absoluto convencida de que los padres hubieran dado su consentimiento a la entrega de la menor—, pero una serie de llamadas a los eslabones más altos de la cadena jerárquica del Departamento de Seguridad Nacional había acabado desautorizándola.

—Señorita Riordan, bienvenida a Estados Unidos. Disfrute de su estancia.

Cuando Burke regresó a la oficina de la terminal de aviones privados, su supervisor le dijo:

—Acabo de recibir una llamada de alguien de muy arriba del Departamento de Seguridad Nacional en Washington. Era para ti y para mí, exclusivamente. Nos dicen que mantengamos la boca cerrada en todo lo referente a esta entrada.

—¿Y a quién quieres que se lo cuente yo, Frank?

—No lo sé... ¿Al mundo entero?

Burke se echó a reír.

—Me gusta mi trabajo. Es perfecto para alguien con una memoria de mierda. Ni siquiera recuerdo a quién acabo de dejar entrar.

«¿Dónde están las tres Marías?».

Cal leyó el titular del *Boston Globe* y dijo para sus adentros:

—Eso me gustaría saber a mí.

Joe Murphy llamó a la puerta y, al entrar, vio el periódico sobre la mesa de Cal.

—¿Lo has leído? —preguntó.

—Todavía no. Acabo de llegar.

—Pues sale tu nombre. De forma bastante destacada.

Cal soltó un taco y leyó el primer párrafo. Soltó varias palabrotas más. Levantó la vista.

—¿Cómo es posible que hayan publicado esto?

—No tengo ni idea, pero, como han omitido mi nombre, todo perfecto. Me parece que tienes algunos mensajes de voz.

El contestador del teléfono de Cal se encendía con el número 99, la cantidad máxima que aceptaba.

—Estoy jodido —se quejó Cal.

—Ha llegado rápido —le dijo Cal al periodista que acababa de entrar en su despacho.

Era primera hora de la tarde. Cal no había salido en todo el día porque la prensa había obstruido todas las entradas y salidas de Divinity Hall. La secretaria del departamento se había escapado un momento para comprarle algo de comer en una de esas camionetas de platos preparados que estacionaban por el campus.

Por la mañana, el cardenal Da Silva había cogido al instante la llamada de Cal.

—Me imagino que la filtración sobre los viajes ha salido de alguien que te vio por Manila o por Lima —le había dicho Da Silva—. Aunque tampoco puedo descartar una fuente de alguna de las diócesis. Pero lo hecho hecho está. Ahora tenemos que encontrar la mejor manera de gestionarlo.

—He recibido cientos de solicitudes de entrevistas de todo el mundo. Siempre estoy encantado en colaborar, eminencia, pero tengo trabajo que hacer.

—En este caso, haz lo que hago yo cuando me veo asaltado por un banco de tiburones mediáticos agresivos. Da de comer a uno solo.

El tiburón en cuestión era un periodista del *New York Times* que dejó el teléfono encima de la mesa para grabar la sesión.

—He venido en el puente aéreo de Delta. Puerta a puerta, cuatro horas. Entiendo, pues, que sigue siendo una exclusiva, ¿no?

—Así es.

—Y que puedo grabarlo todo, ¿no?

—Así es.

—Los del *Globe* se van a cabrear.

—No tanto como los del *Harvard Crimson*. La editora del periódico de la universidad ha conseguido colarse antes en el edificio con su carnet de estudiante. Me ha suplicado una entrevista. Pero solo tengo tiempo para una.

El periodista del *Times*, un hombre diminuto, sonrió.

—Y se ha decidido por el pez gordo.

Cal le devolvió la sonrisa.

—Algo así.

—Vale, empecemos. ¿Sabe dónde están las chicas?

Randall Anning no estaba acostumbrado a esperar. No tenía que esperar a que le dieran mesa en un restaurante. Ni a que su jet privado despegara. Ni a que los del servicio de seguridad le tuvieran el coche preparado. Los multimillonarios eran así, sobre todo los que tenían el ego del tamaño que lo tenía él. Pero estaba en el único lugar en el que no le quedaba otro remedio que esperar sentado y armarse de paciencia. De modo que esperó, con las manos descansando sobre el tejido ultrasuave y ultraligero de su traje Kiton modelo K-50 de sesenta mil dólares.

La secretaria, entretanto, tecleaba en el ordenador y respondía las incesantes llamadas telefónicas, y rechazaba todas excepto una, la que al parecer era la causa del retraso.

—¿Seguro que no le apetece un café o cualquier otra cosa? —preguntó la secretaria a Anning.

Denegó la oferta con toda la elegancia que fue capaz de exhibir.

No era llamativamente alto, ni atlético, ni atractivo, pero la manera directa de comportarse de aquel hombre de setenta años y la determinación que insinuaban su mandíbula, sus ojos hundidos y su cabeza rapada en forma de torpedo hacían que todo el mundo se fijara en él e inspirara respeto.

El teléfono de la secretaria volvió a sonar, y la mujer se levantó entonces y le dijo:

—El presidente le recibirá ahora.

Anning no recordaba cuántas veces había estado en el Despacho Oval, pero sí que en todas las ocasiones se le había acelerado el corazón. Lo último que quería era postularse para el cargo, pero no había conocido a ningún presidente en los últimos treinta años que considerara que estuviera haciendo su trabajo tan bien como podría hacerlo él. Y esos pensamientos abundaban en su mente con respecto al actual titular del cargo, Llewellyn Griffith, antiguo gobernador de Florida, a quien Anning tenía por un estúpido útil.

—¡Randy! —exclamó el presidente, que se levantó de la silla y cruzó raudo el despacho para estrecharle la mano—. Siento mucho haberle hecho esperar. Tenía al secretario de Defensa al teléfono. Se está formando una tormenta que da miedo. Siempre hay algo que amenaza con acabar dejándote el pelo blanco, aunque eso nunca sería un problema para usted.

A Anning le traían sin cuidado sus folículos pilosos, pero el comentario le hizo sentir que Griffith intentaba reivindicar algún tipo de dominio de macho alfa sobre un macho alfa de verdad.

—Me alegro de verlo, señor presidente —dijo Anning, prolongando las sílabas con su acento de la pradera—. Apenas he esperado.

Se sentaron en sendos sofás, el uno enfrente del otro, separados por el águila presidencial que ornamentaba la alfombra.

—Sabe perfectamente que puede seguir llamándome Lew..., cuando estemos a solas, claro —dijo Griffith, sonriendo—. ¿Dónde demonios andaba metido? ¿Cuándo fue la última vez que nos vimos? Fue en Palm Beach, ¿verdad?

—En el acto para recaudar fondos de la Convención Nacional Republicana que se celebró en The Breakers —aclaró Anning.

—Eso es. Mi esposa acabó... ¿cómo lo dicen en francés?... borracha, y Betsy tuvo que cogerla del brazo para llevársela del salón de baile.

—Borracha me parece un poco exagerado, Lew. Achispada, diría yo, y mi esposa tiene mucha práctica en sacar de circunstancias similares a algunos como yo. Es fuerte como un roble. De constitución fuerte y linaje de campesinos, con genes escandinavos.

Efectivamente, la primera dama se había emborrachado de mala manera y había montado un escándalo después de incontables copas de vino, y Betsy Anning, una auténtica vikinga, la había arrastrado hasta la suite presidencial. No había necesitado que el presidente o su marido la instaran a hacer nada; lo había hecho, sin más. Los Anning eran gente decidida.

—Y bien, Lew, es usted quien ha solicitado esta reunión conmigo. ¿En qué puedo serle de utilidad?

Griffith se desabrochó la chaqueta para respirar mejor. Parecía un matón, de un metro noventa y cinco de altura, con el cuerpo de un atleta universitario venido a menos, un cuerpo de club de campo que quedaba bien con un traje de calidad pero rollizo vestido con cualquier otra cosa. Cuando era candidato, su principal atributo físico había sido su pelo, profusamente abundante para un hombre de su edad, con el color natural de un dólar de plata recién acuñado, siempre peinado con un tupé hueco.

—Randy, sabe que me he esforzado mucho en el tema del declive de nuestros principios morales.

—No, señor, usted salió ganando en el tema.

—Ja, sí. Sí, así fue. Y como católico que es, sé que comprende el significado de mi victoria. Soy el segundo miembro de nuestra tribu, tras Kennedy, que alcanza la presidencia, me siento orgulloso de ser católico y me siento orgulloso de ser conservador. Sé lo que es bueno y lo que es malo para este país, pero no puedo cambiar las cosas yo solo. Mi puesto me ofrece una plataforma desde la que dar visibilidad a la causa y también puedo sortear la situación con decretos leyes. Pero, para hacer el trabajo de verdad, necesito el Congreso. Cuando esta mierda me golpea por todos lados, tengo la sensación de estar nadando en un mar de melaza. Él también tiene un altavoz de los que se hacen oír.

Sobre la mesa se hallaba el último número de la revista *Time*. Griffith lo empujó hacia su invitado.

Anning no tuvo necesidad de cogerlo. Conocía el contenido. Una carta abierta del papa Celestino a Griffith en la que le reprochaba con dureza sus posturas sobre la inmigración, los musulmanes, la discriminación racial, el crimen, la asistencia sanitaria, el etnonacionalismo..., básicamente, toda su agenda legislativa y cultural.

—Lo he leído. No me sorprende que esté exasperado. Seguro que era su intención.

—¿Ha captado lo que ese hijo de puta dice en el último párrafo, algo así como que la Santa Sede no puede quedarse de brazos cruzados mientras el líder del mundo libre trabaja para subvertir las misericordiosas enseñanzas de Jesucristo? Y luego dice que hay que denunciar esto y mucho más. ¿Qué es eso de «más»? ¿Está amenazando con excomulgarme?

—Eso no lo hará, Lew. Solo está fanfarroneando.

—Está avergonzándome públicamente y dando argumentos a mis adversarios políticos. ¿Vio cómo se defendió el otro día George Pole? Con lo que hizo se ha convertido en mi héroe; lo llamé y se lo dije. Ojalá yo también pudiera hacer algo así, pero no puedo cambiar de religión mientras ocupe esta silla en la Casa Blanca. ¿Qué hago, convertirme en un maldito baptista? —Se detuvo un instante a reflexionar antes de proseguir—. ¡Los evangelistas quizá lo aceptasen! Bueno, el caso es que quiero saber qué puede hacer usted para ayudarme a salir de este lío.

Anning se rascó la cabeza, en una zona descamada y quemada por el sol.

—Sabe que ya no soy el tipo adecuado para actuar como intermediario con el Vaticano, Lew. Pude hacerlo y lo hice con el último papa, pero entre esa camarilla de rojos de Celestino soy *persona non grata*. Les he dado su merecido desde que subastaron la mitad del Museo Vaticano y no he donado ni un céntimo a la Iglesia desde entonces. ¿Para qué? ¿Para que destinen mi dinero a comprar aviones cargados de condones para África o a apoyar a izquierdistas en Sudamérica? Y, sí, George también es mi héroe. Me siento honrado de poder llamarlo amigo y compañero texano. Se ha comportado en base a sus principios. Diría que en ese aspecto está siguiendo sus pasos.

—Gracias, pero no le he hecho venir aquí para que me regale cumplidos. Necesito su ayuda para hacer frente a toda esta mierda del Vaticano. Usted tiene dinero y contactos en el seno de importantes círculos católicos para recabar el apoyo que necesito. Quiero que elabore un plan para torpedear ese barco por debajo de la línea de flotación. Tal vez desenterrando cosas desagradables del pasado de los cardenales influyentes que rodean a Celestino. Tal vez incluso cosas desagradables sobre él mismo. Ha llegado la hora de dejarnos de contemplaciones.

Anning exhibió una hilera de dientes resplandecientes.

—¿Qué le hace pensar que no he estado ya trabajando en algo en ese sentido?

El presidente se inclinó hacia delante y su barriga fofa rebosó por encima del cinturón.

—Cuénteme más.

—Lew, créame si le digo que es mejor que no lo sepa.

—¿No tendrá algo que ver con los visados humanitarios para esas chicas preñadas que me hizo conceder el senador Price, del gran estado de Texas? ¿Es usted la mano invisible detrás de todo eso?

—Como le he dicho, es mejor que no lo sepa. Pero permanezca atento, señor presidente. Permanezca atento.

11

Fue Sue Gibney la que insistió en que las tres compartieran habitación. Le habían otorgado el papel de madre de acogida, una habitación contigua a la de las chicas y el encargo por parte de la señora Torres de hacer todo lo necesario para que estuvieran contentas. Cada vez que había llegado una de las chicas, la señora Torres se la había presentado sin apenas ceremonial y se había retirado enseguida a su cuarto para recuperarse de la terrible experiencia.

El plan original era que cada chica tuviera su propia habitación, tres estancias idénticas para evitar celos. Todas con la misma colcha, los mismos cuadros en las paredes, las mismas muñecas y juguetes, los mismos juegos de PlayStation.

Pero Sue era la que se había pasado las noches en vela, sobre todo los primeros días, para gestionar las lágrimas y la histeria, y había acabado convenciendo a la señora Torres de que pusiera las tres camas en una sola habitación para que las chicas se hiciesen compañía.

Ambas mujeres tenían poco en común. Torres era bastante mayor que Sue, puesto que rozaba la sesentena. Era disciplinada y orgullosamente mandona, y gobernaba el gallinero prestando una atención férrea al detalle y al protocolo. Su tez era oscura como una noche sin luna y jamás salía de sus habitaciones sin antes completar un sofisticado ritual cosmético. Un toque de lápiz de labios de color cereza era siempre la guinda en el pastel. Hacía décadas que había obtenido la ciudadanía norteamericana, pero su acento mexicano era todavía tan fuerte que Sue se veía obligada a concentrarse para entenderla cuando le hablaba muy rápido. Sue era de tez clara, con el pelo del color del chocolate con leche, que habitualmente se recogía en una anticuada cola de caballo, y ojos de color lavanda. Evitaba el maquillaje, razón por la cual enseguida estaba a punto por las mañanas. Y dentro del amplio abanico de personalidades, podría decirse que era un espíritu libre. Torres era la jefa de Sue. La había seleccionado, entrevistado y contratado, y le exigía cierto nivel de formalidad en la interacción entre ellas. La conversación sobre las habitaciones de las chicas se había desarrollado como sigue:

—Sue, estamos en una mansión de treinta habitaciones, ¿y quieres meterlas a las tres en una?

—Para estas chicas, cualquiera de nuestras habitaciones es más grande que su casa. Ninguna ha dormido nunca sola. Están acostumbradas a compartir. Encima del shock que les supone separarse de sus familias, tienen que adaptarse a dormir solas por la noche.

—Cuanto antes se acostumbren a su nueva vida, mejor.

—Están histéricas. Son jóvenes. Están embarazadas. ¿Quiere ser la responsable de un posible aborto?

Y Sue se había salido con la suya.

La estrategia había sido un éxito y las noches habían pasado a ser más tranquilas. Sí, todavía había lágrimas, pero eran gimoteos, no llanto, y Sue estaba consiguiendo dormir un poco.

Pero Sue y Torres tuvieron que enfrentarse a más desafíos. Porque las tres Marías presentaban problemas higiénicos básicos. María Mollo no sabía cómo funcionaba un inodoro con cadena y ninguna había utilizado nunca una ducha. Hubo que enseñarles a distinguir los grifos de agua caliente y agua fría del lavabo. Hubo que hacer una demostración sobre nuevos productos de higiene personal. Mary Riordan tenía más mundo e insistía en utilizar el lápiz de labios y el maquillaje que se había llevado de casa, y las otras chicas mostraron curiosidad y quisieron probarlos también. El iPhone recién estrenado de la chica irlandesa causó problemas de entrada. Todas querían una maquinita con la que poder jugar y Torres tuvo que enviar a uno de sus subalternos a comprar un par de teléfonos más. Además, Mary se enfadó porque Sue no quiso darle la contraseña de la wifi de la casa ni le permitió suscribirse a un plan de telefonía móvil. Tenían prohibido ver cualquier noticia que hablara sobre su desaparición. La programación de la tele que tenían en la sala adjunta al dormitorio se hallaba restringida a vídeos.

El problema de la barrera idiomática de las dos Marías ya estaba previsto. Una mujer filipina, costurera, entró a trabajar en la organización después de firmar un estricto contrato de confidencialidad. Torres y varias criadas más tenían cubierto el español. Contrataron también a una profesora de inglés para que ejerciera de tutora de las chicas seis días por semana. La cocinera recibió el encargo de preparar planes de comidas que se adaptaran a los gustos personales de cada una y les ayudaran a combatir la nostalgia de su hogar.

Y en el centro de todo estaba Sue, que no había visto venir nada de todo aquello cuando la habían contratado cuatro meses atrás. Había pasado los dos primeros meses en la mansión, equipándola con un presupuesto aparentemente ilimitado para cumplir con un propósito que no había entendido del todo. Cuando la verdad había salido a la luz poco antes de la llegada de la primera chica, había mostrado sus reparos. Reparos que habían quedado mitigados gracias a una compensación adicional con la que la había untado su jefe invisible y que le había pagado la señora Torres. En cuatro meses, Sue había ganado más dinero que en los cinco años previos. Sin tener que pagar alquiler, comida ni servicios, su sueldo era neto y su cuenta de ahorros había alcanzado niveles que jamás se habría imaginado. Y la cuenta seguía creciendo cada dos semanas. Una vez concluida una existencia en la que llegaba a fin de mes con gran esfuerzo, su futuro se vislumbraba distinto y mucho más interesante. Decidió, en consecuencia, desempeñar su trabajo lo mejor que pudiese, ignorar sus reparos y largarse pitando de allí en cuanto todo aquello acabara. Tenía ganas de descubrir cómo se veía el mundo con dinero en el banco.

Las chicas no tardaron en adoptar una rutina. Cuando se levantaban, iban a jugar con la cachorrilla de bulldog francés, a la que Mary Riordan había puesto el nombre de Lily. Al principio Mary se había negado a compartir la perrita porque le habían dicho que era suya. Pero en cuanto pasó la euforia de la novedad, Mary se volvió menos territorial, y la perra, más comunitaria. Mary, la más asertiva con diferencia, era la primera en hacerse con el baño por las mañanas y se tomaba todo el tiempo del mundo para disfrutarlo. En la mansión había quince cuartos de baño, pero Sue y las traductoras habían sido incapaces de convencer a las otras dos Marías de que utilizasen cualquiera de ellos. Preferían sentarse en el suelo y esperar, mientras se entretenían lanzando juguetes a Lily.

Sue cogió un cepillo de color rosa del tocador de María Aquino y se sentó junto a la chica. Era muy menuda, pesaba poco más de treinta y siete kilos tirando por lo alto, y el embarazo no le había hecho ganar mucho peso. Apenas se le notaba la barriga, la menos aparente de las tres. Cuando Sue le quitó las gafas y empezó a cepillarle la melena castaña, que le llegaba por los hombros, la chica se volvió hacia ella y, por primera vez, le sonrió brevemente.

—*Salamat*.

Sue conocía el significado de la palabra. «Gracias». Consultó la chuleta que siempre llevaba encima con frases en filipino.

—*Walang anuman* —respondió titubeante. Cualquier cosa más compleja tendría que esperar a que llegara la señora Simpauco para preparar el desayuno.

La chica valoró aquel pequeño gesto y se dejó mimar por las cerdas suaves que le masajeaban la cabeza.

Todas las chicas habían recibido vestuario nuevo. Cuando Mary Riordan salió del baño para elegir qué iba a ponerse aquel día, María Aquino pasó a ocupar su puesto en el lavabo. María Mollo seguía en la cama, despierta pero tumbada de costado de cara a la pared. De las tres, era la menos comunicativa y la que se sentía más triste. Si a Sue le hubieran preguntado de qué color tenía los ojos, habría respondido que rojos.

Torres pasaba en aquel momento por el pasillo y desde allí le dijo a Sue:

—¿Por qué sigue en la cama?

—No hay prisa.

—Porque es una gandula, por eso —soltó Mary Riordan desde el vestidor.

—No es una gandula, pero sí un poco frágil —dijo Sue.

Torres no era tan tolerante como Sue. En español, le dijo con brusquedad a la chica que se levantara e hiciese la cama. María reaccionó mal a sus duras palabras y rompió a llorar de nuevo.

—Lidia —dijo Sue—, me ha hecho responsable del bienestar diario de las chicas. Le agradecería que me dejase hacer mi trabajo.

—Sí, joder, Lidia, déjela hacer su trabajo —añadió regodeándose Mary, que salió en ropa interior y sacó la lengua antes de volver a meterse en el vestidor.

Torres murmuró alguna palabra malsonante para sus adentros y se fue. Posteriormente le pediría a Sue que delante de las chicas se dirigiese a ella como «señora Torres».

—¿Ya se ha ido esa vaca burra? —preguntó Mary.

—No deberías decir palabrotas, y tampoco deberías llamarla vaca —repuso Sue, poco convencida.

—Me lo tomaré con toda la sinceridad que insinúas.

—Vístete, Mary —pidió Sue—. Si no supiera que no tienes más que diecisiete…

—¿Cuántos años dirías que tengo, si no lo supieras?

—Probablemente, más que yo.

—¿Y cuántos tienes tú?

—Treinta y seis.

La chica emitió un silbido.

—Vaya vieja.

Sue volcó su atención en María Mollo y se sentó en la cama para acariciar su estrecha espalda. No era mucho más grande que la chica filipina, unos centímetros más alta, con unos kilos más. Pero tenía la cara más redonda, lo cual habría podido proporcionarle un semblante más alegre de no estar tan patentemente triste, y los labios más gruesos y jugosos. Sue se había formado ya una opinión a grandes rasgos sobre las chicas. María Mollo era guapa y triste. María Aquino era menuda y dulce. Mary Riordan era descarada y precoz. Eran impresiones susceptibles a cambios, claro, pero tenía la sensación de haber captado a la primera la esencia de cada una de ellas.

Sue retiró las sábanas, cogió a la chica en brazos y la sacó de la cama con ternura. Y en lugar de resistirse, María la rodeó por el cuello y se aferró a ella como un marsupial. Sue no era una mujer grande, pero estaba fuerte y en forma, y consiguió levantarse sin problemas. Junto a la ventana había un asiento con un cojín, y depositó allí a la chica, dejándola de pie. Las ventanas estaban cerradas y el aire acondicionado evitaba que el calor de la mañana se filtrara en el interior. La chica esperó a que Sue cogiera el cepillo de color azul. Con camiseta y pantalón corto con estampado de ositos de peluche, no parecía en absoluto una futura madre hasta que se volvió en un ángulo de noventa grados. La protuberancia de su vientre era más pronunciada que la de María Aquino, aunque menos que la de Mary Riordan. Sue empezó a cepillarle allí el pelo, negro y brillante, que le caía hasta la cintura, y ambas miraron a través del cristal. El paisaje era plano y árido. Los terrenos que rodeaban la casa estaban verdes gracias al riego por aspersión, pero más allá, cuando la vista se perdía en un horizonte indistinto, la tierra era marrón y seca. Unas vallas de madera blanca separaban el césped de la nada. Y entre esas vallas, los caballos pastaban en los rastrojos.

Los trabajos que había desempeñado Sue la habían puesto a menudo delante de hispanohablantes y recurrió a su banco de datos en busca de la palabra en español para caballo. Aunque no era una palabra que hubiera tenido que utilizar nunca, hizo un intento.

—¿Caballeros? —Señaló hacia el exterior.

De la boca de María salió algo similar a un bufido.

—Caballos —dijo.

—Caballos —repitió Sue—. Gracias.

No sabía cómo preguntarle a la chica si le gustaban los caballos, y tampoco le apetecía llamar a Torres, de modo que decidió imitar el movimiento de montar a caballo, señaló a la chica y levantó las manos en un gesto de interrogación.

—No, nunca —dijo la chica. Y entonces la nube de tormenta volvió a descender sobre su rostro y, con labios temblorosos, gimoteó—: Quiero a mi mamá.

—Lo sé. Sé que la echas de menos, cariño.

Mary Riordan salió vestida con un polo y una falda plisada hasta la rodilla.

—Es una quejica.

Sue le habló en tono de reproche.

—Eso no es muy compasivo por tu parte, Mary.

—Es la verdad.

Sue la miró de arriba abajo.

—Esa falda está más bien pensada para actos formales. ¿Por qué te la has puesto?

—Porque me ha dado la gana. ¿Quién sabe? A lo mejor aparece por aquí mi príncipe azul.

Sue no quería tener favoritas, pero le costaba cogerle cariño a esta chica. Era de piñón fijo: siempre te soltaba lo que pensaba.

—Ve a ponerte algo más adecuado. Un pantalón corto, por ejemplo. Había pensado en salir a pasear con Lily antes de que haga demasiado calor.

—¿Y por dónde exactamente piensas pasear? Y con eso me refiero a que me cuentes de una puta vez dónde cojones estamos.

—Te he dicho una y otra vez que no puedo decírtelo. Y no digas palabrotas, por favor.

—¿Saben esas dos que las han secuestrado o son tan palurdas que ni siquiera se enteran?

—No os han secuestrado. Vuestros padres han dado su autorización.

—Sí, claro, después de que los sobornaran con un montón de pasta. Si no nos han secuestrado, nos han vendido como si fuéramos ganado. Tres cerdas preñadas, eso es lo que somos.

—Tres señoritas, perdón.

—Sí, lo que tú digas. ¿También ellas se quedaron preñadas sin noche de pasión de por medio?

—Estáis todas en el mismo barco. Es todo lo que sé.

—¿Cuándo voy a poder hablar por teléfono con mi madre?

—Pronto, espero. Volveré a preguntárselo a la señora Torres.

—Esa es aún peor que tú. ¿Has estado alguna vez embarazada?

—No.

—¿Eres católica?

—Tampoco. Soy protestante.

—Lo cual te convierte en una vieja bruja estéril de la orden de Orange, ¿verdad?

Sue suspiró con fuerza.

—Ve a cambiarte, Mary.

Más tarde presentaron a las dos Marías a su profesora de inglés, la señora White, una mujer a la que Sue había conocido el día anterior. Era pocos años mayor que ella, pero mucho más estirada. Incluso así, Sue intentó mostrarse superamable con ella. Después de cuatro meses, empezaba a sentirse muy sola. Torres no era una mujer con la que pudiera pasarse una velada charlando de tonterías, ni siquiera viendo una película después de que las chicas se acostaran. La gigantesca casa de ladrillo rojo se convertía en un lugar siniestro por las noches, cuando el personal de cocina y de limpieza se marchaba. Mientras las dos chicas asistían a su primera clase de inglés, Mary Riordan se había sentado delante de un ordenador que tenía instalado todo el software necesario para que continuara con el curso de transición de la enseñanza secundaria irlandesa. Cada vez que Sue la miraba, la encontraba atascada en la misma página, haciéndose las uñas o jugando a algún juego en el móvil. Por mucho que intentara convencerla, no conseguía que se tomase los estudios en serio.

—Si me dejas llamar a casa, igual tengo ganas de pasar a la siguiente pantalla. Si no, lárgate.

Después de comer, las chicas tenían permiso para pasar una hora sin supervisión en su sala de estar. Aprovechando aquel rato, Torres llamó a Sue por el interfono y le pidió que acudiese a su despacho en la planta baja, al lado de la biblioteca.

—¿Qué tal ha ido esta mañana? —le preguntó a Sue.

—La señora White me ha dicho que la clase de las dos Marías ha ido muy bien. Han aprendido algunas palabras básicas. Han cooperado. Mary se ha declarado en huelga. Dice que no piensa seguir con el programa a menos que se le permita hablar por teléfono con su madre.

Torres meneó la cabeza.

—No me gusta nada que esta chica sea la que mande. El caso es que tenemos que esperar unos días más. Tienen que entregarnos un teléfono que no pueda rastrearse. Ya sabes lo mucho que les preocupa a los jefes la seguridad.

—Ni siquiera sé quiénes son —replicó Sue.

Como era habitual, Torres ignoró por completo el anzuelo que Sue acababa de tirarle.

—El doctor Lopez viene esta tarde —dijo.

Lopez era el pediatra contratado para controlar a las chicas. Las había examinado a su llegada, les había recetado vitaminas a todas y administrado vacunas a las dos Marías.

—¿Para qué? —preguntó Sue.

—El doctor Benedict quiere ver al pediatra.

—¿Y quién es el doctor Benedict?

—Un tocólogo muy importante de Washington.

Sue se enfureció al oír la noticia, pero se mordió la lengua.

El Cessna sobrevoló en círculo la mansión y aterrizó en la pista privada situada detrás del edificio. El chófer estaba esperando al pasajero VIP para realizar en coche el recorrido de un minuto hasta el porche delantero, donde el doctor Benedict, un hombre de pelo blanco y aspecto aristocrático vestido con un traje de tejido milrayas, se apeó del vehículo. Llevaba en la mano un maletín médico grande de cuero agrietado que, como luego le explicaría a Sue, era una herencia de su padre, médico, que a su vez lo había heredado asimismo de su padre, también médico.

El grupo que lo recibió en el vestíbulo recubierto de mármol estaba integrado por Torres, el doctor Lopez y Sue. Sue examinó la tarjeta de visita que tenía en la mano y entendió de inmediato el porqué de tanto jaleo. Benedict era el presidente del Colegio de Obstetricia y Ginecología de Estados Unidos.

Torres lo hizo pasar al salón, donde le ofreció un refresco y le preguntó por el viaje.

—Muy cómodo —respondió Benedict, y apuró el refresco—. Y mucho secretismo —añadió—. De hecho, mi abogado me aconsejó que no firmara el acuerdo de confidencialidad que me remitieron sin conocer previamente el carácter de la consulta, pero la verdad es que me han puesto delante una suma digna del rescate de un rey.

—No fuimos nosotros —repuso Torres—. Nosotros no somos más que empleados.

—¿Y quién es la persona que trabaja entre bambalinas? —preguntó Benedict.

Sue salió al rescate de Torres.

—Eso me gustaría saber a mí.

—Entiendo. —Benedict arqueó sus pobladas cejas—. Me han entregado un dosier una vez que he subido al avión. Ha sido entonces cuando he sabido a quién iba a examinar hoy. No era lo que me esperaba.

—¿Y qué se esperaba? —preguntó el doctor Lopez.

—Pues no lo sé. La esposa de un príncipe saudí, tal vez. Ya he hecho trabajos de ese tipo en alguna ocasión. Pero esto parece bastante más interesante. ¿Cuál es su especialidad, doctor?

—Soy pediatra —respondió Lopez.

—¿Y están sanas las chicas?

—La chica irlandesa es la viva imagen de la salud. La peruana está por debajo del peso que sería adecuado y presenta déficit de hierro. Lo mismo puede decirse de la filipina, aunque, en su caso, está muy por debajo del peso ideal. Están siguiendo una buena dieta y toman los suplementos adecuados.

—¿Y usted qué hace, señora Torres?

—Soy la administradora de la propiedad, doctor. Me encargo de que todo funcione correctamente.

—¿Y usted, señorita Gibney?

—Soy comadrona.

—¿De verdad? Excelente.

Sue no quedó muy convencida.

—¿Usted cree?

—Imagino que sabe que el Colegio de Obstetricia y Ginecología de Estados Unidos ha reconocido formalmente el papel de las comadronas en el parto.

—Lo que diga el Colegio y lo que piense un tocólogo pueden ser cosas muy distintas.

—Es lo que pienso yo también. ¿Qué experiencia posee?

—Tengo un máster por la Universidad de Nuevo México. Doce años de práctica, básicamente en Nuevo México. Más de mil partos. Ninguna denuncia.

Benedict se echó a reír.

—¡Ningún juicio! Eso sí que es un logro. Y díganme, ¿por qué han decidido tener los partos en casa?

—Por cuestiones de privacidad —respondió Torres—. No quieren que esto se convierta en un circo mediático.

—¿Los asistirá usted, doctor Lopez?

—Ese es el plan.

—¿Y con qué tipo de apoyo hospitalario cuentan, señorita Gibney? No están muy cerca de ningún establecimiento de ámbito local, y mucho menos regional.

—Si hubiese necesidad de cesárea, la propiedad dispone de un helicóptero y habrá además un equipo completo de emergencias médicas de guardia —respondió Sue.

—Muy bien, me gustaría verlas. ¿Hay algún lugar que pueda utilizar como sala de consulta?

Cogieron el ascensor hasta la tercera planta y Benedict exclamó un «¡Santo cielo!» cuando Sue abrió las puertas dobles.

Era como si estuviesen en una clínica, puesto que a la sala no le faltaba de nada.

Había una camilla de exploraciones con estribos, cajones llenos de material esterilizado y no esterilizado, un botiquín de medicamentos bien surtido, equipos de monitorización fetal de última generación, incluso un ecógrafo. Todo ello resultado del trabajo de Sue.

—Jamás había visto este tipo de montaje en una casa privada —dijo Benedict con entusiasmo.

—Son instalaciones especiales para chicas especiales —contestó Torres.

—Si quiero estar de vuelta en Washington a una hora decente, será mejor que empiece ya —dijo Benedict—. Háganlas pasar, en el orden que prefieran.

Torres se fue a buscar a María Aquino.

En cuanto Torres hubo abandonado la estancia, Sue se dirigió a Benedict:

—¿Puedo preguntarle cuál le dijeron que era el objetivo de las exploraciones que iba a realizar hoy?

—Lo único que me dijeron era que necesitaban que un profesional autorizado realizara un informe pericial. Ahora que sé quiénes son las pacientes, supongo que quieren mi opinión sobre cómo se quedaron embarazadas estas señoritas. Y a la pregunta de para qué piensan utilizar mi opinión, le responderé que no tengo ni idea. Lo único que sé es que si hablo de esto donde no toca, me demandarán y me dejarán sin un céntimo.

—Espere un momento, por favor, ahora mismo le pongo con el presidente.

Anning estaba en su despacho de la última planta del edificio, un espacio totalmente acristalado que le permitía, desde un lado, ver sin obstáculos los amaneceres durante las reuniones que mantenía a primera hora de la mañana y, desde el otro, las puestas de sol cuando se quedaba a trabajar hasta tarde.

Como sospechaba que alguien podía estar escuchando la conversación, adoptó un tono formal.

—Señor presidente, ¿qué puedo hacer por usted?

La respuesta de Griffith fue mucho más desenfadada.

—Randy, ¿cómo demonios va todo? ¿Tuvo buen viaje de vuelta el otro día?

—Sí, todo perfecto, gracias.

—¿Ha visto el *New York Times* de hoy?

—Lo tengo encima de la mesa, pero aún no me he puesto.

—Pues hágalo. Página uno, mitad inferior. Una entrevista con una lumbrera de Harvard que responde al nombre de Calvin Donovan. ¿Ha oído hablar de él?

—Pues la verdad es que sí. Es amigo personal del papa. Celestino recurre a él de vez en cuando para que lo ayude en situaciones complicadas. Para trabajos en negro, cuando quiere saltarse la burocracia del Vaticano.

—Pues lea enseguida la entrevista. Por lo que parece, reclutaron a Donovan para realizar una evaluación preliminar del caso de las chicas vírgenes.

Anning cogió el periódico.

—¿En serio?

—Cubre sus apuestas y se esconde detrás del hecho de que no es médico, pero transmite la impresión de que todo esto del embarazo de las vírgenes podría ser legítimo.

Anning miró la favorecedora foto que le habían hecho a Cal en un rincón frondoso del campus de Harvard.

—Me lo leo ahora mismo y le digo algo.

—No es necesario que me devuelva la llamada. Solo quería decirle, Randy, que no sé qué as se guarda bajo la manga y, como usted mismo dijo, tampoco quiero saberlo, pero he pensado que tal vez podría sacar algún beneficio de ese tal Donovan.

—Gracias, señor presidente. Lo pensaré, no lo dude.

12

Vestido con bermudas, camiseta con bolsillo y náuticos —el uniforme obligatorio para el día que tenía por delante—, Cal estaba apurando su segunda taza de café y rastreando las nuevas entradas a su cuenta de Twitter sentado a la mesa de la cocina. Su casa de Cambridge era grande para una sola persona, pero necesitaba tener —o, mejor dicho, quería tener— espacio para sus colecciones. Colecciones de libros, pinturas, objetos, esculturas…, todas las pasiones académicas y culturales que un buen salario y un fondo fiduciario sustancioso podían costear. Su padre, el famoso arqueólogo Hiram Donovan, era de familia adinerada y, después de su prematura muerte, el joven Cal se había vuelto independientemente rico, rico en fondos fiduciarios.

Las redes sociales en general, y Twitter en particular, ardían con la etiqueta #dondeestanlasmarias, algo que a Cal también le gustaría saber. El cardenal Da Silva había tenido la gentileza de pasarle toda la información que el Vaticano había recopilado a partir de sus contactos en Filipinas, Perú e Irlanda, pero los datos de algún valor eran mínimos. El Vaticano tenía la firme impresión —quizá más que eso, la firme creencia— de que las autoridades locales de Manila y Lima habían sido sobornadas por agentes desconocidos que les habían instado a no profundizar mucho en las investigaciones. Los padres de María Mollo y María Aquino no sabían absolutamente nada. La policía irlandesa parecía inmune al soborno, pero seguía inmersa en un callejón sin salida y admitía no tener ni idea de si Mary Riordan seguía en Irlanda o había viajado al extranjero. Además, los Riordan no ayudaban en nada. Si sabían alguna cosa, no pensaban hablar. Y, en consecuencia, millones de personas habían unido fuerzas como detectives aficionados y buscaban colectivamente a las chicas.

Había que reconocer que la situación se les estaba yendo de las manos. La gente abordaba por las calles a chicas adolescentes con un vago parecido a las fotografías de las tres Marías publicadas en internet para preguntarles si eran ellas.

«María Aquino vista en Malasia».

«Acabo de ver a Mary Riordan en Cleveland».

«María Mollo está en El Salvador, sin lugar a dudas. Mirad esta foto».

En Honduras, un hombre que había agarrado por la manga a una chica que creía que era María Mollo había acabado apuñalado por el padre de la chica.

Cal creía haber visto todas las teorías de la conspiración imaginables, pero estaba quedándose maravillado con la que estaba leyendo, que afirmaba que los seguidores del anticristo habían secuestrado a las chicas para impedir un resurgimiento del cristianismo, cuando llamaron a la puerta.

Era un mensajero que le pidió que firmara la entrega de un sobre acolchado de tamaño grande.

—¿Ahora repartís también los domingos? —preguntó Cal.

—Por lo visto, sí —respondió con humor el chico.

Cal volvió con el sobre a la cocina. No había ninguna etiqueta de remitente. Cortó el plástico con las tijeras y extrajo otro sobre grande con solo su nombre impreso. Dentro había varias hojas grapadas y una carta.

Profesor Donovan, analice, por favor, el informe pericial adjunto y transmítalo a sus contactos de Roma. El papa tal vez quiera esconder la cabeza bajo el ala, pero nosotros, no. Exigimos que el papa encargue a la Congregación de las Causas de Santidad la investigación formal y por la vía rápida del milagro de las vírgenes y que declare que esas chicas son santas en vida. Si no lleva a cabo esta acción con efecto inmediato, reprobaremos públicamente al Vaticano, lo declararemos no relevante en este asunto y lo dispondremos todo para que evaluadores independientes investiguen a las chicas y publiquen sus hallazgos cuando lo consideremos oportuno.

La carta no estaba firmada.

Cal echó un vistazo al informe, atónito.

—Mierda —murmuró.

Hizo una llamada enseguida.

—Más te vale no estar llamando para cancelar la cita —dijo Jessica.

—No me la perdería por nada —repuso Cal—. Hace un tiempo perfecto. En un minuto salgo. Solo quería preguntarte cómo se llama el director médico que viene también.

—Larry, ¿por qué lo preguntas?

—Porque igual tengo que comentar algo con él.

No podía pedirse un tiempo mejor para navegar a vela desde el puerto de Boston. Era un día cálido de finales de verano, con un cielo azul intenso y brisas continuas y moderadas. Jessica tenía atracado su Hunter de cuarenta y cinco pies en el puerto de Charlestown. Había aprendido a navegar de pequeña, durante sus veranos en la bahía de Buzzard's, y antes de ser científica había albergado la ambición de entrar a formar parte de la tripulación de algún equipo participante en la World Cup.

Cuando Cal llegó, el grupo ya estaba a bordo, tomando mimosas y canapés de salmón ahumado. Jessica le dio un abrazo y le susurró al oído que, de no haberse presentado, lo habría convertido en cebo para los tiburones.

Le preguntó por el portapapeles de cuero que llevaba bajo el brazo.

—No habrás traído trabajo, ¿verdad?

—¿Yo? ¿Cómo iba a hacer eso?

Después de darle un empujón cariñoso, Cal se instaló con una copa de champán en uno de los bancos acolchados de la cabina mientras Jessica se ponía al timón y, feliz, empezaba a vociferar órdenes. Cuatro de las ocho personas que iban a bordo eran marineros expertos, razón por la cual Cal no tenía más responsabilidad que beber y mostrarse ingenioso y encantador, otra de las órdenes explícitas de Jessica.

El perfil de la ciudad de Boston empezó a reducirse cuando Jessica infló las velas y el barco puso rumbo a toda velocidad hacia las islas. Cal se entretuvo charlando con los pasajeros, un grupo de distintos profesionales del entorno empresarial y financiero de Jessica. Cal era el novio al que podía exhibir como un trofeo. Todo el mundo lo sabía y algunos, en particular las mujeres, parecían saberlo todo sobre él.

—Tenía muchas ganas de conocerte —dijo una mujer bronceadísima que no llevaba más que un biquini.

—¿En serio? —replicó Cal.

—Soy la abogada corporativa de Jessica. Y, cuando no hablamos de trabajo, hablamos de ti.

—Entiendo. —Cal brindó con ella—. Confío en que sea de cosas buenas.

—Ya te gustaría —dijo la abogada, con una sonrisa de oreja a oreja—. Fuiste un cabrón al cancelar lo de Islandia. Guapo, pero un cabrón de todos modos.

—Lo tomaré como un medio cumplido.

Cuando se aproximaban a Georges Island y los muros grises y geométricos de Fort Warren, Cal vislumbró la oportunidad de acercarse con sigilo a Larry Engel, que estaba en proa.

Engel era un tipo fornido. Cal se había fijado en que caminaba con torpeza pegado a la barandilla en busca de un lugar donde apostarse.

—Yo no soy muy marinero —dijo Cal—. ¿Y tú?

—Para nada —respondió Engel—. De hecho, me cuesta creer que aún no haya echado la primera papilla.

—Según tengo entendido, trabajas en la empresa de Jessica.

—Así es. Soy el director de investigación médica.

Y Engel le dijo entonces que tenía entendido que él era el novio de Jessica.

—Así es —reconoció Cal animadamente—. Es un arduo trabajo, pero alguien tiene que hacerlo.

—Es una jefa muy exigente —comentó Engel—. Esta salida no era opcional, la verdad sea dicha. Mi plan para hoy era ir al laboratorio.

Cal le preguntó por su historial profesional, pese a que ya lo conocía. Antes de salir de casa, había hecho una búsqueda en internet. Doctor en Medicina, profesor titular de Cirugía oncológica en Brigham y en el Hospital de Mujeres de Boston antes de que Jessica lo reclutara para su compañía de biotecnología.

Cal se lanzó a por ello.

—De hecho, Larry, confiaba en que pudieras echar un vistazo a algo. Es un caso médico muy interesante…, tres casos, en realidad.

—Tenía entendido que eras historiador.

—Sí, Historia de la religión. Pero este caso se sitúa en los límites entre la ciencia y la religión. ¿Has oído hablar de las tres Marías desaparecidas?

—¿Y quién no? ¿Estás involucrado en el tema?

—Realizo trabajos de consultoría para el Vaticano. Tengo un informe médico de las chicas. Me encantaría conocer tu opinión.

—Sí, por supuesto. —Se llevó la mano al estómago haciendo teatro—. Siempre será mejor que estar agarrado a la proa del barco viendo cómo todo sube y baja, sube y baja.

Cal le pidió confidencialidad y le pasó el informe. Aprovechó para leerlo de nuevo mirando por encima del hombro de Engel. Estaban los dos tan absortos que no se dieron cuenta de que Jessica había cedido el timón a un amigo banquero y se había acercado a ellos.

—¡Por el amor de Dios! —exclamó—. ¿Estáis viendo porno?

La página que Larry estaba leyendo en ese momento contenía tres primeros planos de genitales femeninos.

Cal intentó explicarse, pero Jessica lo regañó sin piedad por haberse llevado trabajo al barco.

—Al menos no he cancelado la cita —dijo esperanzado Cal.

—Todo esto es muy interesante —declaró Engel—. Interesante de verdad.

—¿Son fotos de las presuntas vírgenes? —preguntó Jessica, sentándose con ellos.

—Tenlo por seguro —contestó Engel—. Es un diagnóstico completo elaborado por un médico llamado Richard Benedict. No es ningún donnadie. Es el presidente del Colegio de Obstetricia y Ginecología de Estados Unidos.

—¿Y se dedica a fotografiar coños jóvenes? —replicó Jessica.

—¡Por Dios, Jessica! —exclamó Engel.

—¿Y dónde, si puede saberse, realizó esa exploración de partes íntimas? —preguntó Jessica.

—El informe no lo menciona —dijo Cal—, pero es una confirmación de que están a salvo y juntas. Voy a llamarlo para ver si canta.

—¿Y cuál es el veredicto, Larry?

—Que todas son vírgenes, efectivamente. No cabe la menor duda, ni en opinión de Benedict ni en la mía, aunque la suya cuenta más, claro. Y que están todas a principios del tercer trimestre. Las ecografías las realizó él mismo. Todos varones.

Dice también que es imposible que hayan pasado un catéter a través del cérvix para transferir el embrión al útero sin desgarrar el himen.

—Pues ya ves, Cal, puedes sentirte feliz como una perdiz —dijo Jessica—. Los milagros existen. Y ahora, chicos, hacedme feliz a mí. Dejad de lado el trabajo y abrid otra botella de champán.

Cal esperó hasta después de comer y aprovechó un momento en el que Jessica estaba concentrada en la navegación. Habían llegado a la bahía de Quincy, donde un yate de tamaño similar la había retado a una carrera amistosa para volver a Boston y despertó su sangre competitiva. Intentando proteger el teléfono de las salpicaduras de las olas, Cal se acercó a la proa y marcó el número de teléfono que constaba en el informe.

—¿Hola? ¿Es el doctor Benedict?

La respuesta fue brusca.

—¿Quién llama?

—Soy el profesor Calvin Donovan, de Harvard. Siento molestarlo en domingo, pero esta mañana me han hecho llegar una copia de su informe sobre las tres Marías.

—Perdón, ¿le conozco?

—No creo.

—¿Está usted en la facultad de Medicina?

—En la facultad de Teología.

Se produjo un silencio en la línea. Cal le explicó que era asesor del Vaticano en los aspectos religiosos del asunto y que un desconocido le había pedido que pasara aquel informe a Roma.

—Yo no sabía nada de todo esto —dijo Benedict—. Me contrataron para examinar a las pacientes, redacté un informe y fin de la historia. Mire, estoy en mi club de golf, justo en el *tee* de salida.

—¿Puedo preguntarle dónde visitó a las chicas?

—Puede. Pero no se lo diré. Firmé un acuerdo de confidencialidad.

—¿Fue en Estados Unidos?

—Adiós, profesor Donovan. Tengo que colgar.

A Cal le sorprendió recibir la llamada a aquellas horas.

Era casi de noche en Cambridge, primerísima hora de la mañana en Roma.

Elisabetta reconoció que podría haber esperado, pero le dijo que no podía dormir y que, además, quería informar de todo al pontífice antes de la misa matutina. Cuando Cal había regresado de la excursión en barco, había escaneado el informe de Benedict y se lo había enviado a la monja.

—Lo he enviado hace apenas diez minutos —dijo Cal—. Es usted una lectora veloz.

—Volveré a leerlo con más atención, pero las conclusiones las entiendo. En el mensaje que adjuntaba, mencionaba que ya ha hablado con otro médico.

—No es ginecólogo, pero sí muy buen cirujano. Me comentó que la evaluación era correcta y que las conclusiones se sustentaban en los hechos.

—Este tal doctor Benedict, ¿es un profesional con credibilidad?

—De lo mejor, por lo visto.

—¿Y se ha negado a decirle dónde están las chicas?

—En cuanto se lo he preguntado, me ha colgado.

—Sabe usted perfectamente que la petición, o quizá sería mejor decir la exigencia, que nos hace esa persona o personas desconocidas de que la Congregación de las Causas de Santidad se ocupe del asunto… sabe bien que es imposible según la ley canónica.

—Sí, lo sé. —Cal estaba intentando abrir una botella de vodka helado con una sola mano—. La investigación solo puede llevarse a cabo después del fallecimiento del individuo en cuestión.

—¿Cree que esa persona no lo sabe? ¿Daría eso a entender que no estamos tratando con un católico?

—No tengo ni idea. Cualquiera puede entrar en Google y buscar información sobre el proceso de canonización.

—¿Por qué cree que se han puesto en contacto con usted y no con el Vaticano?

—Supongo que habrán leído la entrevista que concedí y habrán imaginado que podría ser una buena vía.

—Estoy segura de que el santo padre me preguntará qué recomienda usted que hagamos.

—Mire, la decisión es totalmente suya, pero si quieren mantener todo esto en secreto y disuadir a quienquiera que sea esa gente de seguir buscando publicidad, como están amenazando, podrían anunciar que van a poner en marcha una comisión especial de investigación en el Vaticano, al margen del proceso que seguiría formalmente la congregación. Y a saber cuánto tiempo llevaría montar eso, no sé si me explico.

—Es decir, aceptar lo que proponen pero solo de boquilla.

—Exacto.

—Una táctica digna del Vaticano —bromeó ella.

—¿Alguna de las familias ha recibido noticias de las chicas?

—Que sepamos, todavía no.

—¿Alguna novedad en cuanto a las investigaciones a nivel local?

—Nada. Antes de que recibiera usted este informe médico, ni siquiera sabíamos si seguían con vida. Demos gracias a Dios por tan buena noticia. Nos aseguraremos de que los padres sepan que las chicas están sanas y salvas.

13

Cuando Sue pidió a Mary Riordan que la acompañara al salón, la chica dio por sentado que iba a regañarla por algo.

—¿Qué he hecho ahora? —quiso saber.

—Esto no tiene nada que ver con tu comportamiento, aunque tendría toda la razón de ser —dijo Sue.

Le entregó un móvil.

—Ten. Llama a tu madre. El número está en la lista de favoritos. A ella también le hemos dado un teléfono.

—Ya era hora, joder —soltó Mary.

Sue se marchó al otro lado de la estancia, lo bastante lejos para proporcionar a la chica cierta intimidad pero lo bastante cerca para escuchar la conversación. Le habían informado de que los teléfonos no eran rastreables, en caso de que alguien intentara averiguar su localización.

—Mamá, soy yo —dijo Mary.

Cindy Riordan hablaba muy fuerte, como si quisiera compensar la distancia entre las dos.

—Me han dicho que me llamarías. ¿Cómo estás? Estaba muy preocupada.

—¿Muy preocupada pero me vendiste?

—No, no seas así. Nos dijeron que te cuidarían mucho mejor de lo que podíamos cuidarte nosotros. —Y entonces bajó la voz para que no pudiera oírla nadie—. Me han dicho que no te pregunte dónde estás.

—Si me lo preguntaras, daría igual. No tengo ni idea. Hicimos una escala en el aeropuerto de Boston y luego seguimos viaje hasta otro sitio.

—¿Te tratan bien, como dijeron que harían?

—Este lugar rebosa dinero por todas partes. Es una mansión de la hostia, pero perdida en medio de nada. Kilómetros y kilómetros de lo que parece un desierto o algo así. Todo es del color de los copos de maíz. Sales al exterior y hace un calor que te desmayas. Pero hay caballos. Y una cocinera, y otra gente que limpia y lava por nosotras. Me han regalado ropa, cosas que no están mal y cosas que son una porquería. Me obligan a estudiar con un ordenador, lo cual resulta patético, la verdad.

—¿Y quién está ahí contigo, cariño?

—Tengo una especie de canguro que se llama Sue y que en estos momentos está metiendo las narices en todo lo que digo. Y luego está la otra, la que vino a casa, la señora Torres.

—Parecía agradable.

—Pues no lo es. Es una gilipollas. Y están también las otras chicas.

—Me imaginaba que estaríais juntas, pero no lo sabía seguro. No paran de hablar de las tres Marías desaparecidas, en la tele y en todas partes. Me alegro de que estéis las tres sanas y salvas. ¿Son simpáticas?

—Son unas plastas, la verdad. No hablan inglés y una de ellas es una quejica.

—Sois como tres gotas de agua, ¿no? Ay, mi niña, muy pronto vas a ser madre, y yo, abuela.

—Vino un médico muy bueno a explorarnos.

—¿Y qué dijo?

—¡Sorpresa! Estoy embarazada.

—¿Y el bebé está bien?

—Supongo. Se ve que tiene pito.

—Tendrás que ir pensando qué nombre ponerle.

—¡No quiero tener un niño! Yo no he elegido pasar por toda esta mierda.

—Lo sé, mi amor. Pero has sido elegida, como te dijo la voz. La voz de Dios, supongo.

—Más bien la polla de Dios.

Sue negó con la cabeza y miró por la ventana los infinitos pastizales secos que se fundían a lo lejos con un cielo incoloro. Las ventanas tenían doble cristal, pero incluso así se oían la maquinaria y los ruidos metálicos que eran una constante durante el día, siete días a la semana.

—No blasfemes —la reprendió su madre.

Cuando Mary terminó la llamada, Sue la condujo de nuevo al dormitorio comunitario y, una tras otra, las otras dos Marías salieron al salón para hablar con sus respectivas familias. Ninguna de las dos había utilizado un móvil en su vida y las conversaciones fueron breves pero emotivas. Cuando María Mollo hubo acabado, Sue también estaba llorando. Abrazó a la insegura y menuda chica, y decidió que lo mejor que podía hacer era acostarse un rato.

—Un reencuentro alegre, ¿a que sí? —dijo Mary—. Muchos lloros.

—Deja en paz a la gente y cierra el pico —le dijo Sue—. Las chicas tienen clase de inglés, y tú, dos horas más de curso. Antes de cenar, habrá un regalo para todas.

—¿Un regalo? —replicó Mary—. ¿Piensas colgarte?

El sol rozaba el horizonte y el calor había dejado de abrasar para lo que quedaba de día, pero la sensación de bochorno seguía siendo atroz. Sue entregó una botella de agua fría a cada chica para el recorrido hasta los establos. La señora Simpauco las acompañó para traducir para María Aquino. Los mozos de cuadra eran mexicanos, con lo cual la otra María quedaba cubierta.

—¿Vamos a ver los caballos? —preguntó Mary, dando brincos.

—Eso es —respondió Sue.

—¿Podemos montarlos?

—Eso no entra en el plan.

Los establos eran un edificio bajo y grande con el tejado metálico, pero unos quinientos metros más atrás se alzaba en la tierra seca el esqueleto de una estructura de acero.

—¿De ahí viene todo el ruido?

Sue dijo que sí.

—¿Y qué se supone que será?

—No me lo han dicho —respondió Sue—. La verdad es que no lo sé.

Las chicas se mostraron felices de ver aquellos animales tan magníficos. Incluso María Mollo se puso contenta. Enseguida se hizo amiga de uno de los caballerizos, un hombre llamado Pedro Alvarado, bajito y con una sonrisa encantadora, que la cogió de la mano y la acompañó a los distintos establos para presentarle por su nombre a todos los caballos. Pero la más entusiasmada fue Mary, que no paró de formular preguntas detalladas sobre la edad de los caballos, qué comían, qué tipo de ejercicio hacían.

—Sabe mucho de caballos, señorita —dijo el capataz.

—Justo al lado de mi casa hay una granja de caballos. Iba a ayudar de vez en cuando.

—A lo mejor le permiten venir a ayudarnos también.

—¿Puedo? —le preguntó Mary a Sue.

Parecía una idea pésima, pero Sue le dijo de todos modos que lo hablaría con la señora Torres.

Después de recorrer los establos y dar de comer a los caballos trozos de zanahoria que iban sacando de un cubo, el capataz dijo a las chicas que cada una eligiera su caballo favorito y que los sacaría al patio para que pudieran verlos correr. María Aquino eligió una yegua rubia oscura, María Mollo un semental negro y Mary una yegua moteada llamada Sally. Pedro embridó los caballos y los condujo al exterior. Las dos Marías se apoyaron en las vallas y observaron la escena a través de los tablones, pero Mary insistió en encaramarse y sentarse en lo alto.

—Ve con cuidado —dijo nerviosa Sue.

—Que esté preñada no implica que esté tarada —replicó Mary.

Los caballos corcovearon y retozaron entre ellos durante un cuarto de hora, mientras las chicas reían sus gracias. Pronto sería la hora de cenar y Sue tenía que encargarse de que se asearan antes, de modo que decidió poner punto final a la actividad. Pedro ató las yeguas a la valla después de haber entrado el semental a los establos, seguido por María Mollo. El caballo de María Aquino bajó la cabeza para que la chica pudiera acariciarle los carrillos y Mary saltó de la valla para acariciar la yegua moteada.

—No te apetece entrar, ¿verdad, Sally? —dijo.

Tomó como un «no» el relincho.

Pedro volvió a por otro caballo y Mary le suplicó que se llevara antes la yegua rubia. María Aquino y la señora Simpauco marcharon hacia los establos con él.

Mientras Sue interrogaba al capataz para obtener información sobre la estructura de acero en construcción, Mary hurgó en el bolsillo de su pantalón corto para sacar un trozo de zanahoria que se había guardado y dárselo a la yegua. Cuando el animal se entretenía mordisqueando la zanahoria, Mary desató la brida, se encaramó al penúltimo tablón de la valla y pasó la pierna por encima del lomo de Sally.

—Vamos, chica, larguémonos de aquí.

Tiró de las riendas, atizó los flancos de Sally con las zapatillas deportivas y el caballo echó a correr por la verja abierta.

—¡Mary! —gritó Sue—. ¡Vuelve!

El capataz gritó en español a Pedro pidiéndole que le llevara enseguida un caballo y el hombre bajito salió a toda prisa con la yegua rubia. Las dos Marías corrieron tras él y se quedaron en el patio señalando la nube de polvo en que se habían transformado Mary y su montura. El capataz arrancó las riendas de manos de Pedro, saltó y se agarró a la crin de la yegua para montarla.

—No se preocupe, la alcanzaré —gritó, y abandonó a toda velocidad las cuadras.

—¡Está embarazada! —chilló Sue.

—Lo sé, señora, créame.

Mary era buena amazona, pero sostenerse sin silla sobre el lomo de un caballo a galope no era sencillo. Brincaba y se deslizaba sin cesar a derecha e izquierda, y se veía obligada a clavar las rodillas en los flancos para mantenerse más o menos estable. No estaba huyendo a ciegas hacia la pradera. Tenía un plan, y con ese fin guio a la yegua hacia la estructura de acero, que estaba repleta de trabajadores. Les contaría quién era y que la habían secuestrado. Les pediría que llamasen a la policía. Y luego...

De pronto un brazo agarró la brida por la carrillera. Sally fue aminorando. Y cuando Mary se volvió hacia el capataz, empezó a resbalar. El capataz soltó la brida para sujetarla por la cintura y, con el movimiento, Sally salió disparada de nuevo.

El capataz era un hombre fuerte y consiguió sujetar a Mary contra la yegua incluso después de que la monta de ella huyera corriendo. La yegua rubia se paró en seco al recibir una orden verbal y el capataz depositó a la chica en el suelo con toda la delicadeza que le fue posible.

El capataz desmontó e hizo señas a Sue, que corría hacia ellos, para tranquilizarla.

—¿Adónde pensaba que iba, señorita Mary? —preguntó el capataz.

Mary respondió jadeante:

—Intentaba escapar.

—¿Por qué? Aquí todo el mundo adora a las pequeñas vírgenes.

—¿Es así como nos llaman?

—Así es, señorita. ¿Va a volver conmigo?

—¿Y qué pasa con Sally?

—Volverá sola, no se preocupe. ¿Me permite que le diga una cosa, señorita Mary?

Mary asintió.

—Cabalga a pelo de maravilla.

Después de cenar, Torres descargó su ira sobre Sue y el capataz, y prohibió el acceso a los establos a las chicas. El capataz se quedó tan asustado por la ferocidad de la reprimenda que mantuvo la boca cerrada y clavó la mirada en el suelo, pero Sue se esforzó para defender que, con la custodia suficiente, trabajar con los caballos era justo lo que Mary Riordan necesitaba para sentirse cómoda en el rancho.

Ante un no tajante, Sue preguntó si podía recurrir contra la decisión a una persona con mayor autoridad. Con altivez, Torres la informó de que para Sue ella era la máxima autoridad. Y tras decir esto, dio media vuelta y se fue, dejándolos a los dos en la sala de personal.

—Señorita Sue, no estoy en condiciones de decir nada —reconoció el capataz—, pero estoy de acuerdo con usted. Esa chica adora los caballos y creo que ellos también la adoran a ella.

Después de cenar, las chicas se quedaron jugando en su sala con Lily, la bulldog, retozando entre ellas. Mary se había sentado en un sillón mullido y jugaba con el móvil, mientras las dos Marías estaban en la alfombra, intentando que Lily no les destrozara el puzle que tenían a medio hacer. Cuando María

Mollo se agachó para buscar una pieza, María Aquino, la más menuda, se montó sobre ella como un jinete. La peruana captó de inmediato la broma y se puso a imitar a un caballo encabritado.

—¡Yo Mary, yo Mary! —gritó la chica filipina.

—Voy, voy —respondió la otra María.

Empezaban a cosechar los frutos de sus primeras clases de inglés.

Mary observó la escena, con cara de póquer de entrada. Las dos Marías rompieron a reír como locas, cayeron la una encima de la otra y rodaron por el suelo. Mary no tardó en sumarse a las risas y lanzarles cojines.

Cuando Sue subió a comprobar qué tal iban, se encontró en medio de una clásica pelea de almohadas. Se retiró sin hacer ruido y cerró la puerta, dejando que las chicas siguieran divirtiéndose como niñas.

14

Joe Murphy vivía en un estudio austero de un edificio próximo a Central Square. Y ya le iba bien así. Era algo mejor que la vivienda que tenía en la rectoría de Galway y podía ir andando hasta Harvard, lloviese, nevase o brillase el sol. Su sueldo como profesor universitario principiante era bastante modesto, aunque era considerablemente mayor que el que habría recibido como párroco o como profesor asistente de Cal. El único lujo que se permitía era comprarse los libros que le apetecía en lugar de pedirlos prestados en la biblioteca. Cualquier excedente lo destinaba a enviarlo a su madre y a un pequeño fondo fiduciario que había abierto a nombre de sus sobrinos y sobrinas.

Era una calurosa mañana de agosto y el aparato de aire acondicionado de ventana zumbaba con fuerza. Sus planes para la jornada eran sencillos y agradables. Apuraría el café, se vestiría con el uniforme de verano e iría paseando tranquilamente hasta la biblioteca Widener, en el patio de Harvard, para seguir tomando notas para su próximo libro, una exploración de la Iglesia medieval en Irlanda. Se había tomado en serio el consejo de Cal de que la única forma de conseguir seguridad académica era publicar, publicar y seguir publicando. Ser popular como profesor —y, hasta el momento, Murphy era muy del agrado de los estudiantes— no era más que la guinda del pastel.

Estaba entretenido escuchando música clásica del ordenador a través de un altavoz Bluetooth cuando sonó el teléfono, un número oculto. Pensó en dejar que sonara hasta que saltase el contestador, pero no recordaba la última vez que había recibido una llamada de ese tipo y decidió responder.

Era una mujer.

—Disculpe, ¿hablo con el padre Murphy?

—El mismo. ¿Quién llama?

—Soy Cindy Riordan, la madre de Mary.

Murphy dejó la taza de café con tal brusquedad que derramó un poco. Le preguntó en qué podía ayudarla.

—Estoy preocupadísima por Mary.

—Bueno, es comprensible.

—¿Sabe usted dónde está?

Cal le había comentado lo del informe de Benedict.

—No, no lo sé —respondió—. Pero hay pistas que indican que se encuentra con las otras dos chicas que están en el mismo estado que ella.

—Eso ya lo sé —repuso la mujer—. He hablado con ella.

—¿Sí?

—Me dieron este teléfono para que pudiera hablar con ella.

—En ese caso, ya sabe usted más que yo. ¿Y qué le ha contado?

—Que estaba en una mansión en un lugar muy caluroso con esas dos chicas que también se llaman María, y que la estaban cuidando bien.

—Es un consuelo, ¿verdad? ¿Le mencionó dónde estaba?

—Me ha dicho que no tenía ni idea. Estaba como cortada, diría yo.

—¿Hay algo que pueda hacer por usted, señora Riordan?

—Lo hay, padre, pero no quiero hablar del tema por teléfono. Tal vez esté un poco paranoica, pero tengo la sensación de que podrían estar escuchándome. ¿Cree que podría venir?

—Estoy de vuelta en Estados Unidos.

Murphy oyó que chasqueaba lengua antes de responder.

—Oh, vaya, no lo sabía. No sé qué decir. Es muy importante. Y no tengo a nadie más con quien hablar.

—¿Y Canon McCarthy?

—No me gusta. Es como un pez sin sangre. No me fío de él tanto como me fío de usted.

Murphy intentó sonsacarle más información.

—Mire, si quiere que suba a un avión tendrá que contarme más cosas.

—Le diré algo, padre. He hecho algo espantoso, realmente espantoso, y necesito corregirlo. Le suplico que venga.

Murphy llamó a Cal al despacho de Divinity Avenue para contarle lo de la llamada.

—¿Qué crees que está pasando? —le preguntó Cal.

—La verdad es que no lo sé. La mujer estaba muy trastornada. Dudo que se trate de un asunto trivial.

—¿Qué quieres hacer?

—Lo que yo quiera hacer y lo que esté obligado a hacer son cosas muy distintas —respondió el sacerdote.

—Es decisión tuya, Joe, pero, si quieres hacer ese viaje, deja que mire si el Vaticano puede costear el billete.

—Te lo agradecería —dijo Murphy.

El plan de Murphy era llegar y marcharse rápido, pasar una sola noche en Galway antes de regresar a Boston y a sus labores de investigación. Alquiló un coche en Shannon y llegó a casa de los Riordan antes del mediodía. Al ver que nadie respondía cuando llamó a la puerta, pulsó el timbre con insistencia hasta que oyó movimiento en el interior.

Abrió la puerta Kenny Riordan, en calzoncillos. Tenía los ojos vidriosos y olía a cerveza.

—Padre Murphy. Qué inesperado.

—Siento despertarlo, señor Riordan.

—¿Qué hora es?

—Pasadas las once. Quería ver a su esposa.

—¿Para qué?

—Es un asunto entre ella y yo, si puede respetarlo.

—Oh, sí, claro, todos mis respetos para la levita, padre. Pero el caso es que no está en casa.

—¿Ah? ¿Dónde podría encontrarla?

—Ayer por la tarde a última hora se puso mala. La respiración. Tiene asma, ya sabe. Tuvieron que llevársela al hospital, y no fue nada fácil. Sacarla por la puerta y meterla en la ambulancia fue de lo más complicado. Es una chica grande.

—¿En qué hospital está?

—En el universitario. Si va a verla, dígale que los niños están con su hermana y que yo me cuido solo.

—Ya lo veo, ya.

Murphy la encontró ingresada en la unidad de enfermedades respiratorias. La hora de visita era hasta las dos, pero los sacerdotes podían entrar en las salas sin someterse a horarios. La mujer estaba tumbada y roncando en una cama de tamaño más grande de lo normal, con una mascarilla de oxígeno sujeta a la cara mediante una cinta elástica.

Cerró la puerta, se acercó a la cama y pronunció su nombre. Al ver que no se despertaba, le presionó levemente el antebrazo a través de la tela fina del camisón proporcionado por el hospital. Los ronquidos pararon y gimoteó un poco. Con algo más de presión, se despertó.

—¿Padre? —dijo, adormilada.

—Hola, Cindy. Estoy aquí. ¿Qué tal está?

La mujer se apartó la mascarilla hasta dejársela apoyada en la mejilla.

—No muy bien, me temo, ya lo ve.

—Lo siento mucho. He venido lo más rápido que he podido.

—¿Desde América?

—Sí, desde Boston. Me ha llamado, y he venido.

—Oh, pobre… —Empezó a resollar.

—¿Quiere que llame a la enfermera?

Dijo que sí y Murphy salió de la habitación mientras la atendía una hermana. Cuando le indicaron que podía volver a entrar, encontró que habían subido la cabecera de la cama, la habían recostado sobre varias almohadas y habían sustituido la mascarilla por unas cánulas en los orificios nasales.

Y antes de que Murphy pudiera decir nada, la mujer habló.

—Ojalá no hubiese venido.

Murphy sabía que probablemente no fuera el sacerdote más compasivo del planeta, pero le resultó imposible contenerse.

—Pero, en nombre de Dios, ¿qué tengo que deducir de lo que acaba de decirme? Me llama por un asunto de mucha gravedad, dejo todo lo que tenía entre manos para venir corriendo a Irlanda, ¿y ahora me dice que mejor que no hubiese venido?

Las lágrimas comenzaron a rodar por las carnosas mejillas de la mujer.

—Mire, siento ser duro, Cindy, pero estoy seguro de que entiende por qué me he quedado patidifuso.

La mujer susurró alguna cosa que Murphy no logró entender con el ruido del oxígeno. Se acercó y se lo repitió.

—Tenía razón. Estaban escuchando —susurró.

—¿Cómo lo sabe?

—Ayer vinieron a casa.

—¿Quiénes?

—Unos tipejos con mala pinta. En sus motos.

Murphy visualizó sus caras como si estuvieran en la habitación.

—¿Uno alto, otro más bajo, el bajo con la cara marcada por la viruela?

—Eso es. ¿Los conoce?

—Sí. ¿Qué le dijeron?

—Me dijeron que nos harían daño a mí y a los niños si hablaba con usted.

—¿La amenazaron?

Rompió a llorar de nuevo.

—¿Llamó a la policía?

—Me dijeron que no lo hiciera. Me asustaron. Me dio un ataque y no podía respirar, y ahora ya ve. De modo que no puedo hablar con usted, padre Murphy, por mucho que me gustaría.

—¿Y no puede contarme, aunque sea por encima, qué es lo que tanto la preocupa? Quiero ayudarla.

—¿Ha visto a alguien rondando por los pasillos? —preguntó, nerviosa.

—Créame si le digo que si viera a esos dos los reconocería.

La mujer le indicó que se aproximara un poco más, tanto que Murphy alcanzó a oler el dentífrico del hospital.

—Yo no quería hacerlo. No quería firmar ese papel, pero Kenny me obligó. Por el dinero.

—¿Qué dinero? ¿Qué papel?

—No puedo decir más. —Lo miró con expresión suplicante—. No me pida que le diga más.

Murphy no lo hizo y se marchó.

Esa noche Kenny Riordan fue a visitar a su esposa después de pasarse por el pub para engrasar el cuerpo con unas cuantas cervezas.

—¿Cómo lo llevas? —preguntó, y se sentó en la cama mientras ella se instalaba en el sillón reclinable de la habitación.

—Mucho mejor. Me están metiendo esteroides por el gotero. Lo único es que me hacen engordar.

—Ah, ¿sí? —repuso él—. ¿Y cómo lo notaremos?

Pero ella no se sintió ofendida. Lo encontró gracioso.

Le preguntó si había ido a visitarla el sacerdote.

—No le habrás contado nada, ¿verdad?

—¿Sobre Mary? —dijo ella, a la defensiva—. No lo haría jamás.

—Bien, procura no hacerlo. No hay que buscarse problemas. ¿Le has dicho al padre que se largue?

La mujer asintió.

—Me siento mal. Porque ha venido hasta aquí.

—Seguro que algún provecho sacará. Habrá sumado unas cuantas millas como viajero frecuente.

La señora Riordan se puso rígida de repente.

—¿Qué pasa, cariño? —preguntó el marido.

Y entonces oyó el crujido de unas suelas sobre el suelo de linóleo verde claro y giró rápidamente el cuello.

—Mierda.

—¡Qué recibimiento más encantador! —exclamó Doyle. Su compinche, McElroy, cerró la puerta. Doyle llevaba el ramo de flores más pequeño que podía adquirirse en la tienda de regalos—. Le he traído esto. ¿Tienen un jarrón por algún lado?

La señora Riordan se había quedado muda.

Doyle miró alrededor y, al no ver a nadie, dejó caer el ramillete en un orinal vacío.

—Kenny, en la otra manzana hay un pub. ¿Por qué no vas a tomarte una cerveza mientras nosotros tenemos una pequeña charla con Cindy? ¿Te parece bien?

—No te marches —suplicó la señora Riordan.

—Un consejo pésimo —dijo Doyle—. Sabemos dónde vive tu hermana, cariño. Y los niños están allí, seguro. No querrás que vayamos a verlos luego, ¿verdad?

Riordan se levantó y le dijo a su mujer que esperaría en el pasillo.

Doyle, el alto, se inclinó y le dijo al oído:

—No te inquietes. Enseguida estamos.

Kenny deambuló por el pasillo, siguiendo un circuito hasta la zona de enfermería, hasta que vio que los hombres salían de la habitación. La cara de McElroy mostraba su vacuidad habitual, pero Doyle sonreía como si acabaran de contarle un chiste malo. Chocó deliberadamente contra el hombro de Riordan cuando pasó por su lado.

—Te he hecho un favor. Ya puedes ir a dar una vuelta. Y Kenny, recuerda que nunca hemos estado aquí.

Riordan recorrió el pasillo a toda velocidad y abrió la puerta. Cindy estaba en la silla, con la cabeza descansando en una posición extraña sobre el hombro, los ojos abiertos pero con la mirada vacía. Cayó de rodillas delante de ella.

—Cindy. No. No. No. ¡Enfermera!

Murphy estaba profundamente dormido en la habitación del hotel cuando sonó el móvil. No estaba esperando ninguna llamada y había dejado el teléfono cargándose en el cuarto de baño. Aparte de la cama sin hacer, era como si nadie hubiera ocupado la habitación. Su pequeña bolsa de viaje estaba recogida, lista para irse, y la ropa, pulcramente doblada sobre la silla.

—Padre Murphy, soy Kenny Riordan.

—Es medianoche, Kenny. ¿Qué sucede?

—¿Puede venir al hospital? Se trata de Cindy.

En el sótano del hospital había una sala con el nombre de «espacio de duelo» y allí fue donde, en plena noche, Murphy se puso en cuclillas delante de Riordan.

—Cuénteme qué ha pasado.

—Ha dejado de respirar. Creen que quizá haya sido un infarto. No han podido hacer nada.

Murphy detectó algo más que dolor. El hombre estaba, además, asustado.

—¿Me lo está contando todo, Kenny?

—Por supuesto que sí. Dígame una cosa, padre. Usted ha estado con ella esta mañana. ¿Cómo la ha encontrado?

—Está al corriente de que me había llamado, ¿verdad?

—Algo me comentó, pero no sé qué tenía en mente cuando lo hizo.

—¿No se lo ha contado?

Riordan tartamudeó para negarlo, pero parecía un chiquillo al que han pillado en una mentira.

—Quería desahogarse —dijo el sacerdote.

—¿Qué le ha dicho?

—Ni siquiera después de muerta puedo traicionar su confianza, pero me ha dicho algunas cosas, quizá no todo.

Riordan jadeó un par de veces.

—Mire, padre, tiene usted todos mis respetos, pero necesito saber qué le largó mi mujer. Ronda por aquí una gente que podría hacernos daño. No quiero que mis hijos se queden huérfanos.

Murphy se cubrió los ojos con la mano para pensar.

—¿Lo ha hecho alguien? ¿Alguien le ha provocado la muerte?

—El médico ha dicho que es probable que haya sido un infarto —respondió débilmente Riordan.

—¿Van a hacerle la autopsia?

—No pienso permitírselo.

Murphy no podía seguir sentado. Se incorporó y cruzó los brazos sobre el pecho.

—Creo que tengo que hablar con la policía.

Aquellas palabras hicieron que Riordan se levantara de golpe.

—No, padre, no lo haga. Son mala gente, malos tipos, de verdad. Si lo hace, caerá su maldad sobre mí y los míos.

—Pero…

—Nada de peros, padre. Se lo suplico. Lo hecho hecho está. Tiene que pensar en los vivos, no en los muertos.

La habitación de Sue en la mansión era grande y estaba bien amueblada, con piezas de calidad y bonitos cuadros en las paredes, pero carecía de toques personales. En Santa Fe había decorado su piso con mucho gusto, con alfombras y ropa de cama con estampados típicos del sudoeste, alfarería local y fotos que había hecho durante sus excursiones por sus paisajes favoritos del desierto y las montañas. No quería que nada le recordase su vida en casa. La echaba demasiado de menos. Había aceptado aquel trabajo por la increíble cantidad de dinero que le ofrecían, pero, aun así, cada día se planteaba dejarlo, sobre todo ahora que había conocido a aquellas chicas tristes que parecían pájaros encerrados en una jaula de oro.

Pero, si se marchaba, otra ocuparía su lugar. Las chicas no se irían a ninguna parte.

Le sorprendió que llamaran a la puerta; era la primera vez que alguien se tomaba la molestia de visitarla en su cuarto. Torres daba la impresión de haberse maquillado a toda prisa. Llevaba pintalabios aplicado de forma chapucera.

—¿Sucede algo? —preguntó Sue.

—Veo que todavía estás vestida. ¿Puedo pasar?

—¿Están bien las chicas?

—Seguro que están durmiendo. Es tarde.

Torres entró y tomó asiento en el sofá de dos plazas. Perpleja, Sue le ofreció algo de la pequeña nevera que había en la habitación, pero la mujer declinó la invitación.

—He recibido una llamada inquietante —dijo Torres—. Sobre la madre de Mary Riordan. Ha muerto.

Sue se sentó en la cama y negó con la cabeza, conmocionada.

—Dios mío, ¿qué ha pasado?

—Ha fallecido en un hospital donde estaba ingresada por el asma que padecía. Me han dicho que no gozaba de buena salud. Al parecer estaba bastante obesa.

—Por lo que Mary me ha contado, no era muy mayor.

—Sí, es muy triste. Quería compartir la noticia contigo. No tenía nadie más a quien contárselo.

—Excepto Mary.

—No debemos decírselo.

—Es su madre.

—Solo Dios sabe qué podría pasar. Está embarazada. Sería un shock.

Sue abrió la nevera y retiró el tapón de corcho de una botella de vino que tenía a medias. Torres cambió de idea y pidió que le sirviera una copa.

—¿Y cómo escondérselo? —preguntó Sue.

—Siempre he creído que este tipo de noticias puede provocar un aborto. ¿Me equivoco? Tú eres la experta.

Sue tuvo que reconocer que existía un riesgo, pequeño pero real, de que un sobresalto emocional provocara un parto prematuro.

Torres se bebió la copa entera en pocos tragos.

—No podemos correr el riesgo. Hay demasiado en juego.

Kenny Riordan convenció a Joe Murphy de que oficiara el funeral. Murphy no quería hacerlo, pero el hombre le dijo algo que ya sabía, que a Cindy no le gustaba en absoluto el canónigo McCarthy y que, en cambio, había dicho cosas bonitas de él. El sentido del deber de Murphy acabó imponiéndose y obtuvo permiso de McCarthy para oficiar una misa en St. Colman. El número de asistentes fue más bien escaso. La fama de estafadores de los Riordan no les había granjeado las simpatías de la comunidad, y sin la asistencia de Mary, el factor curiosidad que les había acompañado últimamente había caído en picado. Menos aún fueron los que soportaron el azote de la lluvia en el cementerio Rahoon.

Cuando bajaron el féretro de Cindy Riordan a la tumba

empapada y la tía se llevó a sus hijos, Riordan intentó depositar unos billetes en la mano de Murphy.

—No será necesario —dijo Murphy, bajo el paraguas—. Siento mucho su pérdida, Kenny, de verdad. Mire, no voy a llamar a las autoridades, pero, si se ponen en contacto conmigo, seré sincero con ellas. No puede ser de otra manera.

—Lo entiendo, padre, pero no tienen ningún motivo para ponerse en contacto con usted.

—¿Sabe si han informado a Mary del fallecimiento?

—Por mi boca, no. No sé cómo localizarla. Cindy tenía un móvil nuevo, pero ha desaparecido. Por otro lado, tampoco sabría qué decirle.

Murphy se despidió de Riordan en el aparcamiento. Los caminos de gravilla se encontraban llenos de charcos y los zapatos empezaban a rebosar agua. Recordó que en la bolsa de viaje llevaba unas zapatillas deportivas y abrió el maletero para cambiarse de calzado y guardar los zapatos de piel empapados.

Lo siguiente que sintió fue el peor dolor de cabeza que había sufrido en su vida. Estaba acostado en una cama o en un camastro, en un sitio frío y húmedo, un lugar que olía a tierra y a raíces. De repente su estado de confusión pasó a un segundo plano por una potente oleada de náuseas. Cuanto intentó incorporarse para vomitar, se dio cuenta de que se hallaba esposado a la estructura de la cama. Se puso de lado y vomitó en el suelo de tierra.

—¿Hola? —gritó—. ¿Hay alguien ahí? ¿Hola? ¡Que alguien me ayude!

El decano de la facultad de Teología de Harvard era un británico duro como el pedernal llamado Gil Daniels. Habían organizado una sesión de introducción para la nueva cosecha de estudiantes que entraba en la universidad en otoño y estaba presentando al profesorado, pero, cuando llegó a Cal, se hicieron patentes los sentimientos que albergaba con respecto a su profesor estrella. En más de una ocasión, Daniels había estallado en una crisis de celos provocada por el acceso directo que Cal tenía al Vaticano, y en particular por el privilegio, único y sin precedentes, de poder navegar a sus anchas por la Biblioteca Apostólica Vaticana y los Archivos Secretos, una autorización concedida por el papa Celestino en persona.

—¿Hay alguien aquí que no haya oído hablar de nuestro ilustre colega Cal Donovan? —dijo con sarcasmo Daniels—. Contrariamente a lo que sin duda habrán leído, el profesor Donovan no pasa todo su tiempo viajando por el mundo y codeándose con los grandes nombres del Vaticano. De vez en cuando, da clases de Historia de la religión en esta institución.

Cal esbozó una sonrisa y, cuando se disponía a ofrecer un resumen de los cursos que impartiría el curso que empezaba, la secretaria del departamento entró y le hizo señas para llamar su atención. Cal se disculpó con el público y se acercó a la puerta, donde la secretaria le comunicó que había una mujer al teléfono que quería hablar con él sobre una cuestión de vida o muerte.

—Lo siento —dijo Cal a la sala—. Tengo que atender una llamada urgente. Tal vez el profesor Cretien podría cubrir sus cursos a continuación hasta que yo vuelva.

Daniels asintió, con una expresión que parecía querer transmitir que, con su actitud, Cal le estaba dando la razón en lo que acababa de decir.

—Espero que sea su mejor amigo, el papa, el que está al teléfono.

Cal entró en su despacho y atendió la línea correspondiente a la lucecita que parpadeaba.

—¿Es Calvin Donovan? Perdón, ¿el profesor Donovan?

—Sí.

—Soy Edna Murphy, la madre de Joe. Tenía su número de

la universidad. Joe me lo dio hace años, por si acaso. —Hablaba con voz temblorosa.

—¿Pasa algo, señora Murphy?

—Acabo de recibir una llamada de un hombre que dice que tienen secuestrado a Joe. Piden mucho dinero. Yo no tengo dinero, pero Joe siempre ha dicho que la Universidad de Harvard es muy rica. Que no llame a la policía o matarán a Joe. Eso me ha dicho ese hombre. Había pensado en llamar a la parroquia, pero la iglesia de Galway no es que nade en la abundancia precisamente. Y es entonces cuando se me ha ocurrido lo del lugar donde trabaja Joe. ¿Quién cree que podría ayudarme, profesor Donovan? Joe lo tiene a usted en un pedestal.

15

A Cal le daba igual lo que hubieran dicho los secuestrado-res. No pensaba poner en riesgo la vida de Murphy ac-tuando por su cuenta. Había conseguido llegar al aeropuerto a tiempo de tomar el vuelo nocturno de Aer Lingus a Shan-non y, en cuanto llegó a Galway a la mañana siguiente, se presentó en la comisaría de la Garda. Minutos más tarde, estaba siendo interrogado por un inspector menudo llamado Sullivan y su sargento, un tipo corpulento llamado Feeney. Entre los dos darían como resultado un hombre de talla nor-mal.

—¿Por qué, en nombre de Dios, no nos llamó su madre? —preguntó Sullivan—. Hemos perdido un tiempo precioso.

—Estaba asustada —respondió Cal.

—Lo entiendo, pero no ha sido inteligente por su parte. Sargento, vaya enseguida a su casa con un par de hombres e instale un dispositivo de escucha en su teléfono. Pero sea ama-ble con la pobre mujer. No la regañe. ¿Cuánto piden?

—Cien mil euros —dijo Cal—. La señora Murphy pensó que la universidad podría pagarlos.

—¿Y los pagará?

—Eso no va a suceder.

—En ese caso, no hay rescate.

Cal bebió un trago de café malo de un vaso de plástico.

—Yo estoy dispuesto a pagar.

—¿A nivel personal?

—Sí.

—Es una suma de dinero considerable.

—Joe Murphy es un amigo. Y soy yo quien lo ha involucrado con los Riordan.

—Yo no recomiendo pagar en situaciones como esta, pero dependerá de usted.

—Cuando acabe de aquí, iré al banco para ordenar una transferencia.

—Muy bien, profesor. Sargento, dígale a la señora Murphy que pida una prueba de vida cuando vuelvan a llamar. Una foto con el periódico del día nos valdrá. Si son idiotas rematados, accederán a dejársela en su buzón. Si están una pizca por encima del nivel de trogloditas, sugerirán un lugar de entrega. En marcha.

El sargento los dejó a los dos en la sala.

—¿Tenía el padre Murphy algún enemigo, que usted supiera? ¿Alguien que deseara hacerle daño?

Cal decidió que era el momento de sacar a la luz la historia de los motoristas amenazadores que habían hecho aquellos peligrosos comentarios delante de casa de la madre de Murphy.

—Uno callado y otro parlanchín —dijo el inspector—. ¿Mencionó algo relativo a su aspecto?

—A mí, no.

—¿Y el que hablaba le dijo que se mantuviera alejado de los Riordan?

—Eso fue lo que me contó Joe.

—¿Puede decirme lo que sabe sobre los motivos por los que el padre Murphy regresó a Galway?

—Recibió una llamada de la señora Riordan. Tenía algo que contarle, algo sumamente importante, según le dijo, y no se sentía cómoda comentándoselo por teléfono.

—¿Y solo por eso se subió a un avión? Todo un gesto, y un gasto, además.

—Joe tiene un profundo sentido del deber. Y el Vaticano accedió a reembolsarle los gastos del viaje.

La expresión de Sullivan fue de perplejidad.

—¿Y eso por qué?

Cal le explicó los trabajos de consultoría que habían llevado a cabo Murphy y él.

El inspector acabó de tomar notas.

—Así pues, parece que todo esto está relacionado con el misterio de las chicas desaparecidas. Esos dos tipos advierten al padre Murphy de que se mantenga alejado de los Riordan y luego hace justo lo contrario.

—Podría resumirse así, sí —respondió Cal.

—Eso convertiría a los motoristas en los principales sospechosos.

—Es justo lo que yo pensaba —dijo Cal.

—De acuerdo. Supongo que tendremos que volver a hablar pronto. ¿Se alojará por aquí?

—Sí. ¿Me recomienda algún sitio?

—Como parece usted un hombre con posibles, creo que Park House encajaría con sus gustos.

Cal se registró en el hotel, se duchó y pasó por el bar antes de salir. Fue un consuelo descubrir que estaba bien surtido. Y tuvo la sensación de que por la noche le sacaría partido.

Doyle dejó en el camastro de Murphy una bolsa con pescado con patatas frío mientras McElroy merodeaba en la penumbra, junto a la puerta del sótano.

—Será mejor que comas.

—¿Con qué fin? —preguntó Murphy, al tiempo que bajaba los pies al suelo de tierra. Habían incorporado una cadena a sus ataduras para proporcionarle algo más de movimiento.

—No querrás morirte de hambre —dijo Doyle.

—¿Por qué dices sandeces? —replicó Murphy—. Si fuera a salir de esta, os habríais tapado la cara.

—En cuanto nos paguen, nos largaremos muy lejos. Es imposible que nos pillen.

—¿Quién pensáis que va a pagar un rescate por mí? Los Murphy no tenemos dinero.

—Lo tenemos todo controlado, padre, todo controlado.

Ya fuera de la casa, McElroy montó en la moto y preguntó a su compinche:

—Cuando nos paguen, no vamos a soltarlo, ¿verdad?

—¡Claro que no! —exclamó Doyle, encendiendo su Honda—. Lo querían muerto y así será. Nadie nos dijo que antes no pudiéramos sacar algo de dinero. Lo mejor de ambos mundos.

El inspector Sullivan conocía bien a Kenny Riordan. Se había visto implicado en delitos y estafas de poca monta desde que Sullivan había entrado en el cuerpo. Incluso como novato en la Garda, lo había interrogado un montón de veces. Casi podía conducir con los ojos cerrados hasta el bungalow de Riordan.

—Siento mucho tu pérdida, Kenny —le dijo el inspector cuando le abrió la puerta.

—Todo un detalle por tu parte, Sullivan —repuso Riordan. No era ni mediodía y ya había estado bebiendo—. Acabo de llegar de lo que estaba haciendo.

—Solo, claro.

—Yo, yo mismo y mi sombra.

—¿Sin velatorio, entonces?

—Que les jodan a todos, no.

—Me gustaría hablar un momento contigo dentro.

—¿Tengo elección?

—Sí. Podemos charlar aquí o en comisaría.

Cuando Cal se presentó en casa de la señora Murphy, la mujer estaba demasiado turbada para hablar con él. Los gardaí estaban en la sala de estar esperando una llamada de los secuestradores, y ella, encerrada en su habitación.

Al final salió y dijo:

—Le agradezco mucho que haya venido, pero esa gente dijo que nada de policía.

—Tenía que hablar con los gardaí, señora Murphy. Gestionar este tipo de situaciones sin profesionales es demasiado peligroso. ¿Algún contacto con los secuestradores?

—Ni pío. El sargento Feeney ya me ha explicado lo que tengo que decirles. ¿Ha accedido la universidad a pagar el dinero?

—Hoy se emite la transferencia. El Allied Bank debería recibirla a última hora de la tarde.

—Gracias a Dios —dijo la señora Murphy—. ¿A quién tengo que dar las gracias? Además de a usted, claro.

—Esa no tendría que ser su prioridad.

—Tiene razón, claro. ¿Esperará conmigo?

—Me encantaría.

—¿Una taza de té? —Se llevó la mano al pelo y pareció darse cuenta de que iba vestida con una bata andrajosa—. Joseph nunca me dijo que era usted tan guapo, profesor Donovan. Me pregunto por qué.

Cal le sonrió.

—Espero que pueda preguntárselo pronto.

Sullivan se quitó los guantes cuando llevaba unos minutos de interrogatorio. El diminuto inspector no había ascendido en las filas del cuerpo debido a su físico. Si había llegado a superintendente había sido a fuerza de instinto y capacidad intelectual.

Estaba seguro de que Riordan le estaba dando evasivas: la rápida mirada al suelo, el trago a la botella de cerveza cuando le había preguntado si sabía algo sobre los dos motoristas.

—¡Han secuestrado a un hombre, por el amor de Dios! Un sacerdote. El sacerdote que ofició la misa del funeral de tu esposa. ¿Y te quedas ahí sentado, regodeándote en la bebida y negándote a colaborar en la investigación de la Garda?

—Vete a la mierda —murmuró Riordan, señalando el sillón reclinable vacío de Cindy, el trozo de espuma vieja de color amarillo del asiento que todavía dejaba entrever su forma—. Estás hablando con un hombre que acaba de enterrar a su mujer.

—Si no nos dices todo lo que necesitamos saber, Joseph Murphy estará también enterrado muy pronto. Dime una cosa, Kenny, todo este asunto de tu hija Mary huele fatal. Primero conviertes su complicada situación en una auténtica mina de dinero negro, exprimiendo a los peregrinos que venían hasta aquí, luego la chica desaparece delante de tus narices. ¿Y qué nos cuentas? ¿Que el Vaticano ha venido a por ella para protegerla? Todo eso son cuentos chinos, ¿verdad? ¿Te pagó alguien por entregarla? ¿Vendiste a tu hija como una yegua de carreras?

Riordan miró al policía frunciendo el ceño.

—Si no llevaras uniforme, te reventaría por decir eso.

Sullivan siguió presionándolo.

—¿Y luego qué pasó? ¿Cindy se arrepintió? O tal vez nunca te apoyó en esto. A lo mejor resulta que la intimidaste para que participara en el plan. Y por eso llamó al padre Murphy, para confesar alguna cosa. El personal del hospital nos ha informado de que Murphy la visitó en su habitación. No tenemos ni idea de sobre qué hablaron. Pero luego, en rápida sucesión, pasaron dos cosas. Cindy muere de repente y, dos días después, secuestran a Murphy en el cementerio. ¿Qué explicación tienes para todo esto, Kenny?

—A veces a la gente buena le pasan cosas malas.

—Un buen cliché. Pero, mira, voy a decirte lo que va a pasar si no me cuentas lo que sabes sobre esos dos motoristas. Iré a los juzgados para que un magistrado emita una orden de internamiento. Y haremos una autopsia a Cindy, porque eso de que falleciera de muerte natural ya no me cuadra.

Riordan cerró los puños con impotencia.

—Eres un hijo de puta. No te atreverías.

—Me atreveré. Estás entorpeciendo la labor de la justicia y serás condenado por ello si puedo demostrarlo.

—¿Piensas encarcelarme y dejar a mis hijos a merced del Estado?

—Por el amor de Dios, Kenny. ¿Quién te crees que costea su vida ahora? ¿Tú?

—Puedo mantenerlos.

—¿Cómo?

—¡Tengo dinero! —gritó, y al instante dio la impresión de que comprendía que debería haber mantenido la boca cerrada.

Sullivan asintió con seriedad.

—Estoy seguro de que lo tienes. Estoy seguro de que alguien con intenciones poco claras te pagó bien por tu Mary. Y estoy seguro además de que, en cuanto te haya detenido y registremos tu casa, aparecerá el dinero. No eres de los que meten en el banco sus ganancias ilícitas. Kenny Riordan, quedas arrestado como sospechoso de entorpecer la actuación de la justicia.

Riordan cogió con fuerza el botellín de cerveza, lo que llevó a Sullivan a levantarse enseguida y a apuntarlo con el dedo. No iba armado y Kenny podía arrojarle la botella fácilmente si esa era su intención.

—No empeores las cosas —dijo el inspector con toda la calma de que fue capaz.

Riordan se llevó la botella a los labios y la depositó vacía en la mesa.

—El alto habla por los codos —dijo—. No sé cómo se llama. Al más bajo no le he oído pronunciar una palabra jamás. Es el matón.

—¿Nombres?

—Ni idea.

—¿Qué más sabes de ellos?

—Los he visto por ahí de vez en cuando. En los pubs. En las subastas de caballos. Son rateros de poca monta. Gente que conoce a alguien que a su vez conoce a alguien. Supongo que así es como han acabado metidos en algo tan grande como esto.

—¿Los conoce la Garda?

—Supongo. Me cuesta imaginarlos puros como la nieve.

—¿Qué tipo de motos conducen?

—Hondas, si no recuerdo mal. No puedo decirle más. No tengo ni idea de motos.

—Muy bien, Kenny, ahora necesito que me acompañes y eches un vistazo a las fotos de nuestros archivos, por si reconoces a alguno.

—¿Estoy arrestado?

—De momento, no. Ya veremos cómo va la cosa.

Por fin sonó el teléfono en casa de la señora Murphy. El sargento Feeney le indicó con brusquedad que lo cogiera, pero la mujer se quedó paralizada. Fue Cal quien la ayudó a levantarse del sofá y acercarse a la mesita donde un teléfono fijo de los antiguos estaba conectado a un dispositivo de seguimiento de llamadas.

Cuando la señora Murphy descolgó, Feeney se puso unos auriculares.

—Galway 844772 —respondió con un hilo de voz.

—¿Tiene el dinero? —dijo una voz masculina.

—Lo tengo.

—¿Todo?

—Eso creo.

—¿De dónde lo ha sacado?

—De donde trabaja Joseph.

—Muy bien, anote esto. Es el lugar en el que hay que dejar el dinero.

Feeney garabateó algo en un papel y se lo mostró a la señora Murphy: «Prueba de vida».

—Necesito saber si Joseph está bien.

—Está como una rosa.

—Necesito una prueba de vida.

Se produjo una pausa.

—¿Quién le ha dicho que pida eso? No habrá llamado a la policía, ¿verdad? Ya le dije que eso no sería bueno para él.

Feeney negó con fuerza con la cabeza.

—No lo he hecho —respondió—. Lo oí en una película.

El hombre resopló.

—Así que en una película, ¿eh? ¿Y en qué consistía la prueba en la película en cuestión?

Feeney hizo como si disparara una foto.

—Era una foto con el periódico del día —respondió la señora Murphy.

—De acuerdo. Una prueba de vida. Luego querremos el dinero. Tendrá noticias nuestras.

La señora Murphy recordó que debía pedir que le llevaran la foto a casa.

—Pero…

Ya habían colgado.

Empezó a apurarse y rompió a llorar. Feeney se mostró impasible y se concentró en llamar a Sullivan para relatarle la llamada, de modo que fue Cal quien prestó su hombro.

Riordan se quejó a la joven agente de la Garda que le pasaba una carpeta tras otra de fotos de sospechosos de que todas las caras empezaban a parecerle iguales. Además, echaba de menos las pintas del mediodía y ya estaba temblando un poco. La sesión con el técnico de retratos robot había salido fatal. Uno de los productos finales era un doble de Daniel Day Lewis y Riordan reconoció que ninguno de los dibujos se parecía en nada a aquellos hombres.

—Conseguir una cara que se parezca es más complicado de lo que parece —refunfuñó.

—Tenga otra —dijo la agente, que depositó otra voluminosa carpeta delante de él.

—Apiádese de mí, ¿no? —dijo Riordan.

—Sea valiente —replicó la agente, sin molestarse en disimular su desdén—. Estaré al final del pasillo.

Riordan se revolvió nervioso en la silla, como hacía tantos años atrás cuando era un colegial distraído, abrió la carpeta y bostezó.

Cal se preguntó si sería posible sufrir una sobredosis de té.

Era media tarde, pero el sol aún brillaba como si fuese mediodía. Había convencido a la señora Murphy de que se acostase un rato y estaba sentado en la salita utilizando juiciosamente el móvil, pues se había olvidado el cargador universal en el hotel. El sargento Feeney, aburrido como una ostra, hojeaba una de las revistas femeninas de la señora Murphy en la mesa del comedor. De pronto la radio del policía sonó con la voz del agente de la Garda que montaba guardia fuera.

—Varón, joven, con pantalón vaquero y sudadera del equipo de fútbol de Galway, zapatillas deportivas blancas. Se aproxima al buzón.

Feeney se levantó a toda velocidad para mirar por los visillos.

—Comprueba si deja alguna cosa y luego lo detienes. No le quites ojo —dijo el sargento.

El adolescente se sacó un sobre del bolsillo trasero del pantalón, lo introdujo en el buzón de la señora Murphy y dio media vuelta para marcharse.

El agente de la Garda que montaba guardia se bajó del coche y Feeney salió de la casa. Ambos le gritaron que se echara al suelo y levantara las manos. El adolescente se quedó paralizado de miedo y fue placado y esposado por dos agentes de los que actuaban primero y preguntaban después.

—¿Qué he hecho? —preguntó el chaval, tumbado bocabajo en la acera.

Feeney fue directo al buzón y cogió el sobre por una esquinita para no contaminarlo con sus huellas. Lo abrió con cuidado con un cuchillo de hoja fina y extrajo una fotografía de primer plano en color de Joe Murphy, de pie en un lugar oscuro y con un ejemplar del *Connacht Tribune* del día bajo la barbilla.

El adolescente no tardó en revelar al agente más joven la escasa información de la que disponía. Resultó que estaba dando vueltas por el centro comercial Corbett Court cuando un tipo en moto le hizo señas y le dio un billete de cinco euros para que entregase el sobre en esa dirección. No, no podría identificarlo porque llevaba el casco con la visera bajada. La moto era una Honda azul.

El alboroto despertó a la señora Murphy y Cal le sostuvo la mano mientras miraba la foto. Murphy parecía tremendamente asustado, y la madre se lo tomó mal.

Feeney le dio la vuelta a la fotografía con la punta de un bolígrafo y llamó a comisaría.

—Está vivo, inspector —dijo, y explicó los detalles de la foto y de la entrega—. Y creo que tenemos algo. Estos muchachos no son genios. La foto está impresa con papel Fuji y en el reverso aparece el nombre del establecimiento. La han revelado en la máquina que hay en el centro comercial Corbett. Pediremos las imágenes de las cámaras de videovigilancia para dar con ellos.

El teléfono sonó minutos después.

—¿Ha visto la prueba de vida? —le preguntó el hombre a la señora Murphy.

—No tiene buen aspecto —respondió la mujer.

—Lo único que quería era ver que sigue vivo, ¿no? Es hora de hablar de dinero. ¿Tiene usted boli? Porque tengo algunas instrucciones. Y si vemos policía en el punto de entrega, le aseguro que la próxima vez que vea a su chico tendrá el aspecto de un cadáver.

La señora Murphy quedó en manos de una agente especializada en mediación con víctimas para que Feeney fuera a recoger las grabaciones de las cámaras del centro comercial y Cal pudiera ir al banco a buscar el dinero del rescate. Habían recibido instrucciones de dejar una bolsa de mano con el dinero junto a la señal de un camino rural situado a unos diez kilómetros al norte de la ciudad. Cal se había prestado voluntario para realizar la entrega. Agentes vestidos de paisano estarían apostados en los alrededores para seguir a quien acudiera a recoger la bolsa y confiaban en ser guiados hasta el lugar donde se encontraba el sacerdote… o ese era el plan hasta que Feeney entró corriendo en comisaría.

Dejó sobre la mesa las imágenes impresas de un hombre alto y delgado con un casco de moto en la mano de pie junto al quiosco de revelado de Fuji y dijo:

—Conozco a este gilipollas. Es Brendan Doyle.

—¿Qué ha hecho? —preguntó Sullivan.

—Más bien qué no ha hecho —replicó Feeney—. Ha estado implicado en todo tipo de tráfico de drogas y objetos robados.

—El secuestro quedaría un poco fuera de su rango salarial, ¿no? —dijo el inspector.

—Diría que sí. Recuerdo que cometió esos delitos con un colega. Ahora no recuerdo el nombre. Dame un momento.

—¿Puede ver si Riordan sigue por aquí? Necesitaremos que eche un vistazo a ese tal Doyle.

Riordan se había marchado hacía un rato. Pero fueron a buscarlo a su pub favorito y le mostraron varias fotografías de las fichas policiales de Brendan Doyle y Keenan McElroy.

—Son ellos —declaró.

La agente que había hecho de niñera se puso furiosa. Riordan había visto aquellas fotos horas antes.

—Funciono mejor con unas Guinness en el cuerpo —dijo.

Doyle tenía un piso alquilado no muy lejos del centro. McElroy vivía en las afueras, en una zona rural a unos cinco kilómetros del punto de entrega del rescate. La casa había pertenecido a sus padres, que habían fallecido de forma prematura como consecuencia del abuso de alcohol. Elaboraron rápidamente un plan. Cal dejaría la bolsa junto a la señal y un equipo de la Garda sorprendería y arrestaría al hombre o los hombres que acudieran a recogerla. Al mismo tiempo, dos equipos de agentes armados de la Unidad de Emergencias de la Garda irrumpirían en las viviendas de Doyle y McElroy.

—¿Entiende su papel en esto, profesor Donovan? —preguntó el inspector Sullivan.

—Conduzco. Dejo la bolsa. Creo que lo pillo —dijo Cal.

El cielo estaba encapotado y, a las diez y media, la N84 estaba negra como boca de lobo y apenas pasaban coches. Con la excepción de un par de naves industriales, era un terreno agrícola. Cal tenía los ojos muy abiertos para mantenerse alerta y evitar pasar de largo un letrero blanco con letras rojas que anunciaba la venta de una parcela, y cuando lo vio, redujo la velocidad y se detuvo en el margen de la carretera, peligrosamente cerca de una acequia. Dejó el coche en punto muerto, cogió la bolsa y maldijo para sus adentros al abrir la puerta. El terreno descendía de forma abrupta hacia la acequia. Mientras intentaba decidir si pasar la pierna por encima del cambio de marchas para salir por el lado del acompañante, un camión de gran tonelaje dobló una curva y pasó en dirección contraria. Cal volvió la cabeza hacia la izquierda para evitar los potentes haces de luz y entonces vio que los focos captaban una imagen en el campo. La iluminación duró solo un segundo, pero le dio la impresión de que había dos personas tumbadas en el suelo.

Doyle lo vio también desde su escondite en la acequia.

Se levantó rápido, abrió la puerta trasera del coche de Cal, se instaló en el asiento y le apuntó con una pistola.

—Arranca. ¡Ya!

Cal notó la punta de la pistola pegada a la sien y obedeció.

—¿Eres policía?

—Soy un amigo del padre Murphy.

—Americano. Conduce más rápido. Hay policías en el campo.

—No tenía ni idea.

Al llegar a un área de descanso, Doyle le dijo a Cal que acababan de pasar por delante de su moto. Estiró entonces el brazo para coger la bolsa del asiento delantero.

—Tú continúa mientras cuento. —Al cabo de un rato, refunfuñó e hizo una llamada por el móvil—. Tengo la pasta. Una pequeña complicación. Aunque nada que no pueda solucionar. Adelante, acaba con él.

—¡No tenéis por qué hacerle daño! —exclamó Cal.

—Tú calla y apaga las luces. Vale. Ahora gira a la izquierda. ¡Ya!

El coche se adentró en una pista de tierra que conducía a una granja. Poco después, Doyle le ordenó que parara. Doyle salió del coche y le dijo a Cal que saliera también.

—No quieres hacer esto.

—La condena es la misma. Por uno o por dos.

Policías armados irrumpieron en las dos viviendas simultáneamente, derribando las puertas y lanzando granadas cegadoras. La primera vivienda, un piso en una segunda planta cerca del centro de la ciudad, quedó registrada en solo un minuto. El registro de la segunda fue más complicado. Era una casa de campo antigua con dos ampliaciones posteriores y un sótano al que se accedía a través de una trampilla. Una vez abajo, un equipo de tres hombres dirigió las linternas tácticas montadas en fusiles de asalto de cañones recortados hacia el hombre musculoso que se cernía sobre un camastro.

—¡Suéltalo! —gritó uno.

Un segundo después, McElroy estaba muerto.

Dos agentes se acercaron despacio al camastro mientras el tercero inspeccionaba el resto del sótano en busca de más amenazas. El hombre del camastro estaba hecho un ovillo.

Cuando uno de los agentes lo tocó, se encogió de miedo.

—¿Joseph Murphy? —dijo el policía.

—Estoy bien —respondió Murphy—. No estoy herido. ¿Y él? ¿Está bien?

—Nada más lejos —dijo el otro agente, tras verificar el estado de la víctima.

Murphy consiguió incorporarse.

—Si pudiesen liberarme de estas esposas, me gustaría administrarle los últimos sacramentos.

Cal bajó la vista hacia el cañón del revólver que apuntaba directamente a la ventanilla del lado del conductor. Visualizó las alternativas. Con un poco de suerte, viviría un par de minutos más, el tiempo necesario para caminar hasta el punto que su ejecutor encontrara idóneo para un asesinato. Con menos suerte, le dispararía en cuanto saliera del coche.

—He dicho que salgas —insistió Doyle.

Cal inspiró hondo. No tenía nada que perder.

Señaló excitado hacia el suelo del coche y gritó con todas sus fuerzas:

—¡Mierda! ¡Mira!

Doyle dio dos pasos al frente para mirar dentro y, cuando lo hizo, Cal abrió la puerta empujándola con toda la fuerza de su hombro para golpearlo.

En cuanto salió disparado del coche, se abalanzó sobre Doyle, que estaba encorvado y buscaba en vano el arma que sin querer había soltado y a continuación utilizó ambos brazos para protegerse de los puñetazos que Cal empezó a asestarle en la cara.

Cal se presentó en la recepción de comisaría y tuvo que esperar muy poco. El inspector Sullivan y el sargento Feeney salieron corriendo enseguida.

—¡Santo cielo, hombre! —exclamó Sullivan—. Lo habíamos perdido. ¿Qué ha pasado?

Pero Cal solo pensaba en otra cosa.

—¿Está bien Murphy? —preguntó.

—Lo han llevado al hospital para que le echen un vistazo, pero está ileso —respondió Sullivan.

Cal hizo un gesto de agradecimiento y les pidió que lo acompañasen fuera.

—Lo siento, ya sé que no se puede aparcar aquí —dijo Cal, buscando las llaves.

Abrió el maletero y los policías descubrieron al magullado y ensangrentado Brendan Doyle, que los miró con gesto suplicante.

En el aeropuerto, Cal había negociado un cambio de categoría en el vuelo para Murphy y los dos se dirigieron al bar de la sala de espera de primera clase.

La camarera, una guapa pelirroja con las clásicas pecas irlandesas, dio un repaso a Cal pero, como buena católica, sirvió
en primer lugar al sacerdote.

—¿Qué quiere tomar, padre?

Cal decidió echar un cable a Murphy, abstemio por lo que
él sabía, examinó con la mirada los whiskies irlandeses y dijo:

—Bushmills. En vaso largo, por favor.

Luego pidió un Grey Goose con hielo.

—En un vaso más largo.

Se acomodaron para esperar. Habían hablado mucho durante el día y medio anterior, y disfrutaron de las copas en un
silencio que no se vio interrumpido hasta que Cal recibió un
mensaje de texto del inspector Sullivan.

El policía había estado interrogando a Doyle en el hospital,
en el mismo pabellón donde había fallecido Cindy Riordan.
Sullivan, siempre muy astuto, le había dicho a Doyle que sería
mucho más fácil conseguir una rebaja de la condena por secuestro si les contaba todo lo que sabía sobre la desaparición
de Mary Riordan.

De modo que Doyle había empezado a cantar como un pájaro, un pájaro que resultó que sabía muy poco sobre lo más
alto del escalafón de aquel complot. Informó sin grandes pre-
siones de que McElroy y él habían sido los mensajeros entre un
tipo cuya identidad desconocía y Kenny Riordan. Confesó que
había recibido el encargo de deshacerse de Murphy por teléfono, desde un número oculto. El tipo tenía acento norteamericano. Pero negó con vehemencia cualquier implicación en
la muerte de Cindy Riordan. Sí, había estado allí con McElroy la
noche que murió, pero simplemente para alertarla de que mantuviera la boca cerrada. Al final le había contado a la policía
que la última vez que vio a Mary Riordan fue la noche que la
dejaron a los pies de la escalerilla de un avión privado en el
aeropuerto de Connemara, en Inverin.

Después del interrogatorio, Sullivan envió un mensaje de

texto a Cal: «Hemos descubierto que el destino del avión de Mary era Boston, Massachusetts. No tenemos más información. Siga con los puños a punto, profesor».

Cal le enseñó el mensaje a Murphy y dijo:

—Al menos sabemos que lo más probable es que las chicas estén en Estados Unidos, aunque es lo único que sabemos.

—Por las chicas —dijo Murphy, e hizo entrechocar su copa con la de Cal.

—Por las chicas.

16

La subasta benéfica estaba en pleno apogeo en el Delamar Greenwich Harbor, un hotel junto al mar en uno de los enclaves más ricos de Connecticut. El salón principal se hallaba a rebosar de banqueros, abogados y agentes de Wall Street, el tipo de gente capaz de pagar veinte millones para estar cerca del agua pero que rara vez la veía debido a que su trabajo en Manhattan devoraba todo su tiempo.

Era un evento de esmoquin, en el que los hombres apenas se distinguían los unos de los otros y las mujeres se exhibían en modo pavo real, cargadas de joyas, con vestidos de diseño y peinados de alta peluquería. El acto era para apoyar un centro de acogida para mujeres en la cercana población de Stamford y el subastador era un popular DJ de la radio, dotado de un mordaz piquito de oro. Estaba en el escenario, micrófono en mano, sudando, luciéndose, engatusando al público y anunciando ya el último objeto de la velada, un collar de diamantes y rubíes donado por un importante joyero local.

El DJ era un británico que exageraba su acento cockney para los norteamericanos. Cogió el collar y pidió al cámara que mostrase un primer plano para que todo el mundo pudiera admirarlo en la pantalla de proyección.

—¿Desean, damas y caballeros, regalarse la vista con esta extraordinaria joya? —dijo—. Al parecer este collar está valorado en una pequeña fortuna, razón por la cual quiero que hurguen en esos bolsillos sin fondo y pujen por él una gran fortuna. Y recuerden, caballeros, si consiguen hacerse con este objeto para su dama, no solo irán al cielo por apoyar tan generosamente el centro, sino que además esta noche echarán un polvo. Empecemos con dos mil, ¿les parece? ¿He oído dos mil dólares?

La puja subió hasta los quince mil y todo el mundo lo dejó correr excepto dos tipos, sentados a la misma mesa.

—¿De verdad quieres esto? —preguntó un corredor de bolsa moreno a su esposa, una rubia con un escote de vértigo que a duras penas lograba mantener a raya sus implantes.

—Adoro los rubíes —respondió ella, tocándole la pierna por debajo de la mesa.

El hombre subió la puja.

—Dieciséis.

El subastador vociferó:

—¡Estupendo! ¿Quieren ustedes mirar a esa fantástica pareja? Son un anuncio de todo lo bueno y magnífico de mi país de adopción. Y, ya puestos, ¿se plantearían adoptarme? ¿He oído diecisiete mil?

El corredor de bolsa miró hacia el otro lado de la mesa y dijo, con una sonrisa levemente amenazadora:

—Te toca, Steve.

Steven Gottlieb se negó a mostrar el desdén que sentía hacia su adversario para no concederle una victoria psicológica. Lo conocía vagamente. Había jugado al tenis con él en un campeonato entre clubes rivales y había perdido, lo cual le fastidiaba. Por regla general, despreciaba a los corredores de bolsa, los consideraba parásitos que se alimentaban de cadáveres y cuyo único trabajo consistía en mover el dinero de los demás. Steve, por otro lado, era un capitalista de riesgo que ganaba dinero construyendo compañías que creaban grandes productos y daban trabajo a miles de personas. Se había hecho rico generando valor de verdad para la sociedad o, como mínimo, así lo veía él. Su esposa desde hacía veinte años, a la que había conocido en el instituto, cambió de postura en la silla, incómoda con lo que estaba pasando. No era dada a la ostentación y el glamour, y consideraba chabacano y grosero al hombre que dirigía la subasta. Cuando había anunciado que aquel era el último objeto, había susurrado a su marido al oído:

—Gracias a Dios.

—Es un collar bonito, ¿verdad? —le había comentado él, también en voz baja.

Su esposa realizaba trabajos de voluntariado en el centro para mujeres.

—No lo necesito, pero hay que recordar que es por una buena causa.

Steve subió de nuevo su puja.

—¡Continuamos! —gritó el subastador—. Usted, caballero, el del apéndice rubio, ¿qué le parece dieciocho mil?

El corredor de bolsa estaba con ganas y aumentó la puja.

La subasta siguió como una partida de ping-pong entre los dos hombres, con subidas de mil en mil dólares, hasta que alcanzó los veinticinco mil. Los protagonistas habían dejado de sonreír y la sala se quedó en silencio hasta que alguien gritó desde otra mesa:

—Chicos, ¿os dais cuenta de que en la tienda lo venderán por unos cinco de los grandes?

—¡En boca cerrada no entran moscas! —respondió también a gritos el subastador—. La puja será para aquel caballero que confíe tanto en su hombría que haya pasado sin trasplante capilar.

Aquel ataque *ad hominem* acabó de cabrear a Steve y su esposa negó con la cabeza.

—Vale, acabemos con esto —le susurró él.

—Bien. Que se lo quede.

No era eso lo que pretendía Steve.

—Treinta y cinco mil —dijo, levantando su cartulina.

—Bien, bien. ¡Muy bien jugado, señor! —gritó el subastador—. ¿Es la última palabra esta noche?

El corredor de bolsa lo miró y dijo:

—Joder, se ha vuelto usted loco.

Y agitó la mano a la altura del cuello para indicar que no pujaba más.

—¡Damas y caballeros! —exclamó el británico—. Pido una ronda de aplausos para un hombre generoso acompañado por una esposa de la edad que le corresponde.

En el coche, Gottlieb le dijo a su mujer que cuando llegaran a casa se pondrían cómodos, se sentarían en la terraza y se relajarían escuchando el sonido de las olas. La finca tenía un camino de acceso flanqueado por árboles que conducía hasta una gran vivienda construida en obra vista. Entraron por el garaje, y Gottlieb desactivó la alarma y dejó las llaves en la encimera de la cocina. Fue su esposa la que advirtió que algo iba mal.

—Mira, Steve.

En la estancia que había entre la cocina y el comedor, que hacía las veces de despensa y de almacén para vajillas y cristalería, la puerta del armario de las bebidas alcohólicas estaba abierta y en el suelo había dos botellas de coñac hechas añicos y con el contenido derramado por el suelo.

—No habrás hecho esto antes de marcharnos, imagino.

—¡Por supuesto que no! —dijo Gottlieb—. Ven. Salgamos de aquí y llamemos a la policía.

Una pareja de detectives del departamento de policía de Greenwich llegó después de que un agente uniformado registrara la casa.

Uno de ellos le dijo a Gottlieb:

—Necesitamos que inspeccione a fondo la casa para ver si echa en falta alguna cosa. ¿Tienen caja fuerte?

—Dos —respondió Gottlieb—. Una en el dormitorio principal y otra en mi despacho.

—Revíselas. Verifíquelo todo. Vemos que hay cámaras en el exterior. ¿Alguna dentro?

—Solo fuera.

—Mientras echa usted un vistazo, nosotros comprobaremos las grabaciones de las cámaras de vigilancia.

Mientras su esposa intentaba serenarse con una taza de té verde en la cocina, Gottlieb empezó a verificar la propiedad de forma metódica. Su esposa guardaba las joyas de más valor en la caja fuerte del dormitorio, junto con la colección de relojes de él y un par de armas de fuego. Comprobó la caja. Estaba cerrada. Las joyas menos caras estaban en un joyero en el vestidor. Seguían todas allí. Gottlieb continuó examinando estancias. Los cuadros y las obras de arte estaban en su sitio. Su colección de primeras ediciones seguía intacta en la biblioteca. La cubertería de plata se hallaba en su lugar habitual en el comedor y en la bodega no faltaba nada. Reservó el despacho para el final. En la caja fuerte del despacho guardaba documentos de trabajo y de la casa, además de algo de dinero en metálico. Trató de abrirla. Estaba cerrada también. Solo quedaba su escritorio. Había dejado a la vista el borrador de un contrato bastante delicado. Revolvió papeles buscándolo y, al hacerlo, cayó al suelo un recorte de periódico. Encontró el contrato donde lo había dejado y fue a buscar a los detectives, dejando el artículo recortado del *New York Times*, con la foto de Calvin Donovan, tirado en la alfombra.

Gottlieb informó del resultado de su inspección.

Los detectives le dijeron que las grabaciones no mostraban nada, pero le advirtieron de que había puntos ciegos que quizá quisiera controlar.

—¿Está seguro de que la alarma estaba conectada cuando entraron? —preguntó uno de los detectives.

—Estaba conectada. La he desactivado al entrar.

—¿Conectada para estar dentro de casa o para ausentarse?

—Para ausentarnos. No tenemos mascotas.

—¿Ha sufrido alguna avería?

—La alarma está perfecta —dijo Gottlieb.

—¿Seguro que la alarma estaba conectada? —insistió el otro detective.

La paciencia de Gottlieb estaba llegando a su límite.

—Miren, se lo mostraré.

En el móvil tenía una aplicación donde se veía el historial del sistema de alarma. Los detectives se pasaron el teléfono entre ellos.

—¿Alguien más tiene el código de la alarma? ¿Limpiadoras, personal de mantenimiento?

—No y, además, el historial muestra todas las activaciones y desactivaciones. Nadie más que yo ha introducido ningún código hoy.

—Esto es nuevo para mí —dijo uno de los detectives—. Aplicaremos el polvo para buscar huellas, pero le sugiero que se ponga en contacto con la compañía de seguridad que tiene contratada para ver qué opinan. Esto parece más una broma que un robo, por lo de las botellas y eso. ¿Se le ocurre alguien que pudiera haber preparado este tipo de artimaña? ¿Sus hijos, sus amigos?

—No, nadie —respondió Gottlieb.

—No tenemos hijos —añadió su esposa.

Tras aquella noche, el humor de Gottlieb se volvió de perros. Al día siguiente no fue a trabajar esperando a que llegara el técnico de la alarma. Después de que el hombre afirmara que el sistema operaba correctamente, dijo que no tenía ninguna explicación para que pudieran haberlo desactivado y forzar la entrada. La compañía de seguridad era una empresa local especializada en domótica a la que Gottlieb había pagado una pequeña fortuna para equipar la casa, razón por la cual le atendieron rápidamente. El director fue a visitarlo por la tarde y pasó un par de horas intentando solucionar problemas con su portátil.

—Su sistema está perfecto, señor Gottlieb. No hay ni un solo fallo.

—¿Y cómo demonios pasó entonces esto? —preguntó Gottlieb—. Mi esposa y yo no nos sentimos seguros. Si esto es resultado de un trabajo chapucero por su parte, le juro que acabaré interponiéndoles una demanda. Buscaré otra empresa para que verifique el trabajo que han hecho en mi casa.

El técnico, un hombre mayor que daba la impresión de estar ya de vuelta de todo, dijo entonces, sin alterarse:

—Mire, lo único que se me ocurre es que tenga que ver con las ondas de radio.

—¿Ondas de radio?

—Sí, no lo he visto nunca, pero he leído al respecto. En teoría es posible generar las frecuencias adecuadas de interferencias para bloquear el sistema y engañarlo para que no se dispare el sensor que detecta una puerta o una ventana abierta o el que detecta un cristal roto. Y no aparecería en los archivos del historial del sistema porque ninguno de los sensores habría saltado. En un sistema de última generación como el que tienen aquí instalado, no es algo que pueda desactivar el hijo espabilado del vecino, ni siquiera una pandilla de ladrones profesionales de la ciudad. Es cosa de piratas informáticos de nivel. Algo que seguramente podría hacer algún organismo gubernamental. Hackers sofisticados. Se necesita un montón de hardware y software.

Gottlieb frunció el ceño y se sentó con desgana en la primera silla que encontró.

—¿Se encuentra bien? —preguntó el técnico.

—Sí, sí, no pasa nada.

—Puede pedir a otros que revisen su sistema, señor Gottlieb, pero nadie en la zona sabe más que yo de esta mierda.

Gottlieb empezó a beber más y a dormir menos. Cuando se metía en la cama, sacaba uno de los revólveres de la caja fuerte y lo guardaba en el cajón superior de la mesita de noche. Pagó treinta mil dólares más para que una segunda empresa de seguridad le instalara un sistema de alarma adicional, que reforzaba la cobertura de las cámaras exteriores e incorporaba otras en el interior. Su esposa le dijo que tenía mala cara y le preguntó por qué se tomaba la intrusión que habían sufrido más a pecho incluso que ella. Él le dijo que no pasaba nada, que estaba bien, pero ella no se lo creyó.

Gottlieb estaba trabajando en casa cinco días después de que alguien dejara un interrogante en forma de botella de vino en la despensa. La noche anterior se había bebido media botella de whisky y tenía demasiada resaca para desplazarse hasta la ciudad. Además tenía una conferencia telefónica con la junta directiva de una de las compañías de la costa oeste que patrocinaba, y daba igual que hiciera la llamada desde casa o desde la oficina. Llevaba una hora sentado en el despacho de casa, trabajando en el ordenador mientras atendía la llamada en cuestión con el modo altavoz del teléfono e intervenía con algún comentario de vez en cuando. Había caído vagamente en la cuenta de algo fuera de lo normal —algo olfativo— y, a medida que la llamada avanzaba, se convenció de que había algo que despedía mal olor.

Con la cantinela del vicepresidente financiero de la compañía de fondo, Gottlieb se levantó y empezó a olisquear el entorno como un sabueso. Estaba convencido de que el mal olor era más fuerte en la pared de la librería y siguió olisqueando hasta que se encontró delante de la caja fuerte, escondida detrás de un estante de libros. Apartó el teléfono, introdujo el código digital y abrió la puerta.

—¡Joder! —gritó, mientras caía de culo al suelo.

Oyó que desde el otro lado del teléfono los miembros de la junta directiva preguntaban si estaba bien.

—Sí, estoy bien —dijo—, pero ha surgido algo. Tengo que desconectar un momento.

Cortó la llamada y se acercó con cautela a la caja fuerte. Olía a podrido, un hedor nauseabundo. Allí dentro había algo, pero necesitó la linterna del teléfono para ver qué era.

El exterminador lo cogió con una mano enguantada por la cola, larga y gris.

—¿Cómo cree que puede haberse metido ahí dentro?

Gottlieb se había tapado la boca y la nariz con una manopla de baño. A través de la tela, dijo:

—No tengo ni idea. ¿Qué es?

—Una zarigüeya. Por aquí hay muchas. Entran en las casas de vez en cuando, pero nunca había visto una que se metiera en una caja fuerte y cerrara la puerta después. —El hombre miró por encima de sus gafas en busca de una reacción, pero no vislumbró ninguna—. Llevará un tiempo ahí. Apesta bastante.

Gottlieb estaba hecho un manojo de nervios.

—¿Puede sacarla de la casa, por favor?

—Por supuesto —dijo, y la introdujo en una bolsa de lona—. Aunque este ejemplar tiene algo interesante. Está preñadísima.

17

Dos meses después

María Aquino era menuda pero dura como el acero; sin embargo, Sue sabía que estaba asustada. Hasta el momento de la primera contracción, siempre había sido la flemática. Había gestionado su vientre prominente y sus cambios fisiológicos sin el dramatismo de las otras chicas. Nunca se saltaba una clase de inglés. Llevaba los platos y los cubiertos a la cocina y la ropa sucia al lavadero sin quejarse, y accedía a las peticiones de las mujeres empleadas en la casa siempre que deseaban acariciar con reverencia su abdomen. Sue la llamaba «la campeona».

Pero cuando llegó la primera contracción, esbozó una mueca de dolor, gimió y luego se quedó callada, amedrentada.

Era de noche y las chicas estaban en su salón viendo un vídeo. Mary Riordan y María Mollo se percataron de su cambio de conducta y Mary fue corriendo a llamar a la puerta de la habitación de Sue.

—Me parece que a María le pasa algo.

La acompañaba Lily, la bulldog, que ladró excitada al ver a Sue.

—¿A cuál de las dos? —preguntó Sue, calzándose.

—A la Minion.

María Aquino tenía los ojos grandes y llevaba gafas. El mote que Mary había elegido para María Mollo era Ígor, el nombre del burro deprimido de *Winnie the Pooh*. En una ocasión, Sue le había preguntado a Mary cómo la llamaban sus compañeras, a lo que Mary había respondido: «No lo sé. Su Alteza Real, supongo».

Sue se quedó con María después de que las otras dos chicas fueran a acostarse. No se tomó la molestia de instalarla en la camilla. Ya la examinarían más tarde. Una rápida palpación del vientre mientras estaba tumbada en el sofá fue suficiente para una comadrona experta como ella. La siguiente contracción fue muy real, tanto que Sue corrió a despertar a la señora Simpauco. El inglés de María progresaba adecuadamente, pero Sue quería que la comunicación fuese perfecta. Tras explicar a la chica cómo se desarrollarían las horas siguientes, Sue le dijo a la señora Simpauco que volviera a la cama y que ya la avisaría cuando la necesitara.

María pasaba los intervalos entre contracciones quieta y sin decir nada, con los brazos cruzados sobre el tenso abdomen. Había visto a su madre dar a luz a su hermano y estaba traumatizada por ello, por los gritos, el llanto, los pujos, los gemidos y los fluidos corporales.

La tercera contracción llegó una hora más tarde y entonces empezaron a temblarle los labios y se le llenaron los ojos de lágrimas.

—No te preocupes, corazón. —Sue le acarició el pelo—. *Tama lang*. Todo va bien.

Seis horas después, a las tantas de la madrugada, María rompió aguas y entonces perdió brevemente el control y se puso histérica. Sue consideró que era un buen momento para acompañarla a la sala de partos para asearla y llevar a cabo un examen pélvico. Había estado planificando este día desde que empezó a trabajar para Miracle Ranch LLC, el nombre de la empresa que aparecía en su nómina. Aunque había aprendido el oficio en hospitales modernos, Sue había trabajado con partos en casa y la idea de tener instalaciones del nivel de una clínica en un entorno domiciliario era muy distinta.

Tranquilizó a María, le puso un camisón con estampado de ositos y la aseó con una esponja y agua caliente. Cuando la hubo acomodado en la camilla, Sue llamó a la puerta de la habitación de la señora Simpauco y le dijo que era la hora.

Cuando la mujer llegó a la sala, Sue colocó las piernas de María en los estribos y le insertó un espéculo. Los exámenes previos le habían roto el himen virginal. Había dilatado solo un centímetro. Sería un parto largo.

—Veamos cómo está el bebé —dijo Sue, a través de la traductora.

Ya había mostrado a las chicas todo el equipamiento de la sala de partos con el fin de que estuvieran menos asustadas cuando llegara el día. Para conectar el monitor fetal externo, era necesario envolver el abdomen de la parturienta con dos correas elásticas, una para controlar el latido cardiaco del bebé y la otra para medir las contracciones. María se puso tensa cuando Sue le colocó las correas, pero asintió con solemnidad cuando le informó de que el corazón del bebé estaba bien, fuerte.

—¿Ves ese número, ciento veinticuatro? Eso son las veces que el corazón de tu bebé late cada minuto —le explicó Sue—. Tiene muchas ganas de conocerte.

La chica estaba demasiado asustada para sonreír.

Amanecía y el cielo se había teñido de rosa cuando las contracciones empezaron a producirse cada cinco minutos. Sue llamó entonces al doctor Lopez.

—María Aquino ha dilatado cuatro centímetros. El ritmo cardiaco fetal es bueno, sin desaceleraciones.

—Estaré ahí dentro de una hora —dijo el pediatra—. ¿Cree que me da tiempo a pasar por Starbucks?

Era un chiste entre ellos. Por allí no había ningún Starbucks.

—Tiene tiempo incluso de tostar el café.

La señora Torres asomó la cabeza en la sala después de desayunar y saludó al pediatra en español. María estaba apática y agotada, bebiendo con una pajita un zumo que sujetaba la señora Simpauco. Torres quería saber en qué fase estaban, y cuando Sue la informó de que creía que el bebé coronaría en una hora, la mujer dijo algo que pilló totalmente desprevenida a Sue.

—Voy a pedirle al cámara que lo prepare todo.

Sue se quedó mirándola y luego le pidió que saliera de la sala para hablar fuera.

—¿Qué ha querido decir con eso del cámara?

—Quieren grabar el parto. ¿No lo sabías?

Sue tuvo que esforzarse para controlar la rabia. Por supuesto que no lo sabía, porque Torres no se lo había mencionado nunca.

—¿Quién quiere grabarlo?

—Ellos. La gente que paga por todo esto. Tu jefe.

—¿Por qué quieren grabarlo?

—Preguntarlo no entra dentro de mis funciones.

—No se puede grabar a la gente sin su permiso.

Torres estaba preparada. En su omnipresente carpeta, tenía formularios de autorización para Sue y para Lopez.

—¿Y si no queremos dar permiso?

—El doctor Lopez está de acuerdo. Ya he hablado con él.

—¿Y si yo no estoy de acuerdo?

Torres le regaló una de sus sonrisas pasivo-agresivas.

—En ese caso, supongo que María tendrá que tener el bebé solita.

—Por el amor de Dios —dijo Sue.

—No te preocupes, nadie sabrá que eres tú. Quieren que Lopez y tú llevéis mascarillas quirúrgicas. No quieren que alguien os reconozca y se ponga en contacto con vosotros.

Sue arrojó aquel giro a la hoguera donde ardían todos los motivos por los que le desagradaba su jefa.

Mientras firmaba el formulario de autorización, preguntó:

—¿Y María? ¿No tiene nada que decir en cuanto a si quiere que la graben?

—Es menor. Firmaré en su nombre.

Resultó que el cámara era un hombre de cincuenta y pico años al que Sue ya conocía. Se había sumado al personal hacía un mes y había pasado aquel tiempo enclaustrado en una habitación del sótano contigua a la sala del personal de seguridad. Un día, durante la comida, cuando Sue le había preguntado a qué se dedicaba, el tipo la había mirado con cara de culpabilidad y le había dicho, en una respuesta ensayada y antes de excusarse, que había sido contratado para llevar a cabo proyectos especiales.

María estaba tan agotada que ni hizo caso al cámara, pero, mientras el hombre se dedicaba a instalar trípodes y focos a ambos lados de la camilla de partos, Sue le preguntó:

—¿Proyectos especiales?

El hombre se encogió de hombros.

—Eso me ordenaron que dijera. Lo siento.

—¿Ha filmado muchos partos? —preguntó Sue.

—Solo el mío, el de mi esposa, quiero decir, pero fue hace mucho. Lo grabé en cinta. Eso ya le dice el tiempo que hace. —Señaló a María—. Es joven.

—Tengo que seguir trabajando. No se interponga en mi labor, por favor.

Cuando las contracciones empezaron a producirse cada dos minutos, provocando chillidos cada vez más agudos, Sue pidió a María que levantara y doblara las rodillas para echar un vistazo.

—Bien, está totalmente dilatada. Ya veo la cabeza. Dígale que veo la cabeza del bebé.

La traductora se lo explicó a María y la chica asintió una sola vez, sin abrir los ojos siquiera.

—¿Empieza la función? —preguntó el cámara.

—No empieza ninguna función, empieza el parto —respondió Sue con gelidez.

—Pónganse las mascarillas, por favor. Y usted, señora traductora, necesito que no aparezca en la imagen. Eche la silla hacia atrás un poco más, un poquito más. Así, perfecto.

Sue se puso la mascarilla y siguió con lo suyo.

—María, ahora quiero que empujes. —Posó la mano en la parte inferior del abdomen de la chica—. Empuja muy fuerte cuando yo te diga. ¿Entendido? Empezaremos con la próxima contracción.

La contracción llegó y la chica dio su primer pujo, un buen esfuerzo aunque no lo que Sue quería de ella. En los siguientes ciclos, María fue más efectiva, pero se cansaba rápido y Sue comenzó a preocuparse.

—Grita mucho —se quejó el cámara—. Me fastidia los niveles de sonido. ¿Piensa darle algo para el dolor?

Sue se volvió hacia el hombre.

—¿Puede cerrar el pico de una puta vez?

María reconoció la palabra —Mary Riordan le había enseñado todas las buenas— y rio por primera vez en toda la noche.

—Muy bien, pequeña —dijo Sue—, ha llegado la hora de que des un puto empujón bien fuerte.

María gritó y empujó con todas sus fuerzas.

—Eso es, esa es mi chica, estás coronando. ¡Señora Simpauco, dígale que deje de empujar! No quiero que se desgarre.

Por el dilatado canal del parto asomaron mechones de pelo oscuro. María dejó caer la cabeza empapada en sudor hacia un lado de la almohada.

—Tranquila, cariño, el próximo empujón será el de oro. Dígale eso.

Y Sue tenía razón. Una contracción más, un empujón más, y el bebé descansó suavemente entre las manos enguantadas de Sue. La placenta siguió unos segundos después y Sue depositó al recién nacido sobre el vientre desnudo de María.

—Aquí está tu niño, mi niña.

María lo miró, con unos ojos tan grandes como los de un Minion y la boca entreabierta de asombro.

—¿Le parece bien si dejo que el cordón lata unos momentos más, doctor? —preguntó Sue.

El doctor Lopez se encogió de hombros.

—Cortarlo de inmediato. Esperar unos minutos. Soy de lo más flexible con respecto a ese tema —respondió, mientras observaba los primeros movimientos respiratorios del bebé—. Parece un bebé sano y precioso. Pesará más de tres kilos tranquilamente. Buen trabajo, mamá. Buen trabajo, comadrona.

Cuando Sue estuvo preparada, le dijo a María que sujetara al bebé mientras ella presionaba el cordón, lo pinzaba y lo cortaba. Ya sin ataduras, María se acercó el bebé al pecho.

El encargado de la filmación tenía una cámara más pequeña para la ocasión. Se acercó a la chica y, antes de que Sue pudiera impedirle que casi tocara al bebé con el objetivo, formuló una pregunta que la señora Simpauco tradujo de inmediato.

—¿Qué nombre le pondrás?

María miró a la cámara, luego al recién nacido, que no paraba de moverse, y dijo en inglés:

—Se llama Jesús Ruperto. Ruperto el nombre de mi padre. Jesús el nombre de mi salvador.

Cuando los focos y las cámaras se apagaron, Sue preguntó a la traductora qué acababa de pasar.

—La señora Torres me dijo que le dijera a María el nombre que tenía que poner al bebé. He estado practicando con ella cómo decirlo en inglés. Lo ha hecho bien, ¿no le parece?

Cal estaba reunido con uno de sus dos nuevos doctorandos, una estudiante nigeriana interesada en la historia del catolicismo en África. Gil Daniels, el decano, llamó a la puerta abierta.

—Siento interrumpir, pero ¿has visto el vídeo? —preguntó.

—¿Qué vídeo? —repuso Cal.

—El de una de las chicas a las que investigaste, la filipina, acaba de dar a luz. Alguien ha publicado un vídeo.

—¿De qué?

—Del nacimiento del bebé.

—Jesús —murmuró Cal.

—Sí, exacto —dijo Daniel, agitando la mano—. ¿Cómo lo has sabido?

Cal preguntó a su alumna si le importaba que se conectase un momento para ver el vídeo.

—¿Estuvo implicado en todo esto de esas chicas? —preguntó ella, impresionada.

—Hice un trabajo de consultoría para el Vaticano —respondió Cal, mientras abría su cuenta de Twitter.

—En mi país todo el mundo está interesadísimo en esa historia —dijo la alumna.

—Cuéntame por qué.

—Supongo que es una cuestión de esperanza e inspiración, la sensación de que los principios fundamentales de la fe son importantes para nuestra vida actual.

—He oído hablar de ese punto de vista. ¿Estás diciéndome que se ha filtrado hasta las raíces de la Iglesia?

—En África, sí, sin lugar a dudas.

Tenía la cuenta abarrotada de noticias sobre el nacimiento. El vídeo, publicado en YouTube hacía tan solo treinta minutos, llevaba ya más de un millón de visualizaciones. La alumna de Cal se colocó detrás de él para poder verlo. Duraba dos minutos, estaba filmado y editado por un profesional, y aparecía la joven María Aquino en las últimas fases del parto acompañada por un fondo de música sacra. La chica estaba en una sala de partos atendida por dos profesionales sanitarios con mascarilla y una traductora filipina que no aparecía en pantalla. La música cobraba volumen en el momento del nacimiento del bebé y cuando lo depositaban sobre el vientre de la chica. Después, un primer plano del bebé junto al pecho de la madre y el anuncio de su nombre. Jesús Ruperto. La imagen se fundía en negro con un crescendo musical final.

—¿Y ya está? —preguntó la estudiante—. ¿Nada sobre dónde está, quién la ha filmado, nada sobre las otras chicas?

Cal cerró el portátil.

—Da la sensación de que todos formamos parte del público de un programa de telerrealidad gigantesco.

18

La incorporación del bebé Jesús Ruperto, o JR, como le llamaba Mary Riordan, lo cambió prácticamente todo en el rancho. El personal, desde los mozos de cuadras y los jardineros hasta las cocineras y las limpiadoras, llevaba a cabo su trabajo con orgullo y objetivos renovados. Incluso el carácter de la taciturna señora Torres había mejorado un poco; un día Sue la sorprendió de pie junto a la cuna de JR, mirándolo y cantándole en español. Y descubrió que tenía una voz preciosa.

Las que más cambiaron fueron las chicas. María Aquino flotaba en una nube de maternidad recién estrenada y estaba tan animada que a Sue le preocupaba que pudiera derrumbarse cuando sus hormonas se estabilizaran. Las otras chicas también estaban enamoradas de JR y querían turnarse para lavarlo y cambiarlo, para prepararse para sus propios momentos de gloria. La única melancólica era Lily, la perrita, que se sentía abandonada.

Al atardecer, cuando el calor era más soportable, las chicas y Sue salían con JR a dar vueltas alrededor de la casa y se alternaban para empujar el cochecito. Cada vez que llegaban al lado de la mansión donde estaban los establos, levantaban la vista hacia el cielo.

—¿Sigue sin saber para qué es eso? —preguntó un día Mary Riordan.

—A mí no me cuentan nada —respondió Sue, que se protegía los ojos con la mano para evitar el resplandor del sol poniente.

—Imagino que será para ellos —dijo Mary, estirando el brazo para hacerle cosquillas a JR—. Es para ti, hombrecito, ¿verdad?

Sue debía de ser la única empleada de Miracle Ranch LLC que no estaba entusiasmada con la nueva situación. Solo había cumplido con un tercio de su trabajo. Le preocupaban los dos partos siguientes, sobre todo el de la pequeña María Mollo, que tenía unas caderas diminutas. Cuanto más se acercaba María a la fecha prevista del parto, más a menudo hablaba Sue con el piloto del helicóptero para asegurarse de que estuviera a punto para un traslado de urgencia a la ciudad para que, de ser necesario, le practicaran una cesárea. Y Sue estaba también preocupada por Mary Riordan, la pobrecilla, que todavía no estaba al corriente del fallecimiento de su madre.

Diez días después, llegó el turno de María. Rompió aguas por la mañana, mientras veía dibujos animados. Las contracciones se presentaron a una velocidad vertiginosa y Sue tuvo que salir en desbandada para preparar la sala de partos y avisar al doctor Lopez y decirle que se olvidara de las visitas que tuviera aquella mañana en su consulta y acudiera corriendo al rancho.

La chiquilla estaba muerta de miedo cuando Sue entró con ella en la sala de partos y la instaló en la camilla. Torres, por imperturbable que fuera, sentía una debilidad especial por la chica y fue la traductora elegida para acompañarlas. Llegó con el cámara cuando Sue estaba examinando el cuello del útero de María.

—¡Vaya! —murmuró Sue, ajustándose correctamente la lámpara de la cabeza.

—¿Qué pasa? —inquirió Torres.

—Ya está de seis centímetros. Necesitamos a Sam.

Sue y el doctor Lopez habían pasado a llamarse por el nombre de pila. El pediatra llegó cuando el bebé ya estaba coronando, solo dos horas después de la primera contracción.

—Tenía entendido que te preocupaba el diámetro pélvico —dijo Lopez, poniéndose una mascarilla—. Pero esta chica es un cohete.

—El bebé es muy pequeño —contestó Sue—. Vamos, María, ahora toca empujar. ¡Empuja, empuja, empuja!

Acompañando el esfuerzo con un grito ensordecedor, María lo dio todo y el bebé se deslizó hasta las seguras manos de Sue.

Con el cámara filmando desde detrás de ella, Torres le preguntó a la jadeante chica cómo se llamaría el bebé.

María estaba nerviosa, por mucho que tuviera preparada la respuesta. No era una estudiante aplicada. Su inglés no era tan bueno como el de María Aquino y estaba agotada, pero dijo:

—Mi bebé se llama Jesús Juan. Juan por mi padre. Jesús por...

Torres le susurró la palabra al oído.

—Jesús mi salvador.

El pequeño JJ parecía un cacahuete al lado de JR. Pesaba setecientos gramos menos y tuvo que pasar sus primeros días de vida bajo una lámpara de fototerapia por estar aquejado de ictericia moderada. Las dos Marías empezaron a hacerlo todo juntas y armonizaron su agenda maternal sirviéndose del poco inglés que tenían en común para charlar y bromear sobre cacas, pipís y leche. Mary se hallaba al margen, limitándose a observar, cada vez más grande y cada vez más irritable.

—¿Y yo cuándo cumplo? —le preguntó a Sue.

—Pronto, cariño.

—Espero que sea así, si no acabaré explotando como el tío aquel de *Alien*.

Y en lo que a Mary Riordan se refería, había otro problema. Las dos Marías volvieron de la sesión telefónica con sus respectivas madres mostrándose alegres y parlanchinas. Les habían enseñado los vídeos del parto y algunas fotos de JJ y JR. Pero Mary Riordan llevaba casi dos meses sin comunicarse con su madre y había recibido explicaciones de todo tipo.

Primero que si había un problema con ese teléfono especial que tenían que utilizar, luego que una de sus hermanas lo había tirado al inodoro y tenían que esperar a que les consiguieran otro. Después que su madre había sido ingresada en el hospital para someterse a una intervención. Y entonces fue cuando Mary habló por primera vez con su padre, que le aseguró que todo saldría bien con su madre, aunque, como era costumbre en Kenny, estaba borracho y en ningún momento le preguntó a Mary qué tal seguía.

Un mes más tarde, fue de nuevo su padre el que respondió al otro lado de la línea. Había estado bebiendo otra vez —se había emborrachado anticipando los nervios de la llamada— y le dijo que su madre, sus hermanos y sus hermanas habían ido a visitar a la hermana de Cindy.

La vez siguiente, fue su tía la que atendió la llamada de Mary. Kenny la había obligado a hacerlo, argumentando que había recibido instrucciones claras de seguir ocultándole a su hija la noticia de la muerte de Cindy hasta que naciera el bebé.

—Tía Cathy, dime qué le pasa a mamá —le había pedido Mary.

—Si quieres que te sea sincera, cariño, ha sufrido un ataque de flebitis grave. El peso, ya sabes. Han vuelto a ingresarla en el hospital, pero te manda muchos besos. Tus hermanos y tus hermanas están aquí conmigo. Decidle hola a Mary, niños.

Y Mary había oído gritos al otro lado del teléfono, diciéndole hola, y se había sentido un poquitín mejor.

Sue discutía a menudo con Torres por culpa de aquel engaño y argumentaba que todo aquello acabaría dejando una huella permanente en la chica. Pero Torres se mostraba terca y se negaba a cambiar de postura, y advirtió muy seriamente a Sue de que no debía saltarse las cláusulas. Los de arriba insistían en que la salud física del bebé era más importante que la salud emocional de Mary.

Una llamada a la puerta de la habitación de Sue marcó el inicio del parto de Mary.

Cuando Sue abrió, se encontró a la chica vestida con una camiseta enorme y pantalones cortos con goma elástica y esbozando una mueca de dolor.

—Imagino que no tendrás ningún interés en dormir esta noche, ¿verdad? —dijo Mary.

Mary ya había decidido que su bebé se llamaría Jesús David. Torres le había dicho que el primer nombre era obligatorio, normas de la casa. Y que podía elegir el segundo nombre. «A Kenny que lo jodan —había dicho Mary—. Le pondré como mi abuelo David, él sí que era un buen hombre».

Sue dio un abrazo a Mary y dijo:

—En absoluto, vayamos a celebrar una fiesta de bienvenida en honor a JD.

Y si el parto de María Mollo fue el yin, el de Mary fue el yang.

Se prolongó toda la noche, el día siguiente y también la noche siguiente. El doctor Lopez pasó las horas dormitando en una habitación de invitados. El cámara estuvo todo el día yendo y viniendo. Torres aparecía de vez en cuando y se escaqueaba para llamar por teléfono desde su despacho. Pero Sue permaneció en guardia, alimentada por el café y la adrenalina, y negándose a apartarse del lado de Mary. Incluso soportó la lista de canciones pop favoritas de la chica en bucle.

Cuando llevaba veintisiete horas de parto, Mary había dilatado ocho centímetros. Jadeaba como un perrito, estaba blanca como un fantasma y empapada en sudor a pesar del gélido aire acondicionado.

La fatiga llevó a Sue a tardar unos segundos más de lo normal en procesar el sonido del monitor fetal. Pero las telarañas se despejaron al instante cuando vio que la frecuencia cardiaca del bebé había descendido a noventa.

El cámara dormitaba en una silla. Sue lo despertó y, sin perder la calma, le dijo que fuera a avisar al doctor Lopez.

—¿Qué pasa? —preguntó Mary, jadeando y preparándose para la siguiente contracción.

—El latido de JD es un poco lento.

—¿Y eso qué significa?

—Simplemente que hay que ir controlándolo.

Lopez llegó y comentó enseguida los registros del monitor con Sue.

—Coincido. Presenta desaceleraciones —dijo en voz baja—. Creo que deberíamos preparar el helicóptero.

Llegó otra contracción y Mary lanzó un grito agónico.

El monitor sonó de nuevo. Esta vez la frecuencia cardiaca fetal había caído hasta ochenta.

—Creo que no tenemos ni tiempo para el helicóptero, Sam.

Sue abrió un kit estéril de fórceps y un kit de episiotomía por si se veía obligada a realizar una incisión.

—¿Qué está pasando? —gritó Mary.

Sue se acercó a la cabecera de la camilla y secó la frente empapada de Mary.

—Parece que JD no está recibiendo suficiente oxígeno. Voy a realizar un procedimiento rutinario que se conoce como parto con fórceps.

—¿Lo has hecho alguna vez?

—Más de las que tú habrás comido gachas con leche y azúcar moreno —respondió, pensando que era el desayuno favorito de la chica.

Sue se preparó y el cámara le preguntó si debería grabar. Sue seguía sin soportar a aquel tipo.

—Solo si quiere filmar el nacimiento.

Sue introdujo los dedos en la vagina de Mary y palpó el cuello del útero para localizar el cráneo del bebé. Deslizó entonces una de las palas hacia un lado de la cabeza y la otra pala hacia el otro hasta encontrar la posición.

Torres entró justo en ese momento, se quedó paralizada de miedo y se santiguó.

Sue dijo entonces, con urgencia contenida:

—Muy bien, Mary, cuando llegue la próxima contracción, quiero que empujes fuerte de verdad.

Cuando de la boca de Mary salió un «¡Aaay!», Sue tiró del fórceps. La cabeza del bebé emergió bocabajo del cuello del útero y consiguió salir casi del todo de la vagina, pero, de pronto, el avance se detuvo.

—¡Latido cardiaco a sesenta y bajando! —gritó Lopez—. Dime algo, Sue.

—Mierda —musitó Sue—. Sam, pásame un par de pinzas. Ya.

—¿Viene con vuelta de cordón?

—A más no poder.

—No lo vi en la eco —dijo Lopez, colocándose a los pies de la camilla.

—JD ha decidido hacernos un Houdini en el último minuto —dijo Sue, y cogió la primera pinza.

El bebé llevaba alrededor del cuello una doble vuelta de cordón umbilical, tensa como una soga, y se estaba poniendo azul.

—¿Está bien mi bebé? —preguntó gritando Mary.

—Relájate, cariño. Tú relájate —dijo Sue.

Torres cogió la mano de Mary.

Sue insertó una pinza alrededor de uno de los nudos del cordón morado y la segunda muy cerca de aquel punto. Lopez le pasó unas tijeras y Sue cortó. El bebé seguía sin moverse.

—Es un nudo doble —dijo Sue, con un tono algo más agudo de lo que debería—. Pásame otro par de pinzas, por favor.

Lopez se las pasó y Sue posicionó un segundo conjunto de pinzas. Cuando cortó en el espacio entre ellas, el bebé salió proyectado del canal del parto como si lo hubiera disparado un cañón.

No era el momento para seguir el ritual maternal. Sue ignoró a Mary y le entregó el recién nacido a Lopez, que lo instaló de inmediato en su mesa de trabajo.

Y empezó a trabajar hablando constantemente, con un tono tranquilizador dirigido a la madre.

—Solo voy a ponerle un poco de oxígeno, Mary, una mezcla del aire de la sala y oxígeno. Mira, le he colocado esta pincita en el dedo para poder medirle el oxígeno en sangre. Vamos, eso es, has respirado muy bien, chicarrón. Ya empieza a ponerse sonrosadito.

—¿Puedo verlo? —preguntó Mary.

—Dame solo un par de minutos.

Lopez hablaba con mucho optimismo. No permitió que el bebé respirara solamente el aire de la habitación hasta diez minutos más tarde y luego tuvo que esperar cinco minutos más antes de sentirse cómodo entregándoselo a Mary.

Sue y Lopez se enlazaron por la cintura y miraron como el cámara filmaba la toma que sería el clímax de la película.

Mary cogió a su bebé como si fuese una pieza de frágil porcelana y, cuando la señora Torres le hizo una seña, dijo:

—Hola, mundo, saludad a mi bebé, Jesús David. David era mi abuelo por parte de madre. Jesús, bueno, ya sabéis quién es, ¿verdad?

A la mañana siguiente, Sue durmió hasta muy tarde. Si soñó con alguna cosa, no recordaba nada; luego le comentaría a la señora Torres que había tenido la sensación de haber entrado en coma, más que de haber dormido. En cuanto se duchó, vistió y bebió un café, fue a ver a Mary, que estaba sola en el dormitorio que compartía con sus compañeras. La chica estaba tan dolorida y destrozada que aún no había salido de la cama.

—Hola —dijo Sue—. ¿Qué tal te encuentras?

—Ya no necesito que me pase por encima un tren de mercancías —replicó Mary—. Sé perfectamente lo que debe de sentirse.

—Lo pasaste mal. No te precipites, pero tampoco te quedes todo el día en la cama. Habría riesgo de sufrir coágulos en las piernas.

—Me levantaré en nada. Tengo unas ganas de mear que me muero.

—¿Dónde está JD? —preguntó Sue.

—Se lo han llevado Minion e Ígor.

Sue la ayudó a levantarse y la dejó sola en el baño para que se aseara. La escena que se encontró en la sala de estar era digna de ser recordada. Mientras María Mollo vigilaba a JR y JJ, que estaban acostados en un corralito, María Aquino daba el pecho al bebé de Mary.

La chica levantó la vista y sonrió como un ángel.

—Mucha hambre, el pequeño JD.

Sue esperaba que apareciera Mary, que decidió volver a la cama después de cambiarse y ponerse una camiseta y un pantalón de chándal. Le explicó que JD estaba comiendo como un campeón.

—Minion es buena tía —dijo Mary—. E incluso Ígor empieza a caerme bien. ¿Y ahora qué nos espera a las mamás de los Jesuses?

—Ojalá lo supiera —reconoció Sue—. Mira, Mary, quería comentarte una cosa. Hay gente, no yo, que ha creído necesario esperar a que tuvieras el bebé. Y ahora, ya has tenido el bebé.

—Tiene que ver con mi madre, ¿no?

Sue movió la cabeza en un gesto afirmativo y Mary empezó a gimotear.

—¿Cómo lo has sabido? —preguntó Sue.

—¿Porque está más claro que el agua? Ni una palabra en meses. Todo el mundo contándome excusas lamentables. ¿Cómo se fue?

Lo único que sabía Sue era lo que le habían contado.

—Problemas respiratorios.

—Tenía asma.

Sue se había llenado los bolsillos de pañuelos de papel. Empezó a pasárselos.

—¿Por qué no dijiste nada? —preguntó Sue.

Mary rompió a llorar con todas sus fuerzas.

—Porque lo sabía, pero no quería saberlo. ¿Tiene algún sentido lo que digo?

Sue fue a hablar con Torres, que estaba en su despacho liada con tareas administrativas.

—Le he contado a Mary lo de su madre —dijo—. Ya lo sabía.

Sue esperaba que Torres descargara su ira sobre ella y la acusara de haber actuado de forma unilateral. Pero no lo hizo.

—Es una chica lista —repuso Torres—. Tiene buena intuición. ¿Se encuentra bien?

—Ha llorado a mares. Ha estado conteniéndose hasta ahora.

—Entiendo.

—Hay otro tema que me gustaría comentarle.

—Sé lo que vas a decirme. Yo también tengo buena intuición.

Hacía años que Sue no fumaba, pero el deseo le golpeó de repente en el plexo solar como si acabara de dejarlo. Por suerte no había tabaco a mano.

—Mire, sé que cumple usted muy bien con la labor de mantener las cosas en secreto —dijo—. No tengo ni idea de cuál es el objetivo final de todo esto. No tengo ni idea de cómo se quedaron embarazadas las chicas. Pero yo no soy como la mayoría de la gente que trabaja en este rancho. Cuando miro la cara de las chicas o la cara de los bebés, no veo la santidad por ningún lado. Sin embargo, como no soy para nada religiosa, tal vez sea por eso que no esté viendo lo que los demás son capaces de ver. Lo único que veo es a tres chicas maravillosamente normales y corrientes y a tres recién nacidos maravillosamente normales y corrientes. No sé qué tienen pensado para todos ellos ni qué es lo que hay detrás. Me contrataron para hacer un trabajo. Me han pagado un montón de dinero para hacerlo. El trabajo está hecho. Tienen tres bebés sanos y tres madres sanas. Creo que es hora de volver a casa.

Torres había estado asintiendo durante todo el monólogo. Hizo rodar la silla hacia atrás y abrió un cajón del escritorio. Sacó un sobre con el nombre de Sue escrito.

—Se ha discutido cuál tenía que ser tu papel de ahora en adelante —dijo.

—¿Discutido? ¿Quién?

—Con los poderes de arriba.

Sue se mofó al oír la frase.

—¿Por qué no los llama los Magos de Oz sin más? Los hombres que trabajan entre bambalinas. Todo esto son pamplinas. Estas chicas están siendo manipuladas por alguien con algún objetivo.

—Lo siento —repuso Torres—, pero no puedo estar de acuerdo contigo. La gente cree que estas chicas son receptáculos sagrados, que han sido tocadas por lo divino, que han sido elegidas.

—Pues es evidente que yo no pienso igual.

—Sé que no eres una mujer de fe, Sue. Entiendo lo que crees saber, pero tal vez no lo sepas todo. No fuiste contratada por tus creencias. Fuiste contratada por tus habilidades como comadrona, aunque tu papel ha ido sin duda más allá de eso. Lee esta carta, por favor.

Sue abrió el sobre y leyó. Aparentemente era una carta escrita por Torres como representante de Miracle Ranch, pero por el lenguaje empleado en realidad la había escrito un abogado. Era una extensión del contrato de trabajo de Sue por seis meses más. Y ofrecían dinero suficiente para comprarse una casa, viajar unos años por todo el mundo o hacer lo que siempre hubiera querido hacer, si es que tenía idea de qué era eso.

—No necesito el dinero —dijo Sue, soltando el aire.

—Todo el mundo necesita dinero.

Sue ignoró el comentario y le devolvió la carta.

Torres estaba preparada para esa reacción.

—Las chicas te necesitan. Todas, y muy especialmente Mary. Y es mucho más que necesidad. Las chicas te quieren. Has establecido un vínculo con ellas.

Sue dio la impresión de que quería interrumpirla.

—¿Qué ibas a decir? —preguntó Torres.

Sue suspiró.

—Nada. Ya hace tiempo que comprendí que no merecía la pena perder el tiempo formulando preguntas que no tendrían respuesta.

Torres asintió. Era cierto.

—Escúchame, Sue, aquí no hay nadie más que pueda cuidarlas como tú. Es evidente que yo no puedo. A mí no me quieren. No tienen ninguna razón para hacerlo. No soy cariñosa como tú. No he tenido hijos. No sé cómo cuidarlas. Si te marchas, se sumirán en la confusión. No conseguirán salir adelante. Solo seis meses. Cuando hayan pasado seis meses, ya será distinto. Créeme, sé cosas. Te dejarán marchar. Acepta el dinero, pero no lo hagas por el dinero. Hazlo por ellas.

El año académico estaba a punto de comenzar y Harvard se encontraba en su ciclo de renacimiento otoñal, con la llegada de alumnos de primer curso y estudiantes que estaban de vuelta en la universidad. Cal tenía pensado pasar el fin de semana de la Fiesta del Trabajo con Jessica en Nantucket, en su casa de la playa, y disfrutar de un fin de temporada tranquilo. Pero, mientras preparaba la maleta, recibió una llamada de Joe Murphy que lo dejó preocupado al instante. Nadie podía tildar a Murphy de ser un tipo pletórico, pero su voz sonaba monótona, más que monótona, de hecho.

—Estoy pensando en decirle a Mary Schott que necesito tomarme un tiempo de vacaciones —dijo Murphy.

Schott era la directora del Departamento de Historia. Murphy llevaba solo un año como miembro del profesorado, pero había dejado una impresión inicial muy buena con su curso de Historia medieval. La calificación que le habían puesto sus alumnos en la Harvard's Q Guide había sido estelar. A Cal le habría gustado que Murphy se incorporase a la nómina de la facultad de Teología, pero Gil Daniels había bloqueado su candidatura en un acto de despecho y celos consecuencia de la categoría de celebridad que había alcanzado Cal como el académico mimado del papa. O eso era lo que Cal sospechaba. En consecuencia, Cal había convencido a Mary Schott para que contratase a Murphy y la maniobra había resultado positiva para todos.

—¿Por qué? ¿Qué te pasa, Joe? —dijo Cal.

Pero sabía perfectamente lo que sucedía. Murphy lo estaba pasando mal. Era imposible salir ileso de un secuestro tan brutal como el que había sufrido. Cal había recibido una llamada de uno de sus antiguos alumnos, que había coincidido un año con Murphy en la facultad de Teología antes de graduarse. Andy Bogosian trabajaba ahora como profesor asociado en la Universidad de Nuevo México y se había convertido en un valor en alza en el Departamento de Estudios Religiosos de dicha institución.

—Hola, Cal, ayer estuve hablando con Joe Murphy —le había dicho Bogosian.

—¿Y qué te pareció?

—Está hecho una mierda. Estoy preocupado por él.

—Lo estamos todos.

—Debería ver a alguien.

—Lo sé. Tengo que hablar con él.

—Te dirá que quiere un tiempo de permiso sin sueldo.

—Me parece que no es muy buena idea —había dicho Cal.

—No lo sé. A lo mejor un cambio de escenario sería un bálsamo para él. Me encantaría que viniese a Nuevo México. Se acerca el invierno de Nueva Inglaterra. Y sé que es fatal para el estado mental de cualquiera. Creo que podría mover algunos hilos y conseguir que crearan un puesto nuevo en mi departamento. Porque, de hecho, ¿qué demonios hace él en el Departamento de Historia?

Cal sabía que Bogosian debía de poder mover todo tipo de hilos. Era de la realeza política de Nuevo México. Su padre había sido fiscal general. Su hermano era el vicegobernador.

—No te dediques a robar talento a Harvard —había dicho Cal—. Despertarás la ira de los dioses. Cuidaré lo mejor que pueda de Joe. No te preocupes. Te llamaré pronto para informarte de qué tal va.

Pero la voz de Murphy sonaba mecánica. A Cal no le costó imaginarse su rostro abatido.

—No lo sé. Me cuesta concentrarme en las clases que tengo que preparar.

—Has pasado por un mal trago, Joe. Es comprensible.

—No lo sé, la verdad. Pero he pensado que tenía que decírtelo antes que a nadie.

La situación exigía algo más que una simple llamada telefónica. Y, sin que fuera ni mucho menos la primera vez que lo hacía en la vida, Cal se la jugó.

—¿Qué haces el fin de semana?

—Tengo una lista de cosas que ver en Netflix impresionante.

—Mete algo de ropa en una bolsa. Ropa de calle y bañadores. Nos vamos a la playa.

La idea de Jessica de pasar un fin de semana romántico en la playa no incluía tener que entretener a un cura deprimido, pero Cal se sirvió de todo su encanto para obtener su autorización *ex post facto*. Resultó más fácil que conseguir un billete de ferry de última hora para el fin de semana más conflictivo del verano, cosa que también logró.

Sujetándose a la barandilla y contemplando las agitadas aguas del estrecho de Nantucket, Murphy les dijo que se sentía como una grosella espinosa.

—¿Y qué es una grosella espinosa, aparte de lo evidente? —preguntó Jessica.

—Es un término que se utilizaba antiguamente en la campiña —respondió Murphy—. El amigo feo que siempre va de carabina con las parejas.

—Pero si no eres tan feo —dijo Jessica por decir algo.

La primera mañana, Cal dejó a Jessica durmiendo en la cama y salió a correr por la playa, donde encontró a Murphy, sentado con la espalda apoyada en una duna y contemplando el amanecer.

—Todo esto es muy bonito —dijo Murphy—. Gracias por la invitación.

Cal se sentó a su lado.

—¿No sigues corriendo? —preguntó Murphy.

—Me has dado una buena excusa para parar —contestó Cal. Se descalzó y hundió los pies en la arena.

—Pues de nada.

—Dime una cosa —dijo Cal—. Si alguien (un feligrés, pongamos por caso, cuando estabas en ese negocio) te viniera con una historia similar a la tuya, si alguien te contara que le arrearon en la cabeza con un objeto contundente, lo secuestraron, lo retuvieron en un sótano, decidieron ejecutarlo... y te dijera que desde entonces se sentía totalmente a la deriva, ¿qué le dirías?

—Supongo que le diría algo similar a lo que tú estás a punto de decirme.

—Pues ya lo tienes. Nada más que agregar.

—Ha sido fácil. Ya puedes seguir corriendo.

—Mira, Joe, no sé si tienes estrés postraumático o ansiedad vulgar y corriente, pero creo que deberías ver a alguien.

—¿A un sacerdote, tal vez?

—No, amigo mío, a un psiquiatra. Esto no es una cuestión espiritual, sino biológica. Te daré el nombre de un colega de la facultad de Medicina. Visítale unas cuantas veces antes de echar a perder el semestre.

—Quizá.

—Eso es mejor que un no.

—Tampoco es que tenga cero problemas espirituales en la cabeza —dijo Murphy, desenterrando una concha de la arena—. ¿No te preocupan las implicaciones del caso de las vírgenes?

—¿Preocuparme? No lo sé, Joe. La verdad es que creo que todo esto me ha afectado más la cabeza que el corazón. Me siento fascinado. Siento curiosidad. No noto ningún tipo de vibración espiritual grandiosa. Conoces a Mary Riordan. Viste los vídeos de María Mollo y María Aquino. Si no conocieras las historias que hay detrás, pensarías que estás ante adolescentes normales y corrientes con bebés normales y corrientes.

—¿Acaso crees que la Virgen María y su bebé, Jesús, tenían un aspecto fuera de lo común?

—No lo sé, no estaba allí.

—Hombre, claro, tampoco estaba yo, pero esa es la cuestión. Si aceptas como válido el canon religioso de los Evangelios y el Nuevo Testamento, como es mi caso, te encuentras con una ausencia total de profecías que hablen sobre estas Marías. Hay mucho sobre lo que reflexionar en cuanto al segundo advenimiento de Cristo, pero ninguna mención sobre una nueva oleada de nacimientos de vírgenes y tres nuevos Niños Jesús.

¿Qué significa todo esto, entonces? ¿Que hemos pasado por alto algún aspecto fundamental del tejido del cristianismo?

En aquel momento, el teléfono de Cal sonó con la entrada de un mensaje.

—Jessica quiere saber dónde me he metido.

—Tendrías que volver a casa.

Otro mensaje.

—No es que necesite compañía —dijo Cal—, sino que al parecer hay otro vídeo.

—Mary Riordan —fue lo único que dijo Murphy.

Cal hizo clic en el enlace y los dos visionaron el vídeo del nacimiento, ambientado con una banda sonora de música de órgano que cuadraba a la perfección con las olas que rompían en la arena.

—Jesús David —repitió Murphy después de que Mary, mirando a la cámara, anunciara el nombre—. Me alegro de que haya elegido el nombre de su abuelo. Kenny Riordan es un desgraciado.

El tercer vídeo no acababa con un fundido en negro como los otros. Se diluía con una imagen de las tres chicas sentadas en un sofá, cada una con su recién nacido en brazos y esbozando una sonrisa dulce, casi beatífica. Cuando la imagen finalmente se fundió en negro, aparecieron dos palabras en pantalla.

EL PRINCIPIO.

Y después, una especie de títulos de crédito con las dos palabras traducidas a diferentes idiomas, no un par de docenas de lenguas distintas, sino tal vez un centenar.

—Se avecina algo —dijo Murphy.

—Un momento, por favor, le pongo enseguida con el presidente Griffith.

Randall Anning no era la clase de hombre que se compraba

una finca en el Caribe. Randall Anning era el propietario de una isla en el Caribe. Cuando le había entrado la llamada, estaba conduciendo un carrito de golf desde su casa hasta el puerto, donde esperaba la llegada de un yate cargado de hijos y nietos que pasarían el fin de semana largo con él.

—Demonios, Randy, ¿qué tal está?

—Bien, señor presidente. ¿Está usted en Washington?

—Dios me libre. Estoy en Florida, en Júpiter. Bill Finque me ha prestado su finca. Conoce a Bill, ¿verdad?

—Por supuesto. Estamos los dos en la Mesa Redonda de Negocios. ¿En qué puedo ayudarle?

—¿Ha visto el último vídeo? El de la tercera chica, la irlandesa, con su Niño Jesús.

Anning sonrió.

—Sí, he visto el vídeo.

—¿Y qué conclusión extrae?

—La verdad es que conmueve a este viejo católico —respondió Anning—. Parece que nos inundan los milagros.

—La última vez que tuve un subidón de religión de este tipo fue cuando la hermana Verónica me azotaba en el culo. Aún pienso a veces en aquella maldita monja.

—Todos tenemos una hermana Verónica en nuestro pasado.

—Pues mire, lo que quiero saber es lo siguiente —dijo Griffith—. ¿Qué cree que el papa Celestino piensa de estas Marías y Jesuses de nuestros tiempos? ¿Cree que se estará cagando de miedo?

El yate de Anning estaba aproximándose al muelle. Saludó con la mano a los niños que lo saludaban a él.

—Espero que sí, Lew.

—¿Es todo lo que tiene que decirme?

—Por el momento, sí. Permanezca atento.

—Soy el puto presidente, Randy. No tendrá muchas ocasiones para poder decirme esto.

19

Cal, Jessica y el padre Grosella, como Jessica llamaba ahora a Murphy, estaban degustando unas ostras en la terraza de Cru, en los muelles de Nantucket, cuando Cal recibió una llamada de un número secreto.

—¿Es el profesor Calvin Donovan? —preguntó una voz.

—Sí. ¿Quién llama?

—Soy George Pole, profesor.

—Cardenal Pole —dijo Cal sorprendido, y pilló a Murphy comiéndose una ostra y forzándolo a abrir los ojos de par en par.

—Ya no soy cardenal. Llámeme George.

—De acuerdo, George.

—¿Le pillo en un buen momento?

—Sí, cómo no.

—Excelente. Sé que el Vaticano lo ha involucrado en el caso de las chicas vírgenes. Confío en que haya estado siguiendo los últimos sucesos.

—Por supuesto. El nuevo vídeo. «El principio», sea lo que sea que pueda significar esto.

—Teatral, ¿no le parece? —dijo Pole.

—Eso mismo pienso yo.

—Pues bien, profesor, ¿le gustaría representar un papel en ese drama, visitar a las Marías, darles un beso a los bebés y ver por sí mismo todo lo que está pasando?

El sol poniente iluminaba de naranja el ventanal de casa de Jessica. Cal se estaba esforzando por imitar lo mejor posible a un barman y estaba preparando en la coctelera combinados helados y ultrasecos de Martini con vodka, a la vez que intentaba evitar la segunda cosa más fría de toda la casa: la gélida mirada de Jessica. En cuanto le había anunciado que pensaba acortar el fin de semana y abandonar la isla a la mañana siguiente a bordo de un jet privado, Cal se había convertido en la grosella y Murphy había pasado a ser el interlocutor preferido de Jessica.

—¿Quieres que encienda la barbacoa? —preguntó Cal.

Jessica ya estaba un poco achispada.

—Me ha parecido oír una voz. Joe, ¿queremos que ese hombre de ahí encienda la barbacoa?

Murphy había declarado que su objetivo aquella noche era aprender a amar el vodka y cogió entonces su copa de Martini.

—¿Es requisito esencial que el invitado de la casa, que soy yo, esté en medio de esta disputa doméstica?

—Sí, lo es —dijo ella, mirando a Cal y arrugando la nariz.

—Pues entonces, sí —contestó Murphy—. Creo que deberías encender la barbacoa, Cal. Lo haría yo mismo, pero veo que funciona con gas. No soy hombre de propano. Ahora bien, si hubiese sido de carbón, habría sido harina de otro costal.

Mientras cenaban la carne, Cal intentó ponerse de nuevo a buenas con Jessica.

—ADN —dijo de repente.

—¿Qué pasa con el ADN? —preguntó ella, dignándose reconocer su presencia.

—Que, si voy, tendría que intentar obtener el ADN de los bebés, ¿no te parece?

—Esos bebés me importan un pimiento —replicó ella, poco dispuesta a colaborar.

—Bueno, dejando eso de lado, ¿cómo se hace para conseguir el ADN de alguien?

—Si te lo cuento, ¿te encargarás de recogerlo todo y lavar los platos mientras Joe y yo disfrutamos de un vino dulce bajo las estrellas?

Cal era el único pasajero del jet privado que acudió a recogerlo a la mañana siguiente al Nantucket Memorial Airport. El piloto y el copiloto le informaron alegremente de que sus habilidades para servir comida y bebida no eran en absoluto maravillosas y que tendría que apañárselas sirviéndose él mismo lo que le apeteciera de la bien surtida bodega.

—Y bien, chicos —dijo Cal, observando la cabina vacía—, ¿queréis decirme adónde nos dirigimos?

—Nos han dicho que no puede saberlo, señor. Y también nos han dado instrucciones de mantener las cortinillas bajadas durante todo el vuelo.

—Prometo no fisgonear.

El vuelo se prolongó cuatro horas y media, y Cal consiguió adelantar un poco de trabajo de preparación de los cursos que impartiría el semestre siguiente y enviar un mensaje de correo electrónico al cardenal Da Silva y a la hermana Elisabetta sobre la inesperada invitación que había recibido por parte de George Pole. Antes de aterrizar, recibió una respuesta de Da Silva en la que le expresaba su elevado nivel de preocupación por la posibilidad de que Pole estuviera implicado de un modo u otro en el asunto de las chicas. Pidió a Cal que se pusiera en contacto con él, ya fuera de día o de noche, en cuanto dispusiera de cualquier tipo de información.

Cuando el avión hubo aterrizado, se abrió la puerta y se desplegó la escalerilla. Cal recibió un bofetón de aire caliente y seco. Pero apenas tuvo oportunidad de observar el paisaje pardo y anodino, puesto que a escasos pasos de la escalerilla lo esperaba un monovolumen con las ventanas tintadas.

—¿Hay para mucho rato? —le preguntó Cal al chófer, una vez instalado en el asiento posterior.

—No mucho.

El tipo debía de estar de guasa, porque al cabo de un minuto justo, el vehículo se detuvo y el chófer se apeó y abrió la puerta a Cal. Y delante del porche de una mansión construida en ladrillo rojo estaba George Pole, vestido con un traje ligero de color marrón claro.

Cal no lo conocía en persona, aunque sabía mucho sobre él, en particular sobre su política descaradamente conservadora y su afición a mantener enfrentamientos públicos con el papa.

—Eminencia. —Cal le tendió la mano.

—Ahora solo soy George —repuso Pole—. Bienvenido, profesor.

—A juzgar por la duración del vuelo y el clima, supongo que estoy en Texas o en Oklahoma —dijo Cal.

—Digamos simplemente que está en el rancho —dijo Pole tan tranquilo.

Más allá del camino circular, Cal vislumbró un convoy de camiones de jardinería que circulaban por la carretera que accedía a la finca cargados con árboles crecidos con cepellones enormes envueltos en lona.

—Pase, por favor. Aquí fuera hace más calor que en el Hades, aunque le aseguro que no estamos allí.

Pole lo guio por un vestíbulo con suelo de mármol hasta una sala de estar decorada con obras de arte típicas del sudoeste y esculturas de bronce de Frederic Remington que parecían sospechosamente auténticas. Una mujer latinoamericana con uniforme negro y delantal blanco entró en la sala, preguntó a Pole si quería alguna cosa y se marchó con la orden de preparar un par de cafés.

—Póngase cómodo, profesor. Supongo que le gustaría saber por qué le he pedido que venga.

—Supone bien. ¿Están aquí las chicas?

—Sí. Así como tres pequeños muy especiales. Estoy seguro de que se contará usted entre los mil millones de personas que han visto los vídeos de los nacimientos.

—Así es.

—En ese caso, habrá visto el mensaje. El principio.

—Un señuelo de primera.

—Sí, pero cierto. Queríamos que viera a las tres Marías y a los recién nacidos porque en los próximos días, semanas y meses la gente se cuestionará muchas cosas sobre ellos. Vivimos en la edad de las teorías de la conspiración. Hay quien sigue creyendo que la llegada a la luna fue una farsa. Queríamos que alguien con unas credenciales impecables e imparcialidad viera en persona lo que ha sucedido aquí en el rancho. Queremos que sea testigo.

—No para de hablar en plural.

—Yo no soy más que una pieza del engranaje, profesor. Hay más personas, por supuesto. Se trata de algo muy grande.

—Me parece, de todos modos, que usted es una pieza bastante importante. ¿Estuvo su dimisión relacionada con todo esto?

—No quiero empezar con mal pie con usted mintiéndole. Sabía que todo esto estaba en marcha, sí.

—Me alegra oír que no piensa mentirme —dijo Cal—. Cuénteme lo que tenga que decir sobre la alegación de que las chicas fueron secuestradas.

—He leído los informes. En mi opinión no son ni creíbles ni correctos. Sí, los padres de las chicas recibieron dinero, pero fue para proporcionarles un apoyo financiero y para que las chicas se sintieran cómodas sabiendo que sus familias estarían bien cuidadas durante su ausencia.

—Cindy Riordan no puede sentirse cómoda. Está muerta.

—Sí, estoy al corriente de que se está investigando el fallecimiento. Por lo que tengo entendido, los resultados de la autopsia no fueron concluyentes. Las causas naturales siguen sobre la mesa.

—Le suplicó a un colega mío que fuera a verla, pero, cuando llegó, ella se negó a contarle todo lo que pasaba. Estaba asustada, y no era la única.

—¿Qué tal está el padre Murphy? Fue una experiencia terrible.

—Está mejor —dijo Cal, lanzándole a Pole una mirada gélida.

—En cuanto a esos hombres que lo retuvieron... Es verdad que fueron contratados como medida de seguridad para los Riordan, pero ese acto criminal que cometieron contra Joseph Murphy fue del todo cosa suya. Me arrepiento profundamente de haberlos implicado en esto.

—Cuénteme por qué se llevaron a las chicas.

—¿No es evidente? —repuso Pole—. Vivimos en el siglo XXI, profesor. El mundo está perfectamente interconectado y la información fluye de forma continua e instantánea. Y entonces, de repente, tenemos a tres adolescentes, todas con el mismo nombre, con el evocador nombre de María, bendecidas todas ellas por una concepción virginal. Ya ha leído el informe del doctor Benedict. Las pruebas son incontrovertibles.

—Entiendo, entonces, que fue usted quien me lo hizo llegar.

—No personalmente, pero, sí, le llegó de nuestra parte. Durante un tiempo pensamos que podríamos trabajar con usted. Es una de las pocas cosas en las que el papa y yo coincidimos. Estuvo en Manila y en Lima. Vio a las multitudes de peregrinos que se daban empujones para llegar a su destino, los barrios de chabolas, la inseguridad. Se trata de chicas excepcionales, y su valiosa descendencia corría un gran riesgo. Gracias a Dios que existen personas con la visión y los recursos necesarios para mantenerlas a salvo y asegurar que los embarazos llegaran a feliz término. Estas chicas y sus hijos pertenecen al mundo, igual que pertenecen al mundo la bendita Virgen María y Jesucristo.

—¿Podían marcharse las chicas si querían?

—¿Por qué no se lo pregunta a ellas?

—Lo haré.

—¿Alguna pregunta más antes de llevarle hasta ellas?

Cal rio entre dientes.

—Sí, tengo unas cuantas. Los principios engendran partes intermedias y las partes intermedias engendran finales. ¿Qué papel desempeñará usted en la siguiente fase de lo que quiera que sea todo esto?

Pole levantó las manos hacia el techo.

—Todo será revelado.

—Dígame, ¿tiene todo esto como objetivo poner un palo en las ruedas del papa Celestino?

Pole había lucido una sonrisa benévola hasta aquel momento. Entonces dejó la taza y el platillo en la mesa, y dijo:

—Quería que el Vaticano iniciase una investigación formal del potencial milagro. ¿Ha convocado el papa a la Congregación de las Causas de Santidad? No, no lo ha hecho. ¿Ha aceptado de boquilla la formación de una especie de panel *ex officio* que, por lo que yo sé, ni siquiera se ha reunido todavía? Sí, eso sí que lo ha hecho.

—Ya que estamos siendo sinceros el uno con el otro, le diré que lo de ese panel informal fue recomendación mía y que creo que la expresión «de boquilla» se utilizó de hecho durante aquella conversación.

El rostro de Pole recuperó la sonrisa.

—La sinceridad tiene un efecto purificador, ¿no le parece?

Pole vio que la señora Torres cruzaba el vestíbulo y levantó el pulgar en su dirección. Sue apareció poco después.

—Profesor Donovan, me gustaría presentarle a la mujer que trabaja en estrecho contacto con las chicas. Yo mismo acabo de conocerla, aunque estoy perfectamente al corriente de su maravilloso trabajo. Ella lo acompañará arriba. Pregúntele lo que quiera, excepto nuestra localización. Todo lo demás me parece legítimo.

—Hola, soy Sue —dijo ella, ignorando por completo a Pole y estrechando la mano a Cal.

—Yo Cal.

Fue una sensación familiar, ese cosquilleo en el pecho que experimentaba la primera vez que posaba los ojos en una mujer interesante. La belleza siempre le obligaba a volver la cabeza, pero para que se desencadenase aquella sensación en el pecho necesitaba algo más. A veces era intangible, pero aquella mujer tenía una dualidad, una mirada que expresaba a la vez confianza en sí misma y fragilidad. Y esa cola de caballo que se balanceaba de un lado a otro y esa mirada penetrante tenían algo especial.

Pole le dijo a Cal que se verían de nuevo al finalizar la visita y se marchó a buscar a Torres.

—¿Se siente cómodo con un par de tramos de escaleras o prefiere utilizar el ascensor? —preguntó Sue.

—Creo que podré hacerlo.

La siguió por una escalinata de mármol y, a mitad de un tramo, comprendió qué era lo que había visto en su pelo.

—Usted es la enfermera que sale en los vídeos, ¿verdad?

—Comadrona, pero sí.

—Disculpe mi ignorancia. Hasta el momento he esquivado con éxito cualquier cosa relacionada con embarazos y sus consecuencias.

—¿Cómo ha sabido que era yo?

—Por el pelo.

—Me ha delatado. Un tramo más. Parte del personal vive en la segunda planta. Las chicas y yo estamos en la tercera. Me han dicho que es usted profesor de Harvard.

—¿Lo parezco?

—La verdad es que no. Imaginaba que sería mayor.

—Mire, ¿podríamos hablar en alguna parte antes de ver a las chicas? Me gustaría que me comentase un poco cómo han sido estos últimos meses.

—Podemos ir a mi habitación, si se siente cómodo con ello. He hecho la cama.

Sue abrió la puerta de su habitación y lo invitó a sentarse en el sofá que había en la zona de sala de estar. Abrió la neverita y dijo:

—Opciones limitadas. ¿Agua o vino? Es un poco temprano para el vino, imagino.

—¿Usted cree? —Pero, al ver que cogía una botella de Riesling, añadió—: Era broma. El agua ya está bien. Dígame, ¿ha estado en este lugar con las chicas desde el principio, donde quiera que esté este lugar?

—Cuando llegaron yo ya estaba aquí, preparándolo todo para sus benditos partos.

—¿Benditos?

—Lo siento, son cosas mías.

—Durante todo este tiempo, cuando ha hablado con las chicas, ¿ha tenido la impresión de que sus padres las dejaron marchar voluntariamente?

—Con las dos Marías existe una barrera idiomática y nunca he querido incomodarlas al respecto, razón por la cual no conozco esos detalles. No estuve presente. La señora Torres, sí. Tal vez debería preguntárselo a ella.

—No me la han presentado. ¿Cuál es su papel?

—Es la directora del rancho.

—¿Sabe Mary Riordan lo de su madre?

—No se enteró hasta después del parto. Está muy triste, claro. Esa gente temía que la noticia pudiera provocarle un aborto.

—¿Quién es «esa gente»?

—La verdad es que no lo sé. Me oirá decirlo muchas veces.

No he conocido a ningún responsable más allá de la señora Torres. Jamás había visto al hombre con el que estaba hablando usted ahí abajo. A lo mejor él es «esa gente». La compañía que consta en mi contrato lleva por nombre Miracle Ranch. No sé nada. Y supongo que por eso le han permitido hablar conmigo. Lo único que sé tiene que ver con las chicas.

—¿Cómo dieron con usted?

—Respondí a un anuncio. Y una cosa llevó a la otra. No tenía ni idea de en qué me estaba metiendo.

—¿Dónde estaba antes?

—Soy una chica de Nuevo México.

—¿Me permite hacerle una pregunta? ¿Es usted religiosa?

—Muy graciosa la pregunta.

—¿Sí? Lo siento. Es que tengo la religión metida en el cerebro. Soy profesor de estudios religiosos.

—No me han contado nada sobre usted. Mire, no es que no entienda la importancia de lo que está sucediendo aquí dentro. Lo que pasa es que no estoy segura de qué quiere saber sobre mí.

—Retiro la pregunta. Ha sido indiscreta.

—No pasa nada. Soy cristiana, pero no practicante. Probablemente se estará preguntando si todo esto me afecta. Y le diré con franqueza que estoy tan ocupada que ni siquiera tengo tiempo de pensar en el tema. Tal vez más adelante me afecte de un modo u otro.

—¿Cómo cree que se han adaptado las chicas a vivir aquí?

—Creo que lo han llevado muy bien. Lo cual no quiere decir que no haya habido pequeños dramas. Las apartaron de golpe de su entorno habitual, se vieron alejadas de sus familias y prácticamente forzadas a vivir juntas. Cada una tiene su propia personalidad y su propio marco cultural de referencia, pero ya lo verá: han establecido un vínculo que se asemeja bastante a una hermandad. Este lugar ha sido como una crisálida para ellas. No son conscientes de todo el jaleo que este fenómeno ha generado en el mundo. Tan solo han oído pequeños fragmentos cuando han hablado con su familia. Y ahora que son madres, diría que el vínculo se ha hecho aún más fuerte. ¿Listo para conocerlas?

Cuando Cal se levantó, le llamó la atención algo que vio a través de las ventanas.

—Dios mío, ¿y eso qué demonios es? —preguntó.

—Lo que parece, probablemente. Llevan construyéndolo desde antes de que yo llegara. Con varios centenares de hombres trabajando a veces en ello. Ya está casi acabado. Nunca voy hasta allí. No es de mi incumbencia.

—¿Y le preocupa?

—No lo sé. A lo mejor debería. ¿Listo?

Las chicas lo esperaban en el salón. Habían participado todas en la creación de un colorido cartel que habían colgado en un panel de corcho: «Bienvenido, profesor Donovan».

La señora Torres y la señora Simpauco estaban también presentes para traducir las palabras de las dos Marías. Los bebés más mayores dormían juntos en una cuna grande. Mary Riordan tenía en brazos a su recién nacido.

Al recibir una indicación, las chicas repitieron en inglés el contenido del cartel.

—Hola, chicas, encantado de conoceros —dijo Cal—. Qué bienvenida más calurosa.

Saludó una a una a las chicas, estrechándoles la mano e intercambiando con ellas unas palabras personales. A María Aquino le dijo que se alegraba mucho de volver a verla y le preguntó por su madre. La chica le contó que hablaba con su madre cada semana y que la echaba mucho de menos. A María Mollo le dijo que había conocido a sus padres en Lima. Lo cual la sorprendió mucho. La chica le comentó que hablaba con ellos a menudo por teléfono.

—Y tú debes de ser Mary Riordan —dijo Cal.

—Proceso de eliminación —replicó ella, casi sin mirarlo a los ojos.

—Quería decirte lo mucho que siento el fallecimiento de tu madre.

—Sí, jode, la verdad —dijo Mary, concentrada con el bebé—. ¿La conociste?

—Yo no, pero un amigo mío me habló de ella.

—¿El cura?

—Sí, el padre Murphy.

—¿Los curas tienen amigos?

—Los simpáticos, sí.

Mary se echó a reír.

—De modo que ¿aquí es donde pasáis el día?

Era como si las chicas lo hubieran ensayado. María Aquino se levantó y, con la señora Simpauco actuando como traductora, le enseñó a Cal la PlayStation que compartían y la colección de DVD. Torres tradujo mientras María Mollo le mostraba a Cal el material para pintar y hacer manualidades y los juegos de mesa, antes de salir con él al pasillo para conducirlo hasta el aula donde daban clases de inglés.

De regreso en el salón, vio que Sue se había sentado en el sofá al lado de Mary y que la chica había descansado la cabeza en el hombro de la comadrona.

—Imagino que tú no necesitas clases de inglés, Mary —dijo Cal—. ¿Estás estudiando algo?

—Supuestamente tendría que estar dando clases online para estar al día cuando vuelva a casa.

—¿«Supuestamente»?

Mary lo miró y agitó sus largas pestañas.

—¿Qué harán? ¿Pegarme si me niego?

—Sue no tiene pinta de ser de las que pega.

—Ah, no sé yo —replicó Sue en broma, acercando un puño a la mandíbula de la chica.

—Lo de hacer deberes es una gilipollez. Lo único que les importa es el bebé. Mi trabajo consistía en tenerlo —dijo Mary malhumorada—, y aquí está.

—Yo no sé mucho de bebés, pero este es muy guapo.

—¿Quieres cogerlo? Podría aprovechar para ir a hacer un pis.

Cal se metió la mano en el bolsillo del pantalón, como si buscara calderilla. Pero luego, con ambas manos libres, se inclinó y cogió al bebé con torpeza. Sue le aconsejó que lo sujetara contra su hombro y rápidamente le colocó una toalla encima para proteger la camisa.

—Es un vomitón —añadió Mary.

—Hola, Jesús David —dijo Cal—. Encantado de conocerte.

Y empezó a hacer cosas que había visto que la gente hacía con los bebés en las películas, como balancearse sobre los talones. Luego se sentó en una silla, acunó al bebé en su regazo y movió un dedo delante de su boca. JD mordió el anzuelo y empezó a chuparle el dedo con vigor.

—Vaya —exclamó Cal—, eres fuerte.

—Que me lo digan a mí —replicó Mary, que reapareció en aquel momento—. Me tiene machacados los pezones.

Cal le devolvió a JD y preguntó si podía coger también en brazos a los otros bebés.

—¿Y este quién es? —preguntó, señalando el que estaba en la cuna y tenía más mechones de pelo oscuro—. Soy lo peor. A mí todos los bebés me parecen iguales.

—Se parecen, ¿verdad? —dijo Sue, un comentario que llevó a la señora Torres a fulminarla con la mirada.

—*Akin*. «El mío», dijo María Aquino—. JR.

Cal se sentó con el recién nacido de aspecto más robusto, jugó con él y puso también a prueba su fuerza succionadora. Cuando sorprendió a Sue mirándolo, se sintió cohibido, le entregó a JR a su madre y fue a por JP, el pequeño de María Mollo. El bebé seguía pareciendo un cacahuete en comparación con los otros, pero poco a poco iba poniéndose a su altura.

—Nació muy pequeño y tuvo un poco de ictericia, pero ahora está estupendo —le explicó Sue.

Cal iba a probar también su capacidad succionadora cuando JP le vomitó en el vientre.

—Lo siento. Le pido disculpas —dijo María Mollo, cosechando los elogios de todas las mujeres presentes por su excelente inglés.

—Hablas muy bien inglés —respondió Cal, que hizo caso omiso del vómito y le devolvió el bebé.

—Venga —le dijo Sue a Cal—. Permítame que le ayude a limpiarse.

Lo acompañó hasta un baño que había al final del pasillo y le sorprendió entrando con él y cerrando la puerta a su espalda.

—¿Qué demonios está haciendo? —preguntó Sue, tras abrir el grifo a tope.

—¿A qué se refiere? —repuso Cal.

—No me venga con esas. Las fundas de dedo para muestras.

—Pillado —se limitó a contestar Cal.

Tenía el dedo índice enfundado en un dedal de goma. Lo empapó en el vómito, se lo quitó y lo metió en una bolsita que se sacó del bolsillo.

—Es para el ADN —le explicó—. ¿Piensa delatarme?

Sue humedeció un poco de papel y se dispuso a limpiarle la camisa.

—No.

—¿Por qué no?

—Porque también me he preguntado cómo saldrían los resultados —respondió.

Cal gesticuló con la boca la palabra «gracias» y dijo, ya en voz alta:

—Tendría que recoger también muestras de las chicas a ser posible. Pelo de algún cepillo, restos de un cepillo de dientes, ese tipo de cosas.

—No pensará meterles el dedo en la boca también, ¿no?

—Esto no se me da bien. No soy más que un simple profesor de religión.

—¿Tiene alguna bolsita?

Cal buscó en otro bolsillo.

—Le conseguiré algo de pelo —dijo Sue—. Con una condición.

—¿Qué condición?

—Que me informe de los resultados de las pruebas de ADN. No es el único que siente curiosidad.

Se intercambiaron los números de teléfono, después de anotarlos en un trocito de papel higiénico, y Cal acabó de secarse la camisa.

Cuando volvió al salón, les dijo a las chicas si podía formularles algunas preguntas sobre la vida en el rancho. Las dos Marías asintieron y Mary, que había dejado a JD en la cuna comunitaria, hizo caso omiso y siguió jugando con el teléfono.

—Y bien, ¿qué es lo mejor de estar aquí? —preguntó Cal.

—¡Ella! —exclamó María Mollo, señalando a María Aquino.

—¡Ella! —María Aquino correspondió a su compañera.

—¿Y qué hay de ella? —preguntó Cal, al tiempo que señalaba con sorna a Mary.

—Me importa una mierda lo que Minion e Ígor piensen de mí —dijo Mary.

Las dos Marías le explicaron el porqué de los apodos y Cal les preguntó si Mary también tenía un mote.

—*Baka!* —exclamó María Aquino.

—¿«*Baka*»? —repitió Cal.

—Significa «vaca» en filipino —le explicó la señora Simpauco.

Mary Riordan fingió sentirse insultada, pero enseguida se partió de la risa, arrojó un cojín a la chica y empezaron a reír las tres a carcajadas.

—Entendido —dijo Cal—. ¿Y qué es lo peor de vivir aquí?

Torres se disponía a poner objeciones, pero Cal la informó

de que George Pole le había dicho que podía preguntar a las chicas todo lo que quisiera.

Y las chicas coincidieron al responderle que lo peor, con diferencia, era estar lejos de sus casas y sus familias.

—¿Volveríais mañana a casa si pudierais? —preguntó entonces Cal.

—Si pudiéramos llevarnos a nuestros bebés con nosotras, claro que nos iríamos —respondió Mary—. Las tres pensamos lo mismo.

En ese momento Sue entró en el salón y se sentó con las chicas en el sofá.

—¿Qué sería lo siguiente mejor? —preguntó Cal.

María Aquino respondió en filipino:

—Que pudiéramos traer a nuestras familias aquí para que vivieran con nosotras. La casa es muy grande. Hay espacio para todos.

—¿Se ha planteado esa posibilidad? —preguntó Cal.

—A mí no —respondió con acritud la señora Torres.

Cal miró a Sue, que dijo entonces:

—Si no lo han comentado con ella, tampoco lo han comentado conmigo, claro.

Torres sintió la necesidad de añadir:

—Sue siempre piensa que sé más de lo que en realidad sé.

—Pero alguien debe de darle instrucciones —dijo Cal.

—No puedo comentar nada al respecto.

Cal se volvió hacia las chicas y les preguntó:

—¿Cuál es vuestro mayor deseo de cara al futuro?

Las tres respondieron lo mismo. Querían que sus bebés crecieran sanos y fuertes, y querían volver a casa.

—Aunque echaremos de menos a Sue —añadió María Mollo.

Las otras dos chicas coincidieron con ella.

Sue se acercó y estampó a cada una un beso en la frente.

—Siento curiosidad —dijo Cal—. ¿Alguna de vosotras se siente sagrada, como si hubiera sido tocada por Dios?

—No, señor —respondió María Aquino en su idioma—, no nos sentimos especiales. Nos sentimos como chicas normales con unos bebés preciosos.

Cal sabía que aquella sería su última pregunta. Sabía asimismo que Torres, aquella mujer de cara tan seria, impediría que las chicas la respondieran, pero la formuló igualmente.

—Perfecto, una última pregunta. ¿Queríais venir aquí u os obligaron?

La señora Torres dio una serie de pasos cortos al frente hasta convertirse en una barrera física entre Cal y las chicas.

—Me parece una pregunta ofensiva, profesor Donovan. Las chicas no le darán la satisfacción de ofrecerle una respuesta.

—George Pole me ha dicho que…

—Me da igual lo que le haya dicho. Las chicas son responsabilidad mía y no pienso someterlas a preguntas inaceptables.

Cal sonrió.

—De acuerdo, ya he dicho que era mi última pregunta. Gracias a todas por su tiempo.

Y mientras todo el mundo se despedía de él, Mary Riordan articuló en silencio una palabra que Cal estuvo seguro de entender: «Obligadas».

Cuando Sue lo acompañó abajo, Cal le preguntó:

—¿Sería posible pasar unos minutos con la señora Torres? ¿Comentar con ella sus experiencias cuando fue a recoger a las chicas?

Sue le respondió con una sonrisa, que parecía querer decir «¡Ni lo sueñe!», pero le pidió de todos modos que esperara. Reapareció al cabo de unos minutos.

—Dice que está liada —le informó Sue—. Le ruega que la disculpe.

Cal refunfuñó con frustración. Sue rompió el incómodo silencio preguntándole qué le había parecido la visita.

—Parece que las chicas están bien. Aunque, evidentemente, este es un ambiente extraño para ellas.

—«Extraño» es una palabra que no para de darme vueltas en la cabeza —repuso Sue—. Creo que va a pasar algo. No creo que vaya a seguir todo igual.

—¿Y qué va a pasar?

—No tengo la menor idea, pero ese hombre con el que ha estado hablando...

—George Pole.

—Sí, me pone la carne de gallina. Como muchas cosas de este lugar.

—Podría irse.

—Me han convencido para quedarme seis meses más. Por el bien de las chicas.

—¿Qué ocurre dentro de seis meses?

—La señora Torres me dijo que para entonces las chicas ya no dependerán tanto de mí.

—Usted está aquí por decisión propia. No creo que sea el caso de las chicas.

—En eso ya no entro —replicó Sue—. Tal vez debería, pero no lo hago.

—No creo que nadie pueda criticarla por su papel aquí —dijo Cal—. Está muy claro que las chicas la adoran.

A Sue se le llenaron los ojos de lágrimas. Cal tenía la sensación de que si le tocaba la mano no le importaría. Y no le importó cuando mantuvo la punta de los dedos sobre sus nudillos.

—Gracias por su ayuda. La prueba de ADN es por ellas, a fin de cuentas.

—¿Y qué espera encontrar, profesor de religión? ¿El ADN de Dios?

—Pues yo tampoco tengo idea —respondió Cal, retirando la mano—. Le enviaré un mensaje en cuanto lo sepa.

—¿Piensa volver?

—Si me invitan... No sé ni dónde estamos.

Pensó que tal vez le daría entonces su localización, pero no lo hizo. Sue se limitó a sonreírle.

—Si vuelve, tal vez podríamos tomar esa copa de vino. —Y entonces se corrigió—. Lo siento, eso no ha estado muy bien.

—No lo sienta —repuso Cal.

Lo dejó en el gran salón y al cabo de unos instantes entró George Pole para despedirse de él.

—Me ha dicho la señora Torres que la visita a las chicas ha sido productiva —dijo Pole.

—Creo que sí. Les he preguntado si querían marcharse. Han respondido que sí.

—Les ha preguntado también qué otra cosa les gustaría, aparte de eso. Y le han respondido que traer a sus familias aquí.

—¿Estaba escuchando?

Pole sonrió e hizo un gesto de asentimiento.

—Tenemos monitores para los bebés por seguridad.

—Seamos sinceros —dijo Cal—. ¿Piensa traer a sus familias?

—Lo estamos considerando. Supongo que informará de todo esto al Vaticano, ¿no?

—Sí. ¿Quiere que les transmita algún mensaje?

—Dele recuerdos a Celestino, si es tan amable.

—¿Qué le digo sobre lo que va a pasar después de este principio que anuncia?

—Dígale que todo será revelado.

—¿Y qué quiere contarme acerca de la estructura que he visto por la ventana?

—Le responderé lo mismo. Todo será revelado.

20

Después del fin de semana de la Fiesta del Trabajo, Cal peregrinó hasta el despacho de Jessica armado con un ramo de rosas.

—¿Y esto a qué viene? —preguntó ella, plenamente consciente del objetivo del regalo.

—Mierda, Jessica, viene por ser quien soy, supongo. Por dejarte colgada en Nantucket, por dejarte en compañía de un sacerdote deprimido un fin de semana de fiesta.

—Pues la verdad es que nos entendimos de maravilla —replicó Jessica—, y no estaba en absoluto deprimido, al menos conmigo. Rayaba en la felicidad. Joe es mi nuevo amigo para toda la vida. Siempre había dicho que los chicos gays eran los mejores amigos que podía tener una chica. Pero a partir de ahora, a todo aquel que quiera escucharme, le diré que los sacerdotes son incluso mejores.

—Es bueno saberlo —dijo Cal—. El caso es que, parafraseando a César, fui, vi y no puede decirse que venciera, la verdad. Pero obtuve muestras de ADN. ¿Puedo dártelas?

Jessica cogió las bolsitas con las fundas y el pelo, y le informó de que tardaría unos días en tener los resultados.

—¿Fue una experiencia religiosa? —preguntó con aspereza.

—Fue más bien como visitar un internado de chicas.

—Me alegro tremendamente de no haber estado allí —dijo ella—. Me habría traído recuerdos de lo más desagradables.

—¿Puedo compensártelo con una cena el viernes? —preguntó él.

—Pues justo esa noche la tengo ocupada. Joe y yo hemos quedado para cenar.

Cal pensó que hablaría con el cardenal Da Silva y la hermana Elisabetta, pero por lo visto su informe había despertado tanto interés que incluso el papa quiso participar directamente en la conferencia. George Pole, la proverbial espina clavada en Celestino, estaba atacando de nuevo y el papa quería entender sus intenciones. Mientras Da Silva y Elisabetta formulaban preguntas, Celestino guardó silencio.

—¿Qué te parecieron los recién nacidos? —preguntó Da Silva.

—Recién nacidos, supongo —respondió Cal—. La verdad es que no he frecuentado mucho ningún bebé, de modo que tal vez carezca de un buen punto de referencia. Me parecieron iguales, si quiere que le sea sincero.

—Entiendo —dijo Da Silva, tal vez algo desanimado.

Cal añadió entonces:

—Si esperaba que le dijera que tenían pequeños halos alrededor de la cabeza, como en una pintura del Renacimiento, pues le diré que no, no los tenían.

—La verdad es que no sé qué esperaba que me dijeras —replicó Da Silva.

La voz del papa resonó finalmente y de forma audible en la línea.

—A mí me interesa más saber qué le pareció George Pole.

—Un engreído —respondió Cal—. Un poco como el gato que se ha comido al canario. Imagíneselo con plumas asomándole por la boca.

—Una imagen que puedo visualizar con facilidad —dijo el papa—. ¿Tuvo la impresión de que fue George quien ideó el plan de raptar a las chicas?

—Hizo alusión a la implicación de más gente, pero me resulta complicado juzgar si es un peón o el rey.

—Lo único que sabemos con seguridad —dijo Celestino— es que ya no es cardenal.

Elisabetta intervino:

—Profesor, ¿tiene idea de cuándo podría tener lugar el siguiente movimiento de Pole?

—En absoluto. Pronunció la frase «Todo será revelado» un par de veces. ¿Significa días, semanas o meses? Tienen ustedes las mismas probabilidades de adivinarlo que yo.

—Vamos a compartir una información contigo, Cal —dijo Da Silva—. Desde que Pole presentó su dimisión como cardenal, hemos tenido noticias de un goteo de dimisiones de sacerdotes, la mayoría de diócesis norteamericanas, acompañadas de la petición de ser dispensados de sus obligaciones eclesiásticas. Pero, solo en estos últimos días, hemos conocido cincuenta renuncias más de sacerdotes junto con las de dos de obispos, uno de Missouri y el otro de Luisiana, ambos conservadores fervientes. Creemos que se está cociendo algo.

De pronto Cal oyó una serie de sonidos al otro lado de la línea, en el Vaticano.

Llamaban a una puerta.

Alguien arrastraba una silla y se levantaba.

Elisabetta hablaba con un hombre a lo lejos.

Decía algo en italiano que no alcanzó a distinguir y el papa respondía: «¿Qué dice?».

El cardenal Da Silva habló entonces por el manos libres.

—Disculpa, Cal, ¿puedes esperar un segundo?

Y entonces oyó el sonido de fondo de una tele, un programa de noticias, le pareció.

Elisabetta se acercó de nuevo al teléfono.

—Lo siento, profesor, pero tenemos que colgar. Le sugiero que ponga la televisión. Sale una imagen de lo que con toda probabilidad es el edificio que nos comentó que había visto en el rancho de George Pole.

21

Cal no tenía televisor en el despacho, de manera que entró en la página web de la CNN desde el ordenador. Una presentadora hablaba sobre una imagen aérea de la estructura que Cal había visto desde la ventana de la habitación de Sue. En la leyenda de la parte inferior de la pantalla se leía: ÚLTIMAS NO-TICIAS: LAS JÓVENES MADRES VÍRGENES APARECEN JUNTAS.

La imagen parecía grabada desde un dron o un helicóptero que sobrevolaba la estructura. La escala del edificio era mucho mayor de lo que Cal había advertido con su visión limitada de la ventana. Lo que había visto aquel día era una sección puntiaguda que sugería la forma de la aguja de un templo, pero desde aquella atalaya no había sido capaz de asimilar toda la estructura ni de visualizar el punto más alto. En ese momento era evidente que aquello era una iglesia, y más que una iglesia, una catedral, con la aguja coronada por una cruz gigantesca de acero resplandeciente.

No era, claro está, la primera catedral moderna que veía Cal. Los brasileños eran proclives a construir catedrales católicas descomunales y provocadoras a una escala grandiosa, pero las catedrales de Brasilia y de Río de Janeiro eran tan futuristas que apenas parecían catedrales. Lo mismo podía decirse de la catedral de Santa María de la Asunción en San Francisco. Pero la catedral del rancho era un híbrido excepcional entre el diseño de una catedral gótica europea y la estética de la arquitectura moderna. En vez de estar construida en la típica piedra medieval, era de cristal y acero. Presentaba la planta en cruz latina tradicional, con una nave larga cruzada por un transepto y una elevada aguja central, pero en lugar de tener las ventanas pequeñas y estrechas de las iglesias góticas, los muros de eran de cristal, verdosos y brillantes como espejos, y fue en esa superficie de espejo donde Cal captó el reflejo del helicóptero que estaba filmando en directo. Y enseguida encontró por fin el paralelismo arquitectónico. Imaginó que el cliente debía de haberle dicho al arquitecto: «Constrúyeme una versión del siglo XXI de la catedral de Salisbury».

Daba la impresión de que podía albergar a cientos de personas aunque, por el momento, todas las imágenes eran del exterior. Mientras el helicóptero seguía dando vueltas en círculo por encima de la estructura, la presentadora hizo referencia a la nota informativa que el canal acababa de recibir en la que se indicaba que en unos momentos habría una emisión en directo desde el interior de la iglesia, cuya localización seguía siendo un misterio.

La presentadora dijo:

—Quiero subrayar que normalmente no presentamos imágenes de vídeo que no hayan sido filmadas por nosotros o que no hayamos aprobado previamente, pero, dado el extraordinario nivel de interés que han despertado las chicas desaparecidas, estamos transmitiendo con una breve demora que nos brinda la oportunidad de cortar la transmisión en caso de considerar que el material pudiera ser inapropiado. Conozcamos ahora la opinión de nuestro especialista en asuntos religiosos, Henry Capriati, sobre lo que estamos viendo.

El periodista empezó comentando el tamaño y la escala de la iglesia, y subrayó que quien la había construido pretendía que acogiera a grandes cantidades de personas. Y dijo a continuación:

—Es evidente que existe un elevado grado de interés en ver a las tres Marías y en la posibilidad de oír su voz por primera vez. Y a partir de ahora habrá también un elevado grado de interés en conocer quiénes son los individuos que se encuentran detrás de esta construcción.

Cal notó unos golpecitos en el hombro. Estaba tan ensimismado en la pantalla del ordenador que no se había enterado de que acababa de entrar Joe Murphy.

—He pensado que estaría bien venir a ver esto contigo —dijo Murphy—. ¿Te importa?

—Siéntate. Lamento que no haya cinturón de seguridad.

—¿Crees que se desatará la locura?

—¿Y cómo no? ¿Has tomado alguna decisión con respecto al semestre?

—No voy a tomarme el tiempo libre que te había dicho. Trabajaré con normalidad.

—¿Significa esto que te encuentras mejor?

—Así es. Jessica me ha ayudado mucho, por si quieres saberlo. Gracias por presentármela.

—Me alegro, Joe, y me hace gracia, además. Últimamente Jessica no ha hecho otra cosa que tocarme las pelotas. Nunca la habría calificado como una mujer empática.

—Me atrevería a decir que vuestra dinámica es distinta —repuso Murphy con una sonrisa—. Sabe escuchar y me sale muchísimo más barata que un loquero. Y es divertida. Resulta que respondo bien al humor. ¿Quién lo iba a decir?

—Pues me...

La palabra «alegro» no llegó a salir de la boca de Cal porque la grabación pasó de repente al interior de la catedral, un cambio que llegó acompañado por el *Preludio en re mayor* de Bach para órgano. Pese a toda la modernidad del exterior, el interior era sombrío y curiosamente tradicional. El cristal tintado amortiguaba el resplandor del sol y bañaba el interior de una tonalidad verdosa. El techo era abovedado y de color claro, con un encofrado de madera que evocaba contrafuertes. El suelo era de mármol verde jaspeado; los bancos, vacíos, de madera oscura lacada. El altar, también de madera oscura, se alzaba en un ábside poligonal decorado con un panel pintado enorme, una manera moderna de rendir homenaje a una Virgen María con el Niño Jesús en brazos de estilo renacentista, con la diferencia de que la imagen mostraba tres Marías y tres niños.

La cámara se centró de forma paulatina en el ábside, hasta que apareció un hombre procedente de uno de los laterales que se encaminó hacia el altar.

—Mierda —soltó Cal—. Mierda, mierda, mierda.

—¿Es...? —comenzó a preguntar Murphy.

A lo que Cal respondió:

—Desde luego que lo es.

La aparición de George Pole no sorprendió en absoluto a Cal, que ya sabía que se hallaba implicado de alguna manera. Lo que resultaba llamativo era su indumentaria. Pole estaba subiendo al altar ataviado con las vestiduras papales. Aunque no las modernas exactamente. Hacía muchísimos años que los pontífices no utilizaban parte de las galas y los atavíos que Pole llevaba, entre ellos el *triregnum*, la triple tiara papal, el anticuado *pallium*, que lucía sobre una casulla blanca, y el *mantum* rojo, una capa tan larga e incómoda que había dejado de utilizarse a partir del Concilio Vaticano II. Y el bastón que sujetaba con la mano derecha no era la férula papal moderna coronada con un crucifijo, sino el antiguo báculo, el bastón pastoral en forma de cayado de pastor.

—¿Qué está pasando? —murmuró Murphy.

De pie ante el altar, Pole contempló la iglesia vacía. Su público no estaba físicamente presente. Sino en el éter, alimentado por las cámaras de televisión.

La música fue apagándose y Pole habló por un micrófono.

—Buenos días a todos —dijo—. Me llamo George Pole. He sido hasta hace poco cardenal de la Santa Iglesia Católica Apostólica Romana. Renuncié a mi puesto por amor a la Iglesia y a su gloriosa historia. Una Iglesia católica que ya no es la que yo conocí. Empecé a dejar de reconocerla cuando, siendo joven, abandonó la práctica de la misa en latín. Empecé a dejar de reconocerla cuando dio un vuelco decidido hacia esa supuesta modernidad y ese supuesto ecumenismo que han cambiado el catolicismo, tanto en grandes cosas como en pequeños detalles. Y, sobre todo, he dejado de reconocerla durante el actual papado, en el que la Iglesia se ha convertido en un vehículo más del bienestar social que del bienestar del alma eterna. Debido al amor perdurable que me inspiran las tradiciones profundamente enraizadas y los puntales teológicos de la Iglesia, comprendí que no podía seguir siendo una pieza del engranaje en el que se ha convertido la Iglesia.

Cal soltó una carcajada. Pole había utilizado esa misma frase para describir su papel en lo que quisiera que fuese aquello.

—Cuando reflexionaba sobre mi destino, descubrí que no tenía una visión clara de lo que estaba por llegar. Lo único que sabía era que no podía seguir por ese camino. Y entonces se produjo un suceso milagroso, un suceso que apunta de forma categórica y definitiva hacia la gloria y la sabiduría de nuestro Dios todopoderoso. El Señor nos ha mirado desde el cielo y ha extendido su mano para tocar a tres adolescentes de rincones muy alejados del planeta. Esas chicas eran puras y vírgenes. Chicas sencillas. No venían de entornos de riqueza y privilegios. Y a pesar de su virginidad (verificada no solo por expertos de sus propios países, sino también por el doctor Richard Benedict, presidente del Colegio de Obstetricia y Ginecología de Estados Unidos, en un informe que pretendo hacer público hoy mismo), repito, a pesar de su virginidad, esas chicas, llamadas todas ellas María, se quedaron embarazadas. Vieron una luz divina y oyeron que la voz de Dios les decía: «Has sido elegida». Y esas chicas han dado a luz a tres varones a los que han decidido poner por nombre Jesús. Jesús Ruperto, Jesús

Juan y Jesús David. ¿En qué se diferencian, os pregunto, estas tres Marías de María de Nazaret, la madre de Jesucristo? Yo, la verdad, es que no encuentro ninguna diferencia. Hace dos milenios el mundo necesitaba un salvador y el Espíritu Santo nos lo brindó. Jesucristo sigue caminando entre nosotros, aunque somos pocos los que vislumbramos su presencia. ¿Qué ha hecho, pues, el Espíritu Santo? Nos ha regalado tres nuevos Hijos de Dios para que caminen físicamente entre nosotros y nos den consejo, tres nuevos Hijos de Dios para renovar la Iglesia y reforzar el mensaje de los Evangelios. No podemos permanecer ciegos ante estos recién nacidos. Yo no pienso permanecer ciego. Porque han llegado en un momento en el que la Santa Madre Iglesia necesita una renovación, y yo ya no creo que dicha renovación pueda llegar desde su interior. Tiene que llegar desde fuera. La Santa Iglesia Católica Apostólica Romana ha perdido su relevancia. Por esta razón he aceptado el cargo de papa de una nueva Iglesia, una Iglesia asentada en las antiguas tradiciones, una Iglesia que se preocupa por vuestra alma, no vuestra política; una Iglesia para ricos y pobres; una Iglesia para una nueva era, consagrada a Jesucristo nuestro Salvador, consagrada a la Virgen María, Madre de Dios, pero también a Jesús Ruperto, Jesús Juan y Jesús David, y a las tres Marías, sus Santas Madres. Y para ello he adoptado el nombre de Pedro, papa de la Nueva Iglesia Católica.

—¡Joder, menudo mamón! —soltó Murphy.

Cal opinaba lo mismo, pero dijo:

—Jamás te había oído decir tacos, Joe. Debe de ser la influencia de Jessica.

—Está sacando todo el Galway que llevo dentro.

Pole hizo una pausa, imaginándose tal vez que su público prorrumpía en aplausos. Miró entonces hacia los transeptos y continuó:

—Y ahora, me gustaría que el mundo conociese a la fuente de nuestra inspiración, a nuestras Marías y sus recién nacidos.

La música de órgano volvió a cobrar volumen y María Aquino, María Mollo y Mary Riordan hicieron su entrada en el ábside con sus respectivos bebés en brazos. Las chicas vestían atuendos idénticos: blusa de manga larga de color blanco, falda negra por debajo de la rodilla y zapatos negros planos. Los bebés también vestían de forma idéntica, con camisola blanca, y estaban envueltos en arrullos de color celeste. Las dos Marías sonreían, pero Mary Riordan parecía harta y malhumorada.

—Fíjate en nuestra muchacha irlandesa —dijo Murphy—. Tiene cara de estar tan feliz como yo cuando me hicieron la foto para la prueba de vida.

Pole bajó del altar y se situó entre las chicas. Debía de llevar un micrófono de solapa, puesto que su voz siguió sonando perfectamente amplificada.

—La Iglesia Católica Antigua, como la denominamos ahora, se encolerizará. Reclamará a gritos nuestra sangre. Nos declarará herejes. Nos llamará sacrílegos. Pero ni nos silenciarán ni nos amedrentarán. Nuestros cimientos son sólidos y duraderos como una roca. Nuestros cimientos son nuestras nuevas Vírgenes Marías y nuestros nuevos Niños Jesús. Y yo, el papa Pedro de la Nueva Iglesia Católica, invito a los miembros de la Iglesia Católica Antigua, sacerdotes, monseñores, monjas, obispos, e incluso a arzobispos y cardenales, así como a todos sus fieles devotos, a sumarse a nosotros. Invito asimismo a sumarse a nosotros a los miembros de todas las fes cristianas protestantes y doctrinas fundamentales. De hecho, invito a los miembros de cualquier creencia (judíos, musulmanes, budistas y otros) y a las personas que se declaran agnósticas y ateas a abrir su corazón al milagro del nacimiento virginal que podéis ver con vuestros propios ojos. Sumaos a nosotros.

—¿Piensas apuntarte, Joe? —preguntó Cal.

—¿Dónde me alisto?

—Esta magnífica catedral en la que hoy nos encontramos no tardará en ser consagrada por mí mismo y pasará a ser conocida como la Catedral de las Santísimas Nuevas Vírgenes María. Ese día celebraré una misa, una misa en latín. La localización de la catedral se hará pública en su momento y acogeremos la llegada de los fieles. Nuestras Marías y sus bebés estarán presentes para celebrar la misa con nosotros. Que Dios os bendiga.

Cuando la transmisión se cortó, Cal espetó:

—Mierda. ¿Qué acabamos de ver?

Murphy permaneció en la silla y negó con la cabeza con incredulidad.

—Últimamente me he aficionado a las bebidas fuertes. ¿Es demasiado temprano?

—Es demasiado temprano incluso para mí —dijo Cal—. ¿No te gustaría ser una mosca en la pared del Vaticano ahora mismo?

En la oficina privada del papa Celestino apareció efectivamente una mosca y el cardenal Da Silva la ahuyentó de un manotazo cuando se le acercó a la cara. Habían visto la transmisión con la hermana Elisabetta, que había pedido al personal de la secretaría del papa que retuviera todas las llamadas. El constante sonido del teléfono con llamadas de altos cargos de la Iglesia y de ministros del gobierno que intentaban ponerse en contacto con el pontífice los estaba distrayendo.

—La única persona con la que quiero hablar es Carla Condorelli —había dicho Elisabetta—. Averiguad dónde está.

Al parecer la jefa del gabinete de prensa del Vaticano estaba ausente aquella mañana, asistiendo a una reunión de la escuela de uno de sus hijos.

—Tenía la impresión de que no habíamos oído aún la última palabra de George —dijo el papa.

—Sí, pero nadie se esperaba esto —añadió Da Silva.

—Tampoco es del todo inesperado —declaró Elisabetta—.

247

Hay que recordar que fue él quien estuvo detrás del encuentro del profesor Donovan con las chicas.

—Pero ¿un papa? —exclamó Da Silva—. No solo tiene la desfachatez de proclamarse papa, sino que además adopta el nombre de Pedro. ¡Ni siquiera Pedro II!

El papa suspiró y se levantó para prepararse un café. Elisabetta se ofreció a ayudarlo, pero él lo rechazó con un gesto. Disfrutaba con la sencilla tarea de elegir una cápsula e introducirla en la máquina.

—Veo que estás molesto, Rodrigo —dijo—, pero debemos poner esto en perspectiva. No es el primer ejemplo de una escisión en el catolicismo. El último informe que leí afirmaba que más de veinte millones de personas pertenecen a denominaciones católicas cismáticas. Y George no es el primero de los *episcopi vagantes*, los obispos errantes.

—El nombre que ha elegido para su secta resulta bastante curioso —apuntó Da Silva—. La Nueva Iglesia Católica. ¿No debería ser más bien la Iglesia Católica Antigua, si tanto se queja de que nos hemos desviado de las tradiciones?

—Bueno, es a nosotros a quienes llama Iglesia Católica Antigua —dijo Celestino, mientras se cargaba la taza de azúcar y leche entera ante la mirada de desaprobación de Elisabetta—, y coincido contigo en que el apelativo resulta tan curioso como desinformado. Es posible que no esté al corriente de que fue el nombre que adoptó una secta que se escindió en el siglo XIX. Los seguidores de la Iglesia Católica Antigua no estaban conformes con las decisiones tomadas por el Concilio Vaticano I. ¡Les parecían demasiado conservadoras! El mundo no para de girar, ¿verdad?

—Sí, pero ¿ha habido alguna vez un grupo escindido que haya vinculado su formación a una nueva cosecha de Niños Jesús? —preguntó Da Silva.

El papa sonrió, bien como respuesta al cardenal secretario, bien por el dulce café con leche.

—Reconozco que es inusitado.

—¿Qué quiere que hagamos, santo padre? —preguntó Elisabetta—. Debemos dar una respuesta.

Y como si aquella frase fuera su pie, en ese momento llegó Condorelli, que se disculpó enseguida por su ausencia.

—¿Está al tanto de todo lo que acaba de pasar? —inquirió Elisabetta.

—Venía escuchándolo en la radio del coche —respondió—. Casi me estrello. Una situación excepcional.

Elisabetta la miró con aire desafiante.

—¿Eso es todo lo que tiene que decir?

—Es todo lo que tengo que decir delante del santo padre.

El papa tomó la palabra.

—Nuestra respuesta debe ser firme, por supuesto, severa, incluso. Pero tengo la sensación de que transmitir la imagen de que estamos ansiosos sería un error. Debemos mostrarnos respetuosos, no tanto por George Pole como por las chicas. Su condición sigue siendo una cuestión abierta. Sin embargo, lo que es incuestionable es que son jóvenes e inocentes. No estamos en posición de decir cómo concibieron a los bebés. Carla, escribe una nota de prensa y haz circular el borrador entre nosotros. Y, Elisabetta, infórmame en cuanto tengas noticias del profesor Donovan sobre los resultados de las muestras de ADN.

Cal estaba terminando su largo día como más le gustaba, sentado en un sillón de cuero de respaldo alto en su biblioteca, leyendo un libro en latín y tomando vodka en una bella copa de cristal tallado. En su casa de Cambridge, situada en una calle flanqueada por árboles y habitada por más profesores que seguramente cualquier otra calle de Estados Unidos, reinaba la tranquilidad. Era la época del año en la que no eran necesarios ni la calefacción ni el aire acondicionado; el silencio en las casas era absoluto, ni siquiera había vibraciones.

El insistente timbre del móvil rompió la paz. Cuando vio que era una llamada de Jessica, bebió otro trago de vodka. Era evidente que su penitencia no había sido suficiente y se preparó para recibir otra tunda de azotes por sus pecados.

—Hola, Jessica. Te pido de nuevo perdón por lo de Nantucket.

—Lo tengo más que superado, Cal. ¿Pensabas que te llamaba por eso?

—Se me ha pasado por la cabeza.

—Pues no debería ser así. Joe Murphy me dijo que te perdonara y lo he hecho.

—¿Te lo dijo en confesión?

—No, tomando copas. Bueno, el caso es que acabo de recibir los resultados de las pruebas de ADN.

—¿Sí?

—¿Estás preparado para oír algo raro de narices?

22

Cuando estaba solo, como esa noche, Cal solía acostarse hacia la una de la mañana o incluso más tarde, y ayudado por su espíritu animal, el ganso —como el de su amado Grey Goose— escondía la cabeza bajo el ala y se quedaba dormido rápidamente. Pero los resultados de las pruebas de ADN que le había comunicado Jessica lo habían excitado de tal manera y eran tan provocadores que le resultaba imposible plasmarlos en un mensaje de correo, razón por la cual decidió quedarse levantado hasta las dos y media para llamar al cardenal Da Silva a la hora que sabía que llegaría a su despacho del Vaticano.

—Sí, el santo padre ha estado preguntando por los resultados de las pruebas de ADN —dijo Da Silva—. Pero en tu casa es tremendamente tarde, ¿no?

—No podía dormir.

—De acuerdo, pues, cuéntame.

—¿Recuerda que obtuve muestras de saliva de cada bebé y muestras de pelo de cada madre?

—Lo recuerdo.

—Vale, pues ahí va: el ADN de los bebés es idéntico.

—¿No similar sino idéntico?

—Son trillizos idénticos, nacidos de madres distintas —dijo Cal.

—No me esperaba eso.

—Yo tampoco.

—¿Y las madres?

—Ninguna comparte ADN con los bebés. Las madres y los bebés son completos desconocidos a nivel biológico. Sin ningún parentesco genético.

—¿Y eso qué significa?

—Significa que ya entenderá por qué no podía dormir. Supongo que la única forma de empezar a responder a esa pregunta es formulando otra: ¿cómo habría sido el ADN de Jesucristo de haber podido realizar una prueba?

Se produjo una pausa prolongada que Cal no interrumpió. Imaginó que el cardenal estaría poniendo en orden sus pensamientos.

—Tendríamos que regresar al siglo IV para responder a eso —dijo por fin el cardenal.

—Al Primer Concilio de Nicea —apuntó Cal.

—Correcto —continuó el cardenal—. Fue en ese encuentro donde se dilucidó la doctrina de la encarnación, que sostiene que Cristo era plenamente Dios, engendrado pero no creado por el Padre, y plenamente humano, su carnalidad procedía de la Virgen María. ¡De manera que lo primero que diría, profesor, es que Jesucristo debió de tener un ADN! Era carne y sangre. Nació, se hizo hombre, puso en práctica su vocación de predicador y fue asesinado por ello con una muerte de lo más mortal. Y en cuanto a la cuestión de la maternidad y la paternidad, estamos seguros de que María fue su madre. La Biblia es clara como el agua en lo relativo a este punto. Y, por el Evangelio de san Mateo, estamos seguros de que el padre no era el esposo de María, José, sino el Espíritu Santo.

Cal tenía su Biblia abierta en el apartado en cuestión, y leyó en voz alta:

—Mateo uno, versículo veinte: «Pero, apenas había tomado esta resolución, se le apareció en sueños un ángel del Señor que le dijo: "José, hijo de David, no temas tomar a María como esposa, porque la criatura que hay en ella viene del Espíritu Santo"».

—Sí, ahí lo tienes —dijo Da Silva—. Entonces tendrás que complacerme con un experimento mental que honestamente puedo decir que no había llevado a cabo nunca. Para que la ciencia de la genética sea aplicable, solo pueden darse las posibilidades siguientes: que el ADN del Espíritu Santo se combinara con el ADN de María para dar como resultado a Jesucristo, el ser mortal; que todo el ADN de Jesucristo proviniera de María; que todo el ADN de Jesucristo proviniera del Espíritu Santo; o que todo el ADN de Jesucristo proviniera de un lugar o de un ente totalmente distinto.

Cal tenía a su lado un cuaderno donde había contemplado las mismas posibilidades.

—Podemos tachar la que apunta a que todo el material genético procede de María —dijo—. Jesucristo era varón. María solo podía contribuir con cromosomas X.

—De acuerdo —respondió el cardenal—. Entendido.

—¿Y la idea de que todo el ADN era del Espíritu Santo? —cuestionó Cal—. Supongo que no es una exageración imputar cierta masculinidad a Dios; es el punto de vista tradicional, por muy sexista que sea. Pero ¿qué pasa con el Espíritu Santo, que conceptualmente es un soplo, una brisa, la fuerza vital de Dios en acción? No existen interpretaciones teológicas que insinúen que hubo algún tipo de contacto físico entre el Espíritu Santo y María. De ser así, la concepción no habría sido virginal. Pero ¿puede decirse que un soplo o una brisa poseen algo tan mortal como el ADN? ¿Puede decirse que Dios posee un código genético? Me parece que es ir demasiado lejos, aunque ¿qué sé yo? ¿Y qué pasa si la respuesta es la otredad, que el ADN de Jesucristo procede de algo totalmente distinto? Esta posibilidad quedaría también fuera del reino de la ciencia tal y como la entendemos.

—¿Qué conclusión obtenemos, pues, de los resultados de las pruebas de ADN, Cal?

Cal miró pensativo su copa vacía.

—Que los resultados de estas Marías y de estos Jesuses son probablemente tan ininteligibles como habrían sido los de la Virgen María, madre de Dios, y de Jesucristo de haber podido realizarse.

Da Silva estaba de acuerdo con él.

—Ahora solo hay que esperar a ver por dónde nos llega el siguiente ataque. A saber dónde quiere ir a parar Pole con todo esto y cuánta gente le seguirá.

—No estoy dispuesto a quedarme sentado a esperar —dijo Cal—. Quiero averiguar dónde está la catedral. Quiero volver allí y enfrentarme a Pole acerca de las chicas. Creo que las forzaron a viajar a Estados Unidos. Creo que son, de hecho, sus prisioneras. Y creo que todo esto apesta tanto que el hedor debe de llegar hasta el cielo.

—Si tan arriba llega ese hedor —dijo el cardenal—, quizá Dios acabe ayudándote.

Antes de acostarse, cumplió su promesa y escribió a Sue Gibney para informarla de los resultados de las pruebas de ADN. Le lanzó también una pregunta. Quería que le dijese dónde estaba la catedral.

Pero, por la razón que fuera, nunca obtuvo respuesta.

La clave para localizar a las chicas tenía que ser George Pole. Cal llegó a esa conclusión a la mañana siguiente, mientras se tomaba el café. Sabía que necesitaba ayuda. Era bueno rastreando pistas sobre secretos medievales en los archivos más polvorientos del mundo, pero descubrir el paradero de gente no ocupaba un lugar destacado en su lista de habilidades. ¿Qué tipo de persona podría ayudarlo en eso? Pensó enseguida en detectives privados y periodistas de investigación. Entró en internet y rápidamente se desilusionó en lo referente a los detectives. La mayoría de ellos solo trabajaban a nivel local. Buscó agencias de detectives en Houston, la ciudad natal de Pole, pero tanto la catedral como Pole podían estar en cualquier parte. A continuación probó suerte con los periodistas. Había algunos periódicos de alcance nacional pero, como con los detectives, los periodistas de investigación generalmente trabajaban en su parcela local. Pensó en el periodista del *New York Times* que lo había entrevistado en Cambridge, pero entonces, por impulso, entró en la página web del *Houston Chronicle* e hizo una búsqueda de George Pole. La ventana de búsqueda se iluminó con docenas de artículos sobre Pole y el nombre de una periodista, Amanda Pittinger.

Hizo clic en el enlace de Pittinger y le envió un mensaje de correo electrónico explicándole quién era y la razón por la que se ponía en contacto con ella. Acabó el mensaje anotando su número de teléfono. No había pasado ni un minuto cuando le sonó el teléfono.

—Soy Amanda Pittinger y pregunto por Cal Donovan.

—Vaya, a eso le llamo yo rapidez —respondió Cal, maravillado.

—Ha escrito usted las palabras mágicas —dijo ella.

—¿Y cuáles son? —preguntó él.

—George Pole.

Amanda Pittinger llevaba años cubriendo toda la información relativa a George Pole. Periodista veterana del *Houston Chronicle*, siempre había considerado que Pole era una fuente de noticias fiable e inagotable. Pole y los medios de comunicación habían mantenido en todo momento una relación beneficiosa para ambas partes. Para los periodistas, sus posturas controvertidas y su forma de exponer sus puntos de vista sin pelos en la lengua eran carne de cañón para los artículos, mientras que para Pole los periodistas eran convenientes megáfonos. Tal vez no hubiera nadie en toda la escena periodística de Houston más próximo al antiguo cardenal que Pittinger, que a menudo obtenía exclusivas a cambio de artículos en portada y en las páginas principales acompañados siempre, claro está, de una fotografía favorecedora de Pole. La simbiosis estaba tan evolucionada que Pittinger tenía incluso en su agenda el número de móvil de Pole, que podía marcar siempre que quisiera.

Pittinger había gastado un montón de tinta en artículos de primera plana que cubrían la renuncia del cardenal, pero en los últimos dos meses Pole no había protagonizado ni una sola noticia y parecía haberse sumergido en esa tierra de nadie que eran las informaciones del pasado. Todo había cambiado de forma dramática después de su aparición detrás del altar de la catedral misteriosa, y el responsable de contenidos del periódico le había suplicado de rodillas a Pittinger —se había arrodillado de verdad en el suelo de la sala de prensa— que le siguiera la pista y consiguiera una entrevista o, a falta de eso, que averiguara dónde estaba la catedral, quién la había construido, etcétera.

Pittinger había tenido que ayudar a su obeso editor a incorporarse.

«Encuentra a Pole, encuentra la iglesia, encuentra a las chicas, Amanda, antes de que haga el anuncio y todo el mundo se entere —le había dicho—. Estoy seguro de que quien escriba ese artículo acabará recibiendo el Pulitzer. ¿Por qué no podrías ser tú?».

Pittinger le dijo a Cal que ya sabía quién era. Había leído el artículo sobre él y las chicas que había publicado el *Times*.

—Y resulta que he estado buscando al buen cardenal, ¿o tal vez debería decir papa?

—¿Y ha habido suerte? —preguntó Cal.

—Ninguna. Empecé por lo más evidente: lo llamé al móvil y me saltó el mensaje de que tenía el buzón de voz lleno. Por lo visto, ha sido menos exclusivo de lo que me había hecho creer en lo referente a dar su número de teléfono. Luego llamé a toda la gente que lo conoce. Y nada. Llevo días devanándome los sesos, pero la verdad es que ya no sé a quién recurrir.

—Yo estuve allí —dijo Cal.

—¿Dónde?

—En la catedral. Con las chicas.

—¡Entonces sabe dónde está!

—En realidad, no.

Le explicó todas las maniobras que habían hecho para evitar que se enterase de la localización.

—Lo único que puedo decirle es que volé unas tres horas cuarenta y cinco minutos desde Nantucket —concluyó.

—¿Y está seguro de que permaneció en Estados Unidos?

—No necesité pasaporte.

—Vale. Espere un momento, que cojo un mapa. —Se levantó sin dejar de hablar—. Un avión privado normal vuela a una velocidad de alrededor de ochocientos kilómetros por hora, y si dice que voló tres horas y tres cuartos, tendríamos un recorrido de unos dos mil novecientos kilómetros. Desde Boston podría haber llegado a las Dakotas, de haber volado en dirección norte, o hasta Nebraska, Kansas o mi estado, Texas. Le dije a mi jefe que lo más probable es que George se quedase cerca de casa.

—Lo cual sigue siendo mucho terreno que cubrir —dijo Cal—. Me cuesta creer que pueda construirse una catedral sin que nadie hable del tema.

—Exacto —contestó Pittinger—. Tienes que contar con bancos, prestamistas, arquitectos, proveedores, cientos de albañiles. Todos los implicados debían de estar sujetos a contratos muy estrictos de confidencialidad.

—Proveedores —dijo Cal.

—¿Qué?

—Proveedores —repitió Cal—. ¿Cómo se construye una catedral?

La línea se quedó en silencio hasta que Pittinger volvió a hablar.

—¿Esta catedral? Con acero. Con grandes cantidades de acero. En el caso Watergate, siguieron el dinero. Aquí seguiremos el acero. Anda que no es usted listo.

—Eso es lo que mi madre les dice a sus amigas.

—Deje que trabaje en esto. Deme un poco de tiempo.

—De acuerdo, pero quiero que me prometa una cosa.

—¿Qué?

—Si lo localizamos, quiero ir allí con usted.

—¿Y por qué quiere regresar? —preguntó Pittinger.

—Porque quiero volver a ver a las chicas. Creo que están retenidas en contra de su voluntad. Creo que intimidaron a sus padres para que las dejaran marchar.

—Es usted una especie de caballero blanco, ¿no? De acuerdo, Cal. Trabajaré con usted. Seguimos en contacto.

Pittinger dejó todo lo que tenía entre manos y fue corriendo a ver al editor de la sección de negocios del periódico, que le recomendó que consultara un listado en línea de todos los fabricantes de acero de Estados Unidos e importadores de acero extranjero, pero, tras una infructuosa mañana de llamadas, acabó sin ninguna pista. Nadie estaba dispuesto a violar la confidencialidad de sus clientes y a contarle a quién vendía sus productos. Pero, en una de esas conversaciones, alguien le mencionó la existencia de los brókers del acero, gente que organizaba acuerdos de compra de acero al por mayor. Y mientras que era posible que un bróker implicado en una compra en concreto no cantara, un bróker rival que hubiera oído rumores sí podía hacerlo. Y así fue como, tras ocho horas de investigación, recibió una llamada de Dwayne P. O'Connor, un bróker de Pittsburg que intuyó que era de los que hablaban con el puro en la boca, puesto que captó un desagradable sonido baboso al otro lado del teléfono.

—Sé perfectamente quién hizo el pedido —dijo el bróker—, porque me jodieron bien en el proceso. Estaba negociando en nombre de un cliente de Nueva York que quería construir un proyecto residencial en Tribeca y tenía el tema casi cerrado con un proveedor alemán cuando nos dejaron en bragas. Apareció otro que por lo visto ofreció una prima generosa a cambio de hacerse con el producto de forma urgente. Y aquello se repitió por todas partes. Acero alemán, acero japonés, acero local. Un único comprador con muchísimas prisas y con los bolsillos muy llenos acabó con todo.

—¿Quién era ese comprador?

—Hillier Construction.

—¿Y dónde se encuentra?

—En Vernon, Texas.

Pittinger lo buscó en Google Maps. Estaba en el oeste de Texas, cerca de la frontera con Oklahoma. A unos dos mil novecientos kilómetros de Boston.

—¿Podría darme la información de contacto de Hillier? —preguntó.

—Por supuesto, pero no les diga cómo la ha obtenido. No podría afirmarlo con seguridad, pero me huelo algo y creo que esa iglesia que sale en las noticias fue el destino de ese acero.

El director general de Hillier colgó a Pittinger no una vez, sino dos. También ella se olía algo y aquello le decía que Hillier seguramente estaba implicado. Cualquier construcción exigía permisos, y los proyectos grandes, como las iglesias para uso público, necesitaban además un montón de permisos, razón por la cual su llamada siguiente fue al ayuntamiento de Vernon, donde en nada la atendió el director del Departamento de Servicios Inmobiliarios.

Pittinger le preguntó acerca de grandes proyectos y permisos de ocupación que se hubieran llevado a cabo y concedido últimamente en Vernon o en el área del condado de Wilbarger, que dependía también administrativamente de Vernon.

—Empezaba a preguntarme si llamaría alguien para preguntar al respecto —dijo el director—. Es usted la primera. Imagino que querrá conocer detalles. Aunque no quisiera, estoy obligado a cooperar con usted. Es documentación de acceso público.

Cal llegó al aeropuerto George Bush de Houston a las diez y media de la mañana siguiente. Amanda Pittinger le esperaba con un pequeño cartel con su nombre en la sala de llegadas. A Cal le gustó de inmediato lo que vio: una rubia guapa de pelo rizado, más o menos de su edad, con botas altas y cazadora vaquera adornada con estrás y pedrería. Esbozaba una sonrisa maliciosa, que utilizó para comunicarle que también a ella le gustaba lo que estaba viendo.

—Hola, colega —dijo ella—, veo que es tan guapo como en las fotos que salen en internet.

—Me alegro de oírlo. No me gustaría nada iniciar nuestra relación decepcionándote, si me permites que te tutee.

Aquello tenía todo el potencial para ser una gran primicia y, en consecuencia, Pittinger había tirado la casa por la ventana y había recibido la aprobación del director de su periódico para alquilar un jet privado con el fin de volar desde Houston al aeropuerto de Wilbarger County, donde les esperaba, a ellos y a un fotógrafo del *Chronicle*, un helicóptero con el que llegarían a su destino.

—¿Había estado alguna vez por aquí? —preguntó Pittinger al piloto del helicóptero mientras le enseñaba la documentación.

—No puedo decir que haya estado, pero sé dónde se encuentra el rancho.

—¿Hora estimada de llegada? —preguntó Pittinger.

—En nada, unos quince minutos. No vamos a aterrizar, ¿verdad?

—¿Podemos? —preguntó Cal.

—No lo sé, señor. Si es una propiedad privada, no se puede. Ahora bien, si tienen autorización, ya es otra cosa.

—No tenemos ninguna autorización —contestó Pittinger—. Nos limitaremos a volar en círculos y tomar algunas fotos.

El terreno era llano y anodino, un mosaico de praderas de color canela y algodonales verdes con regadío artificial. Volaban desde el norte y fue el piloto quien lo vio primero, a una distancia de tal vez ocho kilómetros. El sol estaba bajo en el cielo y su reflejo en los paneles de cristal impactó contra sus ojos a pesar de los cristales polarizados de las gafas.

—Ahí está —dijo, y el fotógrafo empezó a trabajar con dos cámaras, disparando fotos y filmando vídeos.

La foto estrella no era la catedral. La transmisión en directo ya había cubierto ese aspecto. La novedad era lo que la rodeaba: una enorme mansión construida en ladrillo rojo y un gran complejo de establos. Los caballos que pacían en el prado. La inmensa extensión de terreno de pastoreo, parduzco, sin regadío artificial, con rebaños de ganado con cornamenta que pastaban hasta donde alcanzaba la vista.

—Es la casa donde vi a las chicas —le confirmó Cal a Pittinger.

—Un rancho gigantesco —dijo el piloto—. A juzgar por los límites vallados, debe de tener más de dos mil acres. ¿Quién han dicho que era el propietario?

—No lo sabemos —respondió Pittinger—. En el registro consta como Diamond Bit Ranch. Todavía estoy intentando distinguir la estructura de la propiedad. Hay todo un entramado de empresas ficticias. Los abogados del periódico están trabajando en ello.

—Por el nombre, diría que el propietario debe de estar relacionado con la extracción de petróleo y gas. ¿Qué más desean ver antes de que se ponga el sol?

El fotógrafo señaló entonces un movimiento en el exterior de uno de los edificios anexos. Varios hombres estaban subiendo a una comitiva de vehículos todoterreno de color blanco que de pronto se puso en marcha en dirección a la mansión. Los hombres salieron de los vehículos armados con rifles y apuntaron al cielo. El fotógrafo los enfocó con su objetivo de largo alcance.

—Mierda —soltó el piloto—, nos están apuntando.

—Pero esto no es un área de acceso restringido, ¿verdad? —preguntó Pittinger.

—Estamos volando legalmente, pero esto es el oeste de Texas, señora.

Oyeron disparos. Ráfagas de balas que dejaban su trazo en un cielo que empezaba a oscurecerse.

—¡Joder! —exclamó el piloto—. Son disparos de advertencia y me considero debidamente advertido.

El helicóptero cabeceó, aceleró para ascender y se batió en veloz retirada.

De vuelta en el aeropuerto de Wilbager County, se despidieron del nervioso piloto y se dirigieron al avión privado que los llevaría de regreso a Houston.

—Yo no me voy —anunció Cal.

—No me digas —dijo Pittinger, esbozando de nuevo su sonrisa maliciosa.

—Te lo digo —replicó Cal.

—Voy contigo —contestó ella, y le dijo al fotógrafo que entregara las fotografías al editor y disfrutara del vuelo de vuelta a casa a solas.

Esperaron en la minúscula terminal a que una compañía de vehículos de alquiler de Vernon les llevase un coche y compraron unos refrescos y galletas en una máquina expendedora. Pittinger acribilló a Cal preguntas como si fuera el protagonista de uno de sus artículos. Cuando llegó el coche, Pittinger conocía ya toda la historia de su vida, incluyendo el detalle de que no se había casado nunca y era indudablemente heterosexual.

De camino al rancho, y por el bien de la paridad, Pittinger le habló sobre ella. Su primer matrimonio había durado dos meses, pero por aquel entonces tenía solo diecinueve años y, según ella, no lo tenía en cuenta. El segundo duró doce años y ese sí que lo contaba, y mucho, puesto que aún le quedaban dos años de pensión compensatoria por pagar.

—No quiero sonar sexista —dijo Cal—, pero ¿me estás diciendo que tú le pagas a él?

—Pues resulta que sí. La situación es la que es porque yo tengo una cosa que se llama «trabajo» y él tiene otra que se llama «pereza». En estos asuntos, el estado de Texas hace oídos sordos en lo que a la diferencia de géneros se refiere. Si quieres mi consejo, no te cases nunca o, si lo haces, cásate con una chica que sea más rica que tú.

—Tendré en cuenta eso último.

Y por fin le formuló la pregunta que Cal estaba esperando.

—¿Por qué te has metido en esta cruzada? He conocido bastantes ejemplos del típico profesor universitario, pero a muy pocos capaces de descender de su torre de marfil y ensuciarse las manos.

Se estaban acercando al rancho y ella era la encargada de consultar el mapa en el móvil. El terreno era llano y uniforme, y Cal dudaba que hubiera algún cartel indicador.

—Avísame cuando tenga que girar —dijo—. Mira, no es mi intención averiguar cómo se quedaron embarazadas esas chicas, pero son simplemente chicas. Me vuelvo loco de pensar que las están explotando. Lo único que quieren es volver a casa y yo quiero ayudarlas a que vuelvan. No es tan complicado.

—¡Pero, hombre! —Lo miraba con incredulidad—. ¿Estás seguro de que no quieres plantearte firmar un contrato prenupcial?

—¿Por qué lo dices?

—Porque quiero casarme contigo.

Pittinger confiaba en que la salida de la autopista los guiara hasta la catedral, y al final de una larga carretera sin ningún tipo de señalización una caseta de vigilancia con una pareja de hombres armados vino a confirmarles que se hallaban en el lugar correcto.

Cal bajó la ventanilla.

—Hola, buenas tardes. Soy el profesor Cal Donovan. Estuve aquí hace un tiempo. Quería ver al señor George Pole.

Uno de los guardas se acercó a la ventanilla.

—Lo siento, señor, aquí no hay nadie con ese nombre.

—De acuerdo. ¿Y estarán Lidia Torres o Sue Gibney?

Los dos guardas intercambiaron miradas y el que se encontraba junto a la ventanilla le dio la misma respuesta. Tampoco estaban.

—Mirad, chicos, conozco perfectamente la situación y conozco también a las tres chicas, a las tres Marías que viven aquí, y sé además que Torres y Gibney están en la casa. George Pole me invitó en su día al rancho y lo pagaréis caro cuando vuestra gente se entere de que esta noche no me habéis dejado pasar.

Después de otro intercambio de miradas, los guardias le dijeron a Cal que apagara el motor y esperase. Al cabo de diez minutos, apareció una pick-up. Un hombre alto con botas de piel de cocodrilo, cinturón con hebilla adornada con la mítica estrella solitaria del estado de Texas y sombrero vaquero de color crema, salió del vehículo y se acercó al coche de alquiler. Clay Carling era el jefe de seguridad de las instalaciones, un antiguo Texas Ranger que no se tomaba ninguna molestia en disimular su arrogancia.

—Muy buenas. Me llamo Carling. Soy el jefe de seguridad. ¿Qué puedo hacer por ustedes?

Cal repitió lo que ya les había contado a los guardias.

—Sé quién es usted, señor Donovan. El día que llegó aquí en avión no coincidimos, pero me avisaron de su visita. Hoy, sin embargo, nadie me ha avisado de esta.

—Ha sido una cosa espontánea —adujo Cal.

—¿Y usted quién es, señorita?

—Simplemente una amiga que lo acompaña.

—Ya. Miren ustedes, siento decepcionarles, pero hoy no vamos a poder permitirles que accedan a la propiedad.

—Es posible que a George Pole no le guste mucho su decisión —dijo Cal—. ¿Podría llamarlo?

—Ya lo he hecho. Y me ha sugerido que le escriba usted una carta y que se asegurará de responderla.

—No tengo su dirección. ¿Podría proporcionármela?

—Tampoco la tengo yo. Y ahora, si quiere, dé media vuelta con el coche y márchese por donde ha llegado, estaría muy bien. De lo contrario, tendré que llamar al sheriff para que los arreste por violación de la propiedad privada.

De regreso a Vernon, Pittinger le dijo a Cal que comprendía su decepción. Le explicó que, como periodista, estaba más que acostumbrada a que le dieran con la puerta en las narices.

—A lo mejor podríamos intentar entrar de otra manera.

—Si lo hacemos, esos chicos nos pondrán más lucecitas que a un árbol de Navidad. Y la verdad es que no tengo el menor interés en morir aquí.

—¿Y ahora qué?

—Houston queda tremendamente lejos en coche. ¿Qué te parece si lo dejamos para mañana?

—Si es lo que te apetece, ningún problema.

—Me apetece también un buen filete.

—Me apunto a eso.

—Y luego me apetece registrarme en un motel, beber una botella de vino de primera categoría y ver qué pasa después.

—A eso me apunto también.

Randall Anning se había levantado antes del amanecer y ya estaba haciendo ejercicio en el gimnasio privado de su cuartel general en Houston. Su entrenador personal estaba ayudándole a hacer estiramientos cuando entró una llamada de su jefe de gabinete.

—Supongo que aún no habrá visto el *Chronicle* de hoy —dijo su asistente.

—¿Qué cuentan?

—Le vinculan a Pole, a la catedral, a las chicas, a todo.

—No habrán conseguido la localización, imagino.

—Pues resulta que sí, y con fotografías aéreas incluidas.

—Maldita sea. Estábamos a una semana de revelarla. De acuerdo, fin de la sesión. Que se preparen para la mierda que les va a caer encima. Avísame en cuanto llame el presidente Griffith.

—¿Esperaba una llamada?

—Ahora sí que la espero.

—Randy, es usted un zorro astuto —dijo Griffith.

Anning salía del ascensor cuando entró la llamada de la Casa Blanca.

—Pensé que era mejor que no lo supiera antes de los hechos, señor presidente.

—Eso es lo que me dicen todos cuando no quieren que esté al corriente de algo. Negación plausible. Bueno, ese tren ya ha salido. ¿Cuánto tiempo llevaba planificando todo esto?

—Más o menos desde que me enteré de lo de las chicas. Soy tan mayor que no esperaba que se produjera otro milagro como este en lo que me quedaba de vida.

—¿Ha trabajado con George Pole en este asunto?

—Desde el principio.

Siguió a aquello un torrente vertiginoso de palabras.

—Tenía la sensación de que George estaba tramando algo cuando presentó su dimisión. Es un genio. ¡El tipo permuta su puesto de cardenal por el de papa! Y no un papa cualquiera. ¡El papa Pedro! ¿Se imagina todo lo que debe de estar pasando en el interior de esa habitación de motel que Celestino llama despacho?

—Estoy seguro de que habrá visto la declaración del Vaticano. Bastante contenida, a mi parecer. Se guarda las balas en la recámara, por si nuestra iniciativa va ganando terreno.

—Pues cuente conmigo, a nivel no oficial, naturalmente.

No quiero perder muchos votos de los miembros de la Iglesia Católica Antigua. Me encanta ese nombre: Nueva Iglesia Católica. ¿Es usted quien lo ha filtrado a la prensa?

—En realidad, no. Esto nos va a complicar la vida. No teníamos pensado que las multitudes llegaran al rancho hasta la semana que viene, pero nos adaptaremos.

—¡Demonios, Randy, invierta más dinero en esto! Un día de estos tiene que decirme cuánto cuesta una catedral.

Obligado por la publicación de las fotos en el *Houston Chronicle*, Anning adelantó la fecha del anuncio público. La nota de prensa emitida apresuradamente ofrecía los detalles más destacados. En diez días, el papa Pedro de la Nueva Iglesia Católica celebraría una misa en la catedral de las Santísimas Nuevas Vírgenes María de Miracle Ranch, condado de Wilbarger, Texas. Todo el mundo sería bienvenido. La catedral tenía capacidad para albergar hasta ochocientas personas. La multitud restante podría seguir la misa en pantallas de gran tamaño que se instalarían en carpas. La nota de prensa incorporaba indicaciones sobre cómo llegar desde las interestatales 40 y 44, así como las coordenadas GPS.

Menos de seis horas después de que la nota de prensa llegara a los medios, el primer vehículo se plantó delante de la verja de seguridad del rancho. El guardia apostado en el puesto de control contactó por radio con la sala de seguridad, instalada en el sótano de la mansión.

Clay Carling observaba el despliegue de pantallas con las botas de vaquero encima de su escritorio.

—¿Qué hay? —preguntó, aunque sabía perfectamente bien lo que había: una de las pantallas ofrecía la imagen de una furgoneta y sus pasajeros.

—Un cargamento de monjas, por lo que parece —respondió el guardia por radio.

—Bueno, ¿por qué no les preguntas de dónde vienen y qué quieren?

El guardia se acercó a la ventanilla de la furgoneta, intercambió unas palabras y se puso de nuevo en contacto con Carling.

—Son de Oklahoma City. Son... monjas caramelitas, creo que han dicho. Perdón, acaban de corregirme, monjas carmelitas, y dicen que quieren asegurarse de tener asiento en la catedral para la misa. Y que también quieren ver a las chicas y a los bebés. Vienen con agua y comida. Dicen que no darán ningún problema.

—Espera un momento —respondió Cal, mientras cogía el teléfono—. Tengo que hacer una llamada.

El guardia se quedó a la espera charlando con la conductora, una mujer que superaba con creces los sesenta y que era la más joven de las cinco. El joven, que no era católico, estaba nervioso por la presencia de las monjas, y entre los temas de conversación que se le ocurrieron se incluyeron preguntas como si su vestimenta no les resultaba excesivamente calurosa en verano.

La radio crepitó por fin.

—El señor Anning dice que pueden pasar.

—¿Les digo que vayan a la zona de acampada? —preguntó el guardia de seguridad.

—Envíalas a la casa.

Torres las esperaba en el porche de la mansión.

—Hola, buenos días, soy la señora Torres —le dijo a la conductora.

—Y yo la hermana Anika. Que Dios la bendiga por dejarnos pasar.

—Supongo que les gustaría conocer a las Marías.

Anika y las demás monjas lanzaron gritos de alegría.

—Es como un sueño.

—No es ningún sueño —dijo Torres—. Acompáñenme, por favor.

El siguiente coche llegó poco después. Luego otro. Y otro. Ninguno recibió el mismo trato preferente que la furgoneta de las monjas, pero a todos se les autorizó el paso y se les guio hacia la ciudad de tiendas y autocaravanas, un protopoblado que en cuestión de un día se convirtió en un protopueblo que iba camino de convertirse en una protociudad. Tener un multimillonario detrás del proyecto resultaba de gran ayuda. Anning no había reparado en gastos para disponer de electricidad, agua corriente e incluso conexiones con la red de alcantarillado. Para los que no llevaban provisiones, o no en cantidad suficiente, un supermercado local estaba montando una tienda en un edificio tipo almacén donde se vendería de todo, desde comida hasta bombonas de gas propano. El rancho era tan grande que la floreciente comunidad ni siquiera alcanzaba a ver la mansión, aunque la aguja de la catedral sí que era visible para todo el mundo. El día de la misa, y pensando en todos aquellos que no pudieran caminar el kilómetro y medio que separaba el campamento de la catedral, una flota de autobuses lanzadera proporcionaría transporte hasta la iglesia y el resto de los asistentes podría quedarse en el poblado para seguir la ceremonia a través de pantallas gigantes instaladas como en un estadio.

En la mansión, Torres subió en ascensor con las monjas hasta la tercera planta. Omitió advertir a las chicas de la visita, un detalle que, considerándolo en retrospectiva, fue una mala idea.

Cada una de las chicas tenía sus motivos para sentirse molesta al ver que cinco monjas se acercaban por el pasillo. En el caso de María Aquino era porque las monjas de su escuela, aprovechando la menor excusa, pegaban a menudo a sus compañeras y a ella. En el caso de María Mollo, porque las monjas visitaban de vez en cuando su barriada para llevarse a los niños no deseados y darlos en adopción a familias adineradas de Lima, Arequipa y Trujillo. Y en el caso de Mary Riordan, simplemente porque no le gustaban. La irritaban por motivos que se sentía incapaz de expresar derivados de la denigración categórica de cualquier figura de autoridad por parte de su padre.

Cuando vio que las chicas se escabullían como cucarachas que huyen cuando se enciende la luz, Torres dijo:

—Sue, ve a buscarlas y llévalas al salón. ¿Por qué se esconden?

—No esperaban visita —respondió Sue—. No han visto a nadie desde que llegaron. Tal vez sea por eso.

—Bueno, tampoco sabía que iban a venir las hermanas. Querían conocer a las chicas.

Otra vez hablando en plural. Para Sue, el concepto de «ellos» y «ellas», de la gente que actuaba entre bambalinas, resultaba crispante. Aquel hombre, George Pole, que acababa de emerger a la superficie, debía de ser uno de «ellos». Tras el breve encuentro que había mantenido con él en la mansión el día de la visita de Cal Donovan, Pole había reaparecido por allí con motivo de la filmación del vídeo de la catedral y Sue había sentido escalofríos solo de verlo. Los aduladores no le gustaban y aquel hombre, con su nube opresiva de loción para después del afeitado y esa sonrisa siempre dibujada en la cara, era adulador a más no poder. Y peor aún, no había demostrado ni una pizca de interés por ella como persona. Era una simple criada.

Torres acompañó a las monjas al salón mientras Sue negociaba. Las chicas formaron un frente unido en firme oposición a una orden de arriba. No solo estaban en contra de ver a los pingüinos —un término aportado por Mary—, sino que además los bebés estaban durmiendo la siesta y ellas querían descansar. Parlamentaron entre ellas un minuto, empleando una combinación de un poco de inglés, un poco de español, un poco de lengua de signos y otro poco de las expresiones faciales que habían desarrollado como medio de comunicación, y Mary Riordan tomó la palabra como negociadora elegida entre todas.

—Lo haremos solo con ciertas condiciones —le dijo a Sue.

—Que me encargaré de comunicar debidamente a la señora Torres —respondió Sue, fingiendo seriedad.

—Primera condición, queremos ración doble de pudin los próximos tres días —dijo Mary.

—Tomo nota.

—Segunda condición, queremos montar a caballo mañana por la mañana.

—Apuntado —dijo Sue.

—Y tercera condición, no queremos ir a esa misa del domingo que viene.

Sue sacudió la cola de caballo.

—La condición número tres será complicada. De hecho, por lo que le he oído decir a la señora Torres, será imposible. Se supone que es vuestra fiesta de presentación.

—Es una puta misa, no una fiesta —dijo Mary.

—Es un decir. Aun así, olvidaos de la número tres.

—No queremos ser elementos decorativos de ese papa tan repugnante. ¿Tú lo has olido? Me parece que llevaba perfume.

—Te entiendo, pero olvídate de la condición número tres. Te lo digo de verdad.

Mary corrió a comentárselo a sus compañeras y volvió enseguida a la mesa de negociación.

—Minion e Ígor están conmigo. Accederemos si hay doble ración de pudin toda la semana y si podemos montar a caballo también toda la semana.

—Transmitiré vuestras peticiones.

Sue acorraló a Torres y la alejó de las monjas para comentarle el trato.

—Mira, Sue, creo que hacer estas concesiones no es buena idea. Solo servirá para que se envalentonen y nos vengan con más exigencias en el futuro.

—Son tonterías —replicó Sue—. Las he aceptado para rechazar su exigencia de no asistir a la misa.

—Dios mío. Eso sí que sería un desastre.

—Las chicas están cautivas y lo saben. Empiezan a rebelarse. Es comprensible. Deles un poco de control sobre su entorno y verá los beneficios.

Después de un brusco movimiento de aspiración y espiración, Torres tomó de nuevo la palabra.

—Diles que sí y tráelas con los bebés al salón.

Las chicas se presentaron ante un público de monjas ancianas como prisioneros ante sus inquisidores, sin levantar la vista y con los recién nacidos en brazos. Las monjas cayeron de rodillas como si las hubiera golpeado un rayo y se pusieron a rezar con devoción. La hermana Anika parecía bastante ágil, pero, en cuanto las tres septuagenarias —sobre todo a la más obesa— y a la frágil octogenaria, Sue sospechó que tendría que ayudarlas a incorporarse.

Las monjas empezaron a entonar el ángelus y, durante la escena, Torres sorprendió a Sue y Mary intercambiando rápidamente un resoplido de exasperación.

Anika: «El ángel del Señor anunció a María».

Todas: «Y ella concibió por obra y gracia del Espíritu Santo».

Todas: «Santa María, llena eres de gracia, el Señor es contigo. Bendita tú eres entre todas las mujeres, y bendito es el fruto de tu vientre, Jesús. Santa María, Madre de Dios, ruega por nosotros, pecadores, ahora y en la hora de nuestra muerte. Amén».

Anika: «He aquí la esclava del Señor».

Todas: «Hágase en mí según tu palabra».

Todas: «Santa María, llena eres de gracia, el Señor está contigo. Bendita tú eres entre todas las mujeres, y bendito es el fruto de tu vientre, Jesús. Santa María, Madre de Dios, ruega por nosotros, pecadores, ahora y en la hora de nuestra muerte. Amén».

Cuando hubieron terminado, la hermana Anika levantó la vista y dijo:

—Santas Marías, estar en vuestra presencia y la presencia de vuestros recién nacidos es el momento más importante de nuestra vida.

Mary Riordan parpadeó y esbozó una sonrisa maliciosa.

—Podrían haber empezado con un «hola».

María Mollo y María Aquino entendieron más o menos lo que acababa de decir Mary y soltaron unas risillas.

Torres murmuró un comentario sobre el sentido del humor irlandés y Sue se encargó de ayudar a las monjas a levantarse del suelo.

Cuando estuvo sentada en una silla, la hermana Consuela, la de más edad, señaló con un dedo artrítico a María Mollo y le dijo en español:

—¿Eres tú la niña de Perú?

María mantuvo una breve conversación con la monja, que le dijo que era una niña muy guapa y que Jesús Juan era precioso. La anciana le recordaba a María a su tía abuela y se mostró respetuosa con ella.

La hermana Henrietta, una mujer enorme que sudaba a pesar del aire acondicionado, localizó el lugar más fresco justo debajo de una salida de aire. Movió la mano dando la bendición a cada bebé.

—Jesús David, Jesús Juan, Jesús Ruperto. ¡Son bebés guapos y gloriosos! Y pensar que estamos en su sagrada presencia…

Pero Mary Riordan no estaba dispuesta a mostrar el mismo respeto que su compañera.

—¿Podría adivinar quién es quién? Si los mezcláramos como un cubo de Rubik, ¿podría volver a colocarlos en su sitio?

—Confío en que podría hacerlo, pero no lo sé —dijo la monja.

—Porque ahora que son casi del mismo tamaño, incluso a las madres nos costaría de no ser por cómo van vestidos.

La señora Simpauco acababa de llegar y estaba traduciendo para María Aquino.

—Yo sí que podría —dijo María—. Jesús Ruperto es el más inteligente y el que tiene la mejor sonrisa.

—No podrías ni harta de vino, Minion —soltó Mary.

Y pisó el pie de la chica filipina con suficiente fuerza como para provocar un chillido y un pellizco en el muslo a modo de venganza.

Sue intuyó que las cosas podían empezar a desmadrarse. Había visto ocasiones en las que aquella competitividad en broma acababa volviéndose desagradable. En consecuencia, se posicionó entre las partes en discordia.

Anika preguntó si podía tocar al bebé de María Mollo, y cuando la chica accedió, la monja posó la mano en la cabeza del pequeño. Cerró los ojos y susurró:

—Morirán por nuestros pecados y nuestra fe renacerá.

Cuando Sue oyó aquello, le espetó con rabia:

—¿Qué acaba de decir?

—Perdón —dijo la monja, retirando la mano—. No era mi intención ofender.

Sue estaba temblando. Las chicas nunca la habían visto enfadada de verdad y se quedaron boquiabiertas.

—No vuelva a decir eso jamás —advirtió Sue a la monja.

—No era mi intención ofender, insisto, pero mi fe es fuerte.

La señora Torres cambió de tema.

—¿Vienen de muy lejos, hermanas?

—De Oklahoma —respondió la hermana Nancy, que emitía un pitido agudo cada vez que respiraba.

—¿Y volverán allí pronto? —preguntó Sue, sin alterarse.

—Oh, no —contestó la hermana Anika—. Pensamos quedarnos para la misa. Queremos asegurarnos de conseguir buen sitio en el interior de la catedral.

—Lo siento —dijo la señora Torres—, pero no me habían contado sus intenciones. ¿A qué tipo de comunidad pertenecen?

—Somos de una comunidad de clausura de carmelitas —respondió Anika—. Le dejamos una nota a nuestra madre superiora antes de irnos.

—¿Ella no estaba al tanto de que pensaban viajar hasta aquí?

—No, no nos lo habría permitido. En la carta le explicábamos que lo sentíamos mucho pero que abandonábamos la Iglesia Católica Antigua para sumarnos a la Nueva Iglesia Católica. Las palabras del papa Pedro nos han llenado de manera inconmensurable.

—Lo más probable es que a la madre Catherine le dé un ataque cuando se entere —añadió la hermana Nancy.

—¿Y piensan quedarse aquí nueve días? —preguntó con incredulidad Sue.

—Hemos pasado por el campamento. Estaremos muy felices instaladas allí —dijo Anika.

Las compañeras de Anika hicieron un gesto de asentimiento.

Y entonces, la señora Torres dejó pasmada a Sue cuando dijo:

—Tonterías. Pueden quedarse en la casa. Ellos quieren que esto suceda. Tenemos muchas habitaciones. —Y añadió, mirando directamente a Sue—: Consideran que a las chicas les irá muy bien estar rodeadas de mujeres de fe.

23

Randall Anning no se cohibía ante las cámaras. Intervenía con regularidad en ferias industriales, en conferencias sobre inversión y en programas de televisión especializados en finanzas como defensor de los intereses de la explotación del petróleo y el gas y, muy en especial, de los de su propia firma, Anning International. Pero, aun cuando esa entrevista iba a tener lugar en territorio conocido, su despacho de Houston, y no se emitía en directo, notó mariposas en el estómago mientras le maquillaban la cara. Era para *60 Minutes*, al fin y al cabo, el programa de entrevistas más respetable y más visto de todo el país, y el entrevistador era ni más ni menos que Harry Stone, el padrino del programa, cuyo pico de oro distraía a su presa del estilete que podía clavarle en cualquier momento. Y Stone era, además, un famoso liberal neoyorquino, de quien cabía esperar que adoptase una postura abiertamente contraria al petrolero texano ultraconservador.

Se encendieron los focos y el cámara principal comprobó la posición para asegurarse de que la calva de Anning no tuviera brillos. Levantó el pulgar hacia el productor, que le preguntó a Anning si estaba listo para empezar.

—Sí, adelante. No tengo todo el día, ya lo saben —respondió malhumorado.

Harry Stone hizo entonces su entrada, con su cabello plateado magníficamente ondulado, su corbata y su traje impecables, el pañuelo rojo de bolsillo como toque de alegría.

—Encantado de conocerlo. —Stone le tendió la mano—. No se levante, por favor. Lo tienen donde quieren que esté. Perdón por llegar tan justo de tiempo. Estaba atendiendo una llamada importante.

—Tal vez estaba esperando a lanzarse sobre mí en el último momento para conseguir el máximo efecto —dijo Anning.

Stone mostró su dentadura con fundas.

—¿Me cree capaz de eso? ¿Cómo prefiere que me dirija a usted?

—¿Qué tal «señor Anning»?

—Señor Anning, perfecto. A mí puede llamarme Harry. Empecemos, si le parece bien. Si en cualquier momento desea hacer una pausa, basta con que me lo diga. Luego lo editaremos.

—Estoy seguro de que editarán todo lo que les salga de las narices para conseguir la historia que quieren —replicó Anning.

—La historia es suya, señor Anning. Nosotros solo le ayudaremos a contarla.

Stone tomó asiento delante de Anning y dirigió un guiño al productor, que se limitó a decir «Grabando» a los dos cámaras.

Stone: De modo que tenemos a tres jóvenes —tres adolescentes, niñas en realidad—, una de Galway, Irlanda; una de Manila, Filipinas; y una de Lima, Perú. Todas se llaman Mary o María, todas aparentemente vírgenes, todas embarazadas. ¿Qué hace un magnate del gas y del petróleo de Texas en medio de todo esto?

Anning: No «aparentemente» vírgenes. Sino demostradamente vírgenes, un hecho certificado por un destacado experto.

Stone: El doctor Richard Benedict, presidente del Colegio de Obstetricia y Ginecología de Estados Unidos. Hemos hablado con él y, sí, cree que son vírgenes.

Anning: Estoy en esto, como usted dice, porque me he tomado en serio, muy en serio, la idea de que esto es una señal, una señal a la que hay que prestar atención.

Stone: Es usted un hombre de fe, ¿verdad?

Anning: Creo que lo soy. Soy católico practicante.

Stone: Y hace tres años, esa fe fue puesta a prueba. Vivió usted un accidente de avión en un lugar remoto y aislado. Murieron varias personas. Y, tras sufrir un auténtico calvario, logró ser rescatado. ¿De qué manera puso a prueba su fe aquella experiencia?

Anning: Recé como un demonio y Dios me escuchó. Fui salvado, tanto en el sentido literal como metafórico.

Stone: Ha dicho que esas chicas son una señal. ¿Una señal de quién? ¿De Dios?

Anning: Absolutamente.

Stone: ¿Y qué le está diciendo esta señal?

Anning: Que Dios considera conveniente renovar el árbol del cristianismo, y muy en especial del catolicismo, enviando de nuevo desde el cielo al Espíritu Santo para que nos traiga no uno, sino tres de sus hijos.

Stone: ¿Y por qué cree que Dios piensa que el catolicismo necesita una renovación?

Anning: ¿No es evidente? En Roma tenemos un papa que está convirtiendo la Iglesia en una agencia global de servicios sociales en lugar de lo que tiene que ser.

Stone: ¿Y eso qué es?

Anning: Una institución religiosa. Una institución que ofrece enseñanzas morales y espirituales, que proporciona a los fieles un camino hacia la salvación basado en los principios de Jesucristo.

Stone: ¿Y no se refiere con ello a su interpretación reconocidamente conservadora de la doctrina católica?

Anning: No solo mía. No soy el único que tiene la sensación de que los valores socialistas de izquierdas se han infiltrado en el Vaticano y han pervertido sus principios básicos fundacionales.

Stone: ¿No es de su agrado la teología de la liberación, la idea de que la gente —la gente pobre— necesita ser liberada de la opresión social, política y económica, antes de poder salvarse?

Anning: La aborrezco.

Stone: Y aborrece al papa Celestino.

Anning: No lo aborrezco. Me da lástima. Pienso que está mal informado, mal asesorado, y que se ha rodeado de hombres complacientes.

Stone: Cardenales.

Anning: Asciende a sus amigos y margina a los que no están de acuerdo con él.

Stone: Como el cardenal Pole, ¿o debería decir el papa Pedro de la Nueva Iglesia Católica?

Anning: Eso es.

Stone: Sé que no le gustó nada que el papa Celestino vendiera obras de arte y esculturas de la colección del Vaticano para ayudar a los pobres.

Anning: Me pareció una traición a las tradiciones católicas.

Stone: ¿Aunque Jesús tuviera mucho que decir sobre la caridad y la ayuda a los pobres?

Anning: Hay otras maneras. Yo, por ejemplo, he donado millones a organizaciones benéficas católicas y millones de personas laicas han contribuido también generosamente a la causa. Bajo mi punto de vista, el patrimonio cultural de la Iglesia no es algo que deba sacrificarse por ningún motivo. Para mí, esa fue quizá la gota que colmó el vaso.

Stone: La gota que colmó el vaso. Muy bien. Entonces usted ve una señal en tres chicas que se quedan embarazadas a través de, si me permite decirlo, una concepción virginal, y decide utilizar sus considerables recursos para apartar a esas chicas de sus hogares, de sus familias, de sus países y llevarlas a un rancho del oeste de Texas.

Anning: Quería asegurarme de que recibían los mejores cuidados posibles, de que tenían las mejores oportunidades para traer al mundo a unos bebés sanos. Y eso es lo que ha pasado.

Stone: Y tomó la decisión usted solo. ¿No con George Pole?

Anning: Pole es amigo mío y mi consejero espiritual. Comenté mis intenciones con él.

Stone: Y ahora se ha convertido en papa. ¿En qué le convierte eso a usted?

Anning: En un amigo del papa.

Stone: Señor Anning, ¿no cree que esto es tremendamente provocador? Ha creado usted una entidad, la llamada Nueva Iglesia Católica, ha colocado a un amigo como el papa Pedro, ha construido una iglesia gigantesca, una catedral, nada más y nada menos que en el oeste de Texas, que no puede decirse precisamente que sea un bastión del catolicismo. ¿No pretende ponerle palos en las ruedas al Vaticano, sin más?

Anning: No, es una reacción adecuada al milagro más grande que se ha producido desde la resurrección de Jesucristo. Es un milagro que se ha producido delante de nuestras narices, real y verificable. Y no se trata de un solo milagro, sino de tres, simultáneos. ¿Y por qué en el oeste de Texas? Pues le explicaré por qué. Soy propietario del terreno. Obtener los permisos fue sencillo. En esta zona tenemos buenos trabajadores en abundancia. Tiene usted razón cuando dice que por aquí no hay muchos católicos, pero esa es la gracia. No vemos la NIC...

Stone: La Nueva Iglesia Católica.

Anning: Eso es. No la vemos como una iglesia que atraerá solo a católicos. Y así lo dijo Pole cuando se dirigió a la nación. La vemos como un destino para todos los fieles:

católicos, protestantes, judíos, todos. Todo el mundo es bienvenido.

Stone: Todo el mundo es bienvenido en su nueva catedral el próximo domingo.

Anning: Donde nuestro papa celebrará su primera misa en presencia de las chicas y sus recién nacidos.

Stone: ¿Cuánto dinero se ha gastado usted en la construcción de la catedral de las Santísimas Nuevas Vírgenes María? Y, por cierto, ¿a quién se le ocurrió el nombre?

Anning: Fue idea de nuestro papa. Las catedrales no son baratas.

Stone: Millones de dólares.

Anning: Desde luego.

Stone: Decenas de millones.

Anning: Desde luego.

Stone: ¿Cien millones? ¿Más?

Anning: Cualquier penique invertido habrá merecido la pena.

Stone: El presidente Griffith es católico. Todavía no ha hecho ninguna declaración. ¿Ha hablado con él?

Anning: El presidente y yo somos amigos. Hablamos de vez en cuando.

Stone: Tampoco él es muy fan del Vaticano, ¿verdad?

Anning: Él, igual que yo, es conservador.

Stone: ¿Ha hablado con él sobre la NIC?

Anning: Jamás haría público el tema de una conversación con el presidente.

Stone: ¿Cómo obtuvieron las chicas los visados para poder entrar en Estados Unidos?

Anning: A través de los canales habituales.

Stone: ¿En serio? ¿A través de los canales habituales? Nos hemos puesto en contacto con el Departamento de Estado y el Departamento de Seguridad Nacional, y sus portavoces nos han dicho que no tenían información acerca de cómo se emitieron los visados. ¿Intervino personalmente el presidente Griffith en su nombre? ¿Estuvo el presidente implicado en toda esta conspiración para traerlas aquí y apretar las tuercas al Vaticano?

Anning: Creo que sería un buen momento para hacer una pausa, Harry.

Cal tenía una mano en torno a un vodka con hielo y la otra sobre el pecho derecho de Jessica. Estaba llevando a cabo aquella hazaña de ambidextría un domingo a última hora de la tarde, sentado en un sofá de su casa, rodeándola con un brazo.

—¿Te apetece salir o ver la tele? —preguntó ella.

—Las dos cosas, evidentemente. Ahora voy yo.

Acababan de ver la entrevista de Stone a Anning y, después de la pausa para publicidad, era el turno de la entrevista de Stone a Donovan. Harry Stone y la gente de *60 minutes* lo habían filmado en Cambridge hacía tan solo tres días, razón por la cual la edición había sido muy rápida y Cal tenía ganas de ver cómo había quedado. Creía que había ido bien, aunque con ese tipo de cosas nunca se sabía. Se había formado ya una firme opinión sobre cómo había ido la entrevista con Anning. Jessica y él coincidían en que el desenvuelto y antipático multimillonario texano había transmitido la imagen de un desenvuelto y antipático multimillonario texano.

—Bastante capullo, ¿no te parece? —dijo Jessica.

—No es un tipo con el que me tomaría una copa, la verdad —contestó Cal.

—Por Dios, Cal, tú te tomarías una copa con cualquiera.

—Sí, es probable. ¿Qué crees que pensará la gente de mí?

—Que también eres bastante capullo, imagino. Más guapo, pero capullo de todos modos. Y deja de tocarme la teta para que pueda ir a por más patatas fritas.

A Cal no le gustaba verse en pantalla, aunque le parecía

que daba bastante bien. No había que ser un hacha para adivinar que a Harry Stone le gustaba Cal mucho más que Randall Anning. La cara del periodista se había mostrado mucho más benévola durante la entrevista, las sonrisas habían sido más frecuentes, las preguntas más amistosas en general. La idea era ser el contrapunto de Anning, un académico objetivo con una visión sobre dónde se ubicaba la secta disidente en la historia de los cismas de la Iglesia, un confidente del papa Celestino y una persona que había conocido a las tres Marías. Mientras veían la entrevista, Jessica le dijo que transmitía la sobriedad de un juez —«Nada que ver con cómo estás ahora»— y Cal brindó por el comentario llenándose de nuevo la copa. Sin embargo, cuando Stone le formuló una pregunta sobre las chicas, había respondido con más pasión.

«Mire, carezco de una explicación racional para los embarazos. ¿Son milagros? No soy yo el que tiene que decirlo. Pero lo que sí puedo decirle después de haberme reunido con ellas y con sus familias es lo siguiente: esas chicas fueron arrancadas de sus hogares en contra de sus deseos. Coaccionaron y sobornaron a sus familias, todas extremadamente desfavorecidas, para que las dejaran marchar. La madre de Mary Riordan falleció en circunstancias que está investigando la policía irlandesa. Creo que las chicas están siendo utilizadas como marionetas por la gente que hay detrás de la Nueva Iglesia Católica y pienso que todo esto apesta».

«Apesta», repitió Stone.

«El hedor debe de llegar al cielo».

—Eso te sacó de tus casillas —dijo Jessica, deslizando la mano hacia la entrepierna de Cal—. Bravo.

—No me dejaron volver a ver a las chicas. Estaba cabreado.

—Vamos, pues. —Jessica tiró de él para levantarlo del sofá—. Utiliza un poco de esa agresividad conmigo.

Estaban en modo letargo postcoital cuando sonó el teléfono fijo.

—¿No piensas cogerlo? —refunfuñó Jessica tras el cuarto ring.

—En el teléfono de casa solo recibo llamadas publicitarias.

—¿Un domingo por la noche?

Estiró el brazo para coger el teléfono de la mesita de noche. Era un número desconocido.

Se oyó la voz de un hombre.

—Hola, ¿hablo con Calvin Donovan?

—Sí, ¿quién llama?

El hombre parecía nervioso.

—Me llamo Steve Gottlieb. Siento molestarle. He encontrado su teléfono de casa. Acabo de verlo en *60 minutes*. Creo que deberíamos reunirnos. No quiero hablar mucho por teléfono.

—Pero ¿de qué está hablando? —Cal estaba a punto de colgar—. ¿Reunirse conmigo para qué?

—Para hablar sobre las chicas. Las Marías. Hay algo que debe escuchar.

24

Cal no era muy de centros comerciales y, desde su punto de vista, el Connecticut Post Mall de Milford, Connecticut, no se diferenciaba de cualquier otro amasijo impersonal de grandes superficies y plazas de aparcamiento. El día después de que saliera a la luz la entrevista en *60 minutes*, dio una clase en Harvard y luego se subió al coche dispuesto a conducir dos horas hasta Connecticut. Por teléfono, Steve Gottlieb le había parecido creíble. Y Cal no habría desperdiciado medio día de haber tenido la menor sospecha de que aquel tipo era un chiflado. Gottlieb se había negado categóricamente a darle cualquier pista sobre el tipo de información que poseía o sobre quién era, y había insistido en que no se fiaba de los teléfonos. Lo que había convencido a Cal de hacer aquel viaje había sido su voz. Porque el miedo, a menos que seas un actor consumado, le había comentado a Jessica, no se puede fingir. Acostados después en la cama, habían hecho una búsqueda en Google y, mira tú por dónde, habían encontrado a un montón de Steve Gottlieb, incluidos más de una docena en Connecticut, si era donde vivía el hombre.

Había poco tráfico y el trayecto desde Massachusetts había sido rápido. Llegó con media hora de adelanto y estacionó en el aparcamiento situado justo delante de la tienda que había mencionado Gottlieb: Buybuy Baby. ¿El tipo tenía sentido del humor? Se lo preguntaría, para romper el hielo. Dentro del centro comercial, Cal encontró un Sbarro y un Starbucks y, cargado con pizza y café, regresó el coche para esperar la llegada del hombre misterioso.

Observó los coches que llegaban en busca del Acura negro que le habían dicho y, justo a la hora en punto, apareció el coche en cuestión y estacionó a un par de filas de distancia de él.

Cal salió del coche y saludó en dirección al Acura. A través del parabrisas, vio que Gottlieb era un hombre de mediana edad y calvicie incipiente. Gottlieb le devolvió el saludo y abrió la puerta.

Acusaba amnesia a partir de la pizza y el café.

El personal de emergencias médicas encontró a Cal sentado junto a su coche, con la cara y los antebrazos cubiertos de pequeños cortes producidos por fragmentos de cristal de seguridad que habían salido volando. Cuando le preguntaron, sabía quién era, el día y la fecha y por qué estaba allí, pero no recordaba nada de lo que había ocurrido.

—Me estaba comiendo un trozo de pizza —dijo, mirando confundido alrededor—. Estaba muy grasienta.

—Qué asco —dijo un médico mientras comprobaba su presión arterial—. Es normal. ¿Quiere intentar levantarse?

—¿Por qué no?

Consiguió tenerse en pie y miró a su alrededor. El aparcamiento estaba lleno de ambulancias y coches de policía. Un camión de bomberos disparaba espuma contra un coche negro destrozado.

—¿Qué ha pasado? —preguntó Cal.

—Ha habido una explosión —le explicó el enfermero.

—¿Algún herido?

—Parece que ha habido una víctima.

Cal se extrajo un cristal diminuto del brazo.

—Había quedado con un hombre que conducía un Acura negro. ¿Es eso un Acura?

El enfermero dijo:

—¿Por qué no vuelve a sentarse mientras voy a buscar un policía para que hable con usted?

Cal se sentó dentro del coche con el aire acondicionado en marcha hasta que un detective dio unos golpecitos al cristal. Cal bajó la ventanilla.

—Señor Donovan, soy el detective Brancatio, de la policía de Milford. Según tengo entendido, había quedado usted aquí con la víctima. ¿Podemos hablar un momento?

Brancatio le pidió a Cal alguna identificación y Cal le entregó el carnet de conducir y el de Harvard. El detective debió de imaginarse que un profesor de Harvard caía dentro de la categoría de individuo poco peligroso, puesto que abrió la puerta y se instaló en el asiento del acompañante para llevar a cabo el interrogatorio en un sitio fresco.

Cuando el detective se acomodó, Cal miró de reojo su bloc: Steven J. Gottlieb, Greenwich, CT. Cuarenta y nueve años de edad.

—Me dice el enfermero que no recuerda el incidente.

—No lo recordaba —dijo Cal—. Pero ahora, sentado aquí, empiezo a acordarme.

—Entendido, ¿y qué recuerda ahora?

—He llegado demasiado pronto. Habíamos quedado a las tres. He entrado en el centro comercial y me he comprado algo de comer, y luego he vuelto a salir para esperarlo.

—¿A quién?

—A Steve Gottlieb.

—Entendido. Continúe.

—Lo he visto llegar en un Acura negro. Me dijo que llegaría en ese coche. Sería mi forma de reconocerlo.

—¿No lo conocía?

—No. Hablamos anoche por teléfono por primera vez.

—Bien. ¿Y qué ha pasado cuando ha llegado?

—He salido del coche y le he saludado con la mano para

que supiera que ya estaba aquí. Ha aparcado en el lugar donde está ahora el coche, imagino. Me ha visto y me ha devuelto el saludo. Y creo que cuando estaba saliendo del coche se ha formado una bola de fuego. No recuerdo el sonido. Lo siguiente que recuerdo es que tenía al enfermero delante. Ha dicho «víctima». ¿Está muerto?

—Sí, está muerto, sin duda. Cuénteme por qué ha dejado de lado todo lo que tuviera que hacer un lunes para coger el coche, venir hasta Massachusetts y reunirse en el aparcamiento de un centro comercial con un hombre al que no conoce.

Cal no se contuvo. Le contó al detective todo lo que Gottlieb le había dicho —que no era gran cosa— y continuó luego con la historia de las tres Marías y su implicación en el tema, incluyendo la entrevista para el programa *60 minutes*. Brancatio escribía un poco más lento de lo que Cal hablaba y el interrogatorio se hizo eterno. Evidentemente, el detective había oído hablar de las chicas (¿y quién no?), pero, para ser un tipo con apellido italiano, mostraba un interés excepcionalmente escaso por los aspectos teológicos del asunto. Además, no paraba de verse interrumpido por notificaciones de mensajes de correo electrónico y llamadas por radio de la central, por lo que Cal concluyó que estaba hasta arriba de trabajo y necesitaba un caso importante tanto como un tiro en la cabeza.

—Así que ¿no tiene ni idea de cómo encaja Gottlieb en todo esto? —preguntó por fin el detective.

—Por eso he venido aquí. Para averiguarlo.

—Y supongo que no tiene ni idea de por qué alguien podría querer meter un artefacto explosivo en su coche.

—Ni la más remota idea. ¿Está seguro de que ha sido una bomba?

—Destinado tres veces a Irak. Se lo aseguro, ha sido una bomba.

Cal declinó el ofrecimiento de someterse a una revisión médica en Connecticut y, tras un viaje de vuelta a casa con un dolor de cabeza insoportable, confiaba en recibir algo de cariño y cuidados. Pero Jessica había salido ya para California en viaje de negocios y tuvo que conformarse con las tiernas atenciones del Grey Goose. Cuando llevaba un cuarto de la botella recién empezada, se había calmado lo suficiente para intentar averiguar todo lo posible sobre Steven J. Gottlieb, de Greenwich.

Las huellas de Gottlieb estaban por todo internet. Al parecer era un personaje relevante en el mundo de las finanzas y el capital de riesgo. Tilos Capital, su compañía, era una firma de inversión importante especializada en el ámbito de la tecnología con sede en Manhattan, y Gottlieb era el socio principal, además de formar parte de una cantidad infinita de consejos de administración. Cal descargó la lista y se preguntó cómo era posible que un solo hombre tuviera tiempo para asistir a tantas reuniones. Por lo visto también tenía un perfil filantrópico y había recibido múltiples galardones y reconocimientos por sus contribuciones a obras benéficas, entre ellas una donación de diez millones de dólares a su *alma mater*, Carnegie Mellon, donde se había graduado en Ingeniería. Su esposa y él pertenecían a una congregación judía reformista de Greenwich, donde colaboraba como administrador. Cal no encontró ningún vínculo que lo relacionara con grupos o causas católicas.

Hizo una pausa y evaluó la situación. Un tipo agradable, al menos por lo que la gente decía públicamente de él, y un tipo rico.

Después de despegarse todas las tiritas que le habían puesto en la cara y los brazos, se duchó y se sirvió otra copa antes de iniciar una búsqueda de antecedentes penales y arrestos por internet. Como no sabía el número de seguridad social de Gottlieb, tuvo que conformarse con un resultado superficial y nada revelador. A continuación buscó publicaciones en Twitter y Facebook. Pese a que Gottlieb tenía una cuenta de Twitter, lo único que incluía eran retuiteos de noticias empresariales de las compañías de su cartera. Su cuenta de Facebook era abierta, pero publicaba solo de vez en cuando. Había fotografías de Gottlieb en compañía de su atractiva esposa de vacaciones, practicando el senderismo y participando en actos benéficos. Tenía una lancha. Se veía que estaba en forma. Si había hijos, no publicaba nada sobre ellos.

La botella seguía vaciándose y le pesaban cada vez más los ojos. Por la noche, soñaría con fotografías de Facebook de un esposo aparentemente cariñoso, que vivía en un barrio residencial y era un capitalista de riesgo de éxito, y en bolas de fuego anaranjadas y gigantescas.

Cal esperó dos días. ¿Cuál era el plazo decente de espera para una llamada como la que pensaba hacer? Seguramente no serían dos días, pero sentía que tenía que averiguar más cosas y, por consiguiente, marcó el número de teléfono fijo que constaba en el listín a nombre de Steven y Beth Gottlieb.

—Buenos días, ¿es la señora Gottlieb? —preguntó Cal a la débil voz que le respondió.

—Sí.

—Siento muchísimo llamarle en un momento como este. Soy el profesor Donovan de Harvard. Estaba allí. Cuando su esposo...

—¿Qué quiere decir con que estaba allí? Disculpe, pero ¿quién es usted?

—Calvin Donovan. Su esposo me llamó el domingo por la noche después de ver mi entrevista en *60 minutes*. Me dijo que quería hablar conmigo.

—¿Sobre qué?

—Sobre las chicas católicas, las vírgenes.

Se produjo una pausa que dejó a Cal en espera.

—¿Steve? ¿Chicas católicas? No sé de qué me habla.

—Si pudiera…

—Profesor Donovan, tendría que hablar de esto con la policía, no conmigo.

Y colgó.

Cal pensó en volver a llamar, pero no lo hizo. Por su voz, la mujer lo estaba pasando muy mal y no quería estropearle aún más la noche.

25

Cuando llegó el domingo, las chicas se habían vuelto prácticamente incontrolables. Lideradas por Mary Riordan, formaron un bloque y se negaron a ponerse los conjuntos blancos que les había preparado la señora Torres. Los bebés también debían vestir de blanco.

—En primer lugar —le dijo Mary a Sue—, no pensamos ponernos esos vestidos feos como el culo, y en segundo lugar, tampoco vamos a vestir a nuestros niños con esos trajecitos cursilones.

—Vestido feo —añadió María Aquino, con un gesto de asentimiento.

Satisfecha con su frase en inglés, chocó los cinco con María Mollo.

—Serán solo un par de horas —dijo Sue—. Y me temo que no es negociable.

—Oh, tú te lo temes, Sue, pero las que vamos a morirnos de vergüenza somos nosotras.

—Probaos los vestidos. Seguro que os sientan de maravilla.

—¿Y estará allí el papa perfumado? —preguntó Mary, tapándose la nariz.

Les había enseñado la expresión a las dos Marías, que empezaron a dar vueltas por la habitación tapándose la nariz y entonando:

—Papa perfumado, papa perfumado.

—Pues seguro. Es la misa del domingo. —Pero Sue sonrió en solidaridad—. Espero que hoy no se pase con esa loción para después del afeitado.

—¿Lo retransmitirán por la tele? —preguntó Mary.

—No lo sé. Es probable.

—Entonces no lo hacemos.

Las campanas electrónicas de la catedral empezaron a tañer.

Sue estaba preparada para esa eventualidad. Había llegado la hora de sobornarlas.

—Muy bien, señoritas, si os portáis bien y sois obedientes como soldaditos, tengo permiso para ofreceros una recompensa muy especial.

—¿Qué recompensa? —preguntó Mary.

—Esta tarde, Pedro os llevará a pasear a caballo por el campo. Dice que os habéis convertido en buenas amazonas. Se ve que a una buena distancia de aquí hay un estanque, y podéis hacer un pícnic y bañaros. Podéis dar el pecho a los bebés antes de iros y la señora Torres y yo nos encargaremos de cuidar de ellos en vuestra ausencia.

Mary y las dos Marías se reunieron en un rincón de la habitación, y tras un intercambio de gestos y palabras sueltas, Mary tomó la palabra.

—Queremos una cosa más.

—¿Qué cosa?

—No queremos que los pingüinos sigan merodeando por aquí cuando volvamos.

—De eso me encargo yo. ¿Trato hecho?

—Trato hecho.

—Entonces poneos, por favor… —Estuvo a punto de decir «vuestros vestidos de Virgen María», pero se contuvo y dijo, en cambio—: Poneos vuestros preciosos vestidos blancos. Os ayudaré con los niños.

Las campanas siguieron sonando hasta las diez de la mañana, la hora de la misa.

Una vez que las chicas estuvieron vestidas y peinadas, Sue se arregló rápidamente. No había llevado mucha ropa buena al rancho, pero hizo lo posible para lucir elegante para la ocasión.

Cuando fue a buscar a las chicas al salón, se encontró con un grupo de gente por el pasillo, caras desconocidas en su mayoría, muchas con vestimenta de clérigo.

Con una serie de «disculpe» y «perdón», se abrió paso hasta el salón, donde las chicas y los bebés se hallaban rodeados por las monjas carmelitas, la señora Torres, varios sacerdotes y tres obispos, uno de los cuales estaba hablando en español con María Mollo. Los clérigos iban vestidos para la misa. Había también un hombre imponente con la cabeza como una bola de billar y traje negro que la conocía, aunque ella no lo conociera de nada a él.

El hombre se le acercó y le tendió una mano rolliza.

—Usted debe de ser Sue Gibney. Soy Randall Anning, el propietario del rancho.

—Encantada de conocerlo —dijo Sue, esbozando una mueca cuando el hombre le estrujó la mano—. Ya me imaginaba que debía de haber un propietario.

—Imaginó bien. Según la señora Torres, ha hecho usted cosas muy buenas por aquí, Sue. La vi en acción en los vídeos, claro. Parece que domina usted el trabajo con el que se gana el pan.

—No puedo quejarme de tres bebés sanos —dijo Sue.

—Tres bebés sanos, felices y santos —añadió él.

—¿Quién es toda esta gente? —preguntó Sue.

—Son sacerdotes y obispos que han desertado de la Iglesia Antigua. Algunos son de por aquí, de Texas y Oklahoma, pero los hay de todo Estados Unidos. El obispo que está hablando con María viene desde Perú. También es un disidente, uno de nuestros miembros de rango más elevado, junto con esos otros obispos. Creo que a las monjas ya las conoce.

—Sí, las conozco.

—El resto de la gente trabaja en mi compañía, son los miembros de mi equipo ejecutivo. Me dedico a la explotación de energías. Conocer a las chicas y a los bebés es como un incentivo para ellos. Hay que mantener el flujo de gas y petróleo. Y ahora, si me disculpa, es hora de que vayamos pasando hacia la catedral. No queremos hacer esperar a nuestro papa, ¿verdad?

En la planta baja de la mansión, Sue intentó caminar con las chicas, pero la señora Torres había preparado una coreografía que la relegaba a la cola de la procesión, junto con la señora Simpauco, la señora White, la profesora de inglés, el doctor Lopez, el pediatra, y el equipo de cocineros y limpiadores de la casa. Anning, la señora Torres y el obispo encabezaban la comitiva bajo la atenta mirada de Clay Carling, el jefe de seguridad de Anning. Les seguían las chicas, que lucían un aspecto curiosamente similar con sus vestidos blancos, zapatos blancos y lazos blancos en el pelo, cada una de ellas con sus tranquilos bebés de ojos azules, idénticos. A continuación iban las monjas, ejerciendo de damas de honor religiosas, luego los obispos, los sacerdotes, los empleados preferidos de Anning ataviados con sus mejores galas y, por último, Sue y el resto del personal.

Era una calurosa mañana de finales de verano y el sol brillaba en todo su esplendor. Los que tenían gafas de sol se las pusieron. De camino hacia la catedral, la procesión pasó por delante de los establos. Pedro y los demás mozos de cuadras se habían vestido de traje y saludaron con la mano a las chicas, que les habrían devuelto el saludo de no ser porque llevaban a los pequeños en brazos.

La resplandeciente fachada verde de la catedral reflejaba el árido paisaje.

La última vez que Sue había estado dentro de la iglesia estaba prácticamente vacía.

—¿Crees que la llenarán, Sam? —le preguntó al doctor Lopez.

Lopez señaló.

—Creo que sí.

Sue vio entonces una larga cola de gente que empezaba en las puertas de entrada, descendía por la escalinata y se perdía de vista en dirección a la pradera. Un grupo de guardias de seguridad uniformados con americanas azul marino se encargaba del control de la multitud e informaba a los que estaban en la escalinata de que no podrían entrar. Empezaron a dar órdenes, a alejar con delicadeza a la gente del edificio para dirigirla hacia una zona con pantallas gigantes donde ya se había congregado un auténtico gentío.

Desde la escalinata, alguien vio llegar la procesión y gritó para anunciarlo. La multitud comenzó a llamar emocionada a las chicas y, como salidos de la nada, aparecieron más hombres con americana azul y flanquearon rápidamente a las Marías, creando un escudo de protección. La procesión se dirigió hacia una entrada lateral, en el transepto, y una vez dentro, disfrutó del ambiente fresco y de la tranquila música de órgano. Todos los bancos estaban llenos, excepto los de las dos primeras filas, que se habían reservado con una cuerda blanca que retiraron a su llegada. La multitud fue guardando silencio y cesaron todas las conversaciones. Las cámaras dispararon sus flashes.

Las tres Marías tomaron asiento en la parte central de la primera fila de bancos, junto con Anning, Torres y las monjas. La hermana Anika tenía asignado un puesto al lado de Mary Riordan, que se alejó de la monja todo lo que pudo sin acabar sentada en la falda de María Aquino. Las chicas buscaron con la mirada a Sue y la localizaron en la fila de detrás. Sue levantó el pulgar con gesto lánguido. Los sacerdotes y los obispos se encaminaron a la sacristía para ayudar a George Pole con sus ropajes. Había múltiples cámaras encargados de filmar la ceremonia que enfocaron a la multitud y prepararon las tomas desde diversas posiciones.

Mientras esperaban a que empezara la misa, Anning charló amigablemente con Torres.

—He hablado con unos cuantos altos ejecutivos de la tele a primera hora de la mañana —dijo—. A ver si adivina la cantidad de telespectadores internacionales que esperan para hoy.

—¿Van a emitirlo en directo? —preguntó Torres.

—Por supuesto. Adivine.

—¿Cincuenta millones?

—Estará usted de broma. Quinientos millones. Quizá más. Será el mayor evento televisivo de la historia. Con diferencia.

—No tenía ni idea. La multitud que se ha congregado aquí es asombrosa.

—Carling me ha dicho que en estos momentos, aquí en el rancho, se han congregado más de cinco mil personas. Es una locura. Creo que debemos de haber alquilado todos los baños químicos y generadores del oeste de Texas. Hemos pedido al condado que tiendan más líneas eléctricas e instalen más servicios que lleguen hasta la finca. Pensé que esto iba a ser grande, pero no tan grande y tampoco tan rápido.

—Bueno, es un gran milagro, señor Anning.

—Lo es, Lidia. Lo es sin lugar a dudas, y es una bendición contar con los recursos para hacerlo realidad.

Mary Riordan dio un capirotazo a María Aquino.

—¡Ay!

Aun estando sentada, Mary hizo su imitación de caminar como un pingüino y la chica filipina no pudo evitar la risita nerviosa. Acto seguido, María repitió la imitación para María Mollo y las tres acabaron partiéndose de risa hasta que las monjas las miraron severamente y muy serias les dijeron en voz baja que se comportaran. Sue volvió a mirar a Mary Riordan y las dos empezaron a intercambiar muecas hasta que Anning se volvió. Su expresión con el ceño fruncido provocó escalofríos a Sue.

La música de órgano se interrumpió y un silencio sepulcral inundó la catedral. Incluso el pequeño JJ, que había estado un poco alborotado hasta el momento, se quedó callado.

Hizo entonces su entrada un sacerdote con un incensario, seguido de otros con cirios encendidos. Uno de los obispos norteamericanos portaba la cruz. El obispo peruano actuaba como lector y llevaba el Libro de los Evangelios y, finalmente, el papa Pedro, con el atuendo papal completo, cerraba la procesión.

No había música, solo el sencillo cántico de un breve introito, el *Gloria Patri*.

«*Gloria Patri, et Filio, et Spiritui Sancto. Sicut erat in principio, et nunc, et semper, et in saecula saeculorum. Amen*».

Pole se había comprometido a resucitar la antigua religión, la misa en latín, y era justo lo que estaba haciendo.

En cuanto el papa Pedro ocupó su lugar en el altar, inició la ceremonia con voz potente y rebosante de orgullo.

—*In nomine Patris, et Filii, et Spiritus Sancti*.

La congregación, que había recibido a la entrada un folleto con el orden de la misa impreso, respondió al unísono con un «amén».

Y Pedro dijo en voz alta:

—*Corpus Christi, salva me. Sanguis Christi, inebria me. Aqua lateris Christi, lava me. Passio Christi, conforta me*.

La misa prosiguió en latín durante casi una hora, y como muy pocos de los presentes en la catedral habían participado en alguna ocasión en la antigua misa tridentina, los congregantes, especialmente los niños, empezaron a inquietarse, igual que las tres Marías y sus bebés, que no paraban de revolverse y sollozar a pesar de todos los esfuerzos de las monjas por mantenerlos quietos. Una cámara estuvo enfocando a las chicas durante todo el rato. El director de producción, encerrado en un pequeño estudio situado en el sótano, operaba bajo instrucciones estrictas de Anning, y estaba eligiendo para la transmisión solo las tomas más favorables. Incluso Anning se sintió aliviado cuando Pedro, después de una breve homilía en la que expuso, con la concisión de quien hace una presentación con viñetas, sus objeciones a la situación en la que se encontraba en la actualidad la Iglesia de Roma, pasó a administrarse el cuerpo y la sangre de Cristo. Después de depositar en el altar el cáliz con el vino de la comunión, el papa se dirigió en inglés a los congregantes.

—Buena gente, ha llegado el momento de que recibáis la sagrada comunión. Antes de adelantaros hasta el altar, estoy seguro de que querréis que primero administremos la comunión a nuestras amadas Santas Nuevas Vírgenes María. Santas Madres, acercaos al altar, por favor.

Mary Riordan susurró a las Marías:

—Se refiere a nosotras. —E imitó el gesto de beber vino y comer una hostia. Mary se levantó y se inclinó por encima del banco hacia Sue—. ¿Pensabas que esto iba a terminar alguna vez?

La hermana Anika tiró de la manga del vestido blanco de la chica irlandesa para arrastrarla hacia el altar y la catedral estalló en un aluvión de flashes.

El sol de la tarde era abrasador cuando Anning y Pole salieron a dar un paseo por los alrededores de la mansión.

Anning iba al estilo de la región, con tejanos, sombrero y botas de vaquero, mientras que Pole vestía el atuendo papal informal, una casulla sencilla de color blanco y zapatillas rojas.

—¿Qué tal lleva hasta el momento lo de ser papa, George? —preguntó Anning.

—A partir de ahora quizá desee dirigirse a mí como «santo padre» o «su santidad» —replicó Pole.

—Ya tengo respuesta —dijo Anning—. Lo lleva estupendamente. ¿Cuánto tiempo piensa que tardará en reclutar a los miembros del colegio cardenalicio?

—No mucho. Tengo montones de cartas y cientos de mensajes de correo electrónico de sacerdotes y obispos. El obispo Ticuna, nuestro amigo de Perú, estará a buen seguro entre los primeros. Pero le diré una cosa, Randy, en la NIC no vamos a tener clérigos homosexuales. Todo el mundo será sometido a una prueba de fuego, y eso significa estudiar a fondo sus antecedentes y seleccionar solo a los mejores.

—Ya sabe que estoy de acuerdo con eso.

—Y los homosexuales no arrepentidos y las mujeres que se han sometido a abortos no recibirán ni la comunión ni los rituales funerarios de la NIC.

—Sabe que también estoy totalmente de acuerdo con eso. Tiene un puesto hecho a su medida. Mucho trabajo para construir una organización de ámbito mundial a partir de cero. Pero no podrá hacerlo solo. Créame. He creado grandes compañías y lo sé. Va a necesitar a gente buena.

—Coincido con usted —dijo Pole—. ¿Cuándo comenzarán las obras de mi Palacio Apostólico? Vamos a necesitarlo más temprano que tarde, además de edificios para las oficinas del NIC y viviendas para los funcionarios. Y una de las necesidades más inmediatas son los confesionarios. Tenemos un campamento lleno de nuevos fieles que querrán confesarse.

—Los confesionarios son baratos, podemos ponernos ya en ello. Pero lo otro, no. Tengo los bolsillos llenos, sí, pero me gustaría que parte de la financiación de nuestro grandioso proyecto viniera de donaciones. Y conseguiremos recaudar mucho dinero, créame. No tema, tengo a mis arquitectos trabajando en un plan maestro para la construcción de... ¿cómo dijo que quería que se llamase el lugar?

—Nueva Ciudad del Vaticano.

—Entendido. Un nombre estupendo. Muy fácil de pronunciar, santidad.

Cuando se acercaron a los establos, Anning maldijo para sus adentros.

—Confío en que no esté pasando lo que creo que está pasando.

Las chicas estaban hablando con uno de los mozos de cuadras mientras otros ensillaban varios caballos.

Anning recorrió con paso acelerado la distancia que lo separaba de los establos, con Pole esforzándose por mantener el ritmo.

—¿Qué está pasando aquí? —gritó Anning.

Sue estaba con las chicas, y Torres, con los bebés.

—Solo van de excursión con Pedro, señor Anning, un recorrido corto, de pícnic y a nadar un poco —explicó Sue.

—¿Con autorización de quién?

—Mía, supongo. Es un premio. Se han portado muy bien.

Mary Riordan estaba ayudando a asegurar su silla. Alzó la vista y dijo:

—Sí, y para seguir con la temática religiosa del día, nos hemos portado como putos angelitos.

—No me gusta ese tono, jovencita —la reprendió Anning.

—Querrá decir Santa Madre —replicó Mary, y le sacó la lengua.

—Vamos, vamos —intervino Pole—. No es forma de comportarte, Mary. El señor Anning os ha dado muchísimo.

—Lo que tú digas —replicó Mary, que volvió a centrarse en la silla.

Anning estaba furioso.

—Señorita Gibney, no pienso permitir que monten a caballo. Es demasiado peligroso. ¿Qué sucedería si cualquiera de ellas sufriera una caída y resultara herida? No, ni hablar.

Pedro dio un paso al frente.

—Disculpe, señor, pero las chicas son buenas amazonas. Y estos caballos son los más mansos. Le garantizo que velaré por su seguridad y volverán sanas y salvas.

—¿Cómo te llamas? —preguntó Anning.

—Pedro, señor.

—Muy bien, Pedro, pues ya puedes ir a recoger tus cosas. Estás despedido. En mi propio rancho nadie me replica de esta manera. Te quiero fuera de mi finca antes de que anochezca. Y en cuanto a usted, señorita Gibney, preséntese en el despacho de la señora Torres en una hora. Hablaremos entonces.

Cuando llegó la hora de bajar a recibir la bronca, Sue les dijo a las chicas que volvería enseguida. Todas lloraban, incluso la durísima Mary Riordan.

—Es la primera y última vez que vamos a una de sus putas misas —dijo Mary, sollozando.

—No digas palabrotas, Mary —contestó Sue al tiempo que la abrazaba con fuerza—. Eres demasiado santa para eso.

Aquel tipo de comentarios solían obtener una carcajada como respuesta, pero esta vez no fue así.

—¿Qué te pasará, Sue? —preguntó María Mollo entre lágrimas.

—Te lo diré cuando lo sepa. Mary, házselo entender.

Mary les dio una explicación con gestos y ambas Marías lo captaron.

—Volveré en cuanto pueda —aseguró Sue.

En el pasillo, las monjas andaban al acecho. Sue les dijo que si sabían lo que les convenía, no entrarían en la habitación de las chicas por el momento.

Anning estaba sentado detrás de la mesa, y la señora Torres, de pie, con los brazos cruzados y vestida con lo que Sue imaginó que era una bata. Le temblaba el labio.

—Siéntese, señorita Gibney —le indicó Anning.

Sue tomó enseguida la palabra.

—Quiero que sepa que la señora Torres no ha tenido nada que ver con la excursión a caballo de las chicas. Ha sido idea mía a cambio de que se portaran bien en la misa. Una zanahoria colgada de un palo. Se han portado bien y se han ganado la excursión.

—Lo entiendo, pero es también responsabilidad de la señora Torres. Es la directora de este lugar. Usted trabaja para ella. Y, en definitiva, la seguridad de las chicas y sus hijos son su responsabilidad. Por lo tanto, no queda exonerada, ¿verdad, Lidia?

—No, señor.

—He visto que las chicas le tienen cariño, señorita Gibney, como debería ser. Ha estado aquí desde el principio. Se encargó del parto de los bebés. Estoy seguro de que es usted una buena persona y de confianza, además. De no haber dado los resultados que ha dado, no seguiría contratada. Pero he aquí la cuestión. No puedo permitir que tome decisiones unilaterales que afecten a la seguridad y el bienestar de las chicas. Necesito que sea una jugadora más del equipo. ¿Está dispuesta a ser una jugadora del equipo?

—Mire, señor Anning, si quiere que me marche, puedo hacerlo. De hecho, se supone que ya debería haberme ido. Lidia me convenció para quedarme.

—No, no quiero que se marche. Es un activo importante para las chicas y lo reconozco. Solo necesito que me garantice que actuará como un miembro del equipo y que consultará con la señora Torres todas las decisiones relevantes.

—Entendido —dijo Sue—, una jugadora del equipo.

Sonó el teléfono. Anning respondió y dio la espalda a Sue y a Torres.

—Sí, señor presidente, ¿qué tal está? Bien, bien, ¿ha visto la misa? Me alegro de que le haya gustado. No, todavía no tenemos los datos de audiencia. Sí, seguro, tiene razón. Serán enormes.

26

La audiencia fue, de hecho, enorme. En total la misa fue vista en directo por quinientos cuarenta millones de personas, noventa de ellos en Estados Unidos.

—Mire qué cifras. —Anning enseñó los periódicos a Pole—. El programa de televisión más visto de la historia. ¡Y eso que fue en latín! Espere a que se lo cuente a Griffith.

El presidente Griffith tomó debida nota y pasó a la acción. Al mediodía del lunes, la Casa Blanca publicó un comunicado del presidente.

Junto con millones de compatriotas norteamericanos, el presidente Griffith presenció la misa que el papa Pedro de la Nueva Iglesia Católica ofició en la maravillosa catedral de las Santas Nuevas Vírgenes María, en el estado de Texas. Y hoy emite el siguiente comunicado: «Como sabéis, Kristy y yo somos católicos. Hemos mantenido nuestra fe incondicionalmente aun cuando las políticas ultraliberales del papa Celestino han cambiado la Iglesia para peor, impulsando una agenda política fallida y restando énfasis a los principios fundamentales de la teología y la moralidad. Hemos mantenido nuestra fe porque sentíamos que no teníamos otro lugar al que acudir para rendir culto al Señor dentro de las tradiciones del catolicismo. Pero esto ha cambiado. Ahora tenemos otro lugar adonde ir.

Por ello, a partir de hoy, Kristy y yo nos sumamos al papa Pedro y nos adherimos a la Nueva Iglesia Católica. Tenemos intención de viajar a Texas el próximo domingo para asistir a la misa que se celebrará en la catedral de las Santas Nuevas Vírgenes María».

Ese mismo día a última hora, Cal recibió un mensaje de texto de Murphy.

Murphy: ¿Has visto la declaración del presidente Griffith?».

Cal: «Sí. ¿Te lo puedes creer?

Murphy: ¿Creer qué? ¿Que sea una herramienta de tamaño gigante?

Cal: Me parece que eso ya lo sabíamos.

Murphy: Tampoco me hacían falta más motivos para odiar a ese tipo, pero esto es la guinda del pastel.

Cal: El peor presidente de la historia. Ya puedes dar gracias a las estrellas por no ser norteamericano.

El papa Celestino no era muy dado a ataques de ira, pero esa noche su viejo amigo el cardenal Da Silva estaba presenciando uno en toda regla. El día anterior, Celestino había soportado la misa de Pole entera. La había presenciado en su sala de estar en compañía de la hermana Elisabetta, bebiendo un café tras otro y poniéndose cada vez más nervioso, hasta el punto de que ella se había visto obligada a desenchufar la cafetera. Había pasado el día lidiando con llamadas urgentes de cardenales de todo el mundo, en las que le informaban de inminentes deserciones de feligreses y le solicitaban orientación. Y, a última hora de la tarde, Elisabetta le había entregado una copia de la declaración del presidente Griffith.

Celestino estaba rubicundo y tenía las venas del cuello hinchadas.

—Estamos en plena crisis, Rodrigo. Tenemos ante nosotros los inicios de un cisma de verdad. Y, mientras gestionamos la situación, habrá que aparcar de manera temporal todos los asuntos que tenemos entre manos. ¡Esto es un desastre!

—Estoy completamente de acuerdo, santo padre.

El pontífice se derrumbó en un sillón y dejó caer las manos sobre su regazo.

—La culpa es solo mía. Tal vez he ido demasiado rápido con mis reformas.

—No, santo padre. Eso sí que no, lo digo rotundamente. La Iglesia que usted ama y yo amo es una Iglesia compasiva, una Iglesia de amor, una Iglesia inclusiva. ¿Cómo es posible que tender la mano a los pobres, a los obligados a dejar atrás sus hogares, a los privados de todos sus derechos, no sean sino actos que el mismo Jesucristo habría defendido? Pole y ese ricachón que se esconde entre bambalinas, Randall Anning, han construido una versión siniestra de la Iglesia. La gente se dará cuenta.

Celestino asintió.

—¿Y qué hacemos?

—En primer lugar, debemos publicar una encíclica papal en la que condenemos a los cismáticos y afirmemos la supremacía de la Santa Iglesia Católica Apostólica Romana en cuestiones de fe y de dogma. Debemos establecer un marco firme al amparo del derecho canónico por si la cuestión se pone más seria y nos vemos obligados a tomar medidas adicionales.

—De acuerdo, sí.

—En segundo lugar, debemos acelerar la investigación formal de las chicas. Si los embarazos fueron milagros, debemos declararlos como tales y aceptar a las chicas y a su descendencia en el seno de la Santa Iglesia Católica Apostólica Romana. Si no fueron milagros, debemos hacer una declaración al respecto y exponer las pruebas.

El papa hizo un gesto de asentimiento.

—Que la Congregación de las Causas de Santidad se ocupe formalmente de esto por la vía rápida, por favor, y que gestionen el caso los mejores especialistas.

—En tercer lugar, he convocado a la señora Abernathy, la embajadora de Estados Unidos en el Vaticano, para una consulta urgente esta misma noche. Le presentaré una protesta formal por los comentarios y actos desmedidos del presidente Griffith.

—¿Y qué conseguiremos con ello?

—En la práctica, nada. Es una cuestión de forma y protocolo. Además, Abernathy es bastante inútil. Es la esposa de uno de los aliados políticos de Griffith, sin experiencia en diplomacia ni asuntos internacionales. Su única credencial es, al parecer, su catolicismo.

—¿Es todo, Rodrigo?

—No, hay un cuarto punto… y este es de parte de la hermana Elisabetta. Debería tomarse la tensión arterial. ¿Se imagina cómo me sentiría yo si perdiera a mi querido amigo? ¿Y se imagina tener que organizar un cónclave con la que está cayendo?

Cal notó que le vibraba el móvil en el bolsillo de la americana, de estilo informal, mientras daba una clase sobre las causas y las ramificaciones de la Primera Cruzada. Cuando terminó, miró de reojo la notificación de la llamada perdida y solventó lo más rápido posible las preguntas que le planteó la aglomeración de estudiantes universitarios que se acercaron al atril. La mayoría estaban más interesados en conocer su opinión sobre la NIC que en las cruzadas.

—Chicos, tengo que irme corriendo —acabó diciendo—. Venid a verme en horas de tutoría y seguiré atendiendo vuestras preguntas.

De nuevo en el despacho, Cal ignoró las notas de llamadas que la secretaria del departamento le había dejado en la mesa, así como el centenar de mensajes nuevos de correo electrónico, muchos de ellos remitidos por distintos medios de comunicación. Y devolvió la llamada perdida.

—Señora Gottlieb, soy Cal Donovan. He oído su mensaje.

El mensaje que le había dejado en el contestador parecía urgente y su voz no había perdido en absoluto el temblor.

—Creo que necesito su ayuda.

—Cuénteme.

—Han entrado en mi casa.

—¿Cuándo?

—Anoche. Estuve en casa de una amiga. Para distraerme un poco. Y cuando llegué a casa, oí que había alguien dentro. Cerré la puerta enseguida, me subí corriendo al coche y me fui.

—¿Llamó a la policía?

—Sí. Vinieron y descubrieron que habían forzado una puerta de atrás. Alguien revolvió el despacho de Steve. No creo que falte nada, pero estoy asustada.

—Lo entiendo perfectamente.

—Soy una tonta. Cuando me fui, no dejé conectada la alarma. Tengo la cabeza hecha un lío. Steve me dijo que conectara siempre la nueva alarma.

—¿La nueva alarma?

—Ordenó que cambiaran el sistema hace unas semanas, después de que entraran la otra vez.

—¿Tuvieron otro robo?

—No fue exactamente un robo. No se llevaron nada. Alguien entró y dejó algo. En la caja fuerte del despacho de Steve.

—¿Qué dejó?

—Un animal muerto. Una zarigüeya. En avanzado estado de gestación.

Cal intentó procesar lo que estaba escuchando, pero nada tenía sentido.

—Señora Gottlieb, ¿por qué piensa que quería verme su esposo?

—No estoy segura.

—Me comentó que tenía algo que ver con las tres Marías, con las chicas católicas. Que también estaban embarazadas. ¿Podría haber alguna relación?

La mujer rompió a llorar.

—No lo sé. No sé qué pensar.

Cal no tenía ni idea de cómo tranquilizarla por teléfono.

—Mire, señora Gottlieb, su esposo me llamó después de ver mi entrevista por televisión. Sabía que yo había estado implicado en el tema de las chicas. Mi pregunta es la siguiente: ¿estuvo implicado él de alguna manera?

Cal oyó que se sonaba la nariz.

—No creo. ¿Cómo podría haber estado implicado? Somos judíos. Mi marido se dedicaba a las finanzas. No tenía nada que ver con chicas embarazadas.

—Piense, por favor. Tiene que haber alguna conexión. Me llamó porque quería contarme algo que sabía.

—Estuve viendo *60 minutes* con Steve. Lo conocía.

—¿A quién?

—A Anning.

Cal presionó sin querer el teléfono.

—¿Randall Anning? ¿De qué lo conocía?

—¿Recuerda lo del accidente de avión al que sobrevivió y que mencionó en la entrevista? ¿Hace tres años? Steve también estaba. Fue el otro superviviente.

A Cal empezó a dolerle la mano con la que sujetaba el teléfono.

—¿Sabe si había vuelto a ver a Anning desde entonces? ¿Si hablaban o se comunicaban de alguna forma?

—No creo. Steve me lo habría mencionado. Estoy segura de que lo habría hecho. Hablábamos de todo, incluso de su trabajo.

—Señora Gottlieb, quiero que se esfuerce en recordar y me cuente todo lo que sabe sobre aquel accidente de avión.

La situación en el rancho se deterioró a lo largo de la semana siguiente.

Sue lo sabía. Torres lo sabía. Pero Anning no quería ni oír hablar del tema. «Gestiónelo o ya encontraré a otra que lo haga», le decía a Torres.

Las chicas estaban desmadradas. Naturalmente, que no hubieran puesto a Sue de patitas en la calle era un consuelo, pero estaban fuera de sí por el despido de Pedro y por haber perdido el privilegio de montar a caballo. Por las mañanas no querían vestirse, tampoco se duchaban ni hacían la cama y, por supuesto, se negaban a asistir a sus clases. Se ocupaban de los bebés, claro —les daban el pecho, los bañaban, les cambiaban los pañales— pero, por lo demás, se habían declarado en huelga.

A medida que se fue acercando el domingo, las chicas intuyeron que tenían más fuerza y Mary presentó a Sue una lista de exigencias escrita en su caligrafía de colegiala.

Sue leyó la hoja y negó con la cabeza.

—No volverán a contratar a Pedro —dijo—. Llevo toda la semana haciendo presión y es caso cerrado. De todos modos, dudo que quisiera volver después de lo mal que lo han tratado.

—Pedro no es el único que puede acompañarnos a montar a caballo —respondió Mary, aflojando un poco—. Los otros chicos son agradables, pero a Ígor le gusta mucho Pedro. Es la que peor lo lleva.

—A lo mejor puedo conseguir que os dejen montar por el potrero. Creo que lo que más miedo les daba era que cabalgarais por los caminos.

—Cabalgar en círculos es una gilipollez. —Mary retomó la línea dura—. Si no vuelve Pedro y no podemos cabalgar por los caminos, no hay misa el domingo. Diles que va en serio. ¿Y el tercer punto?

Sue miró de nuevo el papel.

—A mí no me parecieron tan mal los vestidos blancos.

—¿Que Mary ha dicho qué? —inquirió la señora Torres.

Sue había ido al despacho de Torres para defender el caso de las chicas y había transmitido al pie de la letra la amenaza de Mary.

—Ha dicho que si se ven obligadas a asistir a la misa en contra de su voluntad, se levantarán y le enseñarán el trasero al papa durante la ceremonia.

A Sue le pareció divertido incluso cuando lo repitió en voz alta, pero era evidente que a Torres no le hacía ninguna gracia.

—Mira, Sue, esta semana he mantenido varias conversaciones con el señor Anning y te aseguro que se muestra inflexible. Jamás readmitirá a Pedro y jamás les permitirá montar a caballo. Cuando toma una decisión, se mantiene firme. Llevo mucho tiempo trabajando para él. Es un hombre de éxito y un hombre intransigente.

—¿Está casado?

—Su esposa está en Houston. Betsy odia esto. Es original de Los Ángeles y no soporta el estilo de vida de los vaqueros.

—¿Ni siquiera acudió a la misa?

—No es católica. No sé qué es. Supongo que la religión le trae sin cuidado.

—Pues si viniera aquí y viera lo tristes que están las chicas, quizá podría influir un poco.

—Coincidí con ella en una ocasión y me dio la impresión de que es muy insensible. De todos modos, no va a pasar.

—Pues algo tendremos que hacer —dijo Sue.

—¿Alguna idea?

—Tengo una, la verdad. No sé si el señor Anning la vería bien, pero ¿qué le parece si…?

Torres llamó a la puerta de la biblioteca. Anning había llegado al rancho procedente de Houston aquella misma tarde con la intención de asistir a la misa del domingo y estaba inmerso en un libro y una botella de bourbon. La invitó a pasar y le ofreció una bebida de adultos, como él la llamaba. Torres declinó educadamente la oferta y le dijo que estaba más preocupada que nunca por la salud mental y física de las chicas. Que se encargaban de los bebés y poca cosa más, y que comían las tres como pajaritos.

—¿Qué es esto, una rabieta colectiva por lo del tal Pedro y los caballos?

—Ser adolescente no es fácil, señor Anning, y ser madre primeriza, tampoco. Y a eso hay que sumarle la presión de estar alejadas de su casa y de su familia, de que de pronto las consideren mujeres santas con bebés santos y se vean expuestas a multitudes y cámaras de televisión.

Anning cogió un palillo para atacar un trozo de carne que se le había quedado atrapado entre los dientes durante la cena.

—Existe otra manera de ver su situación, Lidia. Estas chicas, todas ellas, eran más pobres que las ratas. Vivían como cucarachas y ahora están en una mansión y son adoradas, como mínimo, por quinientos cuarenta millones de personas que las vieron en directo en televisión el domingo pasado. Yo diría que son tres mocosas malcriadas que ahora llevan una vida regalada.

—Señor Anning, estoy segura de que tiene usted razón, pero creo que podemos hacer algo, un pequeño gesto que las ayudará a sentirse y comportarse mejor. Me preocupa que si no quieren cooperar acaben montando una escena el domingo en la iglesia.

Mencionó la amenaza de enseñar el culo.

—No se atreverían.

—Oh, sí que se atreverían.

—Por Dios. ¿Durante una retransmisión en directo? ¿Qué tiene usted en mente?

Por la noche, Sue dio a las chicas una noticia que la señora Simpauco y la señora Torres se encargaron de traducir. Mientras hablaba, acunaba a JJ en brazos y lo arrullaba de vez en cuando. Los otros bebés estaban durmiendo, pero JJ había estado sufriendo pequeños cólicos. La bulldog estaba hecha un ovillo en su camita, debajo de las cunas.

Anning había aceptado la propuesta de Sue. Había accedido a que las familias de las chicas viajaran para instalarse con ellas en la mansión.

—¿Toda mi familia? —preguntó María Mollo.

—Tus padres y tus hermanos y hermanas —respondió Sue.

—¿Y en mi caso también? —añadió María Aquino—. ¿Mi madre y los niños?

—Por supuesto.

—Pues yo no quiero que venga mi padre —dijo Mary Riordan—. Confiad en mí, Kenny intentará vender cualquier cosa que no esté sujeta con clavos. Pero que vinieran mis hermanos y mis hermanas estaría bien, sí.

—¿Cuándo vendrán? —preguntó María Aquino.

—El señor Anning ha dicho que necesitará unas semanas para arreglar lo de los visados, pero que se pondrá a trabajar en ello por la mañana —respondió la señora Torres.

—¿Y lo de Pedro y los caballos? —preguntó Mary.

—No forma parte del trato, pequeña —reconoció Sue—. Pero está bien, ¿no? Será divertido tener a vuestras familias aquí.

Las tres sonrieron y preguntaron si podían cenar hamburguesas con queso.

—A la mierda —dijo Mary, cuando llegó la cocinera con una bandeja enorme de comida—. Que venga también Kenny.

27

El domingo siguiente, una audiencia aún mayor —más de seiscientos millones de personas— vio la retransmisión de la misa celebrada en la catedral de las Santas Nuevas Vírgenes María, y los dos domingos siguientes, los índices subieron incluso más. Las chicas fueron obedientes, se pusieron los vestidos blancos y se comportaron delante de las cámaras. Durante la semana, hicieron los deberes, comieron todo lo que les pusieron en el plato y dejaron de quejarse por el despido de Pedro y por la prohibición de montar a caballo. Incluso se mostraron educadas con las monjas.

Pero cada pocos días preguntaban a Sue por la llegada de sus familias y ella trasladaba las preguntas a los eslabones más altos de la cadena. La señora Torres le aseguró repetidamente que estaban tramitando los visados y que en cuanto tuviera noticias definitivas se lo haría saber. Las chicas pidieron a Sue que las acompañara a la segunda planta de la mansión, donde, con la bulldog haciendo cabriolas entre sus piernas, inspeccionaron las habitaciones de invitados vacías y trazaron planos para distribuir a los distintos miembros de sus familias.

Después de la segunda misa en la catedral, las actividades en el rancho se intensificaron. Había reuniones constantemente. Los funcionarios de salud pública del condado estaban alarmados por la población creciente de la aldea de tiendas y autocaravanas, que empezaba a ser conocida como Miracle Village. Cuando el censo alcanzó los siete mil habitantes, las autoridades amenazaron con exigir una amplia variedad de permisos. Al principio Anning había montado un escándalo y se había puesto furioso argumentando que aquello era una propiedad privada (y en Texas, además) y que tenía derecho a hacer lo que le viniera en gana en su finca, pero luego Pole y él habían llegado a la conclusión de que no era en absoluto un hecho negativo.

—Randy, no es necesario que nos concentremos en exceso en las cifras de seguidores que podamos tener a nivel local —había dicho Pole—, igual que el Vaticano nunca se ha concentrado en exceso en las cifras de asistentes que acuden a escuchar misa en San Pedro. El único recuento que importa es la cifra de feligreses que tenemos. Necesitamos fundar iglesias de la NIC en todo el mundo. Necesitamos una iglesia de la NIC en todas las parroquias donde la Iglesia Católica Antigua tenga una iglesia. De lo contrario, no podremos competir de forma efectiva. Las cifras que estamos cosechando a nivel local son magníficas, las cifras de audiencias en televisión son maravillosas, pero no es ahí donde está la acción.

—Demonios, no es que no esté de acuerdo contigo —había replicado Anning, que tomaba bourbon en el porche—. Pero me irrita a más no poder que un puñado de bichos raros con pinta de empollones vengan a mis tierras a decirme lo que puedo y lo que no puedo hacer. Toda esa maldita gente que se ha juntado en Miracle Village es una pesadilla tanto a nivel logístico como a nivel de seguridad. Y si te soy sincero, me da igual echarlos a todos. Tienes razón, deberíamos concentrarnos en rentabilizar los seiscientos millones de personas que nos ven por televisión.

Pole arqueó una ceja.

—¿Rentabilizar? ¿En serio?

—Tal vez no sea el término más adecuado, pero ya sabes

qué quiero decir. Tenemos que lograr que contribuyan a las organizaciones benéficas que consideramos merecedoras de ello y lograr que depositen nuestros propios Óbolos de San Pedro en nuestros propios cepillos de la misa de los domingos. Dinero e influencia son inseparables, lo sabemos.

Pole también estaba degustando un bourbon. Era una agradable tarde de otoño y se sentía bastante optimista.

—Lo sé, por supuesto. Estoy dando los últimos toques a un documento que me gustaría compartir pronto con usted. Es una propuesta para subvencionar el alquiler de espacios de culto en las principales ciudades de los cincuenta estados con el fin de llevar la celebración de la misa a la gente de a pie. Estamos empezando a llegar a la masa crítica (y no pretendo hacer un juego de palabras) de sacerdotes que desertan del control del Vaticano y que nos ayudarán a propagar nuestro esfuerzo. Creo que podría servir como modelo para la expansión internacional.

—Me parece bien. Espero poder leerlo pronto. Nuestras cifras suben, mientras que las de Celestino van de capa caída. Vivimos días felices.

—Por supuesto que sí. Y, Randy, he hecho también algunos dibujos de planos arquitectónicos pensando en mi Palacio Episcopal. Creo que le gustarán mis sugerencias.

—Por supuesto que sí, santidad. Sé que es su prioridad número uno, después de salvar almas, claro.

El cardenal Da Silva estaba acostumbrado a llevar una compleja agenda de actos oficiales, pero las últimas semanas le habían pasado factura hasta el punto de dejarlo exhausto. Su personal en el secretariado estaba preocupado por su salud y uno de sus monseñores de más confianza se había puesto en contacto con la hermana Elisabetta para ver si el papa era capaz de convencerlo de que descansara un poco, de que incluso un par de días libres serían beneficiosos para él.

La hermana Elisabetta se presentó en el despacho formal de Da Silva en el Palacio Apostólico, donde el cardenal acababa de concluir otra reunión de crisis con el personal de la Curia.

—Hermana, qué alegría verla por aquí —dijo el cardenal—. ¿Qué tal está el santo padre?

—Cansado, como usted.

Da Silva se echó a reír.

—Usted también da la impresión de que podría quedarse dormida en esa silla.

—Últimamente es un riesgo laboral —respondió la hermana—. Ahora hablando en serio, me pregunto si podría convencerlo de que se tomara unas pequeñas vacaciones. Podría servir de inspiración para el santo padre.

—Me cuesta vislumbrar alguna posibilidad de descanso —dijo Da Silva—. ¿Ha visto las últimas cifras? Tenemos cientos de renuncias de sacerdotes y monjas de todo el mundo. Esta semana hemos perdido tres cardenales más… Vale, todos de derechas, pero aun así.. La asistencia a misa cae semana tras semana. Las contribuciones a las obras benéficas católicas van también en descenso. Incluso cae la asistencia a las audiencias papales y al ángelus de los domingos que celebra el pontífice.

—Lo sé, lo sé —dijo con voz agotada la hermana.

—Y las cifras de Pole suben como la espuma. Esta llamada Nueva Iglesia Católica está cobrando inercia.

—A la gente le gustan los milagros —repuso la hermana.

—Hablando de milagros, ¿cómo puedo plantearme coger aunque sea un solo día libre cuando la Congregación de las Causas de Santidad se reúne formalmente mañana? Necesitan tomar una decisión con urgencia, en un sentido u otro.

—He hablado con el cardenal Vaughn —añadió Elisabetta—. No está acostumbrado a trabajar con la presión de este tipo de agenda. En condiciones normales, ¡sus deliberaciones llevan años, no semanas!

—Qué me va a contar a mí —respondió con pesar Da Silva—. Mire, ya que está aquí, a primera hora he tenido una conferencia con el C8. No han caído aún presas del pánico, pero poco les falta. Quieren recomendar al santo padre una escalada drástica de compromisos. Quieren sacar el hacha de guerra.

—Excomuniones —dijo Elisabetta, pensativa.

—Excomunión *latae sententiae*, las reservadas al papa —aclaró Da Silva, con un gesto de asentimiento—. La idea es que debemos actuar ya y emitir los decretos necesarios contra Pole y todos los sacerdotes y obispos que han celebrado misa con él.

—¿Basándonos en qué?

—En muchas cosas. Según la ley canónica, son cismáticos que se han apartado voluntariamente de la autoridad del pontífice romano reinante. Son apóstatas. Son herejes. El cardenal Della sería el encargado de redactar los cargos. Ya le he encomendado un borrador.

—¿Y cuándo lo publicaríamos?

—Veamos qué tal van las cifras de público durante la audiencia papal de este miércoles. Será un buen barómetro.

—Entendido. ¿Qué más?

—Recomiendan que el papa haga declaraciones por escrito y por vídeo para denunciar el cisma, anunciar las excomuniones y reafirmar los valores de la Santa Iglesia Católica Apostólica Romana. Debe alertar asimismo al clero que pudiera estar planteándose abandonar la Iglesia de que su destino también será la excomunión. Y, por último, debe alertar a los feligreses de que cualquier confesión, absolución o rito cristiano administrado por un sacerdote de la llamada Nueva Iglesia Católica carece de peso y es nulo y vacuo. Debemos quemar metafóricamente a esos herejes en piras metafóricas. Celestino es un luchador. Démosle armas potentes.

Sue caminaba por uno de los pasillos de la parte posterior de la mansión, en la zona donde habían instalado a George Pole un despacho provisional, cuando oyó la voz de Anning a través de una puerta entreabierta. Era sábado por la noche y Anning estaba de nuevo en el rancho para asistir a la misa del domingo. Sue no era fisgona, pero cuando captó varias palabras alarmantes, se detuvo y se agachó, fingiendo que se estaba atando los cordones de la zapatilla.

—Así que no tiene ninguna intención de traer a sus familias a Estados Unidos —dijo Pole.

—¡Demonios, claro que no! Solo se lo dije a Torres para que pudiera calmarlas y evitar un escándalo. Lo último que quiero es que sus padres y sus madres pululen por aquí y las traten como niñas. Además, estoy seguro de que serían también unos pesados y se pasarían el día con una exigencia tras otra. Estas chicas tienen que crecer de una puñetera vez. Son madres. Son más que madres: son iconos religiosos. ¿Cree que hace dos mil años la Santa Virgen María se comportaba como una *prima donna*? Me juego el cuello a que no. Y eso que probablemente era más joven que ellas.

—¿Qué les dirá cuando vean que no llegan? —preguntó Pole.

—Que ha habido problemas con los visados. Iré retrasando la llegada.

—¿Y si dejan de creerle y se rebelan, como dijo la señora Torres que harían? ¿Y si se niegan a cooperar en los actos públicos? ¿Y si hacen cualquier cosa durante una misa?

—He estado pensando en ello, George…, maldita sea, se me ha vuelto a escapar, he estado pensando, santo padre. Creo que tanto a corto, como a medio y largo plazo, estaremos mucho mejor si enviamos a estas chicas de regreso al lugar de donde vinieron. Han cumplido con su trabajo como receptáculos sagrados. Lo importante para nuestra iglesia son los bebés. Sí, veneramos a la Virgen María, pero la base del catolicismo es Jesucristo.

—No podemos separar a las madres de sus hijos sin más —argumentó Pole.

—Por supuesto que podemos. Ocurre a diario. Se presentan los servicios sociales, hacen un estudio de evaluación, determinan que el entorno de crianza no es seguro y los niños quedan bajo la tutela del estado. Betsy y yo los adoptaremos en un santiamén en Nueva York. Tendré que sobornarla, lo sé, pero es una cruz con la que debo cargar. Haré venir a un equipo de psiquiatras y trabajadores sociales para que atestigüen la inestabilidad de las chicas y un juez amigo mío se encargará del resto. Estoy tan harto de sus lloriqueos que me muero de ganas de perderlas de vista. Criaré a esos niños como es debido. Pediré a las monjas que me ayuden. Y, cuando sean mayores, los niños entenderán lo que se exige de ellos. Cuando sean mayores, podrán volver a sus respectivos países, o ir a donde más les apetezca, y predicar sus evangelios. Será algo hermoso y la NIC incrementará más aún su popularidad.

—Veo que lo tiene todo pensado, Randy. Lo respaldaré, por supuesto. ¿Cuándo quiere dar el pistoletazo de salida?

—Pronto.

Sue oyó movimiento en el despacho, se incorporó y se marchó de puntillas por el pasillo.

Cuando llegó a su habitación, descargó la rabia en un torrente de lágrimas. Y en cuanto se serenó, se lavó la cara y se sirvió una copa de vino de la nevera. En menos de cinco minutos había tomado una decisión.

Asomó la cabeza en el dormitorio de las chicas para ver si seguían despiertas. Estaban en la cama jugando con los móviles. Los bebés y Lily estaban durmiendo.

—Hola, chicas —dijo Sue—. ¿Podemos hablar?

—¿Hay noticias de nuestras familias? —preguntó Mary de viva voz.

—Más o menos. ¿Podéis hablar bajito, por favor?

—¿Por qué?

—Por si las monjas se pasean por ahí fuera. Bueno, ahí va. Acabo de tomar una decisión. Me marcho.

—Sue, no te vayas —gimió María Mollo, retirándose la colcha.

—No puedes irte —dijo Mary—. Si te marchas, pienso pegarle fuego a esta puta casa.

—No digas palabrotas —replicó Sue—. Y no quemes la casa, por favor.

—Te quiero —dijo María Aquino, que saltó de la cama y abrazó a Sue con sus flacuchos brazos.

—Veréis —dijo Sue cuando consiguió sosegarlas y sentarlas en la alfombra—. El caso es que yo me marcho seguro, pero quiero que vengáis conmigo.

Se quedaron perplejas.

—¿Y nuestras familias? —preguntó Mary.

—No vendrán. Acabo de enterarme.

—¿Por qué no? —preguntó Mary.

—Creo que Anning nunca tuvo intención de invitarlas. Mintió para que os portaseis bien.

—Entonces dile a ese calvo cabrón que mañana no pensamos ir a su mierda de iglesia.

—Llegados a este punto, casi creo que es lo que quiere que hagáis. Dios mío, Mary, las dos Marías no podrán entender de ninguna forma todo lo que voy a deciros de vuestras familias, los bebés y vosotras. Tendrás que hacérselo entender a tu manera.

—Adelante —dijo Mary—. Tú habla y yo se lo explicaré con pelos y señales.

Durante varios minutos, Sue habló con Mary, que la miró sorprendida, con los ojos como platos, y a continuación tradujo y explicó a las dos Marías, que la miraban también sorprendidas y con los ojos como platos, que pensaban apartarlas de sus bebés y mandarlas a casa sin ellos. Sue se quedó impresionada por la maestría con la que Mary fue capaz de comunicar algo tan complicado a sus compañeras. Sirviéndose de palabras y frases sencillas, como «mamá y papá no vienen», y gestos como el de arrancar a los bebés de sus brazos y ser expulsadas de un puntapié de Estados Unidos, consiguió que las chicas se pusieran frenéticas.

Cuando hubo acabado, Sue les preguntó si lo habían entendido todo. Entonces les dijo que no podían llorar y que al día siguiente tenían que comportarse como si no pasara nada. Ahora eran madres y su labor más importante era proteger a sus hijos.

Mary tenía una pregunta más.

—¿Y Lily?

—Me temo que no podremos llevarnos a la perra.

—¿Por qué no?

—Porque ladra, ¿recuerdas?

—¿Podríamos dejársela a la señora White? Le gusta mucho.

—Eso sí —dijo Sue.

Sue volvió a su habitación y desenchufó el teléfono del cargador.

—Hola, profesor Donovan, soy Sue Gibney, la comadrona. Sí, sé que he ignorado todos sus mensajes. Le pido disculpas. ¿Dice que volvió al rancho? ¿Cuándo? Dios mío, lo siento, no tenía ni idea. ¿Tiene un momento para hablar?

28

Sue esperó hasta después del desayuno.

La señora Torres solía desayunar sola en su despacho y fue allí donde la encontró.

—¿Tiene un minuto? —preguntó Sue.

—Claro, ¿qué pasa?

—Necesito tomarme unos días libres.

—¿Oh?

—Se trata de mi hermana. Está en el hospital. Tengo que ir a Santa Fe.

—Nunca mencionaste que tuvieras una hermana.

—No estamos muy unidas, pero, ya sabe, cuando alguien se pone enfermo...

—Lo entiendo.

—Será por poco tiempo. Es grave pero no tanto.

—¿Cuándo tienes que irte?

—Había pensado en marcharme esta noche.

—Ah, bien. Empezaba a temerme que tendríamos que organizar la misa de hoy sin ti.

Sue fingió sentirse horrorizada.

—Dios me libre.

Tras la misa, las chicas pasaron una tarde lo más normal posible. Después de comer, jugaron a juegos de mesa, dieron el pecho a los bebés y se asearon antes de bajar a cenar. Por otro lado, la tarde de Sue no tuvo nada de normal. Preparó una mínima maleta de ropa, pero se dedicó básicamente a reunir de manera furtiva algunos productos básicos para las chicas y los bebés cuando nadie miraba y a camuflarlo todo en la maleta entre sus cosas. Su plan incluía cansar a los bebés lo máximo posible y, con ese fin, las chicas no los acostaron en las cunas hasta la noche.

Durante la cena, los demás miembros del personal mostraron curiosidad por la partida de Sue, pero ella le restó importancia y preguntó a la hermana Anika si las hermanas estaban listas y preparadas para defender el fuerte con las chicas.

—Creo que estaremos a la altura —replicó la hermana con sequedad, puesto que no había ni el más mínimo cariño entre ambas mujeres.

A la hora del postre, Clay Carling, el jefe de seguridad, entró en el comedor y se sirvió una porción de tarta.

—Siento llegar tarde —dijo—. Ha habido un altercado en la zona de las tiendas y he tenido que solucionarlo. Se suponía que el consumo de alcohol estaba prohibido, pero se saltan las normas.

—Tenía entendido que sus hombres registraban los vehículos en la entrada —dijo la hermana Anika.

—Lo hacen, pero el rancho es enorme. Hay prácticamente trescientos treinta kilómetros de valla perimetral. Existe un mercado negro, con gente que acude al cercado con cerveza, alcohol, hierba y todo lo que uno pueda imaginarse, y lo vende a buenos cristianos que luego lo transportan hasta la zona de tiendas y autocaravanas.

—La naturaleza humana —dijo la cocinera.

—Exacto —contestó Carling—. Y bien, Sue, ¿a qué hora te marchas mañana por la mañana?

Sue le sonrió, quizá por vez primera desde que lo conocía. Aquel hombre no le gustaba ni una pizca. Era un antiguo agente del orden público carente por completo de humor, que caminaba con un contoneo de macho chulito que le repateaba.

—Supongo que alguno de vosotros se habrá dado cuenta de que he limitado mi consumo de vino, algo muy impropio de mí ––dijo Sue––. Y es porque me marcho esta noche.

—¿A qué hora les digo a los chicos de la verja que saldrás? —preguntó Carling.

—Aún no he hecho ni la maleta. Diles que entre la una y las dos —respondió Sue.

—Bueno, en ese caso, ya conoces el código de la alarma —contestó Carling—. Desactívala cuando salgas y acuérdate de activarla de nuevo una vez hayas salido.

—Por supuesto.

La mansión se hallaba a oscuras y en silencio, excepto por algunas luces nocturnas de seguridad repartidas por los pasillos de las plantas de las habitaciones. Sue hizo una prueba con una de las bolsas y desactivó la alarma para meterla en la furgoneta que había aparcado previamente junto a la entrada de la cocina.

Volvió a subir en el ascensor y, bajo el resplandor de una de las luces nocturnas de seguridad del pasillo, vio que le temblaban las manos. Era casi el punto de no retorno. Estaba a tiempo de decir a las chicas que había sido una idea nefasta. O de lanzarse a la piscina de lo desconocido.

Entró sin hacer ruido en el dormitorio de las chicas y vio que se habían vestido con vaqueros y camiseta y esperaban junto a sus respectivas camas con los bebés dormidos en brazos.

—¿Listas, señoritas? —les preguntó.

Estaban llorando. Las chicas abrazaron todas una tras otra a Lily. La bulldog también había aguantado despierta hasta tarde jugando, y estaba tan cansada en su cuna que apenas meneó un poco la cola. Mary fue la última en despedirse. Aspirando lágrimas de tristeza, se aseguró de que la nota que había escrito para la señora White sobresalía de debajo de la cama.

Mientras bajaban en el ascensor, Sue les recordó en voz baja que tenían que permanecer totalmente calladas. El ascensor se paró en el vestíbulo. Sue salió y miró.

—Señorita Gibney —dijo Anning—, siento haberla asustado. Vengo de darme un banquete de medianoche. La cocinera ha dejado unas sobras estupendas.

Sue extendió el brazo hacia atrás para cerrar la doble puerta del ascensor.

—Me marcho —contestó—. Tengo que ir un par de días a casa.

—Sí, ya me lo ha comentado el señor Carling. Vaya con cuidado con el coche. Por estos lares hay muchos idiotas que conducen borrachos.

—Gracias, lo tendré en cuenta.

—¿Es suya esa camper que hay aparcada junto a la puerta de la cocina?

—Sí.

—De joven tuve una igual. Me encantaría haberla conservado. Conectaré de nuevo la alarma cuando se haya ido —dijo, dispuesto a seguirla hasta la cocina.

Sue pensó a toda velocidad y se palpó los bolsillos.

—Oh, mierda —dijo—. Me he dejado las llaves en la habitación. No me espere, por favor.

—Como quiera —contestó Anning—. Cuídese. ¿Estará de vuelta para la misa de la semana que viene?

—Seguro que sí.

Volvió a entrar en el ascensor y pulsó el botón para subir a la tercera planta.

—Creo que me he cagado encima —dijo Mary—. Y Minion parecía que iba a potar en cualquier momento.

Cuando la puerta del ascensor volvió a abrirse, el pasillo de la planta baja estaba vacío. Sue condujo a las chicas a través de la cocina, las hizo subir a la furgoneta por la puerta trasera y las cubrió con mantas. Y entonces se percató de un detalle en el que no había reparado antes: una cámara de seguridad. Le daba igual si alguien visualizaba la filmación por la mañana, pero si estaban controlando la cámara en directo, el juego se había acabado.

No podía hacer otra cosa que ponerse al volante y arrancar.

El rancho era tan grande que tardó casi diez minutos en llegar a la verja principal. Las luces de la garita brillaban siniestramente en la distancia. Sue tragó saliva, redujo la velocidad y se detuvo al llegar a la barrera. El guardia abrió la ventana y la miró. En el interior de la garita, Sue vio varias pantallas, una de las cuales proyectaba las imágenes de la parte posterior de la mansión, cerca de la salida de la cocina. El guardia tenía cara de sueño; con un poco de suerte, habría estado dando una cabezada.

—Soy Sue Gibney.

—Lo sé. El señor Carling me ha comentado que se iba esta noche.

—Bueno, adiós, entonces —dijo Sue.

Fue como si el joven se espabilara de pronto.

—¿Vive por aquí?

—¿Por qué lo pregunta?

—Por si le apetecería tomar luego una cerveza.

—Por desgracia, vivo en Nuevo México.

El chico se apoyó en la ventanilla, haciendo tiempo.

—Una furgoneta muy chula. ¿Tiene una cama ahí detrás?

—Mire, ¿sabe qué? ¿Qué le parece si le doy mi número? Así, si algún día se pasa por Nuevo México, me llama.

—Así tendré una buena excusa para ir. De acuerdo, tomo nota del número, Sue Gibney.

Estaban a ocho kilómetros del rancho cuando Sue volvió a hablar.

—Dios, lo hemos conseguido —dijo.

Le habría gustado proclamarlo a gritos, pero recordó que los bebés estaban dormidos.

Mary retiró la manta e imitó al chico:

—«¿Tiene una cama ahí detrás?». —Y estalló en carcajadas—. Qué fino, nena. Y luego tú: «¿Qué le parece si le doy mi número?». ¿Le has dado tu número de verdad?

—¿A ti qué te parece? —dijo Sue.

Pensando en la posibilidad de que las sorprendieran en plena huida, Sue no les había contado a las chicas la siguiente parte del plan. No quería meter a nadie más en problemas. Cuando llegó a la pequeña ciudad de Quanah, se incorporó a la autopista 6 en dirección norte, hacia el río Rojo y la frontera con Oklahoma, y justo después de cruzar un puente sobre Groesbeck Creeb detuvo la furgoneta en el arcén.

—¿Paramos? —preguntó María Aquino.

—Sue tiene que hacer pipí detrás de un arbusto —dijo Mary, lo que provocó un ataque de risitas a las chicas.

—No exactamente —dijo Sue—. Hemos quedado aquí con un amigo.

De pronto vieron las luces de un vehículo estacionado en el arcén opuesto, a unos cien metros de distancia. Sue dio las luces a su vez. El vehículo se acercó despacio, hizo un cambio de dirección y se colocó justo al lado de la furgoneta.

—Vamos, chicas, salid —dijo Sue.

—¡Pedro! —gritó María Mollo, corriendo hacia los brazos abiertos del mozo de cuadras.

Empezó a parlotear en español, pero Pedro le aconsejó que bajara la voz para no despertar a JJ.

Pedro balanceó un juego de llaves ante Sue.

—La camper es preciosa, un auténtico clásico. ¿Está segura de que quiere intercambiarla? El furgón de mi amigo es un trasto.

—Mientras funcione…

—Funciona perfectamente. He instalado colchones para que las señoritas estén más cómodas. Porque los amortiguadores están fatal, la verdad.

—Dile a tu amigo que no se pasee con la camper por el momento. Hasta que todo se tranquilice.

—Se lo diré. No tema. ¿Y adónde van ahora?

—Es mejor que no lo sepas. Y gracias, Pedro.

Sue le dio un abrazo y un besito en la mejilla.

—Entendido, Sue. No pasa nada. Pero vaya con cuidado. No me gustaría que las niñas o usted sufrieran algún daño. El señor Anning es un tipo duro. Se cabreará mucho. ¿Sabe disparar?

—¿Un arma?

—Sí, un arma. Le he dejado una pistola en la guantera. Es vieja, pero funciona. Como el furgón.

—No sé disparar.

—Es un revólver. Se aprieta el gatillo y dispara.

El furgón del amigo de Pedro era un trasto de verdad. Iba duro, olía a gasolina y el velocímetro estaba atascado en cincuenta kilómetros por hora incluso aparcado. Pero el aire acondicionado funcionaba, y también la radio. Sobrevivirían. Las tres Marías no tardaron en acurrucarse, abrazadas a sus bebés, mientras Sue seguía poniendo distancia entre ellas y el rancho.

La hermana Anika llamó con insistencia a la puerta de la habitación de la señora Torres.

—¡Señora Torres! ¡Señora Torres! ¿Sabe dónde están las chicas?

Torres abrió la puerta en camisón.

—Perdón, no la entiendo.

—He mirado en su cuarto después de las oraciones de la mañana y no estaban.

—¿Ha…? —Iba a preguntarle si se lo había comentado a

Sue, cuando recordó que la era de Sue había tocado a su fin—.
¿Y los bebés? ¿Duermen?

—Tampoco están en la habitación. Solo está la perra.

Torres subió corriendo el tramo de escaleras e inspeccionó
a toda velocidad la planta entera, incluyendo el dormitorio vacío de Sue, antes de bajar a examinar el comedor e incluso los
establos. Frenética, pulsó el botón del pánico del panel de la
alarma y al instante se desató un infierno en el rancho.

Anning y Pole estaban tan nerviosos que no podían ni sentarse.
Deambulaban de un lado a otro de la biblioteca de la mansión,
tazas de café en mano, a la espera de que Clay Carling les diera
noticias.

—Justo delante de mis jodidas narices, George. Las chicas
debían de estar en el ascensor cuando me topé con ella anoche.

Pole decidió no reprenderlo por haberlo llamado George.

—Me aseguraré de que la condenen por secuestro y de que
se pase lo que le queda de vida entre rejas. La ha cagado con el
hombre equivocado.

Pole tenía una carta certificada que exhibió en aquel momento.

—Mire qué he recibido, Randy. ¡Me han excomulgado! Ese
desgraciado me ha excomulgado. Y mis sacerdotes y mis obispos han recibido misivas similares.

Anning lo miró de reojo.

—George, ¿tenemos una alarma de incendio de nivel seis y
me habla ahora de que ha recibido una miserable carta del Vaticano?

—Lo siento. Sabía que Celestino acabaría haciéndolo, pero
cuando sucede… la verdad es que sigue siendo un shock, eso es
todo.

—Lúzcala como una medalla al honor, maldita sea. Y no
me venga ahora llorando por esa tontería.

—Tiene usted razón, por supuesto —dijo Pole, mientras se limpiaba una gota de café que se le había deslizado de los labios hasta la sotana que se había puesto a toda prisa—. Limitémonos a rezar por que los bebés sigan sanos y salvos.

Carling entró con muy mala cara, seguido por Torres, cuyo aspecto no era mucho mejor.

—Se le pasó por alto al vigilante de la entrada —dijo—. En la filmación de la cámara de seguridad colocada en la salida de la cocina, se ve perfectamente: salieron de la casa a la una y dieciocho de la madrugada.

—Échelo a la calle de inmediato —espetó Anning.

—Ya está hecho. Se ve que Sue le dio su número de teléfono al irse porque el chico quería pedirle salir. He llamado. Es un número falso. Tenemos su dirección en Santa Fe. He despachado hacia allí un equipo para que monte guardia en la casa.

—Seguro que no va allí —dijo Anning.

—Probablemente no, pero debemos contemplar todas las posibilidades. Ya lo he notificado a la policía estatal. Tienen el número de matrícula de Gibney.

—¿No les habrá mencionado nada sobre las tres Marías y los bebés, imagino? —preguntó Pole.

—Por supuesto que no, George —contestó Anning—. Debemos mantener el asunto en secreto o nos estallará el escándalo en las manos. Hay que actuar de forma discreta y eficiente.

—Pero una alerta ámbar podría ser de gran ayuda —sugirió Torres.

—¡Acabo de decir que de forma discreta! —gritó Anning.

—Le he dicho a la policía que ha robado documentos con información sensible del rancho —dijo Carling—. Todo el mundo sabe quién es usted, señor Anning. Si alguien la ve, nos llamarán a nosotros primero. Pediremos a uno de nuestros jueces que emita una orden para controlar los gastos de su tarjeta de crédito. En cuanto haga un repostaje o compre una chocolatina, la tenemos. Y una cosa más. No conozco muy bien a Gibney, pero no me parece un cerebro criminal. Sabe que, si quiere esquivarnos, va a necesitar ayuda.

—¿Y quién podría ayudarla? —dijo Anning.

—Pedro Alvarado podría —apuntó Torres.

—¿Y ese quién es? —preguntó Anning.

—El trabajador de los establos al que despidió el otro día —respondió Torres—. Vive en el condado.

—Iré a verlo yo mismo —dijo Carling—. ¿Alguien más?

Torres se quedó pensando.

—Cuando vino a visitarnos aquel profesor, Donovan, me dio la impresión de que Sue y él congeniaban.

—Comprueben todas las llamadas del rancho —ordenó Anning.

—Sue nunca utilizaba las líneas fijas del rancho —dijo la señora Torres—. Si llamaba fuera, lo hacía con su móvil.

—Ya conoce nuestra política. En estas instalaciones están prohibidos los teléfonos móviles personales.

Torres se preparó para recibir un rapapolvo.

—Registré en su día su habitación. Y tenía uno guardado en el botiquín. Debió de entrarlo a escondidas.

Anning no se abalanzó sobre ella ni la maldijo. Le preguntó con serenidad a Torres si conocía el número de teléfono. Torres, que había anticipado la pregunta, le pasó un papel.

—Vale, todo el mundo fuera —dijo Anning—. Quiero hacer una llamada.

Anning consiguió hablar con su interlocutor al cabo de cinco minutos.

—Señor presidente, tenemos un pequeño problema. ¿Estamos hablando por una línea segura? Perfecto. ¿Qué posibilidades hay de que el FBI o cualquier otra organización compruebe las llamadas de teléfono móvil de una de mis antiguas empleadas? Demonios, sí, es importante.

29

Da unas cuantas vueltas en círculo al aeropuerto y recóge-me dentro de diez minutos —indicó el hombre a su compañero.

Habían estado siguiendo a un Volvo de Uber desde Cambridge hasta el aeropuerto internacional Logan. En la terminal, el detective privado había atado en corto a Cal. Seguir a alguien en un aeropuerto era pan comido. Normalmente había gente suficiente para acercarte a tu objetivo sin ser visto. Hasta el punto de que, cuando Cal se aproximó a un dispensador automático de billetes para sacar la tarjeta de embarque, el detective se puso en la cola justo detrás de él.

Miró por encima del hombro de Cal y tomó nota del número de vuelo. Cuando Cal se dirigió a la puerta de embarque, el detective consultó la pantalla de salidas y vio que el vuelo 193 tenía como destino Dallas.

Hizo una llamada.

—Señor Carling, aterrizará en Dallas en unas cinco horas.

Cuando Cal salió de la terminal y emergió al calor de Dallas, le esperaba otra pareja de hombres, que lo vieron dirigirse a una parada de taxis.

—Es él —dijo uno, después de verificar la fotografía del

móvil—. Cogeré un taxi para no perderlo. Tú ve a buscar el coche y síguenos. Llámame si pierdes el contacto.

El taxi dejó a Cal en un establecimiento de venta y reparación de autocaravanas, a medio camino entre Dallas y Fort Worth.

—Hola —dijo Cal a la mujer que atendía en el mostrador—. Llamé ayer para reservar el alquiler de una autocaravana. Me llamo Donovan.

La mujer consultó el ordenador.

—Ah, sí, con el depósito lleno y totalmente equipada. Es la Damon Sport de 2010 de diez metros. Seis plazas. Un buen vehículo. —Repasó a Cal sin disimulo. Llevaba su atuendo más pijo: vaqueros ceñidos, camisa de algodón y americana—. ¿Sabe cómo manejar un vehículo de ese tamaño?

Cal sonrió.

—¿Es católico el papa?

La mujer lo miró entrecerrando los ojos.

—¿A qué papa se refiere?

Clay Carling se desplazó con dos de sus hombres por si acaso Pedro tenía compañía. Aunque no era necesario. El joven estaba solo en su pequeña casa, su mujer estaba trabajando y los niños en el colegio. Pedro conocía a Carling de vista, pero, si estaba asustado, no lo demostró. Se plantó en la puerta en actitud desafiante.

—Sabes quién soy, ¿verdad? —dijo Clay.

—Sé quién es, señor.

—¿Estás solo?

—Sí. ¿Qué quiere?

—Simplemente hablar.

Pedro miró de reojo al tipo que se había quedado plantado en el jardín, uno de los hombres de seguridad que estaba a menudo apostado en la caseta de la entrada del rancho. Había visto que salían tres hombres del vehículo. Imaginó que el tercero habría ido a la parte posterior de la casa.

—¿De qué?

—¿Podemos entrar? Aquí fuera hace más calor que en el infierno.

En el interior había un ventilador de sobremesa encendido. El suelo estaba lleno de juguetes. Carling echó un vistazo a la cocina.

—Veo que tienes la cafetera en el fuego.

—¿Quiere una taza? —le ofreció Pedro.

—¿Cómo lo has sabido? —replicó Carling, enseñando los dientes.

Pedro le sirvió café en una taza descascarillada.

Carling tomó asiento en un sillón. Era el de Pedro. Nadie en la familia tenía permiso para sentarse en él. Pero el hombrecillo no dijo nada.

—¿Todavía no has encontrado trabajo? —preguntó Carling.

—Todavía no.

—Es una lástima que el señor Anning se cruzara así contigo.

—Son cosas que pasan, supongo.

—Por supuesto. Dime, ¿has oído lo que pasó anoche en el rancho?

—No he oído nada.

—¿No? Conoces a Sue, ¿verdad?

—La conozco.

—Pues resulta que, por alguna maldita razón, Sue decidió secuestrar a las chicas y a los bebés. ¿Te imaginas?

—No sé nada de eso, señor.

—Bueno, me parece que mientes, Pedro.

—No miento.

—¿Has hablado con Sue desde que te echaron?

—No, señor.

—¿Lo ves? Otra mentira. Hemos comprobado su registro de llamadas. Te llamó al móvil anteayer. Una llamada muy corta, lo suficiente para dejar un mensaje en el contestador. Y tú le devolviste la llamada menos de dos horas más tarde. Una llamada que se prolongó seis minutos. ¿Te acuerdas ahora?

Pedro miró de reojo el armario donde guardaba un rifle de caza en un estante alto, lejos del alcance de los niños.

—Ah, sí, claro, lo había olvidado. Me llamó para pasarme una referencia para un nuevo trabajo. Estuvimos hablando de eso.

Carling dejó la taza en la mesa.

—No hablasteis de eso.

—Sí que hablamos de eso. Es una buena persona. Me escribirá una carta de recomendación.

Carling se levantó y se cernió sobre Pedro.

—Creo que la ayudaste, que tal vez intercambiaste un vehículo con el de ella para que pudiera pasar desapercibida. ¿Conoces su camper?

—¿La VW? Sí, claro, la he visto, sí.

—Veo que tienes un garaje cerrado. No estará ahí dentro la VW, ¿verdad?

—No.

—¿Te importa si echo un vistazo?

—Es una propiedad privada, señor.

—Son cosas que normalmente respeto, pero nos enfrentamos a una situación extraordinaria. Lo cual significa que tu propiedad privada me importa una mierda. Vayamos a ver, ¿de acuerdo?

Una vez fuera, Pedro buscó la llave en su llavero. Carling y los dos tipos de seguridad se quedaron observándolo.

—No tenemos todo el día —lo apremió Carling.

Pedro abrió la cerradura y tiró de la puerta. En el garaje había herramientas, las bicicletas de los niños y un montón de porquería.

—¿Lo ve, señor? Ya le he dicho que no tengo ninguna camper.

—Muy bien —concluyó Carling—. Has hecho un pequeño avance en cuanto a ganarte mi confianza. A ver si te la ganas del todo. Entremos para acabar nuestra charla.

Pedro echó a correr hacia la carretera. La casa más próxima estaba a un centenar de metros. Tal vez confiaba en poder parar un coche, pero fue imposible. Los hombres de Carling le cortaron el paso, lo agarraron y lo arrastraron hasta el garaje.

—Yo me encargo —les dijo Carling, entrando en la cámara de tortura—. Vosotros montad guardia.

La puerta del garaje permaneció diez minutos cerrada.

Cuando Carling salió, no quedaba en su camisa ni un solo fragmento seco y la banda de su sombrero de vaquero estaba empapada en sudor. Las botas de cuero tenían manchas de sangre. Cerró la puerta a su espalda.

—El muy hijo de puta no ha cantado —dijo—. Un tipo duro, ese enano.

Uno de sus acompañantes le preguntó:

—¿Tenemos que dejarlo tirado por algún lado?

—No. No me parecía apropiado acabar con él, pero le he dicho que si llama al sheriff puede considerarse hombre muerto, y también su familia.

—¿Y ahora qué hacemos?

—Concentrarnos en ese tal Donovan.

Las dos Marías se estaban comportando estoicamente, pero Mary Riordan no paraba de quejarse.

—¿Cuánto tiempo vamos a seguir dentro de esta carraca? Tengo el estómago como un plato de huevos revueltos. No he pegado ojo. Y tampoco es sano para los niños. Huele a pañales sucios.

Habían sido una noche muy larga y una mañana aburrida y calurosa. Nadie excepto los bebés había conseguido dormir gran cosa. Las chicas se habían apretujado en el colchón. Sue confiaba en poder reclinar un poco uno de los asientos de delante, pero ninguna había querido renunciar a su espacio y había tenido que echar una cabezada con el respaldo recto. Por motivos de seguridad, si es que ese concepto existía para mujeres que viajaban solas de noche, había aparcado en un Walmart Supercenter al otro lado de la frontera con Oklahoma. Era un lugar bien iluminado y había estacionadas varias autocaravanas y campers. Conducir toda la noche no tenía sentido y tampoco había necesidad de ponerse en ruta muy temprano al día siguiente. Tenía que esperar a Cal, que no cogía el avión hasta la mañana.

—Pronto pararemos para ir al lavabo y tirar los pañales —afirmó Sue.

—Aún no has dicho adónde vamos.

—Si os dijera que a Midland, ¿os sonaría de algo?

—De nada.

—Por eso no lo he dicho.

—Cada día eres más graciosa, Sue. ¿Por qué vamos allí?

—Para reunirnos con alguien que nos ayudará.

—¿Con quién?

—Lo conocéis. Con Cal Donovan.

—¿El lumbrera de la universidad?

—Ese.

—¿Está casado o soltero?

—¿Y cómo quieres que lo sepa?

—¿Podrías haberlo mirado en internet?

—¿Por qué tendría que haberlo hecho?

—Porque estás colada por él.

—¿Por qué dices eso?

—Vi cómo lo mirabas, por eso.

—Eso es ridículo.

—¿Lo es?

—Sí, lo es.

—¿Y cómo piensa ayudarnos?

—Conoce a alguien que nos acogerá mientras él organiza algo.

—¿Eres consciente de lo vago y estúpido que suena eso?

Sue presionó con fuerza el volante en lugar de gritar.

—Mary, ¿tienes idea de lo pesada que puedes resultar a veces?

—Me lo decían a menudo mis profesores. Profesores a los que odio. ¿Por qué no vamos a una comisaría y ya está?

—¿Y qué les decimos?

—No lo sé. ¿Qué te parece si les decimos que el papa perfumado ha intentado follarnos? Tendrán que creernos, ¿no?

—Si vamos a una comisaría, lo más probable es que a mí me arresten por haberos secuestrado y que a vosotras os devuelvan al rancho. El señor Anning es un hombre muy poderoso.

Siguieron camino. El pequeño JJ empezó a llorar y María Mollo fue incapaz de calmarlo. El llanto se contagió a JD, y JD contagió a JR.

Mary se tapó los oídos con los dedos y María Aquino anunció:

—No más.

—¿No más? ¿No más qué? —preguntó Sue.

—Pañales.

Mary se retiró los dedos de los oídos.

—No te he oído. ¿Qué has dicho, Minion?

—Pañales.

—Mierda —soltó Sue.

—Muy bien, Sue —dijo Mary—. Mierda es apropiado.

—¿Por qué no habéis dicho nada antes, cuando estábamos en el Walmart? —preguntó Sue.

—Me parece que Ígor quizá intentó decir algo anoche, pero solo farfullaba en español.

—Estupendo —dijo Sue—. ¿Seguimos con la diversión?

—Es una autocaravana gigante, señor Carling —dijo el detective privado.

—¿Hacia dónde se dirige?

—Ha tomado la I-20 en dirección oeste, hacia Abilene.

—No lo pierda de vista —ordenó Carling—, y mándeme en cuanto pueda un mensaje con los detalles de la autocaravana y el número de matrícula.

Cal le estaba cogiendo el tranquillo a lo de conducir aquel armatoste, pero cuando se había puesto al volante había dicho para sus adentros: «Señor, te pido, por favor, que no me vea obligado a dar marcha atrás con este trasto». Dominaba la carretera desde lo alto de su asiento de capitán de barco y llevaba sintonizada la radio en AM, puesto que la FM no funcionaba. Sus únicas opciones eran música pop, música country o unos cuantos predicadores con voz estridente que sonaban todos igual. Ni siquiera un profesor de religión como él soportaba sus peroratas. Se decantó por el country, y por controlar la larga autopista recta y contemplar un paisaje de matorral pardo, colinas verdes y un cielo muy grande y muy azul.

Le sonó el móvil y lo buscó en la americana que había dejado doblada en el asiento del acompañante. No reconoció el número.

—Hola, Donovan al habla.

—Profesor Donovan, soy Beth Gottlieb.

No esperaba volver a tener noticias de ella. Le había contado todo lo que sabía sobre Anning y sobre el accidente de avión. Era prometedor pero circunstancial. Cal no sabía qué conclusiones extraer de aquello y seguía sin tener ni idea de lo que Steve Gottlieb quería contarle.

—Beth, hola. ¿Puedo ayudarla en algo?

—Es más bien al revés —replicó ella—. Tal vez sea yo la que pueda ayudarlo.

30

A Cal le costó hacerse una idea de cuál era el estado mental de Beth Gottlieb. Era un hervidero de amargura y tristeza. En determinados momentos, su discurso parecía apurado, fluía demasiado rápido. Luego cambiaba de marcha y adoptaba un ritmo monótono y más lento. Y de pronto cayó en la cuenta. Había estado bebiendo. En la costa este era media tarde, pero Cal reconoció el sonido del alcohol.

—¿Qué se supone que debes hacer cuando descubres que tu marido tiene un lío? —preguntó Beth.

Cal no contestó. No le pareció que su interlocutora estuviera esperando una respuesta.

—Crees que conoces a alguien y entonces, de repente, ya no lo conoces. Si estuviera vivo, le retorcería el cuello. Lo haría, se lo aseguro. Hasta ahora no lo sabía, pero creo que soy de esas mujeres que habría cogido todos sus trajes y sus camisas y los habría destrozado a cuchillazos, para luego verter pintura sobre todos sus putos zapatos. ¿Tiene idea de cuántos pares de zapatos tenía ese hombre?

—¿Cómo se ha enterado?

—Tuve que pedir que abrieran su caja fuerte con un taladro. Nunca supe la combinación. Encontré cartas. No muchas. Cartas de amor enviadas a su oficina. Ella las marcaba como personales y confidenciales porque, de lo contrario, supongo que la secretaria de mi marido las habría abierto. No las firmaba. Solo con la letra B. Sin remitente. Tenían todas el matasellos de New Haven. Y estaban llenas de cosas de sexo. ¡Sexo! «Adoro tu cuerpo». «Adoro sentirte dentro de mí». Vomité. Vomité literalmente.

A Cal también le entraron ganas de vomitar.

—Lo siento, Beth. Pero me pregunto qué tiene eso que ver conmigo.

—Enseguida llego a ese punto, pero ahora le pregunto: ¿qué se supone que tengo que hacer con esto? Steven está muerto. Asesinado, y la policía no sabe ni por qué ni por quién. No puedo gritarle. Me sentiría como una chalada si ahora fuera al cementerio y me pusiera a gritarle a su tumba. ¿Qué se supone que tengo que hacer?

—Tal vez debería hablar con alguien. ¿Quizá con un psicólogo?

Volvió a ponerse rabiosa.

—No le estaba pidiendo consejo. Era una pregunta retórica. Tengo entendido que es usted profesor de Harvard. ¿No ve cuando una pregunta es retórica?

—Perdón.

—Su correo electrónico y su agenda, todo lo relacionado con trabajo, estaban en el ordenador de su despacho. Y mientras no cierre sesión, sé que no voy a necesitar contraseñas. ¿Me explico? Anoche dediqué horas a navegar por sus archivos, con una botella de vino a modo de apoyo emocional. No será usted bebedor, ¿verdad?

—De hecho, lo soy.

—Entonces me entiende. Estaba intentando averiguar quién era esa tal B, los días que quedaban para hacer guarrerías, lo que fuera. Mi marido era cuidadoso. Muy cuidadoso. Seguramente porque su secretaria tenía acceso al ordenador. Pero encontré una entrada en su agenda de hace año y medio. Y por eso pensé en usted.

Cal estaba conduciendo por el carril más rápido y no se dio cuenta de que llevaba un coche pegado intentando que cambiara de carril. El vehículo le hizo luces y Cal cambió al de la derecha. Habría preferido utilizar las dos manos para dirigir aquella pesada bestia, pero no iba a colgar.

—Entiendo. ¿Y qué decía?

—Era de una teleconferencia. No aparecía ningún número ni asunto. Simplemente ponía: «Telecon, lunes, 15 horas, Anning y BH en YSE». Estaba usted interesado en Anning, ¿no?

—Sí, por supuesto. ¿Y cree que BH podría ser su B?

—No «mi» B, sino «su» B.

—Me refería a eso.

—¡Sí, su B! Porque, si no hubiera estado intentando esconderla de todo el mundo, habría anotado su puto nombre.

—Sí, entiendo. Y eso de YSE, ¿le dice algo?

—Steven nunca reconoció mi cerebro. Me especialicé en Lenguas Romances en la universidad. Me gradué con una nota media sobresaliente. Está bien, ¿no?

—Muy bien.

—Pues el caso es que este cerebro que tengo acabó atando cabos. El matasellos de New Haven en esas cartas de contenido sexual. Yale está en New Haven. La Y de YSE se corresponde con Yale.

—¿Y qué cree que significa YSE?

—Son las siglas de la Escuela de Ingeniería de Yale, naturalmente. Steve estudió allí. ¿No lo sabía?

—Quizá sí. Lo habré olvidado. Y entonces ¿quién es BH? Oyó que sonaba un timbre.

—Aún no he llegado tan lejos. Mire, ahora tengo que irme. Viene a buscarme una amiga para ir a la pedicura. Le he ayudado, ¿verdad?

—Es bastante probable. Muchas gracias. De verdad.

—Tal vez podría venir y darme las gracias en persona. Me pareció usted un hombre muy atractivo.

Cal acabó rápidamente la llamada.

Anning. BH. YSE.

Tal vez significara algo, tal vez no.

Iba bien de tiempo y tenía hambre, de modo que decidió abandonar la autopista en la primera salida que encontrara y buscar algún establecimiento de comida rápida. Y hacer una llamada sin necesidad de tener que levantar una mano del volante.

—Ha salido de la autopista, señor Carling.

—¿Dónde?

—En Merkel —dijo el detective privado—. Un poco al oeste de Abilene.

—Entendido. ¿Algún indicio de Gibney y las chicas?

—De momento, no. Espere, acaba de aparcar en un McDonald's. Vamos a seguirlo y aparcaremos al otro lado.

Carling estaba en la oficina del departamento de seguridad del sótano de la mansión. Dio golpecitos con un bolígrafo en el protector de superficie de su escritorio.

—Ha salido de la autocaravana —dijo el detective.

—¿Y?

—No lo perdemos de vista. Parece que está pidiendo comida.

—Bien. ¿Qué más? ¿Están ellas ahí?

—Espere un momento. Mi compañero va a entrar.

—Que no se percate de que lo están siguiendo.

—Tranquilo.

Más golpecitos con el bolígrafo, más rápidos.

—Mi compañero está de vuelta, señor Carling. Está comiendo una hamburguesa. Solo. Las chicas no están aquí.

—De acuerdo, muchas gracias por los detalles sobre la hamburguesa con patatas. —Carling dio por terminada la llamada con indignación.

Sue se encontraba al noroeste de la posición de Cal, en la I-27, entre Amarillo y Lubbock, circulando en dirección sur hacia Midland. Había perdido la cuenta de las pausas que las chicas le habían pedido para ir al baño y María Mollo le suplicaba una vez más que parara. Además, la furgoneta volvía a oler a pañales mojados. Normalmente solo dejaba la autopista en las salidas marcadas con diversos servicios, y el cartel indicador de la siguiente no anunciaba más que una gasolinera. Pero María estaba casi gritando y decidió desviarse de todos modos.

La carretera secundaria atravesaba un grupo de viviendas que no podía calificarse de pueblo, apenas algunas casitas, ni siquiera un pequeño supermercado. De entrada, a Sue le dio la impresión de que la gasolinera se encontraba cerrada. Los surtidores estaban vacíos; las puertas del taller, cerradas. Ni siquiera reconoció la marca de gasolina que vendían. Era como si hubieran retrocedido en el tiempo. Pero entonces vio una luz encendida al otro lado de una puerta con un cartel que rezaba «Oficina».

—Llenaré el depósito —dijo Sue a Mary—. Ya sabéis cómo va. De una en una. Ahora le toca a María. Juntas sois demasiado reconocibles.

—Sí, esto está plagado de paparazzi —replicó Mary. Pasó al asiento del acompañante y echó un vistazo al exterior a través del cristal mugriento de la ventanilla.

Sue salió del furgón, tiró de una manguera y empezó a repostar. Miró alrededor en busca del letrero de los aseos y, al no ver ninguno, llamó a la puerta de la oficina. Tras ver que no respondía nadie, la abrió y saludó.

Justo en ese momento se levantó la puerta abatible del taller y salió un hombre flaco en mono de trabajo. Miró a Sue de arriba abajo y le preguntó qué quería. Sue vio que debajo de un coche montado en un elevador había un segundo mecánico.

—Estaba buscando un aseo para mi hija.

—Entre en la oficina y la primera puerta a la derecha. Bien que esté echando gasolina.

—¿Por qué lo dice? —preguntó Sue.

—Porque no dejamos utilizar los baños a menos que sean clientes. ¿Con tarjeta o en efectivo?

—En efectivo.

—Pues bien también, porque el cacharro de las tarjetas no funciona. Algo relacionado con el módem o no sé qué mierda. Ni idea.

A Sue no le gustaba nada el aspecto de aquel lugar, pero había empezado a llenar el depósito y María necesitaba vaciar la vejiga. Abrió la puerta trasera para que saliera, la acompañó a la oficina y miró el aseo antes de permitirle entrar. Estaba a medio camino entre limpio y asqueroso, pero al menos había papel higiénico y María no podía más. Esperó en la puerta a que acabara.

Cuando salieron, los dos mecánicos estaban junto a la furgoneta, intentando convencer a Mary Riordan de que bajara la ventanilla.

A Sue se le secó la boca de repente. Abrió con prisas la puerta de atrás y empujó a María hacia el interior. El depósito ya estaba lleno. Retiró la manguera y la colgó.

—¿Cuánto le debo? —preguntó.

—Podría salirte gratis —respondió el segundo mecánico—. Soy el propietario. Si quiero no tienes que pagar nada.

—¿Cuánto? —volvió a preguntar Sue, esta vez con tono tajante.

—¿Sabes qué? —dijo el propietario, limpiándose las manos en los vaqueros—. Incluso te miraré el aceite de este trasto, porque imagino que sabrás que estás quemando aceite, y te limpiaré también el parabrisas porque debe de llevar la mitad de los bichos del condado pegados. ¿Por qué no venís tú y estas chicas adentro con nosotros? Tenemos cerveza en la nevera. De todos modos, ya es casi la hora feliz.

Sue se metió la mano en el bolsillo y sacó un billete de veinte dólares, lo dobló unas cuantas veces y lo tiró al asfalto.

—Nos vamos —dijo, y volvió a la furgoneta.

El otro mecánico se acercó a ella exhibiendo una dentadura repleta de manchas de tabaco.

—Nos parece, chicas, que deberíais quedaros un rato.

Sue estaba intentando mantener la calma mientras pensaba en cómo salir de aquella, cuando vio que el propietario retrocedía con lentitud hacia la oficina y el otro tipo se quedaba paralizado. Las ventanillas de la furgoneta funcionaban manualmente. Oyó que la del lado del acompañante chirriaba al bajar.

Mary Riordan apuntó a los hombres con el revólver de Pedro.

—Voy a apretar el puto gatillo, panda de cabrones con cerebro de mosquito —dijo Mary con el acento irlandés más pronunciado que Sue le había oído jamás.

Sue corrió hacia el otro lado del vehículo, subió, puso el motor en marcha y quemó el poco caucho que debía de quedarles a los maltrechos neumáticos para salir a toda velocidad hacia la autopista.

—Baja la pistola, Mary —dijo con voz temblorosa.

La chica la guardó de nuevo en la guantera. Las dos Marías estaban confundidas en la parte de atrás, con los ojos como platos. No habían visto nada de lo que pasaba y no habían entendido lo que decían. Pero habían visto el arma y Sue no estaba segura de si estaban asustadas o impresionadas.

Nadie volvió a abrir la boca hasta que se incorporaron a la autopista.

—No habrías apretado el gatillo, ¿verdad? —dijo por fin Sue.

—¿A ti qué te parece?

Sue no respondió.

—¿Por qué no me has echado la bronca por decir palabrotas? —preguntó entonces Mary.

Sue meneó la cabeza.

—Porque creo que es lo más bonito que te he oído decir nunca, Mary Riordan.

En el McDonald's, Cal acabó de comer. Se quedó allí sentado, frustrado por la mala conexión de internet, hasta que desistió y llamó a Joe Murphy.

—Sí, estoy en Texas, de camino a reunirme con ellas —dijo—. Solo tengo una barra de cobertura. ¿Podrías hacerme una búsqueda? Me ha llamado la mujer de Steve Gottlieb, borracha, para hablarme de algo que había encontrado en la agenda de su marido. Se trata de una teleconferencia que mantuvo hace algo más de un año con Anning y alguien que responde a las iniciales «BH» y que, según ella, es de la Escuela de Ingeniería de Yale. ¿Puedes entrar en la página web y echar un vistazo?

—Eso está hecho —dijo Murphy—. Estoy justo delante del ordenador. Veamos, ¿sabes de qué departamento podría ser?

—Ni idea. ¿Cuántos hay?

—Varios. Voy a mirar por encima. Por lo que veo, debe de haber unos doscientos profesores. ¿BH, has dicho?

—BH. Una mujer, creo.

—Aquí, mira. Una mujer. Belinda Hartman. ¿Qué te parece?

—Prometedor. ¿En qué departamento está?

—Ingeniería Biomédica.

—¿Puedes hacerme otro favor, Joe? Indaga un poco sobre su historial. Mira qué puedes averiguar tanto a nivel profesional como personal.

—Te llamo en cuanto lo tenga. Ándate con cuidado por ahí.

Eran las cinco de la tarde y Randall Anning estaba deseando tomarse una copa. Se había pasado todo el día encerrado en la biblioteca recibiendo noticias intrascendentes de Clay Carling, y a medida que la jornada avanzaba se sentía cada vez más enojado y nervioso. Al final claudicó y se sirvió un poco de bourbon para mitigar su crispación antes de marcar el número de seguridad.

—¿Dónde está ahora?

—Según la última actualización, está llegando a Midland —respondió Carling.

—¿No hay noticias de las chicas?

—Nada, señor Anning. Ya sabe que en cuanto se produzca el contacto se lo comunicaré.

—Asegúrese de hacerlo.

Anning colgó y se sirvió otra copita. La apuró de un trago, se reclinó en su silla de cuero y la hizo girar para recorrer con la mirada la pared cubierta de fotos de detrás del escritorio.

Se fijó en una imagen discreta. Era una fotografía pequeña, sin colores muy vivos y sacada de lejos, lo que hacía que resultara prácticamente imposible distinguir quién aparecía. Eso la hacía muy distinta a las demás fotos de la galería, que en su mayoría eran espléndidos retratos de Anning con famosos y políticos, incluyendo los seis últimos presidentes.

Era una fotografía tomada desde un helicóptero en la que se veía a dos hombres agitando los brazos en lo alto de una montaña cubierta de nieve, al lado de los restos de un avión.

31

Tres años antes

Era invierno en los Andes y las condiciones para esquiar rozaban la perfección. Oleadas de tormentas de nieve habían depositado sobre las cumbres de las mejores estaciones de esquí una base firme y una capa de esponjosa de nieve en polvo que llegaba hasta la cintura. Entre tormenta y tormenta, las temperaturas eran relativamente suaves y el sol brillaba con fuerza. Era la última noche del grupo en las montañas chilenas de Nevados de Chillán y los ánimos de los nueve invitados estaban tan arriba como aquel lugar. Se encontraban en un comedor privado del Gran Hotel Termas de Chillán, un establecimiento de cinco estrellas, cuando su anfitrión, Randall Anning, levantó la copa para brindar.

—¡Demonios! —exclamó Kincad, un magnate del petróleo de Dallas—. Otro discurso de Randall.

—Bueno, tendrás que tragártelo, Bruce —repuso Anning, con una sonrisa de oreja a oreja—. La última vez que lo comprobé, era yo el que pagaba la cuenta de toda la semana, de modo que más te vale escucharme mientras juego a ser el maestro de ceremonias.

Kevin Fox, un banquero de inversión de Nueva York que estaba un poco achispado después de varias copas de pisco, la bebida local, dio unos golpecitos con un cuchillo a su vaso de agua para pedir silencio.

—Gracias, Kevin —dijo Anning—. Solo con ese gesto has conseguido que mi próximo contrato de fusiones y adquisiciones se decante a tu favor y no a favor de McGee, que parece más interesado en prostituirse por el negocio de salida a bolsa de Gottlieb que en demostrar a su anfitrión, es decir a mí, alguna puñetera muestra de cortesía.

McGee fingió que no estaba escuchando.

—Disculpa, Randy, ¿decías algo? Estaba hablando con Steve sobre una salida a bolsa muy fiable.

Por encima de las carcajadas, Anning dijo:

—Me estás dando la razón, cabrón. Y ahora, caballeros (y no es necesario que os diga que utilizo el término en líneas muy generales), quiero deciros que esta noche señala el punto intermedio de nuestra aventura de esquí. Hemos disfrutado de tres días maravillosos en Chile practicando el esquí fuera de pista tras lanzarnos desde un helicóptero, y creo que todos hemos aprendido lo suficiente sobre el talento, o la ausencia de talento, de los demás como para poder otorgar algunos premios. El jurado que otorga los galardones está integrado por todos los multimillonarios del grupo (eh, un momento, ¡soy el único!) y las opiniones del comité son finales y no van a ser cuestionadas por nadie. ¿Entendido? Vale, pues el primer premio es para el esquiador que está más en forma, el que baja más rápido las montañas y el más atractivo con diferencia. Cielo santo, ¡pero si soy yo!

Ente abucheos, Anning buscó debajo de la mesa y sacó una botella de licor que depositó delante de él.

—El premio consiste en una botella de Pisco Puro, que es una especie de whisky escocés pero chileno. Está hecho con una sola variedad de uva. No me digáis que no habéis aprendido nada esta semana. Muy bien, y ahora, el siguiente premio es para el esquiador que presenta menos probabilidades de localizar a otro esquiador enterrado por una avalancha. Y el premio es para Phil Alexander, que fue incapaz de encontrar la baliza enterrada en tres intentos.

Alexander, abogado corporativo, protestó.

—Denunciadme. Argumento que mi auricular estaba defectuoso.

Anning le obsequió con una botella idéntica.

—El siguiente galardón es para el esquiador que se quejó más por el dolor de cabeza provocado por el mal de altura, y es para Steve Gottlieb. Steve, aquí tienes tu botella más un par de analgésicos.

Gottlieb se levantó, saludó y se agarró la cabeza.

Anning siguió hablando.

—Y ahora tenemos un premio para el chico con el traje de esquí más estridente, que va a parar a manos del señor Amarillo y Rosa, Neil Bartholomew.

Bartholomew, un constructor de gaseoductos para el transporte de gas natural, aceptó la botella y dijo:

—Ya os gustaría a todos vosotros tener el gusto sartorial que tengo yo.

—¿Qué demonios quiere decir «sartorial»? —intervino Kyle Matthews, el consejero delegado de una refinería—. ¿Se trata de una palabra de mariquita acorde con tu ropa de mariquita?

—No, Kyle —replicó Bartholomew, dándoselas de culto—. Es una palabra que aprendí en un lugar llamado escuela. ¿Has estado alguna vez?

Anning entregó un par de galardones más y dijo:

—Y el resto de estos caraduras merece también una mención honorable. Venid a buscar vuestra botella, pero no os emborrachéis mucho esta noche. El toque de diana es a las ocho en punto de la mañana para partir hacia la auténtica *pièce-de-résistance* de la semana: Cerro Catedral, Argentina. La Catedral, caballeros, donde disfrutaréis del mejor esquí fuera pista de una vida que se verá enriquecida por esta experiencia.

Enseguida quedó claro que no todos habían seguido el consejo de no beber demasiado, puesto que en el monovolumen de cortesía que los condujo hasta el aeropuerto reinaba un silencio poco habitual. Un avión privado, un King Air 350 con turbohélices, los esperaba para trasladarlos a Argentina. Los hombres se instalaron en los nueve asientos disponibles. El piloto salió un momento a charlar con ellos después de que el copiloto y él finalizaran la lista de comprobación previa al vuelo.

—Tengo el honor de ser hoy su piloto —dijo el capitán—. Me llamo Joaquín Araya. Mi copiloto es Matías Espinoza y los conduciremos a ustedes y a sus carísimos esquíes hasta Carlos de Bariloche, que está a una distancia de casi ochocientos kilómetros de aquí. El tiempo de vuelo será inferior a tres horas. El parte meteorológico anuncia cielos encapotados, pero no nos encontraremos con grandes inclemencias. Por su seguridad, les recomiendo que mantengan los cinturones de seguridad abrochados siempre que no se hayan levantado para tomar un refresco o para ir al baño. Disfruten del vuelo, caballeros.

Anning, que tenía la cabeza perfectamente despejada, ocupó el primer asiento, el único que giraba, lo que le convirtió en el centro de atención, y se encargó de repartir tazas de café cuando el avión se estabilizó al alcanzar los ocho mil doscientos metros de altitud. Antes de ser engullidos por las nubes, los picos de los Andes fueron un espectáculo digno de contemplar, nítidamente recortados y cubiertos de un blanco puro.

Steve Gottlieb iba sentado al lado de Neil Bartholomew. No habían hablado mucho durante el viaje y aprovecharon la oportunidad para conocerse mejor.

—Y bien, Steve, ¿cómo es que conoces a Randy?

—Nos conocimos hará un par de años, cuando él pretendía adquirir una de las compañías de mi cartera.

—Ah, ¿sí? ¿Y cerrasteis el trato?

Gottlieb se echó a reír.

—Ofrecía un precio demasiado bajo.

—Siempre va a por lo barato, el cabrón, ¿verdad?

Estaban una fila por detrás de Anning, que hizo girar el asiento, les dijo que había oído el comentario y volvió a girarse hacia delante para seguir leyendo un libro en su tablet.

—Bueno, digamos que nosotros le veíamos más valor que él. El caso es que desde entonces ha estado olisqueando el culo de algunas de mis compañías. Veremos si algún día cerramos un matrimonio.

—¿En qué tipo de compañías inviertes?

—Nuestro fondo no es monolítico. Nos dedicamos a todo tipo de actores tecnológicos, desde tecnología médica hasta robótica, pasando por soluciones de software.

—¿Tienes un perfil más de ingeniero o más de finanzas? —preguntó Bartholomew.

—A estas alturas, creo que un poco de ambas cosas, pero tengo un máster en Ingeniería Mecánica por la Universidad de Yale.

—Bien, está muy bien.

—¿Y tú, Neil?

—Me especialicé en negocios por la Texas A&M. Soy un *aggie* de la cabeza a los pies. Empecé a trabajar en el sector del gas natural en cuanto salí de la universidad y no volví la vista atrás. ¿Niños?

—¿Cuenta una esposa con pataletas constantes?

—Creo que sí, Steve.

—Pues entonces sí, tengo una.

Llevaban hora y media de vuelo cuando todo el mundo lo oyó.

Un plinc. Y luego un fuerte paf.

Se abrió la puerta de la cabina de mando y todos los que iban sentados delante oyeron la reacción del piloto y el copiloto a la situación.

—¿Qué está pasando? —preguntó Phil Alexander desde atrás.

Anning era el que estaba más cerca.

—Mierda —soltó Anning—. Parece que el cristal del parabrisas del lado del piloto se ha resquebrajado.

—Y eso no es bueno, ¿no? —dijo Kevin McGee.

—Diría con toda seguridad que eso cae dentro de la categoría de nada bueno —replicó Anning—. Bajemos todos la voz y dejemos que esos chicos de delante hagan su trabajo.

Los pilotos, tal vez por la tensión, pasaron a hablar en español, y mientras el copiloto dialogaba por radio para pedir permiso para realizar un cambio de altitud, se oyó un paf mucho más fuerte, seguido de un zumbido tremendo cuando el cristal del parabrisas se desprendió catastróficamente y salió volando.

La cabina se despresurizó de inmediato.

Las máscaras de oxígeno hicieron acto de presencia.

El rugido era ensordecedor. Ni siquiera se oían los gritos.

Entonces el avión dio una sacudida hacia la izquierda y empezó a descender a toda velocidad.

El cristal que se había desprendido había sido succionado por el motor izquierdo y había hecho trizas las hélices. Un fragmento de hélice se había transformado en metralla y había segado el estabilizador horizontal izquierdo y el elevador.

Anning se llevó a la cara la máscara de oxígeno que colgaba delante de él y asomó la cabeza en la cabina de mando. El copiloto se había acercado al capitán, que yacía desplomado sobre su arnés. Por la ventanilla desprendida salió proyectado un chorro de sangre de la herida que el piloto tenía en el pecho, atravesado por un fragmento de la hélice.

El avión empezó a girar en espiral, con el morro hacia abajo y atravesando una capa de nubes gruesas. El copiloto se puso su máscara de oxígeno y desvió su atención del piloto hacia los mandos. En una complicada pelea con la palanca de control y los pedales del timón de dirección, consiguió levantar ligeramente el morro. Pero estaban perdiendo altura a gran velocidad.

Las nubes se despejaron.

Se acercaba amenazadoramente una montaña.

Anning perdió la noción del tiempo. La ladera de la montaña estaba cada vez más cerca. El rugido del viento era tan potente que nadie alcanzó a oír los gritos del copiloto.

—¡Agárrense! ¡Agárrense! ¡Agárrense!

Gottlieb cobró conciencia de que su cara estaba fría y entumecida. Tenía los ojos cerrados. Intentó arrugar la nariz, pero estaba demasiado rígida.

—¡Ay! —gritó. El codo derecho y la rodilla derecha le dolían muchísimo.

Abrió los ojos y parpadeó, sumido en un estado de confusión lamentable. Estaba sentado en el asiento del avión, con el cinturón de seguridad abrochado, pero no había avión. Tenía los pies descalzos hundidos en la nieve. Todo a su alrededor era puro, blanco, gélido. Ráfagas de nieve se arremolinaban en torno a su cuerpo.

Miró hacia la izquierda. Su compañero de asiento estaba también allí, pero la cabeza de Neil Bartholomew había desaparecido y su jersey de color azul celeste estaba bañado en sangre roja.

Gottlieb gritó.

Anning se despertó. Oyó un chillido a lo lejos.

Tenía enfrente los restos de una cabina. Ambos pilotos estaban tan destrozados y retorcidos como el metal. Miró a su espalda y vio nieve, solo nieve. El fuselaje había quedado arrancado de la parte delantera del avión, por un punto situado justo detrás de su asiento. Hizo un inventario rápido de su persona. Por lo que parecía, todo funcionaba correctamente y no sentía mucho dolor.

—¡Hola! —gritó al hombre que había chillado—. ¡Te oigo!

—¡Socorro!

—¿Quién eres? —vociferó Anning.

—¡Steve Gottlieb!

—¡Soy Randy, Steve! ¿Quién más está contigo?

—Neil está muerto.

—Dios mío. —Anning lo dijo tan flojito que Gottlieb no lo oyó. Y gritó a continuación—: ¿Estás herido?

—¡Sí!

—¡Vale, voy! ¡Espera un momento!

Anning se desabrochó el cinturón y pasó por la abertura parcialmente colapsada que daba acceso a la cabina de mando. Le pareció que los dos miembros de la tripulación estaban muertos. Había huesos asomando por los pantalones, pero vio que el copiloto respiraba.

—¡Despierte! —dijo, tirando al hombre de la oreja.

Se oyó un leve gemido.

No recordaba cómo se llamaba.

—Nos hemos estrellado. ¿Ha enviado una señal de socorro por radio? ¿Ha comunicado nuestra posición?

El hombre abrió un poco los ojos e intentó hablar.

—Nada de radio. No ha habido tiempo —dijo con voz ronca, y cerró los ojos.

—¿Hay alguna baliza de emergencia a bordo? —preguntó Anning, tirándole de nuevo de la oreja.

El copiloto abrió los ojos una última vez.

—No llevamos ELT.

—¿Baliza de emergencia? ¿Es eso lo que quiere decir? —preguntó Anning, pero la respiración del copiloto se convirtió en un jadeo hasta que se detuvo por completo.

Anning maldijo y se volvió hacia la nieve. El primer paso que dio lo hundió hasta medio muslo.

—¡Steve! ¿Dónde estás? ¡Grita!

—¡Aquí!

Anning forzó la vista y miró a su alrededor, intentando ubicar el punto de donde llegaba la voz. Estaba en una ladera, en una ladera muy empinada. Vio algo plateado a cierta distancia, hacia abajo.

—¡Vuelve a gritar!

La voz de Gottlieb no venía de esa dirección. Tenía que estar colina arriba. Anning empezó a luchar contra la gravedad hasta que vislumbró la imagen incongruente de dos hombres atados en asientos contiguos, uno con cabeza y el otro sin ella.

Llegó hasta donde estaba Gottlieb e intentó no mirar el cadáver de Bartholomew.

—¿Quién más está vivo? —preguntó Gottlieb.

—No lo sé. Los pilotos han muerto. Creo que una parte de la cabina está montaña abajo. ¿Dónde te duele?

—El brazo y la rodilla.

—¿Crees que podrás caminar?

—Puedo intentarlo.

—Hay mucha nieve. Te ayudaré.

Era imposible calcular lo lejos que, montaña abajo, había ido a parar la parte posterior del fuselaje, pero necesitaron una agonizante hora de caminata y deslizamientos para llegar hasta allí.

Faltaban las alas y la cola, pero, por lo demás, el cuerpo del avión estaba prácticamente intacto. Se había partido justo detrás del asiento de Anning. La fila de asientos de Gottlieb se había desprendido con el impacto. Al llegar al avión, Gottlieb se derrumbó de agotamiento y dolor, y descansó la espalda en el fuselaje mientras Anning echaba un vistazo al interior. El resto de los asientos y sus ocupantes estaban intactos. Apesadumbrado, Anning recorrió la cabina e hizo balance de seis fallecidos, hasta que llegó a Phil Alexander, el abogado, que ocupaba el último asiento, justo delante del aseo y del espacio para el equipaje.

Alexander estaba consciente, con la mirada perdida.

—Estoy aquí, Phil.

—¿Dónde estoy?

—Nos hemos estrellado.

—¿Sí? No lo recuerdo. Hace frío, joder.

—Estamos en la ladera de una montaña. Steve Gottlieb está vivo. Nadie más.

—No siento las piernas. Me duele el abdomen.

—Mierda. Deja que piense. Quédate aquí.

—Randy —Alexander esbozó una mueca de dolor—, ¿crees que voy a levantarme e irme de aquí bailando, gilipollas?

El viento se había levantado y la nieve había arreciado, cubriendo el fuselaje plateado con una piel de color blanco. Anning se sentó al lado de Gottlieb y le dio el parte. Por primera vez desde que se habían estrellado, Gottlieb rompió a llorar.

—Estamos muy jodidos —dijo.

—No pinta nada bien, amigo mío —concedió Anning—. De eso no cabe la menor duda.

—A lo mejor los pilotos han enviado por radio un mensaje de auxilio antes de estrellarnos.

—El copiloto ha sobrevivido un minuto después de que consiguiera llegar hasta él. Y me ha confirmado que no.

—Esperemos que el avión esté equipado con un transpondedor de emergencia —dijo Gottlieb.

—¿Es eso un ELT?

Gottlieb asintió con vehemencia.

—Un transmisor localizador de emergencia, sí.

—Pues no ha habido suerte, Steve. No lo hay.

—Entonces estamos muertos —concluyó Gottlieb. Llevaba el móvil en el bolsillo de la chaqueta—. Acabo de probar con el teléfono. No hay cobertura.

—Aún no estamos muertos —repuso Anning—. Voy a necesitar tu ayuda para sacar a Phil de ahí dentro.

—¿Por qué?

—Porque está lleno de cadáveres.

—Aquí fuera está nevando, Randy. No hay donde cobijarse. Deberíamos entrar.

—¿Y qué pasa con los cadáveres?

—No soy médico, pero no creo que los muertos necesiten cobijo. Saquémoslos y pensemos cómo podemos cubrir la abertura del avión. Después trataremos de ocuparnos de las heridas de Phil y miraremos si hay algo de comida en el avión.

Anning se mostró de acuerdo con el plan.

—Te lo digo de antemano, Steve, si tenemos que comer carne humana para sobrevivir, pienso hacerlo.

Gottlieb gruñó.

—Por el amor de Dios, Randy, ¿llevamos menos de dos horas en esta montaña y ya estás hablando de canibalismo?

32

Cal estaba a poco más de quince kilómetros de Midland, Texas, cuando Murphy le llamó después de enviarle un volcado de datos sobre Belinda Hartman. Guio la autocaravana hacia el carril lento y se pegó el móvil al oído.

Hartman tenía abundante presencia en internet, al menos desde el punto de vista académico, pero Murphy no estaba seguro de que la información obtenida resultara muy esclarecedora. Cal estaba de acuerdo. El currículum era el de una pura sangre. Graduada en Yale. Máster en Yale. Doctorado en Yale. Incorporada directamente al cuadro de profesorado de Yale, en la actualidad trabajaba en la Escuela de Ingeniería de Yale. Seguramente mearía también de color azul Yale, pensó Cal. Daba clases de Ingeniería Mecánica, de Bioingeniería e incluso impartía un seminario sobre emprendimiento. Formaba parte del selecto club de los doscientos, con más de cien trabajos publicados y más de cien patentes a su nombre.

Como resultado de una corazonada, Cal preguntó a Murphy:

—¿Puedes mirar si Steven Gottlieb se graduó de Ingeniería también en Yale?

Murphy le dijo que esperase un momento y entró en la página web de la compañía de capital de riesgo de Gottlieb. La biografía seguía allí aun cuando él estaba muerto y enterrado.

Murphy se lo confirmó.

—¿Fue por la misma época en la que ella estudió allí? —preguntó Cal.

—Ya lo tenemos —declaró Murphy al cabo de un minuto—. Compañeros de clase.

—De modo que se conocieron en la universidad —dijo Cal—. Tal vez por aquel entonces fueran pareja, o el romance empezó más adelante, después de que Gottlieb se casara. Él invertía en compañías de ingeniería, ella es inventora. Hace cosa de año y medio, los dos tuvieron una reunión con Randall Anning. ¿De qué iría la reunión? Esa es la cuestión.

—Al señor Gottlieb no puedes preguntárselo —dijo Murphy—. Al menos no en esta vida. Lo cual te deja con Anning y Hartman. Pero ¿qué prueba hay de que la reunión tuviera algo que ver con las tres Marías? Gottlieb era un capitalista de riesgo, ella es tecnóloga, Anning está involucrado en extracciones petrolíferas y a saber en qué otras cosas. A lo mejor la reunión fue simplemente para hablar de algún tipo de inversión empresarial.

—No tenemos ninguna prueba que indique que la reunión tuviera algo que ver con las chicas. Absolutamente ninguna. Pero resulta intrigante, ¿no crees? Sabemos que Gottlieb quería hablar conmigo sobre las chicas y que alguien lo asesinó antes de que tuviera oportunidad de hacerlo. Sabemos que Anning y él sobrevivieron juntos a una experiencia terrible en los Andes. Me apuesto lo que quieras a que esa reunión que mantuvieron los tres fue importante.

—Dudo que Anning vaya a ser una buena fuente de información —dijo Murphy.

—Por eso pienso llamar a Hartman en cuanto cuelgue.

El número que constaba en la página web de Yale era el de su despacho. Saltó directamente un contestador, donde la voz de Hartman explicaba que si se trataba de una llamada urgente podías marcar cero para conectar con secretaría. Era bastante tarde, hacia las cinco y media en la costa este, por lo que Cal supuso que no obtendría respuesta. Pero de pronto se oyó la voz de un chico al otro lado de la línea:

—Ingeniería.

Cal le explicó al secretario que era un colega de Hartman de Harvard y que necesitaba hablar con ella de manera urgente. Después de una breve espera, el chico le dijo que Hartman ya se había marchado. Cal insistió y consiguió que le cantara el número de móvil.

Cuando contactó con ella, Cal obtuvo la impresión de que Hartman respondía desde el manos libres de un coche.

—Hartman.

—Profesora Hartman, soy el profesor Cal Donovan, de Harvard. Siento molestarla.

—¿Nos conocemos? —preguntó Hartman.

—No —respondió Cal—. Pero...

—¿Está en la Escuela de Ingeniería?

—No, de hecho estoy en la facultad de Teología.

Su tono se volvió claramente receloso.

—Lo siento, pero ¿por qué me llama?

—Es sobre Steve Gottlieb.

La línea se quedó en silencio. Cal no sabía si le había colgado hasta que oyó el sonido de un coche que adelantaba el de Hartman.

—¿Sobre qué tema relacionado con él?

—Steve se puso en contacto conmigo recientemente —le explicó Cal—. Me dijo que quería que nos viésemos para comentarme algo.

—¿Para comentarle qué?

—Me dijo que era sobre las vírgenes, sobre las tres Marías.

Otra pausa. Cal imaginó que se estaba tomando su tiempo para elegir las palabras adecuadas.

—¿Por qué piensa que le llamó?

—Porque he estado relacionado con ellas. Me vio en televisión.

—¿Era usted? ¿El de *60 Minutes*?

—Así es. Estuve allí, profesora Hartman. Estaba en el aparcamiento cuando su coche explotó.

—Dios mío, ¿estaba usted allí?

—Por desgracia, sí.

—¿Pudo hablar con él?

—No tuve oportunidad.

Cal oyó que tragaba saliva. Cuando Hartman volvió a hablar, su voz sonaba lagrimosa.

—No sé qué decir. No entiendo por qué me llama para contarme esto.

—Mire, su vida personal no me interesa en absoluto, pero...

—¿Qué me está diciendo?

—Su esposa, Beth Gottlieb, estaba revisando sus papeles y encontró sus cartas.

—Mierda. Mire, esto no es asunto suyo.

—Lo sé. Pero el motivo de mi llamada es otra cosa que encontró su esposa: una entrada en la agenda de hace unos dieciocho meses. Una teleconferencia en su despacho entre usted, Steve y Randall Anning.

La línea volvió a quedarse en silencio.

—Sabe quién es, ¿verdad? El hombre que subvenciona la Nueva Iglesia Católica.

Cuando Hartman respondió, sus fosas nasales se habían secado y su tono sonó más formal.

—Lo siento, profesor Donovan. Acabo de llegar a mi cita. Me temo que no voy a poder ayudarlo. Adiós.

Anning recibió la llamada de un número oculto en el móvil. Tenía un presentimiento de quién era y de qué se trataba. Algún espía de algún rincón de la sopa de letras de las agencias federales había recibido el encargo de ayudarlo de forma anónima a realizar el seguimiento de determinados teléfonos móviles. El primero fue el de Sue Gibney, que llevaba desconectado las últimas veinticuatro horas. Ahora era el turno del de Cal Donovan.

—Anning.

—Señor Anning, ha hecho llamadas a un número de Massachusetts y a dos de Connecticut.

—¿De quién son esos números?

—El de Massachusetts pertenece a un tal Joseph Murphy.

Anning refunfuñó. Había leído los detalles del secuestro en Irlanda.

—¿Y los de Connecticut?

—Uno es de la Escuela de Ingeniería de Yale; el otro, de una tal Belinda Hartman.

Anning dio las gracias al hombre, colgó y cerró los ojos con fuerza.

El sol empezaba a descender y el cielo estaba adquiriendo un suave tono dorado. Sue había llegado con dos horas de antelación al punto de encuentro. No tenía mucho sentido seguir conduciendo sin rumbo. Estaba exhausta. Las chicas también estaban cansadas, y los bebés, inquietos, sobre todo JD, que tenía un poco de fiebre. Se sentía segura en el aparcamiento del Walmart de Midland, situado justo en la salida de la I-20. Estaba abarrotado de coches y familias y, a la vez, era un lugar totalmente anónimo.

No se fiaba en absoluto del indicador del depósito de combustible del viejo furgón, pero necesitaba mantener el aire acondicionado encendido por el calor. Mientras enfriaba a sus polluelos, mantuvo las ventanillas abiertas un dedo, por miedo al monóxido de carbono. Al parecer, en los conductos no había gas freón suficiente para neutralizar el aire caliente y en el interior del vehículo seguía haciendo bastante calor. Entró con las chicas y los bebés, de uno en uno, en el establecimiento para que se refrescaran un poco más, fueran al baño y cambiaran cómodamente a los pequeños, y compró helados, bebidas frías y todo lo necesario para preparar bocadillos.

Cuando entró con Mary y JD, la chica pidió a Sue que echara un vistazo al bebé.

—¿Verdad que sigue caliente? —preguntó Mary.

—Voy a comprar un termómetro —dijo Sue.

Encontró un termómetro digital, lo sacó de la caja incluso antes de pagar y lo enfocó hacia la frente del pequeño. Tenía un poco de fiebre.

—Tiene moquitos —añadió Sue—. Lo más probable es que se trate de un simple resfriado. Unas gotitas de paracetamol le irán muy bien.

Cuando fueron a pagar, la cajera miró el termómetro, el medicamento y el bebé que llevaba Mary en brazos con un interés excesivo, para el gusto de Sue.

—¿Se encuentra mal el pequeño? —preguntó la cajera.

—Solo un poquito —respondió Mary.

A Sue no le gustó nada que Mary abriera la boca con su fuerte acento irlandés.

—Qué acento más interesante tienes, cariño. —La mujer la observó con atención—. ¿De dónde eres?

—Es canadiense —intervino Sue, entregándole unos billetes.

—Ah, claro —dijo la mujer, mientras lo metía todo en una bolsa y hacía un gesto de asentimiento—. Me parecías más bien francesa.

De nuevo en la furgoneta, las chicas se entretuvieron jugando con el termómetro y comprobando la temperatura de todo aquello animado e inanimado que encontraban a su alcance.

—¿Cuánto falta? —preguntó María Aquino.

—Pronto llegará —respondió Sue, que miró el reloj una vez más.

¿Dónde se habría metido?

Los detectives privados circulaban a unos cuatrocientos metros de distancia de Cal. La autocaravana era enorme y pesada, y el peligro de perderla de vista, escaso.

—Ha puesto el intermitente —indicó uno de ellos.

—¿Baño, comida o bingo? —dijo el que conducía, preparándose también para salir de la autopista—. Informa a Carling al respecto.

Carling acababa de apagar un cigarrillo, pero, cuando recibió la llamada, se encendió otro. El señor Anning no dejaba que nadie fumara dentro de la mansión, pero abajo en el sótano, con la puerta de la oficina cerrada, Carling corría ese riesgo. El cenicero, una taza de plástico desechable medio llena de café rancio, estaba abarrotado de colillas que flotaban en el líquido.

Miró el mapa colgado en la pared.

—¿Midland, dices? ¿Dónde demonios habrá quedado con ellas?

—Podría ser en México —respondió el detective—. O Nuevo México.

—O tal vez aquí mismo, en Texas. No cuelgues y dime qué hace.

Cal había visto el rótulo del Walmart desde la autopista y se dirigió hacia allí al tomar la salida. No tenía manera de saber si Sue había conseguido llegar a su destino y, de ser así, tampoco sabía qué vehículo conduciría. Cuando ella lo había llamado el día anterior, habían trazado el esbozo de un plan a toda prisa. Y tras acordar un punto de encuentro que Cal había elegido echando solo un vistazo a Google Maps, le había advertido de que desconectase el teléfono móvil y retirase la tarjeta SIM. Anning tenía a buen seguro todo tipo de recursos para localizar a quien fuera. En consecuencia, lo único que podía hacer Cal era dar vueltas por el aparcamiento con la autocaravana, como aquel que antiguamente ondeaba una enorme bandera.

Delante del establecimiento, había una docena de filas dobles de coches aparcados. Con su largo camión, Cal solo podía girar cada dos filas. Estaba en la zona central del aparcamiento cuando vio que un furgón viejo le hacía luces. Redujo la velocidad todo lo que pudo y, al pasar por su lado, se fijó en la conductora, una mujer extremadamente feliz con una larga cola de caballo.

Estacionó al final de la fila, ocupando varias plazas vacías. Sue aparcó a su lado. Salieron de sus respectivos vehículos al mismo tiempo. Y, aunque apenas se conocían, su abrazo espontáneo fue la cosa más natural del mundo.

—¡Señor Carling, es ella! —dijo el detective.

—¿Estás seguro? ¿Seguro del todo?

—Es Gibney, sin la menor duda.

—¿Y las chicas? ¿Ves a las chicas?

—Aún no. Estarán dentro de la furgoneta. Es una Dodge de color negro. Voy a ver si puedo pasarle la matrícula.

—¡A la mierda la matrícula! Está claro que van a cambiar ese furgón por la autocaravana. No quiero que suban a esa autocaravana. ¿Entiendes lo que te digo?

—¿Y qué quiere que hagamos?

—Esperar y mantener esta línea abierta, maldita sea.

Carling puso al detective en espera y llamó a la biblioteca. Su jefe contestó al primer ring.

—Acaban de llamarme —dijo Cal—. Las han visto.

—¿Dónde? —preguntó Anning.

—En un Walmart de Midland. ¿Qué quiere que hagan?

—¿Hacer? ¡Que nos traigan a las chicas y a los bebés, por el amor de Dios!

—No pueden obligarlas. No son cuerpos policiales, son investigadores privados. En cumplimiento de la ley estatal, ni siquiera van armados.

—Por el amor de Dios, Clay, los hombres a los que hemos contratado son tipos duros, ¿no? ¡Estamos hablando de unas adolescentes, una comadrona y un profesor universitario!

—¿Y por qué no implicamos a la policía y ya está, señor Anning? Podemos decir que se las han llevado a la fuerza del rancho.

—No quiero meter a la policía en esto, Clay. Tendrían que hacer un mínimo de investigación. Nuestra policía local está controlada, pero ¿la estatal? ¿La policía local de Midland? No olvides que Calvin Donovan estaba presente cuando Gottlieb murió. No sé qué sabe ni qué cree saber a estas alturas. ¡Hoy ha llamado a Belinda Hartman! ¿Me has oído?

—Le he oído.

—Nada de policía. Diles a esos tíos que obliguen a las chicas a entrar en su coche y nos las traigan aquí.

Carling habló de nuevo con el detective y le dio instrucciones. El detective y su colega lo escucharon a través del manos libres. Cuando se resistieron, Carling contraatacó con un incentivo: les doblaría la tarifa acordada si la operación culminaba con éxito.

—Si tenemos que recurrir a la fuerza, señor Carling, estaremos poniendo en peligro nuestra licencia de detective privado —dijo el detective al volante.

—Triplico la tarifa acordada —replicó Carling.

—¿La triplica? Trato hecho —respondió el detective.

Las sombras del aparcamiento empezaban a alargarse. Desde una plaza cercana, los detectives vieron bajar a las chicas y a los bebés de la furgoneta y subir a la autocaravana. Cal y Sue se afanaron en transferir sus pertenencias desde la furgoneta, que estaba estacionada justo detrás de la autocaravana.

—Bien, saca esa mierda del maletero y que comience la acción —dijo el detective al volante—. Vamos a por ellas.

El detective que ocupaba el asiento del pasajero salió del coche, sacó del maletero una llave de cruceta y un bate de béisbol, y volvió a subir al coche para el recorrido de diez segundos que los separaba de la autocaravana. El conductor frenó en seco, dejó el cambio de marchas en punto muerto y el motor encendido. Los dos hombres salieron a la vez del vehículo y amenazaron a Sue y a Cal. Eran hombretones. Pero el bate y la llave hacían que pareciesen más grandes.

—Trabajamos para el rancho —dijo el conductor—. Sabemos lo que ha hecho, señorita Gibney. Ha secuestrado a estas chicas. Nos las llevamos. Traiga hasta aquí a las chicas y a los bebés, y su amigo y usted no sufrirán ningún daño. Si no lo hace, tendremos que darles una paliza. Acabarán pasando los dos la noche en el hospital y nosotros nos llevaremos igualmente a las chicas al lugar donde deberían estar.

Cal se colocó delante de Sue. También era grande, pero la pareja de detectives no se intimidó en absoluto.

—Las chicas se marcharon del rancho porque querían —dijo Cal—. Los secuestradores serían ustedes. Si el señor Anning creyera que la señorita ha infringido la ley, estaría aquí la policía, no ustedes.

El hombre del bate apuntó a Cal con su arma.

—Esto no es un debate, señor. Apártese de una puta vez.

—No pienso permitir que se las lleven —replicó Cal, preparándose para recibir una buena paliza.

El tipo que sujetaba la llave dio un paso atrás. Luego un segundo. Y el que iba armado con el bate lo soltó y retrocedió también un par de pasos.

Cal empezaba a sentirse orgulloso de su capacidad de intimidación hasta que miró hacia atrás y vio que Sue empuñaba un revólver.

—Métanse en el coche y lárguense —ordenó Sue.

—Sí, señora —dijo el conductor, levantando un poco las manos—. Pero vaya con cuidado con esa arma, de verdad.

—Y quiero que le den un mensaje al señor Anning.

—Sí, señora. Por supuesto.

—Díganle que se joda.

Carling subió corriendo las escaleras hasta la planta baja de la mansión y las suelas de sus botas derraparon por el suelo de mármol. Entró en la biblioteca sin llamar.

—¿Las tenemos? —preguntó Anning.

—Sue les ha apuntado con una pistola. Han conseguido huir en la autocaravana.

—¿De dónde demonios ha sacado una pistola?

—Tal vez la tuviera aquí desde siempre. Tal vez se la proporcionara el mozo de cuadras. Les he dicho a los chicos que los sigan. ¿No quiere replantearse llamar a la policía?

Anning se levantó y cogió el sombrero de vaquero que colgaba de un asta de alce que hacía las veces de perchero.

—¡No! Prepara el helicóptero y trae un rifle. Nos encargaremos personalmente del asunto.

33

En cuanto salió del aparcamiento y se reincorporó a la autopista, Cal pisó a fondo el acelerador de la autocaravana. Era una bestia lenta, pero acabó cobrando velocidad. Sue iba sentada a su lado, con la pistola en el regazo, cubierta por su mano temblorosa.

—¿De dónde has sacado eso? —preguntó Cal.

—De un hombre del rancho.

—Me alegro de que la tuvieras. ¿Sabes utilizarla?

—Me ha enseñado Mary Riordan.

Cal la miró con perplejidad.

Las chicas estaban tumbadas en los asientos, con los bebés en brazos, e intentaban dar sentido a toda aquella locura.

—Chicas, supongo que os acordáis del profesor Donovan —dijo Sue.

Las tres asintieron, pero no era de eso de lo que querían hablar. Acababan de ver a Sue apuntando con una pistola a unos hombres y ahora circulaban a toda velocidad por la carretera a bordo de un vehículo de lo más exótico, con camas y cocina.

—Sue dispara pistola —dijo María Aquino.

—¿Sue mata cabrones como Mary? —preguntó María Mollo.

Mary Riordan les había enseñado bien.

—¡No! —exclamó Sue—. Solo pretendía espantarlos.

—Ha funcionado —dijo Cal.

Mary Riordan miraba por la ventana grande de la parte posterior.

—Perdonad, chicos, pero esos tipos nos siguen.

Cal lo confirmó en el retrovisor.

—Parece que quieren guardar distancias.

—¿Adónde vamos? —preguntó Sue.

Cal tenía abierta la aplicación de los mapas en el móvil.

—Tomaremos la próxima salida. Y pondremos rumbo hacia el norte. Hacia Nuevo México.

—Hacia casa —añadió en voz baja Sue, casi para sí.

—En una hora y cuarto, deberíamos estar cruzando la frontera —dijo Cal—. Pasaremos por Roswell para evitar controles si es posible, luego subiremos hacia Alburquerque.

—¿Por qué allí? —preguntó Sue.

—Tengo un colega de la universidad que se encargará de dar cobijo a las chicas hasta que pensemos qué hacer a continuación. Estoy pensando en algo público, tal vez una rueda de prensa. No lo sé todavía.

Sue repitió para sus adentros la palabra «cobijo», distraída. Y dijo entonces:

—Gracias. No sabía a quién llamar.

—Ahora formo parte de esto —repuso Cal—. Me alegro de que lo hicieras.

—Tenemos que protegerlas —dijo Sue—. Anning y Pole las han convertido en artistas de circo. Y a los bebés. A estos preciosos bebés.

Cal miró de nuevo por el retrovisor.

—Los protegeremos.

Sue levantó la mano de la pistola y acarició una de las que Cal mantenía sobre el volante.

Mary se percató del gesto.

—Te lo dije, estás colada por él.

—Oh, Mary —replicó Sue—. Esa boca tuya...

María Mollo preguntó qué quería decir «estar colada» y Mary puso cara de dar besitos, emitió los sonidos pertinentes y a las chicas les dio un ataque de risa.

Cuando cesaron las carcajadas, Sue se volvió para intentar ver el coche que los seguía.

—Tengo miedo por ellas —dijo, demasiado bajo para que las chicas no pudieran oírla—. Quizá deberíamos llamar a la policía. Me da igual si acabo en la cárcel.

—No irás a la cárcel, pero creo que es mejor no meter en esto a la policía de Texas. Randall Anning tiene mucha influencia en este estado. Tal vez estaríamos seguros. Tal vez no. Me sentiré mucho mejor en cuanto entremos en Nuevo México.

El helicóptero AugustaWedland AW189 de Anning era uno de los modelos de uso civil más rápidos del mercado. Alcanzaba velocidades superiores a los trescientos kilómetros por hora y podía albergar a diecinueve pasajeros. Con solo el piloto, Anning y Carling a bordo, el aparato tenía un aspecto cavernoso y vacío. Habría espacio suficiente para transportar a las chicas y a los bebés de vuelta al rancho de forma cómoda y rápida.

Carling ocupaba el asiento situado detrás de Anning y el piloto, y mantenía un diálogo continuo con los detectives que seguían la autocaravana. Desde el accidente en los Andes, Anning se ponía muy nervioso siempre que tenía que volar, pero intentó concentrarse en el mapa de la pantalla de control.

—Están aquí —le dijo Anning al piloto, señalando un punto—. En la estatal 385 dirección norte, hacia Seminole. ¿Cuánto tardaremos en alcanzarlos?

—Suponiendo que circula rumbo norte al límite de la velocidad permitida, diría que los interceptaremos en aproximadamente una hora.

—¿Qué haremos cuando les demos alcance? —preguntó Carling.

Anning se volvió y lo miró con dureza.

—Deja que me preocupe yo por eso.

Cal no podía sentirse cómodo sabiendo que los seguían. La carretera era recta y monótona, con poco tráfico en ambas direcciones. No había árboles ni vegetación que se levantara poco más de unos centímetros del suelo. Solo había matorrales y terreno arenoso. Empezaba a anochecer, y mantener controlado el coche de atrás era fácil, sobre todo cuando se vio obligado a encender las luces.

—¿Qué demonios hacen? —preguntó—. Se mantienen a distancia, pero no se van.

—Solo quiero que esto acabe de una vez —dijo Sue—. Estoy agotada.

—No me has dicho dónde vives.

—En Santa Fe.

—Bonita ciudad.

—A mí me encanta. Ojalá no me hubiera ido de allí.

—Piensa que si no hubieses estado tú ahí para ellas, las chicas estarían en un estado más lamentable.

—Es posible, pero he pagado un precio muy alto por ello. He vendido mi alma al diablo.

—Te refieres a Anning.

—Me refiero a él, por supuesto. —Miró por encima del hombro para ver si las chicas estaban escuchando. Se hallaban en la parte de atrás, inspeccionando las literas y el cuarto de baño—. ¿Qué va a pasarles? —preguntó.

—Tienen familia.

—En casa se convertirán en bichos raros. No las dejarán en paz. Ya sabes cómo van esas cosas. ¿Acaso vivió en paz la Virgen María? ¿La dejó la gente tranquila?

—La Biblia toca su vida de forma muy somera. Si nos creemos los relatos de los Evangelios, sugieren que mantuvo una relación con su hijo durante toda su vida. Se dice que estaba presente cuando Jesús llevó a cabo su primer milagro, la transformación del agua en vino. Se dice también que se hallaba entre las mujeres que presenciaron su crucifixión. Y hay alguna que otra mención indirecta. Más allá de eso, nada.

Sue tenía un nudo de lágrimas en la garganta y tragó saliva.

—¿Qué será de los niños? ¿Acabarán también asesinados algún día?

—Por Dios, Sue, la historia no siempre se repite. Si de verdad son producto de una concepción milagrosa, lo único que puedo predecir es que tendrán una vida excepcional y vigilada muy de cerca.

—¿Crees que lo son? ¿Crees que son bebés milagro?

En la consola central había una bolsa de pañuelos de papel, dejada por la última persona que había alquilado la autocaravana. Cal cogió unos cuantos y se los pasó a Sue.

—La verdad es que no lo sé. Pero hay quien dice que todos los bebés son un milagro.

—¿Y tú? —preguntó Sue—. ¿Tú también lo dices?

Cal esquivó la pregunta con un comentario jocoso.

—Demonios, Sue, yo creo que es un milagro haber evitado tener alguno hasta ahora.

Avanzaban a toda velocidad directos hacia un sol poniente que se sumergía lentamente en el horizonte y bañaba el cielo del desierto con tonalidades pastel.

—Señor Anning —habló Carling—, me dicen que siguen circulando por la estatal 62 en dirección oeste, que están a poco más de quince kilómetros de la frontera con Nuevo México.

—Ella es de Santa Fe —gruñó Anning—. A lo mejor conoce

gente allí que cree que podría ayudarla. ¿Cuánto nos queda para alcanzarlos?

—Menos de cinco minutos —respondió el piloto—. Clay, si pudieras decirles a los del vehículo que los persigue que pisen el freno de vez en cuando, los distinguiremos por las luces de frenada.

—Hecho —dijo Carling.

Anning cogió unos prismáticos y examinó la carretera. Menos de un minuto después, declaró que creía haber visto luces de freno rojas. Un minuto más tarde, estaba más seguro, y al cabo de otro, Carling confirmó que había visto las luces sin necesidad de prismáticos.

—Son ellos, seguro.

—Veo la autocaravana —afirmó Anning—. Veo a ese hijo de puta.

—Estaremos sobre ellos en sesenta segundos —dijo el piloto—. ¿Qué altitud quiere?

—Vuela bajo —ordenó Anning—. Quiero llamar su atención.

—¿Y después qué? —preguntó el piloto.

—Adelántate a ellos y oblígalos a parar.

—¿Cómo?

—Haciendo aterrizar este condenado helicóptero en la carretera, si es necesario.

—Señor Anning, si lo hago sin declarar previamente que es por una emergencia, podría perder mi licencia de piloto.

—Pues si te pillan, ya declararás luego la emergencia esa de las narices. Trabajas para mí. Recuérdalo. ¿Entendido?

—Sí, señor. Recibido. Desciendo a treinta metros. Ahí están, justo delante de nosotros.

El rugido de los motores del helicóptero era tan potente que Cal estuvo a punto de quedarse paralizado al volante. Por instinto, levantó el pie del acelerador cuando el helicóptero pasó por encima de ellos y ocupó la totalidad del enorme parabrisas al adelantarlos en dirección oeste.

Sue reconoció las características marcas rojas y blancas. Iba a ser el vehículo de evacuación del rancho en caso de que las chicas lo necesitaran durante el parto.

—Es de Anning —anunció.

—Supongo que ya sabemos por qué nos siguen esos tipos —dijo Cal.

El rugido había asustado muchísimo a las chicas y a los bebés.

—¿Por qué no nos dejan en paz? —preguntó Sue.

—Los tipos como él no se rinden fácilmente.

Verificó su posición en el mapa del GPS, para lo cual bajó la vista apenas un par de segundos. Cuando volvió a alzarla, vio que el helicóptero se posaba en la carretera, unos quinientos metros más adelante.

—Santo cielo —exclamó—. Chicas, ¿tenéis el cinturón de seguridad puesto?

Mary se abrochó el suyo y las dos Marías siguieron su ejemplo. Abrazaron a sus hijos contra el pecho. Cal oyó que María Mollo empezaba a rezar en español. Mary Riordan, siempre tan dura, rompió a llorar.

Anning se volvió hacia Carling.

—Sal y hazles señas para que paren. Utiliza el rifle para que se detengan.

—No estará pidiéndome que dispare contra ellos, ¿verdad?

—No. No podemos correr el riesgo de hacer daño a los bebés. Se trata simplemente de asustarlos para que se detengan.

Cal y Sue vieron a un hombre en la carretera, plantado delante del helicóptero. Tenía un rifle.

—Dios mío, Cal.

—No pienso parar —dijo Cal.

—Y entonces ¿qué?

—Esto. Agarraos. ¡Chicas, agachad la cabeza!

Mary Riordan extendió el brazo hacia el otro asiento y obligó a sus amigas a bajar la cabeza.

La mediana estaba al mismo nivel que la carretera y era plana, como todo a su alrededor. En el último momento que consideró seguro, Cal ralentizó un poco para poder seguir controlando el vehículo y viró a la izquierda, se saltó la mediana, adelantó al helicóptero por la izquierda y se incorporó de nuevo a la autopista en dirección oeste. El coche de los detectives aminoró hasta detenerse.

—Mierda, Carling está ahí plantado con un puto rifle —dijo el detective que iba al volante—. Este trabajo es ridículo, tío. A tomar por culo, se acabó.

Y dicho esto, hizo un cambio de sentido pasando por encima de la mediana y tomó la autopista por el otro lado, en dirección este.

Carling movió la cabeza en un gesto de incredulidad y volvió a subir al helicóptero.

—Persíguelos —ordenó Anning al piloto.

Cal oyó de nuevo el sonido de los motores por encima de ellos.

—Abre la puerta y lanza un disparo de aviso —dijo Anning—. Haz que paren.

—No creo que sea muy buena idea —repuso Carling—. Cuando se lanza un disparo en movimiento, no sabes nunca muy bien hacia dónde irá.

—¡Hazlo, maldita sea!

Carling suspiró y corrió la puerta lateral para abrirla.

—Planea y mantén la altura —ordenó al piloto.

Gracias al resplandor de las luces de la cabina, Cal vio la silueta de un hombre que apuntaba hacia ellos. Frenó con fuerza. No venían coches en ninguna dirección. Estaban solos en un tramo desierto de una autopista de Texas. El disparo del rifle sonó como el retumbo de un trueno. Cal vio la chispa del disparo al impactar contra el asfalto a unos cincuenta metros por delante de ellos.

Sue gritó; las chicas, también.

Cal habló entonces con toda la serenidad que le fue posible:

—Sue, coge mi teléfono y busca a Andy Bogosian en mi lista de contactos. Llámale al móvil y pásamelo.

Cal volvió a acelerar y el helicóptero los adelantó de nuevo para, acto seguido, volver a dar media vuelta.

En cuanto sonó el tono de llamada, Sue pasó el teléfono a Cal.

—Andy, soy Cal Donovan. Estoy con las chicas. Estamos en la estatal 62 en Texas, a unos ocho kilómetros de la frontera con Nuevo México. Tenemos problemas. Sí. Problemas muy graves. Necesito que muevas todos los hilos que sean necesarios.

—Otra vez —dijo Anning—. Ahora más cerca. Ese hijo de puta tiene que parar.

El helicóptero se colocó de nuevo en posición y Carling se asomó, apuntando a través de la mira del rifle. Esta vez el disparo impactó contra la calzada unos veinte metros por delante de la autocaravana. Un fragmento de asfalto salió disparado hacia el parabrisas.

A pesar de los gritos, Cal siguió adelante.

—No pienso parar —murmuró, aferrando el volante con todas sus fuerzas.

—¡Otra vez! —gritó Anning—. ¡Dispara otra vez!

—No para —dijo Carling—. No podremos detenerlo a menos que le caigamos encima.

—He dicho que otra vez. Más cerca. Acabará perdiendo los nervios.

El piloto puso rumbo hacia el oeste para dar otro giro a continuación. Y señaló entonces hacia un punto.

—Señor Anning, mire eso, estamos solo a cinco kilómetros del límite del estado.

Un trenecito de luces azules intermitentes se dirigía hacia el este. Y entonces, de repente, las luces se volvieron fijas. Un resplandor azul iluminó un cielo cada vez más oscuro.

Anning no estaba seguro de qué era aquello, pero Carling lo sabía.

—¡Es la policía estatal de Nuevo México! Se han detenido en la frontera.

—¿Por qué? —preguntó el piloto.

—Porque no tienen jurisdicción en Texas, por eso —respondió Carling.

—¡Lanza otro disparo! —vociferó Anning—. Es ahora o nunca.

—Podría perder el control —dijo Carling—. Y podrían acabar volcando.

—Tenemos que correr ese riesgo. ¡Hazlo, por Dios!

El helicóptero descendió a solo seis metros por encima de la carretera y Carling hizo lo que le ordenaban. Estaban tan cerca que, cuando hizo el disparo, Cal alcanzó a ver el interior de la cabina y la expresión de odio reflejada en la cara de Anning.

El disparo impactó contra el neumático delantero del lado del acompañante, rasgándolo por completo. La autocaravana dio un bandazo hacia la derecha. Cal intentó mantener el vehículo en la autopista, pero empezó a ir a la deriva y se adentró en la zona de matorrales. Cal pisó el freno mientras daba brincos por encima de la vegetación, hasta que chirrió para detenerse cuando la rueda trasera derecha quedó atascada en una zanja poco profunda.

Las chicas gritaron y los bebés berrearon.

—¿Estáis todas bien? —gritó Cal, que llevaba tanto rato conteniendo la respiración que tuvo que jadear para coger aire.

—¡Sí, todas bien! —gritó Mary—. ¡Pero esa gente está decidida a matarnos!

—¿Están bien los bebés? —preguntó Sue, a punto de quitarse el cinturón para ir atrás.

Las luces azules destellaban por delante de ellos, a poco más de un kilómetro de distancia.

—Es Andy. Lo ha conseguido.

Dio un poco de gas y la autocaravana traqueteó. Sue se dejó el cinturón puesto.

—Se han detenido —anunció Carling, profundamente aliviado.

El helicóptero planeaba a escasos metros del suelo, a poca distancia de la autocaravana atascada.

Anning miró por la ventana. La autocaravana corcoveaba mientras Cal intentaba liberar la rueda trasera de la zanja. Por la ventana del lado del piloto, vio el destello de las luces de la policía que se aproximaba.

—Va a conseguir salir de ahí —dijo Anning—. No podemos permitirlo. Dispara al motor. ¡Inutilízalo!

—No pienso disparar contra el vehículo —dijo Carling—. Si lo hago, alguien resultará herido.

—¡Pues pásame entonces el puto rifle! —vociferó Anning, que se volvió y arrancó el arma de las manos de Carling.

Anning deslizó la puerta de su lado para abrirla y apuntó al motor con el rifle.

Cuando Cal vio el cañón del rifle, puso el coche en primera y pisó el pedal del acelerador a fondo. La autocaravana se levantó como una ballena que rompiera las olas.

Anning apretó el gatillo cuando la autocaravana volvió a tocar suelo, liberada ya de la zanja.

La autocaravana se reincorporó a la autopista y Cal luchó por mantenerla circulando en línea recta mientras el borde delantero proyectaba una lluvia de chispas sobre el asfalto.

El piloto del helicóptero tuvo que elevarse precipitadamente para evitar una colisión con la renqueante autocaravana. Se quedó planeando unos metros por encima de la autopista. Anning contempló con impotencia como el vehículo seguía avanzando hacia el oeste.

La frontera estatal se hallaba delante de ellos. Las luces de los coches patrulla eran cada vez más brillantes.

Un cartel rezaba: «Fin del estado de Texas». Otro decía: «Bienvenidos a Nuevo México».

Cal se paró al cruzar el límite fronterizo y los coches patrulla corrieron hacia ellos.

—Lo hemos conseguido, Sue. Estamos a salvo.

Sue miraba al frente. Tenía una mano aún en la pistola. La otra sobre el diafragma. Su camisa estaba empapada de sangre.

Cal se arrancó el cinturón y se acercó a ella.

Sue le dijo, en voz baja y jadeante.

—No dejes que me vean así.

—¡Chicas, quedaos en vuestros asientos! —gritó Cal.

—¿Va todo bien? —preguntó Mary.

—¡No os mováis!

Los policías estatales abrieron las puertas.

—¡Necesitamos una ambulancia! —gritó Cal—. ¡Llévense a las chicas de aquí, por favor!

Cal ejerció presión sobre la herida. Notó el pulso de la sangre caliente en la mano.

—Te pondrás bien, Sue —dijo—. Ya llega la ambulancia.

—No estoy bien —repuso ella débilmente—. Nada bien.

—Vamos, quédate conmigo. Quiero llegar a conocerte.

—Me habría gustado. ¿Cal?

—¿Sí?

—¿Los bebés están a salvo?

—Están a salvo.

—¿No te parece que tienen unos ojos preciosos?

—Claro que sí.

Sue cerró los ojos y musitó:

—Creo que son mis ojos, Cal.

—Sue.

Y entonces pronunció sus últimas palabras.

—Ella lo sabe. La señora Torres.

34

Con el tiempo, Anning y Gottlieb se mostrarían de acuerdo en que la noche más dura en la montaña no fue aquella en la que tuvieron más hambre ni tampoco aquella en la que perdieron los últimos débiles rayos de esperanza, sino la noche en la que murió Phil Alexander.

La tercera noche.

Lo habían dejado atado a su asiento. Tenía la columna rota, y lo que estaba sucediendo en el interior de su abdomen debía de ser espantoso. Lentamente se había hinchado hasta triplicar su volumen; la piel estaba tensa como la de un tambor y había adquirido el color de una berenjena. El hombre había sido uno de los abogados corporativos más perspicaces del país y además era desternillante. Su sentido del humor lo abandonó la primera noche, su lucidez desapareció en la segunda y su fuerza vital se quedó en nada en la tercera. Lo que persistió hasta el momento de su muerte fue el dolor. Los gemidos intermitentes se transformaron en un quejido ensordecedor. Hacia el final, aullaba como un animal atrapado en una trampa de acero.

Aquella noche, Gottlieb utilizó su brazo bueno para intentar darle algo de nieve que comer, pero Alexander apartó una y otra vez la cara, como el niño que rechaza una cucharada de espinacas.

—No pierdas el tiempo —dijo Anning desde debajo del

montón de anoraks que habían retirado a los fallecidos—. Está acabado.

—Tal vez se siente peor por culpa de la deshidratación —apuntó Gottlieb.

—La deshidratación es el menor de sus problemas.

Los dos hombres se encontraban a escasa distancia el uno del otro, pero el interior del fuselaje estaba tan oscuro que ni siquiera se veían.

—Tiene que callarse —dijo Gottlieb—. No soporto seguir escuchándolo.

—Pues tápate los oídos con algo.

—Lo he intentado. No funciona.

—Vete a dormir fuera, entonces.

—Moriría congelado.

Anning estaba cada vez más irritable.

—¡Tal vez deberíamos ayudarlo a acabar con ese dolor!

Gottlieb entendió rápidamente a qué se refería Anning.

—Podrían rescatarnos mañana.

—Él ya está muerto.

Gottlieb avanzó a tientas hasta uno de los asientos impregnados de sangre seca.

El abogado pasó aquella larga noche lanzando alaridos. Anning pudo dar alguna cabezada, pero Gottlieb no consiguió dormir ni un instante. Y entonces, cuando la primera luz azulada grisácea empezó a borrar la negrura, los aullidos cesaron de golpe. El repentino silencio tuvo el efecto de despertar a Anning. Y lo que vio fue a Gottlieb de rodillas junto a Alexander, presionando la cara del abogado con su brazo bueno.

Los dos hombres no dijeron ni una palabra al respecto, ni entonces ni más tarde.

Cayeron ambos en un sueño profundo, durmieron la mañana entera y no se despertaron hasta la tarde.

Cuando sacaron a Alexander del avión para sumarlo al grupo de fallecidos, el fuselaje quedó más habitable. Habían hecho inventario del lugar del accidente, habían registrado la cabina de mando y la sección delantera, el fuselaje y el compartimento del equipaje, así como los bolsillos de los fallecidos en busca de cualquier cosa comestible y utilizable. En la pequeña cocina, había un cajón con pastelitos y barritas de cereales envueltos en celofán, pero se habían esparcido por todos lados cuando la parte delantera del avión se había resquebrajado con el impacto. Localizaron media docena de barritas de cereales en la cabina de mando, donde los pilotos debían de haberlas reservado para ellos, y una tableta grande de chocolate en la bolsa de lona de McGee, el banquero.

—Un cuarto de barrita de cereales por la mañana y un cuarto por la noche por persona —había sugerido Gottlieb—. De ese modo tendremos un mínimo para comer durante seis días. Si seguimos aquí pasado este tiempo, la tableta de chocolate debería servirnos para aguantar tres o cuatro días más.

Durante un tiempo, Anning mantuvo la boca cerrada con respecto a cualquier otro tipo de fuente de proteínas y grasa, pero Gottlieb sospechaba que no había oído aún la última palabra sobre el tema.

Para mejor o para peor —Anning defendió que era para mejor—, recuperaron entre el equipaje tres botellas intactas del licor chileno que se habían repartido la última noche en la estación de esquí.

De nuevo, Gottlieb expuso su opinión.

—No creo que beber alcohol sea muy buena idea en un ambiente tan gélido como este.

—Tonterías —dijo Anning, y bebió un trago—. ¿Qué piensas que llevan los san bernardo en el barrilito del cuello? Coñac, por el amor de Dios. Tiene calorías. Es manjar de dioses.

Gottlieb estaba más interesado en entrar en calor. Toda la ropa de esquí era de gran valor, por supuesto, y los dos se habían cubierto con el máximo de capas posible, pero un fuego les habría salvado la vida. Una generación antes, algunos pasajeros o tripulantes habrían sido fumadores y habrían llevado encima cerillas o mecheros, pero ahora no disponían de nada que les ayudara a encender un fuego. A Gottlieb, el ingeniero, se le ocurrió localizar alguna pila para generar una chispa y prender fuego al relleno de plumón de algún anorak. En la cabina de mando había un soporte que debía de haber sujetado una linterna, pero al estrellarse se habría perdido montaña abajo. Detrás del panel de instrumentos, tenía que haber también algún tipo de equipo de respaldo que funcionase con pilas, pero habían pasado dos días enteros dando golpes y tirando de los restos de metal hasta agotarse sin encontrar lo que buscaban.

La zona de equipaje estaba llena de esquís y bastones, por supuesto, lo cual los llevó incluso a mantener una conversación absurda sobre la posibilidad de que Anning, que estaba ileso, intentara bajar esquiando la montaña. Habría sido una misión suicida rápida.

De modo que acabaron cayendo en una rutina tediosa y muy incómoda.

Durante las horas de luz, se turnaban encima del fuselaje para observar el cielo en busca de alguna unidad de rescate. Habían arrancado una pieza de aluminio reflectante de la cabina de mando, y mientras uno intentaba mantenerse en calor en el interior, el otro se enfrentaba a los fuertes vientos que azotaban la ladera de la montaña, atrapando el resplandor del sol en la superficie de la pieza y reflectando la luz hacia el cielo. Por la noche, ataban las redes que sujetaban la carga con mangas de anoraks y pantalones de esquí, para cubrir las aberturas del fuselaje e intentar quedar mínimamente aislados de unas temperaturas que caían en picado.

Y decidieron anotar el paso del tiempo a la antigua usanza: por cada jornada, una línea grabada en la madera nudosa de una moldura del interior.

Al cabo de unos días, se hizo evidente que ambos tenían muy poco en común, más allá de algunos intereses empresariales. Encontrar un tema de conversación más trivial que la compra y venta de compañías estando abandonado en la resbaladiza ladera de una montaña desolada resultaba complicado. Lo más probable era que ambos hubieran elegido a cualquier otro hombre del grupo como compañero de supervivencia. Anning, hijo de ranchos y campos petrolíferos texanos. Gottlieb, hijo de escuelas privadas de Manhattan y obras de Broadway. Sin embargo, mientras hubo algún bocado de comida civilizada que comer y alguna esperanza de que un avión civil o militar los encontrara, fueron capaces de limitar su conversación a los asuntos prácticos de la supervivencia.

Pero cuando transcurrieron diez días y tan solo les quedaba un último trocito de chocolate y un dedal de licor, cuando sus niveles de energía rozaron la línea roja y la apatía se instaló en ellos, la conversación se volvió filosófica en busca de las últimas hebras comunes de humanidad.

Era una tarde muy encapotada y la nieve caía con fuerza. No tenía sentido estar pendiente del cielo un día como aquel y ambos se acurrucaron en el interior del tubo de aluminio. Normalmente elegían asientos lo más separados posible para tener un mínimo de privacidad, pero Gottlieb estaba tan agotado que se dejó caer en el asiento situado justo al lado de Anning, en la parte trasera.

Unos días atrás, se habían contado a grandes rasgos cómo era su vida en casa. Anning era veinte años mayor que Gottlieb. Tenía una esposa que llevaba la existencia típica de un miembro de la alta sociedad de Houston y que frecuentaba los clubes de campo. Rara vez lo acompañaba al lugar del mundo que él más adoraba, su granja de caballos en el oeste de Texas. Tenían dos hijas, una casada con un tipo de Texas que era propietario de varios concesionarios de automóviles, y la otra, con un ejecutivo de una compañía farmacéutica con sede en Nueva Jersey. Ninguna de las dos había tenido aspiraciones profesionales serias. Anning llevaba en la cartera un par de fotografías de sus nietos que enseñó a su compañero con cierta indiferencia, sin orgullo de abuelo. Gottlieb estaba casado con una chica a la que había conocido en el instituto. Habían vuelto a encontrarse después de la universidad y disfrutaban de una vida próspera y sin hijos en una zona residencial de Connecticut. Anning sospechaba que Gottlieb era un neoyorquino liberal y Gottlieb sospechaba que Anning era un texano conservador. No hablaban de política. ¿Para qué empeorar las cosas?

Anning se sacó del bolsillo del anorak la navaja del piloto y la sujetó débilmente.

—Pronto tendremos que buscar proteínas. Nos estamos muriendo de hambre.

Gottlieb hizo un gesto de negación sin levantar la cabeza.

—En esto sí que no estoy contigo, Randy.

—Tendrás que estarlo.

—No creo.

—Joder, Steve, no son más que pedazos de carne en un congelador. Ya no tienen ni nombre. Sus almas los han abandonado. Conocía a algunos mejor que a otros, pero diría que todos eran buena gente. La parte importante de ellos está ahora en el cielo.

Gottlieb estaba demasiado cansado para reírse. Lo único que consiguió fue soltar el aire con brusquedad.

—¿De verdad crees eso?

—¿El qué? ¿Que están en el cielo? Por supuesto que lo creo. Tú eres judío, ¿no?

Otra exhalación.

—¿Me ha delatado mi apellido?

—He conocido a muchos judíos religiosos. Deduzco que tú no eres uno de ellos.

—Deduces bien.

—Yo soy católico. Soy un hombre profundamente religioso.

—No te he oído rezar.

—Rezo en silencio. No me gusta lucirlo como una medalla.

Y menos aquí. Pero, si quisieras encontrar algo de fe aquí en lo alto de esta montaña y quisieras rezarle a Dios, te acompañaría. Solo quiero que lo sepas.

El fuerte viento salpicaba de nieve el fuselaje del avión. Gottlieb dejó caer la barbilla contra su pecho.

—Ya te avisaré.

Dos días más tarde, cuando oscureció, Gottlieb ocupó el mismo asiento. A pesar de sus fanfarronadas, Anning había conservado la navaja en el bolsillo, sin utilizarla, y Gottlieb sospechaba que no estaba tan convencido de trinchar un brazo congelado.

—¿Vas a la iglesia? —preguntó Gottlieb.

—Cuando estoy en Houston, sí. Me gusta el cardenal George Pole. Es de la vieja escuela. Y eso es algo que admiro.

—¿Qué significa eso? Lo de la vieja escuela...

—Que es un tradicionalista. Un teólogo conservador. Como yo.

—Supongo que no eres un gran admirador del papa Celestino.

—Si quieres saberlo, no lo soporto.

—Qué contundente.

—Sostengo mis puntos de vista con contundencia, siempre. Y pienso que este papa ha hecho más daño a la Iglesia que cualquier otro papa que haya conocido. Los cardenales no son infalibles. En el último cónclave cometieron un error. Creían conocer a su compañero, el cardenal Aspromonte, pero no era así. Incluso mi amigo George Pole cayó en la trampa. En cuanto fue elegido, Aspromonte empezó a mostrar su verdadera cara. Es un socialista apasionado, tal vez incluso comunista, un títere de la teología de la liberación que está más interesado en su agenda social que en mantener las antiguas tradiciones del catolicismo.

—Caray, Randy, me parece que el papa te pone muy nervioso, ¿no?

—Es un asunto que me tomo muy en serio. Deberías oír las conversaciones que mantengo con el cardenal Pole. Compartimos los mismos temores sobre los derroteros que está tomando la Iglesia. El matrimonio gay, uno. El control de la natalidad, dos. La ordenación de mujeres, tres. Si Celestino vive mucho tiempo y nombra amigos suficientes para los puestos del colegio cardenalicio, acabará resultando imposible distinguir un católico de un metodista.

—O de un judío —añadió Gottlieb.

—Lo único bueno de morir en esta montaña —dijo Anning— es que no tendré que ser testigo de la destrucción total de una institución que amo.

Entraron en la tercera semana en la montaña, tan agotados que no podían pasar más de una hora al día fuera del fuselaje. Las escasas raciones de chocolate y licor eran un recuerdo lejano que conservaban con cariño. Todo lo que hacían lo hacían de forma lenta y dolorosa. Incluso hablar acabó convirtiéndose en una ardua tarea.

Anning había vuelto con frecuencia al asunto de la Iglesia en la época de Celestino, como si la rabia que hervía en su interior le diera energía. Gottlieb estaba harto de oír hablar del tema, pero no tenía fuerzas para protestar.

—Si acaban rescatándonos, ¿sabes qué me gustaría hacer? —dijo Anning.

—¿Comerte una hamburguesa con queso y patatas fritas?

Anning hizo caso omiso a la broma.

—Me gustaría hacerlo caer. Reducir a cenizas la Iglesia de Celestino.

—¿Sí? Suena violento.

—No soy un hombre violento.

—Entonces ¿cómo?

—No lo sé. Tal vez brindando una alternativa a los católicos.

—No estoy seguro de que los judíos vayan a acogeros a todos.

—Hablo en serio.

—Vale.

—La Iglesia necesita reinventarse.

—¿Cómo ocurriría eso?

Anning cerró los ojos. Gottlieb pensó que se había quedado dormido y decidió dar una cabezada a su vez. Pero Anning no dormía, estaba pensando, y de pronto volvió a hablar, lo que sobresaltó a Gottlieb.

—Habría que recrear los hechos que formaron el cristianismo, eso es —dijo—. Necesitaríamos una nueva Virgen María. Necesitaríamos un nuevo Niño Jesús nacido de esa Virgen. Necesitaríamos un nuevo clero consagrado a los valores fundamentales que hicieron de la Iglesia católica una institución grande y poderosa. Necesitaríamos convertir a los fieles a una nueva Iglesia católica, volverlos locos con nuevos milagros. ¿Y por qué solo una Virgen María y un solo Niño Jesús? Habría más de uno. De distintas partes del mundo. Para inspirar a los fieles con una nueva religión vigorosa que les llevara a abandonar en manada a la religión antigua y corrupta.

Gottlieb lo veía cada vez más animado. Era como si el ejercicio mental le estuviera haciendo bien y casi lamentó señalar lo evidente.

—Un gran plan, Randy, solo que pedir un milagro a domicilio es complicado. El nacimiento de una madre virgen fue excepcional porque era excepcional.

La conversación había dejado a Anning la boca seca. Dentro del fuselaje tenían una bandeja con nieve para hidratarse y se llevó un poco a la boca.

—Podría fingirse —dijo.

—¿Fingir el qué? ¿La concepción virginal? —cuestionó Gottlieb.

—¿Por qué no? Se puede coger a una virgen, dejarla inconsciente e introducirle un embrión. Buscaría incluso chicas que se llamasen María. ¿Por qué no? María se queda embarazada.

¡Bum! Nacimiento virginal. Llama al niño Jesús. El niño se criaría para ser un profeta. Que sería del todo convincente porque se cree el hijo de Dios. ¿Quién dice que no podría funcionar?

Gottlieb intentó enderezarse en el asiento.

—Randy, al margen de todas estas chorradas que estás soltando, ¿tienes alguna idea de cómo funciona la fecundación in vitro?

—No, ¿y tú?

—De hecho, sí. Beth y yo lo intentamos. Muchas veces. No sé cuántos embriones implantamos. Y ninguno cuajó. Al final pasamos página. Pero se hace de la siguiente manera. Instalan a la mujer en una camilla con estribos. El médico le inserta un espéculo para ver bien el cérvix. Los embriones se introducen en un catéter y el catéter se mete en el cérvix a través del espéculo y mediante un aparato de ultrasonidos se guía hasta el interior del útero, donde quedan depositados los embriones.

—¿Y?

—¿Qué piensas tú que sucede cuando insertas un espéculo a una mujer virgen? Pues que el himen se rompe y ya no puedes demostrar que es virgen.

—Eso es un problema, ¿no?

—¿Para tu plan diabólico? Sí, Randy, es un problema.

—Eres ingeniero. ¿No existe una solución, una manera de introducir el embrión conservando la virginidad?

Gottlieb se puso un poco de nieve en la boca.

—No es un problema de ingeniería que alguna vez haya necesitado una solución. Nadie ha tenido nunca un problema con los espéculos.

—¿Y cómo se solucionaría?

—Habría que inventar un nuevo tipo de catéter, con un control exquisito de la punta, que permitiera poder insertarlo a través de un orificio apenas perceptible en el himen, guiarlo con fibra óptica y depositar a través de él una carga embrionaria en el útero.

—No he entendido nada de lo que acabas de decir. ¿Funcionaría?

—Tal vez. A ver, no creo que la transferencia de embriones funcione el cien por cien de las veces. Si quisieras tener una Virgen María, probablemente necesitarías dos o tres intentos. Si quisieras tres, deberías probarlo en cinco o seis. Pero es una estupidez, Randy. ¿Por qué seguimos hablando de esto?

—¿Conoces a alguien capaz de diseñar ese tipo de catéter?

Gottlieb resopló.

—Sigues hablando del tema. —Pero al cabo de un momento, dijo—: Supongo que mi amante podría hacerlo.

—¿Tu qué?

—No pongas esa cara. Hace años que tengo una aventura con ella. Se llama Belinda.

—¿Y lo sabe tu esposa?

—He sido cuidadoso. A lo mejor coinciden en mi funeral. Belinda y yo estudiamos juntos en la Escuela de Ingeniería de Yale. Años más tarde, compré la licencia de algunas patentes suyas para una de mis compañías. El resto es historia.

—¿Y crees que podría diseñar mi máquina de nacimientos virginales?

—Ya basta, Randy. Voy a dormir un rato.

Estaban los dos profundamente dormidos cuando empezó a vibrar el fuselaje. Gottlieb parpadeó y se despertó. Su morada en la montaña, tan silenciosa más allá del sonido del viento y la nieve que azotaba de vez en cuando el aluminio, se volvió de pronto extrañamente ruidosa.

—¡Randy! Despierta. Despierta.

Tiró de la manga acolchada del anorak de Anning para ayudarlo a levantarse y ambos salieron tambaleantes del fuselaje y pisaron la profunda capa de nieve inmaculada.

Cuando empezaron a hacer señas con los brazos al helicóptero Huey del ejército chileno que los estaba sobrevolando, un fotógrafo militar los vislumbró y tomó la imagen.

35

Sue Gibney estaba sentada a la mesa de la cocina de su solea-do piso de Santa Fe, a punto de llamar por Skype a una persona a la que no conocía y cuyo nombre desconocía también. Le hacía gracia el anonimato que envolvía el proceso y no se lo estaba tomando para nada en serio. Era una diversión inocua, intrigante. En el anuncio pedían mujeres sanas con una edad comprendida entre los veinticinco y los treinta y cinco años dispuestas a donar sus óvulos a una pareja con problemas de fertilidad. La candidata debía ser caucásica o hispana, tener estudios universitarios y estar dispuesta a someterse a exáme-nes médicos, psicológicos y genéticos. Los honorarios por la donación serían «considerables». Le había gustado la palabra «considerables» y había enviado una carta con sus datos a un código postal. Y se había olvidado por completo del tema has-ta que en la bandeja de entrada de su correo electrónico había aparecido un mensaje con una invitación para una entrevista.

El contacto de Skype llevaba por nombre MrsT43644. La mujer en pantalla lucía un maquillaje perfecto, pintalabios rojo y un pelo negro ondulado y brillante. Tenía la cámara prácticamente pegada a la cara. En la habitación no se veía nada que ofreciera pistas sobre ella.

La mujer tenía un acento claramente latino.

—Hola, Susan. Encantada de conocerte.

—Llámeme Sue, por favor.

—De acuerdo, Sue. ¿Qué tal estás?

—Bien. Debe de ser usted la señora T.

—Lo soy. Te pido perdón por tanto misterio. Mi cliente es alguien muy rico y muy cuidadoso con su privacidad.

—Clientes —replicó Sue—. En el anuncio hablaban de una pareja con problemas de fertilidad.

—¡Sí! Tiene usted razón. Me he expresado mal. Y bien, Sue, tu currículum es muy impresionante y estás entre nuestras finalistas.

—¡Oh! Vale. ¿Y eso qué significa?

—Significa que, después de que os entreviste a ti y a las demás candidatas finalistas, unas pocas pasaréis a la fase de pruebas. Por supuesto, te pagaremos generosamente por el tiempo y las molestias, incluso si no eres la elegida como donante.

Sue jugueteó con su collar de cuentas.

—No quiero parecer mercenaria, pero ¿le importaría decirme cuánto pagarían por mis óvulos?

—Me preocuparía que no quisieras saberlo. Serían setenta y cinco mil dólares.

—Perdón, ¿ha dicho setenta y cinco mil?

—¿Es menos de lo que esperabas? ¿Más?

Sue se sonrojó de la excitación, pero esquivó la pregunta.

—En realidad no tenía ni idea de las tarifas.

—Está muy por encima de lo que viene pagándose. Y es así porque valoramos la discreción y la confidencialidad. De ser elegida, te exigirían firmar un acuerdo de confidencialidad muy restrictivo y vinculante jurídicamente. ¿Estás de acuerdo en iniciar la entrevista?

Sue sonrió a la cámara.

—Pregúnteme lo que quiera.

Cuando hubo terminado la entrevista, Torres le dijo que tendría noticias en el plazo de una semana.

—Espero su llamada —dijo Sue.

—Una cosa más —dijo Torres—. Tus credenciales profesionales nos han dejado impresionados. Es posible que mi cliente necesite los servicios de una comadrona más adelante. Independientemente de que seas elegida o no como donante, ¿nos permites conservar tu currículum?

María Aquino no estaba prestando atención a lo que la rodeaba. Había recorrido tantísimas veces los callejones de Paradise Village que se conocía todas las casas, todos los pequeños mercados, todos los agujeros del suelo que acababan convertidos en charcos cuando llovía. Sabía qué esquinas debía evitar —aquellas donde se apostaban las bandas— y cuáles eran las rutas más seguras. Estaba pensando en lo que iba a hacer cuando llegara a casa de su amiga Lulu, situada en el otro extremo de la misma barriada donde se encontraba su chabola. Lulu tenía un ejemplar nuevo de *Candy*, una popular revista para adolescentes, y las chicas la mirarían juntas, pasarían las páginas y reirían a más no poder.

No se fijó en la furgoneta estacionada en el solar donde hacía tiempo se había incendiado una casa y donde aún no habían vuelto a construir nada. No se fijó en que la puerta de la furgoneta se abría y se cerraba.

¡La luz!

La luz fue tan intensa que incluso dolía.

La agarraron por detrás. Una mano le tapó la boca y alguien con experiencia le clavó una aguja en el cuello. Un pulgar presionó un émbolo y una dosis de propofol, un anestésico de efecto inmediato, se inyectó en su yugular. Se habría derrumbado en el suelo de no ser porque otro par de manos, las de una mujer, la sujetaron y la metieron en la furgoneta.

—Vamos —dijo el hombre.

El conductor puso el vehículo en marcha, dejaron atrás el barrio de chabolas y aparcaron en una calle secundaria de un área residencial de Malabon City.

Instalaron a María en una camilla acolchada. El anestesista preparó una vía intravenosa y empezó a administrarle el propofol gota a gota para mantenerla dormida. Le colocó en el pecho una serie de electrodos conectados a un electrocardiógrafo y un pulsímetro en el dedo para medir los niveles de oxígeno. Le inclinó la cabeza hacia atrás con el fin de mantenerle abiertas las vías respiratorias y preparó una mascarilla con bolsa por si necesitaba ventilación adicional.

—Todo bien —declaró.

Una ginecóloga desvistió a la chica de cintura para abajo y le abrió las piernas.

—Es perfecta. Himen intacto y no tiene el periodo.

El catéter estaba listo para ser introducido y la carga embrionaria, que había transportado en el vuelo hasta Filipinas en una bolsa de calor dentro del equipaje de mano, se hallaba en el interior de su dispositivo de implantación, relleno de líquido. Había practicado la técnica de forma exhaustiva en Houston con el objetivo de adquirir velocidad y precisión. Insertó entonces el catéter a través del pequeño orificio del himen, cerca de la uretra, y lo guio por la vagina hacia el cérvix sirviéndose de la cámara de fibra óptica instalada en la punta. Al llegar a la abertura cervical, movió la punta de forma impecable mediante los controles de palanca y dio al catéter un empujón firme para introducirlo en el útero. A partir de ahí, utilizó la cámara para situar la punta del catéter contra la pared uterina.

—El endometrio está perfecto, la fase menstrual es la adecuada —declaró la ginecóloga—. Listos.

Presionó para disparar la carga y el embrión quedó implantado en el tejido uterino.

Después de retirar el catéter, insertó un supositorio rectal de progesterona para mejorar las posibilidades de implantación del embrión, vistió a la chica e informó al anestesista de que ya estaba.

—De acuerdo —dijo el anestesista—. Voy a ralentizar el gotero hasta que esté casi consciente. Y entonces me tocará decir mi frase.

María gimió levemente.

El anestesista tenía a mano el papel con la frase escrita.

—*Ikaw ay napili* —dijo en voz alta y en tono teatral.

Era en filipino. «Has sido elegida». Y para asegurarse, lo dijo otra vez.

Devolvieron a la chica a Paradise Village, en un punto próximo al lugar donde la habían secuestrado, y la dejaron sentada apoyada en una pared mientras iba recuperando la conciencia.

De nuevo en la furgoneta, el anestesista le dijo a la ginecóloga:

—¿Y ahora qué?

La ginecóloga estaba limpiando y enrollando el catéter, preparándolo para el transporte.

—Ahora nos vamos a Perú.

37

S teve, estás enfadado. Te lo noto en la voz. Mira, estoy con gente. No, no paso de ti. Todo lo contrario, voy a pedirles que se vayan. Espera un momento.

Anning estaba en su oficina de Houston reunido con un pequeño grupo de empleados, discutiendo la prospección geológica de un nuevo yacimiento de gas natural. Despejó la sala y volvió a atender el teléfono.

—Ya está, ya tienes toda mi atención.

—Mira, Randy —dijo Gottlieb—. Anoche no pude dormir. ¿Y sabes cuándo fue la última vez que me pasé una noche sin dormir?

—Sí, fue una noche espantosa —respondió Anning, después de una pausa cargada de recuerdos—. Cuéntame qué te preocupa.

—He estado leyendo lo de esa mierda en Irlanda.

—Ya veo.

—¿Qué ya ves? ¿Es todo lo que se te ocurre decir?

—Soy consciente de la situación.

—Es más que una situación, Randy. La madre de la chica ha muerto. El sacerdote fue secuestrado.

—Mira, Steve, según tengo entendido, el fallecimiento de la madre fue consecuencia de un problema médico por el que había sido hospitalizada. Y en cuanto a lo del sacerdote, fue mala suerte. Esa gente decidió trabajar por su cuenta.

Era evidente que Gottlieb estaba muy nervioso.

—¿Por su cuenta? No me siento nada cómodo con el rumbo que está tomando todo. Esto ha ido demasiado lejos.

—Tú has cumplido con tu parte, Steve. Me has ayudado. Y yo te he ayudado a ti. He apoquinado pasta a lo grande como socio de responsabilidad limitada de tu nuevo fondo de inversión. Y a tu amiguita, Hartman, se le ha pagado condenadamente bien por ceder los derechos de su catéter y no hacer preguntas.

—Aún no sabe para qué ha servido.

—Y eso es bueno. Pero tú, amigo mío, ya has cumplido con tu parte. Para ti, el asunto ha terminado. Ahora el único que debe preocuparse soy yo. Y te digo una cosa, no estoy preocupado en absoluto.

—Yo tengo conciencia, Randy. No puedo conectarla y desconectarla.

—Porque eres un buen hombre. Y un buen amigo. La gente que ha pasado por lo que pasamos tú y yo está unida para siempre.

No parecía que las palabras de Anning estuvieran calando en Gottlieb, que estaba apesadumbrado.

—No sé qué voy a hacer.

Anning cerró el puño de la mano que tenía libre.

—¿Qué quieres decir con eso?

—Quiero decir lo que has oído. Que siento la necesidad de liberarme de este peso. La publicidad se ha disparado. Todo este asunto de las chicas se está convirtiendo en algo muy grande.

—Es lo que siempre había imaginado.

—Pues es más grande de lo que había imaginado yo. Y ha habido violencia.

—Mira, Steve…, esa necesidad de liberarte. Jamás expresaste la necesidad de liberarte por lo que le hiciste a Phil Alexander.

Gottlieb se enfureció al instante.

—¡Me dijiste que ya estaba muerto! Aquella noche me volví medio loco. Fue una decisión que tomamos los dos.

—Pero fuiste tú quien lo hizo. ¿Lo recuerdas? De verdad que quiero que eso siga siendo un recuerdo personal y doloroso solo nuestro. De modo que te pido por favor que no hables de quitarte pesos de encima. Es una idea nefasta.

Más tarde, Anning llamó a Clay Carling a su despacho.

—Clay, supongo que entiendes lo mucho que he invertido en todos los sentidos para que la Nueva Iglesia Católica sea un éxito.

Carling movió el peso de su cuerpo hacia el otro pie y clavó las botas de vaquero en la mullida moqueta. Hizo un gesto de asentimiento.

—Nos jugamos demasiado para fiarnos de acuerdos de confidencialidad verbales, incluso de contratos de confidencialidad por escrito. Por eso te pedí que te encargaras de los tipos que trabajaron con las chicas, el anestesista y la ginecóloga.

El responsable de seguridad volvió a asentir. Su jefe no esperaba ningún comentario.

—Es posible que Steve Gottlieb requiera también tu ayuda. Pero antes de llegar a eso, enviémosle un mensaje a su casa. Algo sutil, pero tampoco demasiado sutil.

38

Podría equipararse a un gran desenmarañamiento de todo lo tejido.

Cuando tiras con fuerza suficiente del hilo de un jersey tricotado a mano, la prenda vuelve a convertirse en una madeja de lana.

Las autoridades de Nuevo México iniciaron una investigación por la muerte de Sue Gibney por arma de fuego y solicitaron la intervención del FBI. El primer individuo interrogado fue Cal Donovan.

Tenía mucho que contar.

La primera puntada que se deshizo fue la de la señora Torres.

Un equipo de agentes especiales del FBI desembarcó en el rancho procedente de Dallas. Anning y Carling no estaban. La única empleada de primer nivel presente en las instalaciones era la señora Torres, que estaba perfectamente preparada para su llegada. Había contratado los servicios de un abogado criminalista de Wichita Falls, que había llegado en menos de una hora para asistir al interrogatorio. El abogado anunció a los agentes que la señora Torres estaba dispuesta a cooperar a cambio de quedar libre de juicio. Después de una negociación telefónica con el Departamento de Justicia, llegó por fax al rancho una propuesta de acuerdo de inmunidad.

Torres también tenía mucho que contar.

La siguiente puntada que se deshizo fue la del piloto del helicóptero de Anning, que, cuando el FBI lo llamó aquella misma noche, estaba en su casa de Vernon ahogando las penas en alcohol.

A la mañana siguiente, un juez federal emitió una orden de registro del rancho, el despacho de Randall Anning en Houston y su vivienda, así como para el registro de la oficina y la vivienda de Clay Carling.

Carling fue arrestado acusado de cómplice de asesinato en primer grado. El piloto lo había identificado como una de las personas que habían disparado la noche del fallecimiento de Sue Gibney, aunque dijo que el disparo mortal podía haber provenido de Anning. El FBI estaba en la etapa preliminar de vincular al responsable de seguridad del rancho con el atentado con bomba que había provocado la muerte de Steve Gottlieb y otros crímenes castigados con la pena capital. A Carling se le prometieron de forma vaga ciertas concesiones en su futura sentencia si accedía a testificar contra Anning. No fue necesario esforzarse mucho para convencerlo. Estaba rabioso por haberse visto obligado a disparar contra la autocaravana.

Anning fue arrestado a la mañana siguiente delante de su esposa. Antes de que acabara el día, ella había presentado la demanda de divorcio. Se le acusaba de asesinato en primer grado, secuestro internacional y fraude con medios de pago electrónicos en relación con la solicitud pública de donaciones para la Nueva Iglesia Católica.

Siguiendo el consejo del mejor abogado que podía contratar, Anning alegó que no tenía nada que declarar. Fue puesto en manos de la custodia federal y retenido en prisión provisional sin fianza.

El FBI interrogó a Belinda Hartman y pronto la informaron de que no sería objeto de investigación.

Amanda Pittinger, la periodista del *Houston Chronicle*, tomó rápidamente el control de la situación y publicó revelación tras revelación sobre la Nueva Iglesia Católica. No pasó un día sin que hubiera un nuevo artículo de portada.

George Pole dejó sus ropajes y sus vestiduras en la sacristía de la catedral y regresó al apartamento que había alquilado en Houston cuando renunció a su puesto de cardenal. Siguiendo la elegante tradición clásica de los aristócratas romanos, se preparó un baño caliente y se hizo cortes profundos en muñecas y tobillos, que tiñeron de rojo papal el agua de la bañera.

En Galway, las autoridades irlandesas hallaron pruebas suficientes para que un juez emitiera una segunda orden de exhumación del cuerpo de Cindy Riordan. La nueva autopsia, realizada esta vez por el mejor patólogo forense del país, sumó un cargo por asesinato a la ya larga lista de delitos pendientes de Brendan Doyle.

El FBI recibió los resultados de las pruebas de ADN realizadas en su día a las chicas y los bebés. Como cortesía especial, la agente especial de Dallas responsable del caso llamó por teléfono a Cal.

—Profesor, quería avisarle de antemano sobre algo que saldrá muy pronto a la luz en relación con los resultados de las pruebas de ADN —le dijo.

—Sue Gibney era la madre —respondió Cal.

—¿Cómo lo ha sabido?

—Lo sabía, sin más. ¿Y el padre?

—Randall Anning.

Cal estaba en casa cuando recibió la llamada, rodeado de libros y trabajando en un ensayo sobre un oscuro papa medieval. Perdió por completo el interés en su trabajo y se acercó a la nevera para servirse una copa grande de vodka tan transparente y viscoso como las lágrimas.

Pedro Alvarado seguía cojeando como consecuencia de la paliza que había recibido por parte de Clay Carling. Sabía que no iba a poder entrar por la puerta principal del rancho, de modo que aparcó su camioneta en el punto más cercano y cortó la alambrada. No quería que ninguna cabeza de ganado o caballo saliera, razón por la cual volvió a unir las partes de la alambrada una vez estuvo dentro. Y entonces inició la larga y dolorosa caminata por la pradera.

Todos los mozos de cuadras lo conocían, evidentemente. Caía bien a todo el mundo, era uno de ellos. Pero, por miedo a perder su trabajo, ninguno lo saludó. Tampoco lo paró nadie. Bajaron la vista cuando vieron que iba directo hacia el surtidor de gasolina, llenaba un bidón de veinte litros y lo arrastraba hasta la catedral.

Todas las puertas estaban cerradas con llave, así que abrió una próxima a la sacristía de un puntapié. En el interior, la luz de la tarde otorgaba al cristal de la catedral una tonalidad amarillenta verdosa, el color de la hierba en invierno. Pedro dejó el bidón sobre uno de los bancos de delante y derramó un poco de gasolina en la vieja camisa de cuadros que acababa de quitarse. Tenía el pecho y la espalda cubiertos de cicatrices de las heridas que había sufrido. Introdujo la camisa en la boca del bidón, prendió la manga que había quedado colgando con un encendedor de bolsillo y salió corriendo. Se había alejado lo suficiente cuando la explosión transformó la catedral en un gigantesco y bellísimo horno.

Cientos de sacerdotes y monjas solicitaron la anulación de las renuncias a sus cargos y la reintegración a la gracia y la bondad de la Iglesia católica. El Vaticano se vio obligado a brindar orientación, y el asunto escaló hasta el papa Celestino, que decretó que todo el mundo sería acogido de nuevo con los brazos abiertos en el seno de la Iglesia sin recriminación alguna.

Cuando llegó el momento, Cal presionó con fuerza para hacer los honores. Su petición llegó a oídos del subdirector del FBI, que acabó aprobándola.

Joe Murphy y él tomaron el puente aéreo de Delta de Boston a Washington y fueron recogidos en el Reagan National

Airport por un vehículo de transporte de personas del Departamento de Estado. La primera parada fue en la embajada de Irlanda, donde recogieron a Mary Riordan y a su bebé, que había pasado a llamarse David a secas.

—Me alegro de verte, Mary —dijo Murphy.

Mary lo abrazó. Cal también recibió un abrazo. No había visto a Mary desde la noche de la muerte de Sue.

—Tienes buen aspecto —dijo Cal.

—No puedo creer que por fin vaya a volver a casa.

—Supongo que en el aeropuerto de Shannon te harán un gran recibimiento —dijo Murphy.

—Me imagino que sí —contestó ella.

Cal no sabía muy bien si mencionarla, pero Mary lo hizo por él.

—La echo de menos.

—Sue se habría sentido muy feliz hoy —dijo Cal.

—Cuando tenga edad suficiente, a lo mejor le cuento a David todo lo que debería saber sobre ella, que es su mamá y todo eso.

—Su mamá eres tú —intervino Murphy.

Mary le sonrió.

—Supongo.

La siguiente parada fue en la embajada de Perú. María Mollo y el pequeño JJ —a María seguía gustándole el nombre— subieron a bordo. María abrazó tan fuerte a Mary que la chica irlandesa chilló, tanto por el dolor como por la alegría.

—¡Ígor! —gritó Mary—. ¿Qué tal está mi hermanita?

—Bien. JJ también está bien —respondió María con su mejor inglés.

Mary intentó expresar sin éxito con gestos lo mucho que se alegraba de verla después de todo lo que habían pasado, y el limitado español de Cal tuvo que acudir en su ayuda.

María Aquino y el pequeño Ruperto subieron en la parada siguiente, la embajada de Filipinas. María también había decidido deshacerse del «Jesús». Llevaba unas gafas nuevas, con cristales más gruesos y más redondas todavía que las otras, que se habían roto la noche que la autocaravana cayó en la zanja.

—Una Minion siempre será una Minion —declaró Mary.

—Nos vamos a casa —dijo la chica, llorando de felicidad.

De camino hacia el aeropuerto de Dulles, Cal se sentó delante de las chicas y disfrutó viendo cómo intentaban contarse lo que había sido de ellas desde que se habían separado, a la espera de la repatriación. Pero no las observaba tanto a ellas como a los bebés, tres pequeños idénticos y rollizos con los ojos de color lavanda de Sue Gibney.

En el aeropuerto, Cal y Murphy estuvieron con ellas hasta el último momento y les dijeron adiós cuando los escoltas las acompañaron hasta sus respectivas puertas de embarque.

—Bueno, aquí acaba todo —dijo Murphy.

Cal rodeó los hombros del sacerdote con el brazo.

—¿Tú crees?

—¿Tú no?

—Hay quien cree que Elvis sigue vivo —dijo Cal—. Siempre seguirá habiendo quien piense que esos niños son realmente los hijos de Dios.

—Mientras no crezcan creyéndolo ellos, supongo que no habrá problema.

39

Me parece que deberíamos invitar al padre Grosella —había dicho Jessica.

A Cal le pareció una idea magnífica.

Jessica tenía un congreso médico en Milán y Cal tenía idea de aprovechar el viaje para hacer una escapada a Roma. Al fin y al cabo, el cardenal Da Silva estaba empezando a hartarse de invitarlo. «De verdad, Cal, el santo padre está ansioso por darte las gracias en persona», le había dicho.

Los tres se hospedaban en el mismo hotel de Roma y se desplazaron juntos en taxi al Vaticano. Cal nunca había visto a Jessica con un atuendo tan recatado. Cuando al salir de la ducha por la mañana la había visto con aquel vestido azul que apenas mostraba piel, le había dicho «¿Quién se ha llevado a Jessica?».

Murphy iba vestido de negro clerical impecable e incluso Cal se había puesto un traje oscuro y corbata para la ocasión.

—¿Emocionada por conocer al santo padre? —le preguntó Murphy a Jessica.

Jessica fingió un bostezo y luego se echó a reír.

—Por supuesto, ¿por qué no iba a estarlo? Ya me echarás un cable si empieza a formularme preguntas religiosas complicadas.

—Celestino puede oler un católico no practicante a cien metros de distancia —intervino Cal.

—Como dejes sola a mi compañera de copas —le advirtió Murphy—, te arreo con una biblia.

A la hora del desayuno, y mientras Cal seguía durmiendo, Jessica había estado leyendo la edición internacional del *New York Times*. Había recortado un artículo de portada y se lo había guardado en el bolso.

—¿Has visto esto? —dijo.

«El Congreso aprueba los cargos para iniciar el proceso de destitución contra el presidente Griffith. Cargo número uno: aprobación indebida de visados para las tres Marías. Cargo número dos: escuchas telefónicas no autorizadas contra los ciudadanos Donovan y Gibney».

Cal refunfuñó.

—No pienso derramar ni una lágrima por él. Hay un centenar de razones por las que ese asqueroso debería ser destituido del cargo. Esto es como pillar a Al Capone por evasión de impuestos.

Murphy asintió y dijo:

—*Sic semper tyrannis.*

Jessica palideció.

—No irá a poner a prueba mi latín, ¿verdad?

—Tal vez George Pole lo hubiera hecho —dijo Cal—. Pero este papa no.

La hermana Elisabetta había convencido al papa Celestino para que tirase la casa por la ventana con el fin de impresionar a la novia de Cal y los recibiese en el pequeño salón del trono del Palacio Episcopal en lugar de en su modesto despacho.

Jessica ejecutó a la perfección la genuflexión que había ensayado de forma obsesiva, Murphy saludó con una reverencia y besó el anillo del papa, y Cal lo abrazó amistosamente, como era su costumbre.

—Vaya lo que has pasado —dijo Celestino—. Menudo drama. ¿Cuántos hombres pueden decir que han solventado sin ayuda de nadie un gran cisma de la Iglesia?

—Estaba y estaré siempre a su servicio, santo padre.

—Y no puede decirse que ustedes dos no jugaran también un papel importante —continuó el papa—. Padre Murphy, viajó usted a Irlanda por mí. Sufrió un secuestro. Y doctora Nelson, su experta asesoría técnica y su análisis de las muestras de ADN dejaron al descubierto la trama de ese cínico. Les estoy profundamente agradecido. Ahora quiero ofrecerles un pequeño regalo.

La hermana Elisabetta cogió los obsequios de una mesita y se los entregó a un radiante Da Silva, que a su vez se los entregó al papa.

—Esto es para usted, padre Murphy. Le ruego que acepte este ejemplar firmado de mi último libro de ensayos. Resultan especialmente útiles si sufre insomnio.

Murphy aceptó el libro y posó para la fotografía con el papa.

—A usted, doctora Nelson, me gustaría obsequiarla con un sencillo crucifijo de plata que perteneció a mi madre. Ella lo recibió de mi abuelo en Nápoles, siendo una chiquilla.

Cal jamás había visto a Jessica tan abrumada, pero, de vuelta en casa, llevaría la fotografía a un estudio para ver si podía eliminar de alguna manera las lágrimas que le rodaban por la cara.

El papa se dirigió entonces a Cal.

—Profesor, he pensado largo y tendido en qué regalo adicional podría ofrecerle. Ya tiene usted todos mis libros, tiene derecho a utilizar sin restricciones los Archivos Secretos del Vaticano y la Biblioteca. Tiene usted medallas papales. Por lo tanto, he decidido darle un beso sin más. ¿Le parece suficiente?

—Más que suficiente, santo padre —dijo Cal, inclinándose para recibir un generoso beso en cada mejilla.

Luego, mientras un mayordomo les servía unas copas de jerez, Cal notó que le vibraba el móvil con la entrada de un mensaje. Miró con discreción la pantalla y vio que se trataba de un selfi de la periodista Amanda Pittinger, delante del motel de Vernon, Texas, donde habían pasado la noche juntos. El mensaje decía simplemente «Llámame», seguido de varios emoticonos con forma de corazón. Cal se guardó el móvil en el bolsillo e hizo un aparte con el papa.

—El regalo que le ha hecho a Jessica es maravilloso —dijo.

—Me parece que le ha gustado —respondió el pontífice.

—Ya sabe, santo padre, que no puedo garantizarle que ella y yo vayamos a estar siempre juntos. Mi historial en estos asuntos deja bastante que desear. Si rompemos, ¿tendré que recuperarlo? —Solo bromeaba en parte.

—Permítame que le diga una cosa, profesor —respondió el papa—. Mi madre, que el Señor la bendiga y la tenga en su gloria, tenía muchos, muchísimos crucifijos.

«Para viajar lejos no hay mejor nave que un libro».

EMILY DICKINSON

Gracias por tu lectura de este libro.

En **penguinlibros.club** encontrarás las mejores
recomendaciones de lectura.

Únete a nuestra comunidad y viaja con nosotros.

penguinlibros.club